現代語訳

源氏物語

紫式部

窪田空穂［訳］

作品社

目次

藤裏葉

姫君の入内[1]の御準備の間にも、宰相中将[2]は嘆きがちで、ぼんやりした気がするので、一方では怪しくて、我が心ながら執念深いことであるよ、達てこのように思うのであったら、「関守」[3]が寝てしまいそうな様子に気が弱っていると聞きながら、同じことならば、人目の悪くない様を見極めよう、と我慢するので、苦しくもお思い乱れになる。女君[4]も、大臣の仄めかして仰しゃった事の筋を、若しもそうであったら、此方には何の心残りがあろうか、と嘆かわしくて、変に背き背きになって、流石に両思いをなされている。大臣も、あのように気強くはなさったが、手応えもないので当惑なされて、あの宮[5]でもそのようにお思立ちになりきってしまわれたならば、又それこれと改めて聟選みにかかずらうのは、あの人の為にも気の毒で、我が御方としても人笑われのことであって、自然軽々しいことも混じって来ることになろう、秘密にしてはいたが、内々での間違のあったことも、世間に漏れてしまっていることであろう、何とか紛らわして、やはり負けてしまうべきであろう、と御心が変って来た。表面はさりげなくしていて、殿とは怨みの解けない御仲なので、出しぬけに言い寄るのも何んなものであろうか、と御躊躇になって、事々しい交渉をするのも、世間体がわるい、何んな序をこしらえて仄めかしたものであろうか、などお思いになっていると、三月の二十日は大殿の大宮[6]の御忌日で、極楽寺にお詣りになられた。大臣は君達を皆引連れて、勢い盛んに、上達部なども多勢お詣り集いになられるので、宰相中将も殆ど御様子が劣らず、立派に装って、容貌なども、唯今がお美しさの盛りに整って来て、何もかもお揃いになったお立派なお有様である。あの大臣をお辛いとお思い申上げてからは、お目に懸かるにも心づかいがされて、いたってよく用意をして、落着いていらせられるのを、大臣も何時もよりも目を留めていらせられる。御誦経などは、六条院▼7からもおさせになった。宰相の君は、まして万事のお世話をなされて、哀れに御供養を申上げられる。夕方へ懸けて皆お帰りになられる頃は、花は皆散り乱れて、霞がおぼろにかかっているので、大臣は昔をお思出しになって、艶かしく嘯いて眺めていらせられる。宰相も哀れな夕方の景色なので、一段と心が湿って、「雨気です」と人々が騒ぐのに、猶お眺め入っていらした。大臣は、はっとして御覧になるところがあったのだろうか、宰相の袖を引き寄せて、「何うして、そのようにひどくお嫌いになるのですか。今日の御法会にお出でになったことをお思いになったら、咎をお許し下さいよ。残り少なくなってゆきます末の時に、お思い捨てになりますのは、お怨みを申したいことで」などと仰しゃるので、宰相は畏まって、「お亡くなりになりました方のお心向けも、お頼み申上げるべきようにと、御聞かせ置きになったことがございますが、お許しのない御様子なので、憚りつつおりまして」と申上げる。心慌しい雨風なので、皆ちりぢりに競ってお帰りになった。宰相の君は、何と思って何時にないお気持をお見せになったのだろうかなど、絶えずお心に懸けている御辺りのことなので、何という程のことでもないが心に留まって、ああだろうかこうだろうかとお思い明かしになられる。

多くの年頃の思いの甲斐があったのだろうか、ああした大臣も、すっかりお心が挫けつつ、ちょっとした機会で、改まってのことではなくて、流石にふさわしい機会をとお思いになっていると、四月の初旬、御前の藤の花が、ひどく面白く咲き乱れて、世の常の色ではない。徒らに見過すのは惜しい盛りなので、管弦などをなされて、暮れてゆく頃は一段と色が増さって来たので、頭中将▼8をお使にして宰相中将に御消息があった。「先日の花の蔭の御対面は、あっ気ない気がしましたので、お暇があ

りましたらば、お立寄り下さいませんか」という口状である。御文には、

わが宿の藤の色濃きたそがれに訪ねやは来ぬ春の名残を▼9

ほんに、ひどく面白い藤の枝にお結いつけになってあった。その時を待ちおおせたとお思いになるにも、胸とどろきがされて、承知の由を申される。

なか〱に折りやまどはむ藤の花たそがれ時のたど〱しくば▼10

と申上げて、「残念なほどに心臆せがしていることです。お取繕い下さいよ」と申される。頭中将が、「お供をいたしましょう」と仰しゃると、「面倒な随身は真平です」といってお帰しになる。父大臣▼11の御前に参って、これこれでといって内大臣の御文を御覧に入れる。「思う次第があってなされたことでしょうか。このように彼方から進んでなされるのでしたら、以前の気まずかった恨みも解けましょう」と仰せになる。お心驕りは、この上もなく憎らしいほどである。中将は「そのようなことではございますまい。対の前の藤の花がいつもより面白く咲いておりますのに、事の無い頃なので、遊びをしようというのでございましょうか」と申される。「態々使をおよこしになったのだから、早く入らっしゃい」とお許しになる。中将は何ういうことだろうと、内心は苦しく尋常ではない。大臣は、「直衣では余り色が濃過ぎて軽々しいようです。非参議の時とか、何ということもない若い人には、二藍はいいものですが、もっと着飾った方がいいでしょう」と仰しゃって、御自分の御料の格別なものに、云いようもなく結構な御衣などを揃え、お供の者に持たせてお上げになられる。

中将は御自分の御方で、深く心づかいしてお繕い立てになって、たそがれ時も過ぎて、彼方で気を揉んでいられる頃にお越しになった。主人方の君達は、中将▼12を始めとして、七八人で連立って迎えお入り申す。何方ということもなく立派な容貌の方々であるが、やはり宰相中将は人よりも立勝れて、すっきりと清らかでいらっしゃるものの、懐かしく奥ゆかしく見るに気の引けるようである。大臣は客人の御座所をお引繕いなどする御用意がおろそかではない。御冠などして改ってお出ましになろ

うとして北の方、若い女房などに「覗(のぞ)いて御覧なさい。まことに勝れた立派な人です。用意がひどく落着▼13いていて、重々しいことですよ。すっきりと、人に抜け出して落ちついているところは、父大臣(ちちおとど)にも勝っているくらいです。あの方は唯(ただ)とび離れて艶(なまめ)かしく愛嬌があって、見ると嬉しくなって、世の中のことも忘れるような気をおさせになります。晴れの場合には、少し真面目さを欠いて、洒(しゃ)落れ過ぎていましたのも、尤(もっと)もなことです。此方(こちら)は学問も立勝っており、心用(こころもち)いも男らしく、確(しっか)りとしていて申分のない人だと、世間から思われているようです」など仰しゃって、引繕って対面をなされる。真面目な尤もらしいお話は唯少しばかりで、花の面白さにお移りになった。「春の花は何(ど)れということもなく皆、咲き出す色のそれぞれが、目を驚かさない物はありませんが、気短かで心を残させて散ってしまいますのが、恨めしく思われます頃に、この花だけが立ち後(おく)れて、夏に懸けて咲きますのが、妙に心憎くあわれに思われることです。色も亦(また)、なつかしい縁(ゆかり)にするべきものです」といって微笑(ほほえ)んでいられるのは、様子が好くお美しいことである。月は出て来たが、花の色ははっきりとは見えない程なので、愛翫(あいがん)するにことよせて、御酒を召上(めしあが)り管弦をなされる。大臣(おとど)は、程なく空酔(そらよ)いをなさって、取乱したさまで中将にお強いになるが、中将は然(しか)るべく用意して辞退をするのにひどく困っている。「あなたは、此(こ)の末世(まつせ)には過ぎる程の、天下の物識(ものし)りでいらっしゃるようですが、齢の積った者を見限っていらしたのは辛いことでした。書物にも家礼(けらい)▼14ということがありましょうか。賢い教(おしえ)もよくお弁(わきま)えになっていらっしゃるだろうとお思いしますのに、ひどく気をお揉ませになると、お恨みを申したいようで」など仰しゃって、▼15酔い泣きなのであろうか、程よくお心持をお見せになられる。中将は、「何(ど)う仕(つかま)りまして。昔のお人々を思い出します御代りの方といたしまして、身を捨てるまでもと思っておりますのですが、何(ど)のようにお見做(みな)しになられてのことでございましょうか。もともと愚かな心からの怠(おこた)りからでございましょう」と、畏(かし)こまって申される。場合にふさわしくおさざめきになって、『藤の裏葉の▼16』とお誦(ずん)じになると、そのお心持を承って、頭中将は、藤の花の色の濃く、

格別にも房の長いのを折って、客人の御盃に添える。中将は手に取って持ち悩んでいると、大臣は、

紫にかごとは懸けむ藤の花まつより過ぎて憂れたけれども[17]

宰相は盃を持ったままで、気振り程に御礼の拝舞をなされる様は、ひどく床しい。

幾かへり露けき春を過ぐし来て花の紐解く折に逢ふらむ[18]

頭中将に盃をお巡しになると、中将、

たをや女の袖にまがへる藤の花見る人からや色も増さらむ[19]

順々に盃は巡って、それぞれ歌があったようであるが、酔いの紛れのこととて然るべきものはなくて、これらよりは勝らない。七日の夕月の光がほのかなので、池の鏡はぼんやりと霞み渡っている。ほんに、木立はまだ若葉もほのかで淋しい頃だのに、ひどく様子好く横たわっている松の、丈の高い程ではないのに、這い懸っている藤の花の様は、世の常ならず面白い。例の弁少将[20]は、ひどく懐かしい声で『葦垣』[21]を謡う。大臣は、「ひどく覿面な物を謡うことですね」とお乱れになって、『年経にけるこの家の』と声を合せて謡われるお声もひどく面白い。面白い程度に打解け合った御遊びで、心の蟠りも残りなくなったようである。次第に夜も更けてゆく頃に、宰相中将はひどく空悩みをして、「酔い過ぎてひどく怺えられませんで、帰りの途もあぶない気がすることでございます。宿直所をお貸し下さいませんでしょうか」と、中将は訴えられる。大臣は、「朝臣や、お寝所をおこしらえなさい。年寄はひどく酔い過ぎて失礼ですから、引込みます」といい捨ててお入りになった。中将は、「花の蔭の旅寝ですね。何だか、気の進まない案内ですね」というと、宰相は、「『松に契れる』[22]というので、浮気な花でしょうか。縁起でもない」とお咎めになる。中将は心の中で、こちらが負けて忌々しいことだと思うところもあるが、人柄の申分なく結構なので、結局はこうさせたいものだと、永らく思いつづけていたこととて、安心して案内をした。

男君は、夢ではないかとお思いになるにつけても、御自分の身をひどく尊いものにお思いになった

ことであろう。女は、ひどく極り悪いことだと思い沁んでいらっしゃるが、いよいよ整って来ているお有様は、一段と申分なく見よい。「世の例にもなりそうな身でしたのに、私の辛抱で、此のようにまでお許しになられたのでしょう。あなたの、哀れを知らないのは、並みはずれなものですよ」とお恨みを申される。「少将が進んで謡った『葦垣』の心持は、耳にお留めになりましたか。ひどい事をいう人ですよ。私も『河口の』▼23と云い返してやりたいと思いました」と仰しゃると、女はひどく聞き憎いこととお思いになって、

浅き名をいひ流しける河口はいかゞ洩らしし関の荒垣▼24

「浅ましいことを」と仰しゃる様は、ひどく幼なげである。男君は少し笑って、

守りにけるくきだの関を河口の浅きにのみは負ふせざらなむ▼25

「年月の積る思いも、云いようもなく悩ましいので、物も分りません」と、酔いにかこつけて苦しい風をして、夜の明けるのも知らない様にしている。女房達は持て余しているのを、大臣は「得意そうな朝寝ですね」とお咎めになる。しかし明けきってにお出ましになる。女君の『寝くたれの朝顔▼26』は、見る甲斐のあるものであったろう。

後朝の御文は、やはり内々であった時のような心づかいをした物であるのに、女君は却って今日は御返事がお書けにならないのを、口の悪るい古女房達は突つき合って笑っていると、大臣がお越しになって御文を御覧になるのは、ひどく迷惑なことである。

「お心の解けきらない御様子だったので、却って一段と思い知られます我が身の程ですが、怺えられない心から又申上げるにつけましても」

咎むなよ忍びに絞る手もたゆみ今日あらはるる袖の雫▼27を

などと、ひどく馴れ馴れしげである。大臣はほほ笑んで、「手蹟がひどく上手になられたことですね」など仰しゃるのも、以前の名残はない。御返事をひどく書きにくそうにするので、「見苦しいこ

とですよ」と仰しゃって、いかにもご遠慮のありそうなことなので、お戻りになられた。お使の禄は普通ではない様にして賜わった。中将は懇ろにおもてなしになられる。平常は御文を隠しつつ歩いていたお使も、今日は顔つきまでも世間並みにしているようである。左近の丞である人で、宰相の睦まじくお思いになって使っていらせられる人なのである。

六条の大臣もその次第をお聞きになっていた。宰相が、いつもよりも光が添った様子でお参りになられると、じっと御覧になられて、「今朝は何うしました。文はお遣りになりましたか。賢い人でも、女の方面では取乱す例がありますのに、人目の悪るいような絡み方も、焦立ちもせずに過して来られたのは、少し人よりは擢出したお心持だと思っていたことでした。大臣のお仕向けが、ひどく度を越して、すっかり折れておしまいになったので、世間の人も話の種にすることがあるかも知れませんよ。それにしても、此方がえらそうな風に、好い気になって、浮気な心持などお出しなさいますな。あのようにおおように大きい心持の人のように見えますが、本当の心持は女々しくて、素直でないところがあって、相手にしにくい所のあるお人です」など、例のようにお教え申される。何事も釣合った好い縁組だとお思いになる。御子とは見えず、少し年上の兄ほどにお見えになる。余所から思うと、同じ顔を生き写しにしたと見えるが、御前にいると、それぞれがまあお立派なとお見えになる。大臣は、色の薄い御直衣に、白の御衣の唐織かと見えるものの、地紋の鮮やかに艶々と透きとおったのをお召しになって、やはり限りなく上品に、なまめかしくいらせられる。宰相殿は、少し色の濃い御直衣に、丁子染の焦げる程に深く染まったのに、白い綾のなつかしいのをお召しになって、殊更に艶にしたようにお見えになる。

今日は灌仏を寺からお遷し申して、御導師が遅く参った▼28ので、日が暮れてに御方々から女童をお出しになり、布施など、宮中と同じように、心々になされた。宮中での儀式を移して、君達など大勢お参り集まりになって、却って貴い御前よりも、妙に心づかいがされて臆しがちである。

宰相は、落着き心もなく、いよいよ化粧をし引繕ってお出ましになる。関係はないが、やさしく扱われていた若い女房には、恨めしい気のする者もあった。此（こ）の年頃の積る思いも取添えて、思いの叶った御仲であろうから、『水も漏れ[29]』ようか。主人（あるじ）の大臣（おとど）[30]も、一段と近まさりのする君を、可愛（かわ）ゆい者にお思いになって、ひどく大切にお冊（かしず）き申上げる。負けてしまった残念さはやはりお思いになるが、咎も残りそうもないまでに、真実なお心持で、年頃仇（あだ）ごころもなくて、我慢して過していらしたので、類（たぐ）い稀（ま）れなことだと、お思い許しになっている。女御の御有様などよりも、陽気に結構で申分もないさまなので、北の方[31]や、お仕えしている女房などは、怏からず思いもし云う者もあるが、何の苦しいことがあろうぞ。按察（あぜち）の北の方[32]も、こうなったのを嬉しいとお思い申上げていた。

かくて六条院（ろくじょうのいん）の姫君[33]の御入内（ごじゅだい）の御儀は、二十日過ぎの頃なのである。対の上[34]は、御生（みあれ）[35]にお詣りになろうとして、例の御方々を御誘いになられたが、却ってそのようにしてお後（あと）に引続くのは、気まずいことだとお思いになって、何方（どなた）もお見合せになったので、仰々しい程ではなく、御車二十輛ばかりで、御前駈（ぜんく）なども面倒な人数（ひとかず）は多くなく、略式になさった御様子が、却って格別である。祭の日には、暁の中にお詣りになって、帰りには、行事を御覧になるべき御桟敷にお越しになる。御方々の女房は、めいめい車を引き続けて、御前駈の人々が場所を占める様が厳（いか）めしく、あれがその御方（おかた）だと、遠目にも仰々しい程の御勢いである。大臣（おとど）は、中宮の御母御息所（みやすどころ）[36]が、車を押下げられた折のことをお思い出しになって、「時の勢（いきおい）による心驕りから、そのようなことをするのは情のないことでした。ひどく蔑（さげす）みました人[37]も、怨みを受けるような風で亡くなりました」と、その時のことはお避けになって、「後（あと）に生き残っています人々も、中将[38]はあのように尋常人（ただびと）で、僅（わず）かに出世してゆくようです。宮の方[39]は並びない御身で入らっしゃいますのも、思えばまことに哀れなことです。すべてひどく不定（ふじょう）の世の中ですから、何事も思うままにして、生きている間は過して行きたいのですが、残って行かれます後の人の、たとえようもない零落さなどまでが、思い憚（はばか）られますので」とお話になられて、上達部（かんだちめ）なども御桟敷へ参り集まられたので、そちらへお出ましになられた。近衛づかさの勅使は、頭中将[40]なのであった。その大殿(おおいどの)からお出懸(でか)けで、其所(そこ)から人々は此方(こなた)へ参られたのであった。藤典侍(とうないしのすけ)[41]も勅使なのであった。御覚えが格別で、内裏春宮(うちとうぐう)を御初めとして、六条院などからも、御見舞の品が甚(はなは)だ多くて、御心寄せがまことにめでたい。宰相の中将は、その出懸ける所にまでもお見舞になった。用心してあわれを交(かわ)している御仲なので、宰相がそのように貴い方と御縁の結ばれたのを、安からぬことに思っていた。宰相、

何とかや今日の挿頭(かざし)よかつ見つつおぼめくまでもなりにけるかな[42]

「浅ましいことです」

とあるのを、折をお過しにならないだけのことであるのに、典侍(すけ)は何う思ったであろうか、ひどく物騒がしく、車に乗る時であったが、

挿頭(かざ)してもかつたどらるゝ草の名は桂(かつら)を折りし人や知るらむ[43]

「そうした事は博士でなくては」

と申上げた。ちょっとした物ではあるが、心憎い返事だと宰相はお思いになる。やはりこの典侍にはお忘れにはならず人目をお忍びになることであろう。

かくて姫君の御入内には、北の方[44]がお附添(つきそい)になるべきであるが、ふだんに永らくの間お添い申すことは出来なかろう。こうした機会に、あの母君[45]を附添わせようかと、大臣(おとど)はお思いになる。上[46]もまた、結局は一しょになるべき御間柄で、このように隔(へだ)たってお過しになっているのを、あの方も快くなく思って嘆いていることであろう、此方(こちら)の姫君のお心にも、今は次第に母親が恋しく哀れもお分りになっていられることであろう、そちこちから気まずくお思われになるのもつまらない、とお心が変って来られて、大臣(おとど)に、「この折にお添え申すようになさいまし。まだほんの子供で入らっして気がかりでございますのに、お附きの者も、若々しい者ばかりが多うございます。御乳母(おめのと)達も、目の届きます

ことで心附きますことは限りのあるものでございますのに、私はじっとそう永くはお附き申せませんので、それだと安心の出来ますことで」と申されるので、大臣は、まことに好くもお心の届くことだとお思いになって、これこれだと彼方へも御話しになられたので、母君はひどく嬉しく、思うことが叶った気がして、女房どもの装束や何かのことも、貴い方のお有様に引け目のないように支度をする。▼47尼君は、この上とも姫君のおん生先をお見上げしたいという心の深いことであった。今一度お見上げする時もあろうかと、命までも執念深く長生きさせて念じていたのに、何うしたらそういう時があろうかと思うと悲しい。御入内の夜は上が附添って参られた。母君は、御輦車からは引下って、徒歩で行くなど人目が悪るいことであろうが、我が為に思い憚るのではなく、唯このようにお磨き申上げている玉の疵になることで、自分がこのように生き長らえているのを、一方ではひどく心苦しくも思う。御入内の儀式は、人目を驚かすようなことはしまいと、大臣はお控えになられるが、自然世の常の様ではないことであるよ。限りもなくお冊き申上げて、上は心から哀れに可愛ゆくお思い申すにつけても、人に譲りかねて、これが実の子であったならばとお思いになる。大臣も宰相の君も、同じくその事一つだけを、心飽かぬことにお思いになることであった。三日を過して上はお退りになられる。立ち代って明石上が参内なされる夜、上と御対面があった。「あのように姫君が大人びていらせられる差別を見ますと、御一緒におります年月の永さも思われますので、疎々しい隔てなど残るまいと思われまして」と、懐かしく仰しゃって、物語などなされる。これが打解けられる初めとなったようである。物など云っている様子は、君の御寵愛の尤もだと、上は感心して御覧になる。又まことに気高く、今を盛りの御様子を、互に愛でたく思い合って、大勢いらせられる御中にも、取り分けての殿のお志で、並びない位地にお定まりになって入らせられるのも、如何にも尤もなことだと、明石の上は、思い知られるにつけても、自分がこのようにまでお立並び申す因縁は、かりそめのものであろうか、と思うものの、▼48上の御退出になられる儀式の、まことに格別にも美々しく、御輦車などお許されになって、女御の御有様と変らないのに思いくらべると、さすがに異った身の程である。姫君のひどくお美しく雛のようなお有様を、夢のような心地でお見上げ申すにつけても、涙の止まらずに零れるのは、『一つ物』▼49とは見られないことであった。年頃万ずに嘆いていた、罪もさまざまの事で運の悪るい身だと思い屈していた命も長生きしたく、晴れ晴れしくなるにつけても、まことに住吉の神▼50はおろそかではないと思い知られる。上が思うままにお冊き申上げて、心の届かないところは殆どない姫君の振舞なので、人々の贔負受けを始めとして一通りならぬ御様子御容貌なのを、春宮も、幼いお心持から、ひどくお心に格別にお思いになられた。御競争になる御方々の女房などは、その母君のこのようにしてお仕え申しているのを、疵として云い做しなどするが、その為に圧されそうにもない。当世風に並びないことは云うまでもなく、心憎く奥ゆかしい御様子を、ちょっとした事につけても申分なくお計らい申上げるので、殿上人なども此方を珍らしい挑み所にして、とりどりにお仕え申している女房に懸想をするので、女房の用意や有様までも、まことによくお整えになられた。上▼51も然るべき折には参内なされる。御仲は申分なく打解けては行くが、さりとて母君は度を越しては馴々しくせず、侮られるような振舞は聊もなく、不思議にも云う所のないお有様お心持である。大臣▼52も、この先永くはないようにばかりお思いになられるお命の中にとお思いになっていた姫君の御入内も、その甲斐のある様にお見做しになり、心柄よりのことではあるが、世に浮いているようで見苦しかった宰相の君も、心配のない見やすい様におおさまりになったので、お心がすっかりお落着き▼53になって今は出家の本意も遂げようというお心になられる。対の上のお有様は見捨て難いが、中宮がお出でになるので、疎かではないお心頼みである。姫君としても、表向きの親としては第一にお思い下さるであろうから、何の道大丈夫であるとお思い譲りになった。夏の御方▼54の時々はお心賑やかでないこともあろうが、宰相の君がいらせられるので、皆それぞれに心懸りではなくお思いになってゆく。

大臣は来年は四十におなりになられることとて、御賀のことを、内裏を始め奉り、世間も大騒ぎな準備である。その秋、太上天皇に準ずる御位を得させられて、御符(みふ)も▼55加わり、司冠(つかさこうぶり)なども皆お添いになられる。それでなくても、世にお心に叶わないことではないのだが、猶(な)お珍しかった昔の例をも改めて、院司(いんづかさ)なども出来、様格別に厳めしくおなりになられたので、内裏にお参りになられることも面倒になったことを、一方ではお嘆きになる。そのようにしてもやはり飽き足らぬことに帝にはお思いになられて、世間を憚って、位をお譲り申せないことを、朝夕の御嘆きぐさにしていらせられることであった。内大臣(うちのおとど)は太政大臣にお昇りになられて、宰相中将は中納言におなりになった。その御慶(よろこ)びに参内なされる。光が一段とお加わりになった様容貌(かたち)を初めとして、何所(どこ)といって不足な所のないのを、主人(あるじ)の大臣(おとど)▼56も、姫君が生中人(なまなか)に押されて、気まずい宮仕(みやづかえ)をするよりはこの方がよかったとお思いになるにつけても、男君は、女君の大輔(たいふ)の乳母(めのと)が、「六位との御縁組は」と呟(つぶや)いた夜のことを、▼57何かの折々には思い出されたので、菊の花のひどく面白く、衰え方(がた)になったのを乳母(めのと)にお遣(つかわ)しになって

浅みどり若葉の菊をつゆにても濃き紫の色とかけきや▼58

「辛かった時の一言が忘れられないことです」と、ひどく明るくほほ笑んでお遣しになった。乳母(めのと)はきまり悪くもお気の毒にも思うものの、お美しいとお見上げする。

二葉より名立(なだ)たる園の菊なれば浅き色わく露もなかりき▼59

「何(ど)うしてお恨みになったのでしょうか」と、ひどく世間馴れて苦しがっている。御威勢が増して来て、こうしたお住まいでは窮屈なので、三条殿(さんじょうのとの)▼60にお引移りになった。少し荒れていたのを、ひどく結構に修復をして、大宮の入らせられたお部屋を、新たに装飾してお住みになる。昔が思い出されて哀れに申分のないお住まいである。前栽(せんざい)の物なども、小さい木立であったのが、ひどく木深(こぶか)い蔭となり、『一むら薄(すすき)▼61』も心のままに乱れていたのを、お手入れになる。遣水(やりみず)に生えていた水草もお払いのけになって、ひどく気持のよい御様子である。趣(おもむき)のある夕暮時に、お二方でお眺めになっていて、浅

はかであった頃の御幼な話などなさると、恋しいことも多く、人の思ったであろうことも気恥ずかしく、女君はお思い出しになる。老女房どもの、お暇をいただかず、曹司曹司に住まっている者も、お前に参り集って、ひどく嬉しく思い合った。男君、

汝れこそは岩もる主人見し人の行方は知るや宿の真清水▼62

女君は、

亡き人は影だに見えずつれなくて心をやれるいさらゐの水▼63

など仰しゃっている中に、大臣は内裏より退出なされたが、この殿の紅葉の色のめでたさに驚かされてお越しになられた。むかし御親御方の入らせられた御有様にも、殆ど変るところがなく、部屋部屋もひどく落着いて、花やかにお住まいになっている様を御覧になるにつけても、ひどく物哀れにおなりになる。中納言も改まって顔を少し紅らめて、一段と落着いていらせられる。申分のないおかわゆらしい御夫婦ではあるが、女の方は又、これ程の御容貌の人も何で無いことがあろうかとお見えになる。男の方は、限りなく清らかにいらせられる。老女房どもも御前に得意になって、古いことどもを話し出す。大臣は、先程のお歌の散らばっているのをお見附けになって、お萎れになる。「私もこの水に聞いて見たいのですが、年寄は言忌をしまして」と仰しゃる。

そのかみの老木はうべも朽ちぬらむ植ゑし小松も苔生ひにけり▼64

男君附の宰相の乳母は、辛かった大臣のお心も忘れないので、得意げに、

いづれをも蔭とぞ頼む二葉より根ざしかはせる松の末々▼65

老女房どもは、皆こうした心を詠み出したのを、中納言は面白いとお思いになる。女君は訳もなく顔が赤らんで、苦しくお聞きになる。

十月の二十日余りの頃に、帝は六条院へ行幸があった。紅葉の盛りで、興のあるべき折の行幸であるのに、朱雀院にも御勧めの御消息があって、院までも御渡り遊ばされることになったので、世にも

珍らしく又とない御事で、世の人も心を驚かせる。主人の院の方でも、お心を尽して、見る目も眩しいような御準備がなされる。巳の刻▼66に行幸があって、先ず馬場の御殿で、左右の馬寮の御馬を牽き並べて、左右の近衛の官人の立添っての競馬は、五月の節会▼67に差別の附けられないまでに似通っていた。未下刻▼68の頃に、南の寝殿にお移り遊ばされる、御通りの途の間の、反橋や渡殿には錦を敷き、あらわにみえそうな所には軟障を引いて、厳かにおさせになった。東の池には船を泛べて、御厨子所▼69の鵜飼の長と、此の院の鵜飼とをお召し揃えになって、鵜をお使わせになった。小さい鮒をくわえた。態との御覧というのではなかったが、お通りになる道の御興だけのものである。築山の紅葉は何方の方面の物も劣ってはいないが、西の御殿の御前ののは格別なので、中の廊の壁を崩し、中門を開いて、いささかの隔てもないようにして御覧に入れる。御座は二つ装って、主人の御座は下って設けられているのを、宣旨があってお直しになられたのは結構に見えたが、帝は猶お、定まりある礼をつくしてお逢いになれないことを慊らず思召されたことである。他の魚を左近の少将が持ち、蔵人所の鷹飼の、北野で狩りをして来た鳥の一つがいを右近の少将が捧げ持って、寝殿の東から御前に出て、御階の左と右とに跪いてその次第を奏上する。太政大臣が仰せを承って、調理させて御膳に参らせる。親王達、上達部達の御饗応も、珍らしい様に、常とは様を変えて参らせさせた。皆お酔いになって、暮れかかる頃に楽所の者どもをお召しになる。改まっての大楽▼70ではなく、艶かしい程度のものにして、殿上の童が舞を御覧に入れる。主人の殿は、朱雀院の紅葉の賀の折の、例の昔の事をお思い出しになる。賀王恩という曲を奏する時に、太政大臣の男の子の十歳ばかりなのが、一心になって面白く舞う。帝は、御衣をお脱ぎになって賜わる。太政大臣は御階を下りて御礼の舞踏をなさる。主人の院は、菊をお折らせになって、青海波を舞った折をお思い出しになる。院は大臣に、

色まさる籬の菊もをり〳〵に袖打ちかけし秋を恋ふらし▼71

大臣は、その折には同じ舞にお立並び申したが、自分も人よりは勝れていられる身ではあるものの

やはり今の身分は懸け離れたものであるとお思い知りになる。時雨（しぐれ）が折知り顔に降り過ぎる。

紫の雲にまがへる菊の花にごりなき世の星かとぞ見る[72]

「『時こそありけれ[73]』」と申される。夕風の吹き頻（しき）るにつれて散る紅葉の色々の、濃い薄い錦を敷いて、渡殿（わたどの）の上のそれと、見えまがふ庭の面に、容貌（かたち）可愛らしい童（わらべ）で、貴い家の子どもが、青、赤白橡（しらつるばみ）、蘇芳（すおう）、葡萄染（えびぞめ）などの衣裳で、型のように、髪（みずら）は例のびんづらに結い、額に天冠だけを印（しるし）に戴（いただ）いて、短い舞をほのかに舞いながら、紅葉の蔭に帰ってゆく所など、日の暮れるのも惜しいようである。楽所など仰々しくは設けてない。上の御遊びが始まって、書司（ふんのつかさ）[74]の御琴をお取寄せになる。興の極まる頃に、御前に皆御琴を参らせる。宇陀法師（うだのほうし）[75]の昔に変らない音も、朱雀院は、ひどく珍しく哀れにお聞きになる。御歌、

秋を経て時雨ふりぬる里人もかかる紅葉の折をこそ見ね[76]

怨めしげにお思いになったようである。帝、

世の常の紅葉とや見るいにしへの例（ためし）に引ける庭の錦を[77]

とお断りになられる。御容貌（かたち）はいよいよ美しくお整いになられて、主人（あるじ）の院と唯一つ物とお見えになられるのに、中納言[78]の君の侍（さぶら）わせられるのが、これまた別物とは見えないのは、めざましいことであろう。気高くお美しい御様子は、思い做しで劣ってもいよう、水際立っての美しい所は、たち勝（まさ）ってさえも見える。これは笛をお仕え申されたが、まことに面白い。唱歌（そうが）をする殿上人の御階（みはし）に侍っている中でも、弁少将の声がすぐれていた。やはり宿縁のめでたくいらせられると見える御間柄の方々のようである。

▼1　明石姫君の御入内。
▼2　夕霧。

▼3　人知れぬわが通ひ路の関守は宵々ごとに打ちもねななむ（古今集）
▼4　雲井雁。
▼5　中務宮。
▼6　内大臣の母、大宮。夕霧、雲井雁の祖母君。
▼7　源氏。
▼8　柏木。内大臣の長男。
▼9　我が宿の藤の花の色の濃さのまさって愛でたいこの夕方に、訪ねて見には来ませんか、今年の春の名残のその花を。（「花」は「春の名残」で、藤を現したものであるが、姫君を喩えて云っているもの）
▼10　色が増さると云われますが、却って折るに惑うことでしょうかその藤の花は、たそがれ時で、ほの暗くたどたどしかったならば。
▼11　源氏。
▼12　頭中将。
▼13　源氏。
▼14　尊貴に対して敬礼の意を表することで、史記に「高祖五日一朝二大公一、如二家人父子礼一」とあるに依ったもの。ここは、大臣が中将に対しては舅と聟の関係である故に、親の如く尊めの意で云ったもの。
▼15　故人となった祖母や母。内大臣にとっては、母と妹とにあたる人々。
▼16　春日さす藤の裏葉のうらとけて君し思はば我もたのまむ（後撰集）
▼17　その色の紫の方に、我が愚痴は持って行こう。藤の花の、その纏（まつ）わっている松の木をも越して咲いているものは憂いことであるけれど。で、盃に添えてある藤の花房のことを云ったようにして、「紫」は、紫のゆかりの意で、娘の縁組のことを懸け、「まつ」に「待つ」を懸けて、この縁組の延引して待ち遠に思わせたのは、娘が至らない為であるとして、愚痴は其方（そちら）に云うべきものとして、あなたは咎めまい、の心を云ったもの。
▼18　幾たびも露ぽくわびしい春を過ごして来て、この藤の花は、このように愛でたく咲く折に逢ったこと

でしょう。で、戴（いただ）いた藤の花をたたえて、心としては、「藤の花」を同じく姫君に譬え、「紐解く」に共寝の心を持たせて、何年もの永い間私は、此の縁組の許されない為に涙がちに過ごして来て、嬉しくも、共寝の出来る時になったのです。で、御礼をいったもの。

▼19　たおや女の衣の色にまがえられるこの紫の藤の花よ、それを見る人柄の情あるが故に、その色も一段となつかしいものに見られるであろう。で、心は、「たをや女」を妹に、「見る」を関係する意に、「人から」の「人」を宰相の中将に譬えて、妹は宰相故に幸いとなろうと祝ったもの。

▼20　頭中将の弟。雲井雁の兄。

▼21　催馬楽の曲名。「葦垣ま垣かきわけ、てふ越すと、おひ越すと、たれ、てふ越すと、誰か此の事を、親にまうよこし申しし、とどろけるこの家、この家のをと嫁や、親にまうよこしけらしも、天地の神も証（さう）したべ、我はまうよこし申さず、菅の根の、すがなすがなきことを我は聞く、我は聞くかな」

▼22　緑なる松にかかれる藤なれどおのが頃とぞ花は咲きける（古今六帖）

▼23　催馬楽の曲名。「河口の関の荒垣や、関の荒垣や、守れども、はれ、守れども、出でて我れ寝ぬや、出でて我れ寝ぬや関の荒垣」

▼24　私共は以前心浅い者という評判を云い流されました。あの「河口」の忍び逢いのことは、何うして洩れたのでしょう。で、男の歌を承けて浮名の立つ意。「関の荒垣」は「河口」の謡の文句で、浮名の洩れる意で云ったもの。「浅き」、「流し」、「洩らし」は、総て「河口」の縁語。

▼25　番をしていたくきだの関（奥州の名所）があったから、浮名も立ったものを、「河口」の忍び逢いをした心浅さからの浮名だと、その咎を、私にばかり負わせずにあってほしい。で、浮名の立ったのは父大臣の厳重に過ぎた為だとの恨の意を云ったもの。「守り」は「漏り」の意で「河口」、「浅き」は縁語。

▼26　「寝くたれの朝顔の花秋霧におもかくしつつ見えぬ君かな」（夫木抄）

▼27　咎めはなさいますな。人目を忍んで絞っていました手がたゆくなりました為に、今日はあらわになった此の袖の涙の雫を。

▼28　四月八日誕生仏をまつる儀式をする。

▼29 「などてかくあふごかたみになりにけむ水漏らさじと結びしものを」（伊勢物語）
▼30 内大臣。
▼31 内大臣の正室。雲井雁には継母。
▼32 雲井雁の実母。
▼33 明石姫君。
▼34 紫の上。
▼35 例年四月の賀茂神社の祭。
▼36 秋好（あきこのむ）中宮の御母、六条御息所。車争いのこと。
▼37 葵の上のこと。亡くなった事は「葵」に出ず。
▼38 宰相中将、即ち夕霧。葵上の子。
▼39 秋好中宮。
▼40 柏木。内大臣の長男。賀茂の祭の勅使として、近衛府の武官が遣（つかわ）されるのである。
▼41 惟光（これみつ）の娘。夕霧と恋愛関係にある。内侍使、即ち女官の勅使として遣される。この恋愛は、「乙女」に出ず。
▼42 何という名であったろうか、今日の挿頭にするものよ（「あふひ」を、逢う日即ち相逢うことに懸けたもの）。現に目に見つつもその名を忘れて、直ぐには思い出せないようになった二点で、逢うことの少さを嘆いた意。
▼43 今日の挿頭にはしても、同時に覚束ない気がしている草の名の葵即ち逢う日ということは、桂の枝も折った物識りのあなたがよく御存知のことでしょう。「桂を折りし」は、学問の上で名誉を現した意の支那の故事であると共に、桂は葵と共に、今日の祭に縁のあるもの。夕霧を指している。
▼44 紫上。
▼45 明石上。
▼46 紫上。

▼47　姫君の祖母。
▼48　紫上。
▼49　「うれしきも憂きも心は一つにてわかれぬものは涙なりけり」（後撰集）
▼50　住吉神社。明石上の父、明石入道が深く願をかけていた神。
▼51　紫上。
▼52　源氏。
▼53　秋好中宮。紫上が、親となられたこと、既出。
▼54　花散里。
▼55　御領地。
▼56　内大臣、これからは太政大臣。
▼57　このこと、「少女（おとめ）」に出ず。
▼58　浅みどりの若葉の菊に、聊（いささ）かでも、このように、その白い花が衰えてくれないが差し、濃い紫を含む日があろうなどと、思いやったことがあったろうか。「浅みどり」は、六位の袍の色、「濃き紫」は二位、三位など高位の袍の色。菊の花は白い物のみであったが、衰え方になるとくれないになるが、そのくれないは紫を含むので、その紫について云ったもの。「つゆ」は、菊の縁語。心は、六位の自分を軽しめたが、中納言に昇ろうとは思い懸けなかったろうと恨みを返す心のもの。
▼59　二葉の時から、名高い園の菊のこととて、その葉の色が浅いからといって、分け隔てをして置く露さえもございませんでした。「露」にいささかの意を絡ませ、それを主にして、貴い殿の御子とて、幼く入らせられた時から、軽しめる心など聊（いささか）もございませんでした、の心のもの。
▼60　祖母大宮のいらっした旧邸。
▼61　「君が植ゑし一むら薄虫の音のしげき野辺ともなりにけるかな」（古今集）
▼62　お前こそは岩から漏って、岩と変らぬ此の宿を守って来たあるじであるよ。お前の見た此の宿に住んでいた人の、今の在りかは知っているか、宿の真清水よ。「もる」は漏ると守（も）るとを懸けてあって、

守るは宿を守る意。「見し人」は、大宮。「行方は知るや」は、恋しさに、それを知りたい意で云っているもので、それが一首の心。

▼63　亡き人は映る面影さえも見えない。そうしたことには平気に、自分だけ快さそうにしている此のいささかの水よ。「亡き人」は、大宮。「いさらゐ」は、いささかの井で、井は飲用とする水のあり場所、遣水（やりみず）を云いかえたもの。男君とは逆に、庭の遣水を恨んだ心のもの。

▼64　親君のましました頃の老い木は、枯れてしまったのも尤もなことであろう。その頃植えた小松も今は幹に苔がむしたことである。「老木」は大宮に、「小松」を中納言に譬う、「苔生ひ」にその一人前となられた意を持たせて、若い者を祝った心のもの。

▼65　どちらをも、我が身を寄せるべき蔭として頼んでいる。二葉の若木の時から、既に根を入りかわしていた二もとの松のその末々であることよ。「二葉より根ざしかはせる」は男君女君の、幼い時から心をかわしていたことを譬えたので、心は、それを妨げた大臣を恨んでのもの。

▼66　午前十時。

▼67　五月五日に行われる競馬。

▼68　午後三時。

▼69　主上の御膳部を司る役所。

▼70　「紅葉賀（もみじのが）」にいず。

▼71　くれないの色の増して来る籬の白菊の花も、折々には、これを挿頭（かざし）に我らの袖を打交わして舞った、あの昔の秋を恋うことであろう。「菊」を大臣に譬え、「色まさる」に、昇進して衣の色の貴くなったことを懸けて、今は立身したが、若かった昔をなつかしく思うこともあろうと、親しみの心を云ったもの。

▼72　紫の雲の色に擬（まが）っている菊の花よ。我は、濁りなく治まっている代の、星かと仰ぐことである。「紫の雲」は、宮中を貴んでの比喩で、又「紫」は白菊の衰えて来ての色を云ったもの。「菊の花」は、源氏を喩えたもの。「星」は、天上の物で、白菊の比喩にも用いられているもの。一首は、太上天皇に準ぜ

られた源氏を、聖世の星かと仰ぎ見る、との意で、源氏を賀した意。
▼73 「秋を置きて時こそありけり菊の花うつろふからに色の増されば」（古今集）
▼74 帝の御書籍、御楽器を司る役所。
▼75 御物の和琴の名器。
▼76 数多の秋を経て、世に古くなった里人の我も、こうした紅葉の折はついに見なかった。「時雨」は「ふり」と続き、「古り」と転じさせた序詞で、秋の縁語。「里人」は、帝位をお離れになった御自分を御卑下の詞。「紅葉の折」は、今日のような紅葉の賀の意で、全体は、老いた我も、こうした紅葉の賀はついになかったと、御述懐と共に、今日をお喜びになったもの。
▼77 世の常の紅葉と見ようか、見はせぬ。いにしえの桐壺の帝の御代の紅葉の賀の例に倣って、ここに引き渡した庭の錦であるものを。「いにしへの例」は、古えの御代の先例で、桐壺の帝の紅葉の賀。「引ける」は、例を引く意と、錦を幕として引く意を懸けたもので、今日をお喜びになる心と共に、御自分の御代の栄えとはせず、桐壺の帝の御代とすると共に、朱雀院のお心をお慰め申させられたもの。
▼78 夕霧。

若菜　上

朱雀院の帝には、先頃の行幸の後、それに続く頃から、例のようではなくお悩みつづけになって入らせられる。以前から御不快でいらせられる中にも、今度は殊にお心細く思召されて、年頃も御遁世の御本意が深いのに、御母后[1]の御在世であった間は、万事御遠慮遊ばされて、今まで御躊躇になっていらせられたのであるが、やはり其方へお催されになるのであろうか、世に永くは生きていられないような気分がすることだなど仰せになって、然るべき御準備をなさせられる。御子達は春宮をお除け申して、女宮達が御四方あらせられたことである。その中でも、藤壺と申上げた御方は、先帝の御代[2]の源氏[3]でいらせられた方である。帝がまだ春宮でいらせられた時に御入内になって、后の位にもお昇りになるべき方であったが、これという御後見もあらせられず、母方もまたさしたる家筋でもないはかない更衣腹でいらせられたので、後宮のお交りの時もお心細そうで、御母后が尚侍[4]を御入内おさせ申して、傍に並ぶ者もないお扱いをなされた程に、圧倒されて、帝もお心の中ではいとしい者にお思い申されながらも、御位をお降りにならせられたので、更衣は在り甲斐もなく口惜しくて、世の中を恨んだようにしてお亡くなりになったが、その御方の御腹の女三の宮を、帝は数多の皇女の中でも特に可愛ゆいものに、お思い冊きになって入らせられる。その頃お年は十三四程でいらせられる。今は世を背き捨てて、山籠りをする後の世に残って、誰を頼む蔭にして過して行かれるだろうかと、唯この宮の御上を気がかりにお思い嘆きになられる。西山の御寺の御造営を終って、そちらへお移りになる御用意をなさるに添えて、又この宮の御裳着の事を御準備なされる。院の内の貴重に思召される御宝物、御調度どもは申すに及ばず、はかないお玩具のような物までも、少しでも由緒ある物の限りは、唯この宮にお譲りにならせられて、その次ぎ次ぎの品を、他の皇子達には御譲与にならせられたことである。

　春宮は、そうした御悩に加えて、御遁世なさろうとする御心構えの由をお聞きなされて、お渡りになられた。母女御[5]もお附添いなされて、お参りになられた。すぐれての御寵愛というではなかったが、宮がこのようになって入らせられる御宿世の、限りなくも愛でたいので、年頃の御物語を、細やかにおかわし合いになった。宮にも様々の事、世をお治めになるお心用いなどを、お教え遊ばされる。お年の割りには、ひどく大人びていらして、御後見なども、あの方この方も軽々しくない方々でいらせられるので、まことに後安くおぼしめされる。「此の世には怨みの残ることもありません。女宮達の大勢残っていますだけが『さらぬ別れ[6]』の絆になることです。さきざき、人の上で見聞きしましても、女は心にも無いちょっとした事で、人に貶しめられるような宿世を持っていますのが、まことに残念に悲しいことです。何の姫宮をも、思いどおりになられる御代になりましたら、何かにつけてお気を附けて、見やって下さいよ。その中でも、後見のあります者は、其方へ譲っております。三の宮は、まだ弁別のない年で、私一人だけを頼りにしていますので、私が捨てた後の世に漂いさ迷おうかと、ひどく気がかりで悲しいことです」と、御目をお拭いになりつつお聞せになられる。女御にも、やさしくするようにとお諭しなされる。しかし、母女御が御方々より勝って御威勢があったので、何方も競争し合っていられた頃、御仲も、よいという訳にはゆかなかったので、その名残として、ほんに今は、特に憎いという程ではなくても、心から気を附けて御後見をしようとまではお思いにならなかろうかと、推量されることである。

院には朝夕に女三の宮の御事をお思い嘆きになって、年の暮れてゆくに連れて、御悩は本当に重くおなりになられて、御簾の外にもお出ましにならない。これまでも御物の怪で、時々お悩みにならせられることはあったが、ひどくこのようにまで打続いて、間断ない様ではなかったのに、今度はやはり最期なのだと思召された。御位はお降りになられたが、やはり御在位中にお縋り申し初めた人々で、今でもお懐しく愛でたいお有様を、心の慰め場所として参ってお仕え申している程の者は、心を尽してお惜しみ申上げる。六条院からも、お見舞が屢々ある。御自身もお参りなさるべき由を聞し召して、院は、まことにひどくお喜びになられる。▼7中納言の君のお参りになられたのを、院は御簾の内にお召入れになって、御物語が濃まやかである。「故院▼8の上が、今わの際に、多くの御遺言がありました中で、あの六条院の御事と、今の内裏▼9の御事とは、取り分けて御言い置きになりましたが、位に即きましては、事に限りがありますので、内々の心寄せは変りませんものの、ちょっとした事の間違で、お恨みになられたこともあるだろうと思いますのに、年頃事に触れまして、そのお恨みを残していられる御様子をお漏らしにならないことです。賢い人だといいましても、自分のこととなりますと、事の行きちがいから心が動きまして、必ずその報いを見せ、歪んだことをすることは、昔の世でさえ多かったことです。何うかいう折には、そのお心持が現れることだろうと、世間の人も思って疑っていたのですが、とうとう我慢をしとおされて、▼10春宮などにまでもお心をお寄せになっていられます。今は又この上もなく親しかるべき仲になって、睦び合って入らっしゃるのを、心の中では限りなく嬉しく思いながらも、本性の愚かなのに加えて、子を思う闇もまじって、訳の解らないことを云いもしようかと思いまして却って余所のことのように知らん顔をしております。内裏の御事は、その御遺言を間違えずお仕え申して置きましたので、あのように末の世の明君と仰がれて、前の代の不面目もお取り返しになっています。本意どおりでまことに嬉しいことです。この秋の行幸の後は、昔の事も取添えて懐かしく逢いたく思っています。対面の上でお話したいこともあります。必ず御自身お出で下さるよう御催促して下さい」など、打萎(うちしお)れつつ仰せになられる。中納言の君は、「過ぎ去りました頃のことは、何事も弁(わきま)えが附きませんでございます。年をいたしまして、朝廷へもお仕え申上げまして、世の中の事を見ます頃には、大小の事につけましても、内々の然るべき話などの序(ついで)にも、昔憂(うれ)わしいことがあってなど、仄(ほの)めかして申される折はございません。このように朝廷の御後見(おんうしろみ)を仕(つかまつ)りさして、静かにいたい願いを叶えようと、ひたすら引籠(ひきこ)もっていた後は、何事も与(あずか)り知らない様であって、故院の御遺言のようにお仕え申せずにいます。院の御在位の頃には、年の程も身の器も足りず、賢い上に立つ人々も多くて、自分の志を遂げて、御覧に入れるということもなくてしまいました。今このように御位をお去りになり、お静かにして入らせられる頃なので、自分の心の中も隔(へだ)てなく、参って申上げたいのですが、さすがに何となく窮屈な身分なので、自然月日を過していることですと、折々嘆いて申しておられます」など奏せられる。二十(はたち)にもまだ足りない年▼11だのに、まことに思慮が熟し過ぎていて、容貌(かたち)も今を盛りに美しく、ひどく清らかなのを、院には御目にお留めになって、じっと御覧になりつつ、あの持て扱い悩んで入らせられる姫宮の御後見(おんうしろみ)にこの人では何(ど)うだろうかなど、人知れずお思い寄りになった。「太政大臣(おおきおとど)の方に、今は縁が決まっていられるとかいうことですね。年頃心得ぬ様に聞いて、気の毒に思っていましたので、聞きよくは思いますものの、さすがに残念な気のすることもあります」と、仰せになられる御様子を、何うしてそのようなことを仰せられるのであろうかと、訝(いぶか)しく思いめぐらすと、あの姫宮をそのようにお思い扱いになって、お考えになられて、然るべき者があったら預けて、御気安く世をお遁(のが)れになろう、とお思いになって仰しゃるのだと、自然漏れ承る便りがあったので、そのような向きのことであろうかとは思い当ったが、ふと心得顔に、何で御返事が申上げられようか。ただ「人がましくない身でございますので、寄る辺の者も出来難くばかりいたしまして」と奏して止(や)めた。女房なぞは、覗いて見聞きして、「まことに珍らしくお見えになるお容貌(かたち)御用意でございますこと。まあ結構な」など集まって申すのを、年取った者は、「さあ、それにしましても、あの院[12]のこの年でいらした頃の御有様には、お並びになる訳にはまいりますまい。ほんに見る目も眩しい程に清らかでいらしたことですよ」など、云い合うのを院はお聞きになって、「まことに、彼れはひどく様の異った人でしたよ。今は又あの頃よりも容貌が闌けまさって来て、光るというのはこういうのを云うのだろうかと見える美しさが、一段と加わって来ています。改まってはきはきと事をする所を見ると、厳めしく水際立っていて、目も届きかねる気がしますのに、又打解けて、冗談など云って取乱して遊ぶと、その方につけては、似るものもなく愛嬌があって、なつかしく可愛いいことの並びないところは、世にも珍らしい人です。何事にも前世の果報が思いやられて、珍しい有様です。内裏に育って、帝王の限りなく可愛いい者になされ、あれ程撫でさすって大切になされ、身に代えてお思いになったのでしたが、心のままにも驕らずに卑下しまして、二十前には納言にもならずにしまわれました。一つ越して、宰相で大将を兼ねられたのでしたろうか。それに較べるとあの中納言は、ひどく際立って昇進されたようなのは、次ぎ次ぎの子の覚えが増さって来たからでしょう。まことに政治の方の学問や気働きは、あれも殆ど父に劣らないようで、悪くすると老成という上では父にも勝っている覚えのあるのはひどく珍らしいことのようです」のお褒めになられる。

　姫宮のひどくお可愛らしく、幼く無心なお有様なのを御覧になるにつけても、院は「これを可愛がって上げられ、それに又、まだ足りない所は庇って、お教え申してくれそうな人で、安心の出来る人にお預けしたいものです」と仰せになられる。年をした[13]御乳母共をお召出しになって、御裳着のことなどを仰しゃる序に、「六条の大臣が、式部卿親王の娘を育て上げたように、この宮を預って育ててくれる人を欲しいものです。尋常人の中には得難いことです。内裏には中宮[14]が入らっしゃいます。次ぎ次ぎの女御達といっても、ひどく貴い者ばかりが居られるので、しっかりした後見がなくて、そうした中に立ちまじるというのは却ってよくないでしょう。あの権中納言の朝臣[15]が独身でいた中に、仄めかして見るべきことでした。若くはあるがひどく優れていて、将来の頼もしそうな人ですのに」と仰せになる。「中納言は、もともと至って堅い方でございまして、年頃も唯今の方にお心を懸けて、余所へは気をお移しそうにも見えませんでしたのに、その思いが叶ったので、一段と心の動くようなことはございますまい。あの院▼16の方は、却って今でも何のような人でも、ゆかしくお思いになるお心は、相変らずおありになるのでございます。そういう中でも、貴い御方をお思いになるお心が深くて、前斎院▼17などをも、今以て忘れ難くしていらっしゃるということでございます」と申上げる。「さあ、その相変らずの仇ごころは、ひどく気がかりなことです」と仰せにはなったが、ほんにその大勢の者の中に立ちまじって、厭やな思いをすることはあろうとも、やはり親代りということに定めて、あの院にお譲り申すことにしようかと思召すことであろう。「全く、多少とも生き甲斐のある暮しをさせたいと思う女の子を待っていたら同じことならばああいう人の側にこそ近附けたいものです。何れ程でもないこの世の間は、ああいう風に楽しい有様で、過したいものです。私がもし女だったら、同じ兄弟であっても、必ず睦び寄ってゆくことでしょう。若かった時など、そのように思いました。まして女が欺かれるのは、まことに尤もなことです」と仰しゃって、お心の中には尚侍の君▼18のことをお思い出しになられることであろう。

　姫君のお附人共の中で、頭だった御乳母の兄であって、左中弁であり、六条院に親しい人で、年頃お仕え申している者があった。三の宮にも心寄せが格別でお仕え申しているので、お参りした折に御乳母は逢って、物語のついでに、「上にはこれこれの思召しがあって仰せになりましたので、あちらの院へ、好い折があったらお漏し申上げて下さい。皇女達は御独身でおいでになるのは普通のことですが、いろいろのことにつけてお心寄せを申上げ、何事につけても御後見をなさる人のあるのは頼もしげなことです。姫宮には上を外にしては、心からお思い申上げそうな方もありませんので、私がお仕え申していたからとて、何れ程のお役に立ちましょう。私一人だけではないので、自然思いの外の事がおありになり、軽々しい評判でも立つようなことがありました時には、何んなに当惑することでしょうか。上の御在世の中（うち）に、何（ど）のようになりともこの御事が定まりましたならば、お仕え申しよくなることでしょう。尊い御身分だと申しましても、女はまことに宿世（すくせ）の定まらないものですから、いろいろと心配になりまして、此のようにお幾方（いくかた）も入らっしゃいます御中（おんなか）で、取分けてお可愛がりになりますにつけましても、人の嫉（そね）みもありそうですから、何（ど）うかして疵（きず）をお附け申したくないのです」と話すと、弁は、「何ういうお心からでしょうか、院は、不思議な程御実意があって、かりにも御関係になられました人は、お心に留まった人も、又さして深くはなかった人も、それぞれにつけてお引取りになりつつ大勢をお集めになって入らっしゃいますが、大切にお思いになっている方は、限りがあって、お一人（ひとかた）だけのようですから、そちらへお偏（かたよ）りになって、あり甲斐のなさそうな住まいをして入らっしゃる方々が多いようですが、御縁があって、もしそのように成られますようでしたら、貴い人だと申しましても、立ち並んで張り合ってゆくことはお出来になるまい、と推量されますが、やはり何（ど）んなものかと遠慮される点があろうかと思われます。それは、あの院は、この世の栄えが末（まつ）世（せ）には過ぎて、身に取って心許（こころもと）ないことといってはないが、女の上では、人の非難を受け、自分の心にも満足の出来ないこともある、と何時（いつ）も内々（うちわ）での冗談には仰しゃってですが、ほんに手前共が拝見しますところでもそのようで入らっしゃいます。いろいろの関係で御保護に預っていらっしゃいます人は、何方（どなた）も不似合な低い御身分の方ではいらっしゃいませんが、限りのある尋常人（ただびと）どもで、院のお有様に立ち並べる程の覚えを備えている方が入らっしゃいますでしょうか。それにつけ、出来ますことならば、ほんにそのようにおなりになりましたらば、何（ど）んなにかお似合（にあい）な御仲でございましょう」と話すのを、御乳母（おめのと）は又事のついでに院に、▼19「これこれと某の朝臣に仄めかしたところ、あの院は必ず御承引申上げましょう、年頃の御本意の叶うこととお思いになるべきことでしょうから、此方（こなた）の御許しが本当におありになることでしたらお取次ぎを申上げましょう、と申しました。いかが致したものでございましょうか。あの院は程々につけて、その人の身分身分をお思い弁（わきま）えになりつつ、珍らしいお心持では入らっしゃいますが、尋常人でさえも、他にも関係している人が立ち並んでおりますことは、慊らないことにいたしているようでございますから、面白くないこともございましょうか。御後見を望んで入らせられる方々は、大勢入らっしゃるようでございます。よくお考えの上でお決め遊ばされるのが宜しゅうございましょう。貴い方と申しましても、当世風と致しましては、何れもはっきりと分別をお附けになりまして、世の中を御自分のお心持でお過しになられる方も、入らっしゃるようですのに、姫宮は呆れます程に大ようで、心許なくばかりお見えになりますのに、お仕え申す人々は、御奉公には限りがございます。大体のお指図にお随い申して、賢い下人も素直にお仕え申すのがたよりのあるものでございます。確りした御後見が入らっしゃいませんでは、やはり心細いことでございましょう」と申上げる。「そのように思いやられるので、皇女達の縁附いている有様は、ひどく床しくはないものでもあり、又高い身分者とは云っても、女は男に添うにつれて、口惜しいようなことも、呆れるような思いも、自然まじって来るものだと、一方では心苦しく思い乱れるのですが、又、親達に残されて、頼みとする者に別れた後に、自分の心を立てて世の中を過してゆくことは、昔は人の心が穏やかで、世間で許さないようなことは、思い及ばないことだと決めていたのですが、今の世でも、好色好色しい乱りがわしいことも、話の中には聞えて来るようです。昨日までは貴い親の家に崇められ冊かれていた娘が、今日は至って卑しい低い身分の好色者どもと浮名を立てて、欺かれて、亡い親の顔を汚し、名を辱しめる類が多く聞えまして、結局はみんな同じことです。程々につけて、宿世というようなものは、知ることの出来ないものですから、何の道気がかりなことです。総じて悪いにもせよ善いにもせよ、親兄弟の許した通りにして世の中を過してゆくのは、それが宿世で、後になって零落することがあっても、自分の過ちにはなりません。暮してゆく中にとんだ幸せな身になり、側の見る目のよくなった時には、あれでも悪くはなかったのだと見えるのですが、やはり出しぬけに、不図聞きつけた時には、親にも内々で、然るべき人も許さないのに、自分の心だけで忍び事をしでかしたのは、女の身としては此の上もない疵と思われることです。至って身分の低い尋常人の間でさえも、軽々しい気にくわないことです。自分の心以外のことではないのに、心にもない男にも逢って、宿世を定められるというのは、ひどく軽々しい、身の扱い方や有様までも推し量られることですのに、宮は不思議なまでに確りしないお心ざまかと見える御様なので、お附きの者のそれこれの心に任せて、お扱い申して、そのようなことが世間に漏れるようなことがあっては、まことに辛いことです」など、お見捨て申す後のことを、御心配そうにお思いになって仰せられるので、御乳母どもはいよいよ気苦労に思い合った。院は、「今少し御分別のお附きになるまでお見届けしようと、年頃思っていましたが、深い本意も遂げられなくなりそうな気持がしますので、迫き立てられるのです。あの六条の大臣[20]は、ほんに、それにしてもよく物がお解りになって、安心の出来る点では此の上もない人で、方々に大勢いられるという人々[21]は、此方の知ったことではないでしょう。何うあれこうあれ、此方の心持次第です。長閑に落着いていて、広い世間の手本ともなる安心の出来る上では、並ぶ者のない人です。あの人を外にして好さそうな人と云っては、誰がありましょうか。兵部卿宮は、人柄は気持のよい人です。同じ皇子の血筋で、他人として見貶すべきではありませんが、余りにもひどく物柔かに様子ぶるので、貫禄が足らず、少し軽々しい感じがし過ぎます。やはりああいう人はさして頼もしくないことです。又大納言の朝臣[22]の、宮の家司を望んでいるのは[23]、そういう上では、実直なことであろうとは思いますが、さすがに何んなものでしょうか、ああした尋常人では、やはり面白くないことでしょう。昔も、こうした選びには、何事も人より勝った声望のある人に、事が定まったものです。唯単に此の上もなく信頼のできる人だということだけを好いことにして決めるというのは、まことに遺憾な残念なことです。右衛門督[24]が内々気を揉んでいるとのことを、尚侍[25]が云われたが、あの人だけは、位がもう少し立派になっていたなら、何も悪いことはないと思い寄られるのですが、まだ年がひどく若くて何とも軽ろ過ぎることです。高望みの心が深くて、独身で過しながら、ひどく落着いて思いあがっている様子は、人よりは擢ていて、学問なども足りない所もなく、行く行くは国家の柱石ともなるべき人なので、行末も頼もしいのですが、やはり又御後見と決めようとするには、足りないところがあります」と、様々にお思い煩いになった。このようにまでもお思い寄りにならない姉宮達の方には、心に懸けてお悩まし申す人とてもない。不思議にも、内輪で仰せになる御ささめき言が、自然と世間にひろがって、心を尽す人が多くあることであった。

太政大臣も、「あの右衛門督が、今まで独身でばかりとおしていて、皇女達でなければいただくまいと思っているのに、そうした御定めの起っている折に、そのようにお望み申上げて、お召寄せになられたならば、何れ程自分の為にも面目であって、嬉しいことであろう」と仰しゃって、尚侍の君に、その姉に当る北の方▼26を通してお伝え申すのであった。様々に限りない言葉を尽して奏せさせて、御内意をお伺わせになられる。兵部卿宮は、左大将の北の方▼27をお取り外しになられて、彼方のお聞きになる所もある、つまらない人ではと選り好みをして過していたので、何でこの姫宮にお心が動かずにいよう、限りなくお思い込みになっていた。藤大納言は、年頃院▼28の別当として、親しくお仕え申上げてお側にお馴れ申していたので、院が御山籠をなされた後は、頼り所がなくて心細くなりそうなので、この宮の御後見ということをかこつけに、御眷顧を蒙れるようにと、切にお許しを賜ろうとなさるのであろう。権中納言▼29も、こうした事をお聞きになるにつけて、人伝てというのではなく、あのようにお漏らしにならせられた御気色をお見上げ申しているので、自然の機会につけてそっとお聴きに入れるようなことがあったならば、よもやお取上げにならないことはあるまいと思って、胸騒ぎもすることであろうが、女君▼30の今はと思って、打解けて頼んで入らっしゃるので、年頃、辛いのにかこつける事の出来そうだった時でさえ、他へ心を向けることもなくて過して来たのに、生憎に今更立ち戻って『俄に物を思はせ』▼31など出来ようか、一通りならぬ貴い方に関係などしたならば、何事も思うようにはならず、左右に気を置くようであったならば、わが身もさぞ苦しいことであろうと、もともと好色好色しい心ではないので、心を鎮めつつ云い出しはしないが、さすがに余所へお決まりになってしまうのも何んなものかと思われて、それについての事には耳が留まっていた。

春宮にも、そうした事をお聞きになって、「さし当っての唯今の事よりも、後の世の例ともなることなので、よくお考えにならるべきことでございます。人柄は悪くはなかろうとも、尋常人は限りがございますので、やはりそのように思召し立つことでございましたならば、あの六条院にこそ親代りとしてお譲りなさいませ」と、態々の御消息というではないが、御内意のあったのを院は喜んでお聴きになり、「ほんに然うだ。まことによくお気が附いて仰しゃった」と、いよいよお気乗りがされて、先ずかの左中弁に仰せられて、それとなく御内意をお伝えにならせられたことでした。六条院がこの宮の御事を、そのようにお思い煩いになって入らせられる様は、前々から皆お聞きになって入らしたので、「お気の毒な御事でございますよ、それに致しましても、院の御世が残り少いと申して、此方も又何れ程お後れ申すことが出来るというので、その御後見のことをお引受け申せましょう。まことに順序通りに行って、この先暫くの間でもお跡に残っている時がございましたら、大方の上では、何の皇子達をも余所事にお聞き申すようなことは致しませんが、又此のように取り分けてお聞き申上げます方は、特別にも御後見を申上げようとは思いますが、それさえもまことに不定な世の定めなさでございます」と仰しゃって、「まして偏にお頼まれ申すべき関係になって、お睦び馴れ申すことは、これは却って、私も続いて世を去ります際はお気の毒なことで、自分の為にも浅くない絆となることでございます。中納言などは、年も若く軽々しいようでございますが、行末も永く、人柄としても、結局は公の御後見となれそうな生い先のように見えますから、そのような事をお思寄りになりますのに、何でまるきり取柄のないことがございましょう。ですが彼れは、まことに堅気な者で思う人も定まっているようなので、それに御斟酌なさるのでしょうか」など仰しゃって、御自分は問題になさらない御様子なので、弁は、いい加減のお選びではないのに、このように仰しゃるのを、お気の毒にも残念にも思って、内々お思い立ちになった次第を、くわしく申上げると、院もさすがにお打笑みになりつつ、「至ってお可愛ゆがりになって入らっしゃる皇女のようですから、あながちに、そのように、先々のことも深くお考えになるのでございましょうよ。それならば何うこうなしに内裏にお上げなさるべきでございましょう。貴い方で先に御入内になった方々が入らっしゃるということは、何んでもないことです。それに遠慮すべきでもありません。必ず、それだからといって、後からの者が軽しめられるという訳でもありません。故院▼32の御時に、大后▼33は、まだ春宮で入らした時の最初の女御で、お威張りになって入らしたのですが、ずっと後に御入内になった入道宮▼34に、一時は圧倒されてしまいになりました。その皇女の御母女御は、あの宮の御妹で入らっしゃいましょう。御器量も御姉宮に次いで、ひどく好いとお云われになった方ですから、何方からいってもその姫宮は、並大抵ではよもや入らっしゃいますまいに」と仰しゃって、心ゆかしくお思い申すのであろう。

　年も押詰まった。朱雀院には御気分がやはりお宜しく入らせられないので、何かとお気ぜわしくお思立ちになって、姫宮の御裳着のことをお急ぎになっていられる様は、昔にも後にも珍らしいまでに厳めしい騒ぎである。御儀式は柏梁殿▼35の西面で、御帳台御几帳を始めとして、此の国の綾錦はお混ぜになられず、唐の后のお部屋飾りを御想像になって、麗わしく仰々しく、耀くまでにお整えになった。御腰結いの役は、予てから太政大臣をお命じになっていたので、物々しく入らっしゃる方とて、参りにくくはお思いになっていたが、昔から院の仰せはお背き申さないので参上なされる。今お二人の大臣方、その他の上達部なども、余儀ない差支のある者も強いて都合を附け助け合って参上なされる。親王達八人、殿上人は又云うにも及ばず、内裏、春宮からの者も残らず参り集まって、厳めしい御儀は世の響である。院での御儀式は今度の事が最後であろうと、帝春宮を始め奉って、お気の毒のことにお聴きになられつつ、蔵人所、納殿にある唐の品々を多く献じさせられる。六条院からも献上物がひどく数多い。御祝儀として遣わされる品々、人々への禄、尊者の大臣▼36への御引出物なども、この院から御献上になられたことである。中宮[37]からも、御装束、櫛の筥（はこ）を、別して心を籠めてお作らせになり、かの昔、院より賜わった御髪（みぐし）あげの道具[38]を、趣（おもむき）あるように新たにお手入れなされて、さすがに以前の心持は失わずに、それと分るようにして、その日の夕方にお献じになられる。中宮の権亮（ごんのすけ）で、朱雀院の殿上にもお仕え申す人を御使（おつかい）として、姫宮の御許（おんもと）に参らせるようにと仰せになったのであるが、こうしたお言葉がその中にはあった。

さしながら昔を今に伝ふれば玉の小櫛ぞ神（かん）さびにける[39]

院は御身つけになって、哀れにお思出しになられることがあった。我にあやかられても悪くはあるまいとしてお譲りになられた物で、面目のある髪道具なので、御返事も昔の哀れはお控えになられて、

さし継ぎに見るものにもが万世（よろずよ）を黄楊（つげ）の小櫛の神（かん）さぶるまで[40]

と礼を申させられる。

御気分のひどくお悪（わ）るいのをお怺（こら）えになりながら、お気を引立ててのこの御儀式が終ったので、三日を過して、院はついに御髪（みぐし）をお下しなされる。何程でもない分際の者でさえも、今はと姿の変るのは悲しいことなので、ましてまことにおいとしいことに御方々は嘆かれる。尚侍（ないしのかん）の君は、じっとお側にお附き切りになって、ひどく嘆き入っているので、院は慰めかねさせられて、「子を思う道[41]には限りのあるものです。このようにお思い込みになっている人との別れは、怺えられないものですよ」と仰しゃって、お心も乱れそうであるが、強いて御脇息にお凭（よ）りかかりになられて、叡山の座主（ざす）[42]を始めとして、御授戒の阿闍梨（あざり）が三人お附き申して、法服（ほうぶく）をお著（き）せ申す、この世をお別れになる作法は、申しようもなく悲しい。今日は世の中を思い澄ましている僧達でさえ、涙をとどめられずにいるので、まして姫宮達、女御、更衣、数多（あまた）の男 女（おとこおんな）など、上下（かみしも）の者が、殿に満ちて泣き立てるので、院はひどくお心が慌（あわただ）しく、此のようでなくて、静かな場所へ直（す）ぐにお籠（こも）りになりたくお思い設（もう）けになって入らした御本望が違ったお思いのなさるのも、唯この幼い姫宮[43]に引かされてのことであると仰せになる。

内裏を初め奉って、御見舞の繁さはまことに云うまでもない。

六条院も、少し御気分がお宜しいとお聞き申上げられて、御参りなされる。御賜りの御領地などこそ、御退位の帝とすべて同じように定まって入らせられるが、誠の太上天皇の儀式は押し切ってお執りにならない。世間のもてなし御尊敬の様は格別であるが、殊更にお略しになって、平常の仰々しくないお車に召され、上達部なども、然るべき者だけが、車で御供を申上げることである。院[44]にはひどくお待ち悦びになられて、苦しい御気分をお引立てになって御対面になる。改まってのことはなされず、唯平常入らせられる御座の間に、お座を装い加えてお入れ申上げる。お変りにならせられたお有様をお見上げ申すと、来し方も行末も真暗に、悲しさの涙が止めどなくお思われになるので、直ぐには物も申せられない。六条院は、「故院[45]をお見送り申上げました頃から、世の中の無常さを思い知りましたので、この道への本願が深く進んでおりましたが、心弱く躊躇させられることばかり続いておりまして、とうとう此のように尊いお姿をお見上げいたしますまでお遅れ申しました心微温さが、お恥ずかしく存ぜられますことでございます。私などの分際では、何の雑作もないことだと思立ちますことが折々ございますが、今更に、何うにも見捨て難いことの多くなって来る事柄でございます」と仰しゃって、お慰め申し難くお思いになっている。院もお心細くお思いになるので、心強くもおなりになれず、お萎れになりながら、昔今の御物語をひどく力無げになさって、「今日か明日かという気がいたしつつ、さすがに時が立ってゆきますので、油断して深い本意の片端も遂げずじまいになってはと、思い立ってのことなのです。こうしたからとて、残る命がなかったら、修行の志も叶わないことですが、先ず仮にでもその形をつけて、せめて念仏だけでもと思うのです。病いがちな身ながらも、世にながらえていますのは、唯この志に引き留められてのことだということを、思い知らない訳ではないので、今まで勤行もしなかった怠りの罪だけでもと思いますと、気安くはいられないのです」と仰しゃって、お心構えになっている事などを委しく仰しゃる序に、「皇女達を大勢お見捨てするのが心苦しいことです。その中でも、外に世話を頼む者の無い者は、取分け気懸りで途方にくれています」と打明けてではなく仰しゃる御様子を、六条院は心苦しくお見上げなさる。お心の中にも、さすがにゆかしくお思いになるお有様なので、お聞き流しにはなりにくくて、「ほんに尋常人よりも、こうした御方は、親身になっての御後見のないということは、残念なことでございます。春宮があしてお出でになりまして、まことに勿体ない末の世の儲▼46の君だと、天の下の者が頼み所としてお仰ぎ申上げておりますので、まして此の事はと仰せ置きになりますことは、一事としておろそかにお軽しめ申すべきではございませんから、決して先き先きの事を御懸念になるべきではございませんが、ほんに事には限りがございまして、御位にお即きになり、世の中の政はお心通りになるとは申しながらも、女の御為に何れ程特別のお心寄せがお出来になるという訳ではございません。総じて女の御為には、様々の事を心から御後見をする者といっては、やはり立ち入っての契を交し、遁れられないこととしてお世話を申上げる保護者のありますのが、安心の出来ることでございますから、やはり達て後の世の御不安が残るようでございましたら、相応な者をお選び遊ばしまして、内々然るべき御預りをおきめになるべきことでございます」などお奏しになられる。「そのように思い寄ることもありますが、それが又困難なことなのです。昔の例を聞きましても、現に世を保っている盛りの時の皇女でさえも、人を選んで、後見をおさせになった類いが多くありましたことです。まして此のように、今はと世を捨てる際になって、事々しく考えるべきではないと思いますが、又そのように捨てる世にも、捨て難いことがありまして、さまざまに思案に暮れています中に、病いは重もってゆきます。又取返しのつかない月日が過ぎてゆきますので、心が慌しいのです。云いにくい譲りではありますが、あの幼い内親王一人を、取分けてお育て下さって、然るべき縁をお心でお考えになって、お預け願いたいと云いたいのですが、権中納言が独身でいられた中に、進み寄るべきでした。太政大臣君に先んじられて残念に思います」と仰せになられる。「中納言の朝臣は、忠実な方ではまことによくお仕え申しましょうが、何事もまだ浅くて、思慮の足りないことでございましょう。勿体ないことですが、私が心深く御後見を申上げましたらば、これまでの御保護に変っているとはお思いになりますまいが、私も行く先が短くてお仕えさしになりはしないかと、その不安が心苦しい次第でございます」と御承引申された。夜に入ったので、主人の院の方々も、客の六条院の御供の上達部も、皆御前で御饗応があったが、精進物で、立派ではなく、艶めかしくおさせになった。院の御前に、浅香の懸盤▼47に御鉢など、昔に変った様で差上げるのを見て、人々は涙をお拭いになる。出家としての哀れな筋のことがあるが、うるさいから書かない。夜更けてお帰りになられる。禄など次第によって賜わる。別当の大納言が御送りとして参られる。主人の院には、今日の雪で一段と御風邪が加わって、お心が乱れて悩ましく入らせられるが、女宮の御事が決まったので、お心安くお思いになられた。

六条院は、何となく心苦しく、いろいろとお思い乱れになる。紫の上も、そうした御縁談を、以前にも薄々お聞きにはなったが、そんな事はあるまい、前斎院▼48にも懇ろに御申込みになるようではあったが、態とお遂げにはならずにしまった位だのに、とお思いになって、そうした事がございますかとお問いにもならず、何心もなくて入らせられるので、院はお可哀そうで、此の事を知ったらば何んな気がなさろうか。自分の心持は聊も変るようなことはあるまいし、そうした事があるにつけても、却って一段と深い情合いが増してゆくことであろう、それと見定めがお附きになるまでの間は、何んなに気を揉んで疑うことであろうと、不安にお思いになる。近年になっては、以前にもまして互に心の隔てを附けるようなことがおありにならず、しみじみとした御仲なので、暫くの間でも心に匿したことのあるのは気持が悪るいので、その夜はお休みになってお明かしになられた。

翌日は雪が降って、空の模様もしめやかなので、過ぎ去ったこと行く先々の事とお物語をし合われる。「院が頼りなくおなりになっているので、お見舞に参りましたが、哀れなことが沢山ありましたよ。女三宮の御事をひどく見捨て難く思召して、これこれと仰せつけられましたので、お気の毒に存じ上げて、御辞退申上げられなくなったのですが、大袈裟に人は云い立てることでしょう。今ではそうした事も気恥ずかしく、面白くもなくなって来ているので、人を介して御内意をお洩らしになった時には、とかく云い遁れていましたが、対面のついでに、しみじみとしたお心持をお話しつづけになられたのには、きっぱりと御辞退申上げることが出来ませんでした。深い山のお住まいにお移りになられます際には、此方へお移し申上げましょう。味気ない気がなさることでしょうね。何んな事があろうとも、あなたに対しては、以前と変ることは決してありますまいから、隔て心などはお出しなさいますなよ。あの御方こそお気の毒な位です。それも難のないようにはお扱い申上げましょう、誰も誰も長閑にしていて下さいましたらね」とお話になられる。ちょっとした御戯れのようなことでさえも、めざましいことにお思いになって、気をお揉みになる御性分なので、何んな気がなさるのだろうとお思いになっているのに、上はひどく平気で、「おいとしいお譲りでございますこと。私は何のような御遠慮をいたしましたら宜しいのでございましょうか。目障りだ、ああして居てはとお咎めにならないようでしたら、気安うお仕えも出来ましょうが、彼方の母女御▼49の御方でも、疎からず思召して下さいましょうか」と卑下なさるので、院は、「余りそのようにお許しは、何うしてだろうかと気懸りなことですよ。ほんとうは、そう云った風にでもお許しになって、何方も心を呑み込み合って、穏やかに振舞って暮して下さるようでしたら、いよいよお可愛ゆいことです。間違った事をお聞せする人の言葉など、お取上げなさいますな。大体世間の人の噂というものは、誰がいい出すということでもなくて、自然人の仲を変にして行って、案外なことも起って来るもののようですから、心を落着けて、実際の有様に随ってゆくがよいのです。慌てて騒いで、つまらない物恨みなどなさいますな」と、よくよくお教えになられる。上は心の中で、このように天から降って来たようなことで、お遁れになる方法もないことなので、憎らしいことは申上げまい、私に御遠慮なされて、お諫めするにお随いになるような、御自分達のお心から起った懸想ではなく、堰きとめる方もないことだから、愚かしく屈托している様子など、世間の人に洩らすようなことはしまい。式部卿宮の大北の方▼50は、何時も此方に呪わしいようなことを仰しゃりつつ、根もない大将の事までも、妙に恨んだりそねんだりして入らっしゃるのに、こんな事をお聞きになったら、何んなにありありとお思い合せになることであろうなど、鷹揚なお心の方とはいっても、何でそれ程の廻り気は起さずにいられようか。今はもう何うあってもと、我が身を思いあがって、明るく過して来た御夫婦仲が、物笑いになることだろうと、内心ではお思いつづけになっていられるが、ひどく鷹揚にして入らした。

年も改まった。朱雀院では、姫宮の六条院へお移りになる御支度をして入らせられる。御申込をなされた方々は、ひどく残念にお思いになって歎く。内裏にも思召があって、仰せになったことだが、こうしたお取極め▼51をお聞きになって、お思いとまりになった。併し六条院には、今年四十歳におなりなされたので、御賀のことを、宮中でもお聴き過しにはなられない。その事は世間一般の準備で、予てから騒いでいるのを、事の煩いが多く厳めしい事は、昔からお好みにならないお心で、すべてお辞退になっていられる。

正月二十三日は子の日なので、左大将殿の北の方▼52は若菜▼53を差上げられる。予てはその様子をさえもお洩らしにならず、ひどく内々で御用意になったので、俄の事で、お断りすることもお出来にならない。目立たずにはなされたが、たいした御威勢なので、お越しになられる御儀式など、まことに格別な騒ぎである。

南の大殿▼54の西の放出に院の御座所をしつらえる。屏風壁代▼55を始めとして、新しくお飾り換えになられた。仰々しく椅子などは立てず、御地敷▼56四十枚、御茵脇息など、すべて御賀のお道具どもを、たいそう清らかにお調じになられた。螺鈿の御厨子二具に、御衣筥を四つ据えて、夏冬の御装束、香壺、薬の筥、御硯、泔器、掻上の筥などといったような物を、目立たぬように清らをお尽しになった。御かざしの台は、沈や紫檀で作り、珍らしい模様を凝らし、同じ金銀の細工物でも、色の取合せを変えてあるところ、趣味があり当世風で、尚侍の君[57]は風流心が豊かに、才の利いている人なので、目新しい様にお作らせになっていた。大体としては態とらしく仰々しくはない程にしてある。客の人々がお参りになって、院には御座所へお出ましになろうとして、尚侍の君に御対面になった。お心の中には昔をお思出しになることが様々あったことであろう。院はひどく若く清らかで、こうした御賀なぞということは、お年を間違えたのではないかという気のする様に艶めかしく、人の親らしくもなく入らせられるのを、珍らしく年を経てお見上げするので、尚侍の君はひどく極りが悪いけれども、やはり際立った隔ても附けずに御物語をおかわしになられる。お連れになった幼い君達も、ひどく可愛らしく入らせられる。尚侍の君は、続けざまにお出来になった子を、お目に懸けたくはないと仰しゃったが、大将は、こんな序にでもお目に懸けようといって、二人同じように、振分け髪の無邪気な直衣姿でお出でになる。院は、「積って来る年も、自分の心持では格別気にもならず、唯もう昔通りの若々しい有様で、変った所もないのですが、こうした孫共を見ると刺戟されまして、何だか気恥ずかしく物を思わせられる時もあることです。中納言[58]は何時の間にか子供が出来たようですが、疎々しく隔てをつけて、まだ見せてくれません。人に先きだって私の年をお数え下さっての今日の子の日は、やはり愁わしいことです。今暫くは年を忘れていようと思いますのに」と仰せになられる。尚侍の君も、ひどくよく整い勝って来て、貫禄までも添って来て、見る甲斐のある様をして入らした。

若葉さす野辺の小松を引きつれてもとの岩根を祈る今日かな[59]

と、強いて大人びて祝を申上げられる。沈の折敷四つに、御若菜を形だけ差上げた。殿は御土器をお取り上げになって、

小松原末の齢に引かれてや野辺の若菜も年を積むべき[60]

などお詠みかわしになっていると、上達部が大勢、南の廂の間の席にお着きになる。式部卿宮[61]は参りにくくお思いになったが、御案内があったのに、このように親しい御間柄で、隔てがあるように

見えるのも工合が悪るくて、日が闌けてにお越しになられた。大将が得意そうにして、こうした御間柄のこととて取り仕切って事をされているのも、ほんに気持の悪いことのようだが、御孫▼62の君達は、中納言を始めとして然るべき方々が引続いて差上げられた。籠物四十枝、折櫃物四十を、何方へ附けても縁のある方なので、親しく雑役をしていられる。御土器をお廻しになり、若菜の御羹を召上る。御前には沈の懸盤が四つ、御杯などがなつかしく、洒落れた程にしてお供へ申された。朱雀院の御悩がまだ御全快になられぬこととて、楽人共は召さない。御笛など、太政大臣はその方面はお揃えになっていて、「世の中に、この御賀より外に、珍らしく清らかさを尽すべきものはございますまい」と仰せになって、優れた音をもった物の限りを、予てから御用意になっていたので、忍びやかに御遊びがある。それぞれにお受持ちする中に、和琴はこの大臣▼63の第一に御秘蔵になっていた御琴である。そうした上手の心を籠めて▼64お弾き鳴らしになる音の又並ぶ者のないものなので、外の者は弾きにくくしていられるので、右衛門督の堅く御辞退しているのを、院がお責めになると、ほんにひどく面白く、殆ど負けそうにもなく弾く。何事の上でも、上手な家筋とはいいながら、こうまでは続けないものであるのにと、心憎く哀れにも何方もお思いになる。調べに随って、その譜のあるもの、又その手の定まっている唐土の伝えのある物などは、却って尋ね覚える方法がはっきりしているのであるが、これは心に任せて唯掻き合せてゆく菅掻きに、万ずの物の音が整えられるもので、云いようもなく面白く、怪しいまでに響く。父大臣▼65は、琴の緒を、ひどく緩く張って、ずっと低い調子に調べ、響きを多くして、合せてお弾きになる。右衛門督の方はひどく陽気な高い調子で、なつかしく愛嬌のある弾き方なので、ほんに此れ程までだとは聞かなかったのにと、皇子達もお驚きになられる。琴は兵部卿宮がお弾きになる。この御琴は宜陽殿▼66の御物で、代々第一の物との評判のあった御琴であるのに、故院の御代の末、一品宮がお好みになるので、御下賜を得させられたのを此の際の清らをお尽しになろうが為に、大臣が御申受けなされたその伝えをお思いになると、院はひどく沁み沁みと、昔のことを恋しくお思い出しになられる。宮は酔い泣きをお止めになれず、院の御気色を伺って、琴を御前にお譲りなされる。もの哀れさから、御見通しになられず、珍らしい曲を一つ程お弾きになるのが、仰々しくはないが、限りなく面白い夜の御遊びである。唱歌の人々を御階の下に召して、優れた声の限りを出してお謡わせになるのが、律の声から呂の声に変ってゆく。夜の更けてゆくにつれて、楽の音もなつかしいものに変って、『青柳』[67]を謡う頃は、いかさま塒の鶯も目を覚ましそうにひどく面白い。私事[68]の体に態となされて、禄などもひどく気の利いた物を御用意になっていた。暁に尚侍の君はお帰りになる。御贈物などあった。「このように世を捨てたようにして明かし暮していますと、年月の立ってゆくのも分らないような気がしますので、このように年をお数えになるにつけても、心細い気がします。時々は老いが加わったか何うかを見較べて下さいまし。このように年を取った窮屈な身になると、思うように対面の出来ないのが、ひどく残念です」と仰しゃって、哀れにも面白くもお思い出しになることがなくはないので、なまなかにちょっとお越しになって、そのように慌しくお帰りになるのをひどく慊らず残念にお思いになられた。尚侍の君も、真実の親[69]の方をば親子の縁だけにお思い申上げて、珍しくも御深切であったお心持を、年月の立つに添えて、このように身のお固まりになるにつけても、一方ならぬものにお思い申上げていた。

かくて二月の十日余りに、朱雀院の姫宮[70]は六条院へお渡りになられる。此方の院でもそれについての御心設けが尋常ではない。若菜を召上った西の放出に御帳台を立て、そちらの一の対二の対から渡殿へ懸けて、女房の局々までも、注意して装飾をしお磨き立てになられた。内裏へ御参りになられる方の儀式に倣って、彼方の院からもお調度を運ばれる。お渡りになる儀式のいかめしさは云うまでもない。御送りには上達部が大勢お仕え申される。かの家司を望んだ大納言も安からぬことに思いながらもお供を申される。御車を寄せた所に院がお越しになられて、お下し申上げるなど、例のないことである。尋常人で入らせられるので、万端の儀式にも限度があって『婿の大君』[71]というのとも様子がちがって、妙な御間柄である。

三日の間は、あちらの院からも、主人(あるじ)の院の方からも、厳(いか)めしくも珍らしい雅(みや)びを尽した御贈物をなされる。対(たい)の上(うえ)▼72もそれこれの事に触れて平気では入らせかねる世の有様である。ほんに、こんな事があったにしても、無下に人に見下げられてしまうことはあるまいが、他には立ち並ぶ者もない様にお馴(な)れになっていて、花(はな)やかに将来も遠く、蔑(あなず)り難い様子をした方がお移りになって入らしたので、何だか工合悪るくお思いになるけれども、平気な様子をばかりなされて、お渡りの時なども、院と御同心になって、ちょっとした事までもなさって、いじらしいお有様なので院は一段と珍しいことにお思いになられる。姫宮は、ほんにまだひどくお小さく、一人前になっては入らせられないという中にも、まことにたわいのない御様子で、まるきり子供ぽくて入らせられる。あの紫の由縁(ゆかり)を捜してお引取りになった頃をお思出(おもいだ)しになると、あれは面白い所があってつまらなくはなかったのに、これは他愛なくばかりお見えになるので、これも好かろう、人困らせの我意(がい)を云い立てるようなことはあるまいとお思いになるものの、それにしても何とも見栄えのない御様であることだとお見上げ申される。

三日の間は、夜離(よが)れをせずにお越しになられるのを、上は年頃そうしたことにはお馴れにならないお心持から、怺(こら)えてはいるもののもの哀れである。殿は御衣(みぞ)などを、益々深く炷(た)き染めて入らせられるものの、上のぼんやりとして入らっしゃる御様子が、云いようもなく美しく可愛(かわ)ゆらしい。何だって、何(ど)のような事情があろうとも、他の女人をば並べて逢うことが出来ようぞ。浮き浮きした気弱くなって来ている我が心弛(こころゆる)みから、こうした事も起って来るのである。若くはあるけれども、あの中納言の方は、院が思召(おぼしめ)し寄りになされなかったらしいものをと、我と我が身を辛くお思いつづけになられると、涙ぐまれて来て、「今夜だけは、道理(もっとも)なことだとしてお許し下さるでしょうな。この後あなたに杜絶(とだ)えをするようなことがあったら、我ながらも気まずいことでしょう。そうかと云って又、彼方(あちら)の院のお聞きになる所もありますからね」と、思い乱れて入らせられるお心の中はお苦しそうである。上は少し微笑んで、「御自分のお心でさえも、お定めになれそうもなくて入らっしゃるらしいのに、まして道理も何も、何で当てになりましょうか」と、分ったものではないというようにお取りになるので、院は極り悪るくさえお思いになって、頬杖をついて物に凭り臥してしまわれると、上はお硯を引寄せて、

目に近く移れば変る世の中を行末遠く頼みけるかな[73]

古歌などもお書きまじえになったのを、院は手に取って御覧になって、かりそめの物ではあるがほんにと、尤もに思われて、

命こそ絶ゆとも絶えめ定めなき世の常ならぬ中の契を[74]

直ぐにはお越しになれずに入らせられるのを、ひどく見かねることだとおそのかし申すと、柔く程のよい御衣に、いいようもなくよい薫をお立てになりながらお越しになるのを、お見送りになられるお心の中は、まことに一通りではないことである。この年頃、そんな事もあろうかと思っていたことも、今はもうそうした事もとお気になさらなくなりつつ、それでは此の儘でと気を許して入らした揚句に、とうとう斯うした、世間の聞き耳も容易ならぬ事が起って来たことであるよ。当てになど出来るべくもない夫婦仲のことなので、今より後とても気懸りなことだとお思いになって来た。そのように平気な風を装っては入らっしゃるが、お仕え申している女房達も、案外なことのある御仲であるよ、多くの方々が入らっしゃるようではあるが、何方もみな此方の御様子に対しては、側へ寄り御遠慮を申してお過しになって入らしたればこそ、何事もなく穏やかだったのであるが、押し切ったこうした有様に、圧倒されてお過しにはなれまい。又それにしても、ちょっとした事につけても、面白くない事のある折々には、屹度面倒な事が起って来ることであろう、などめいめいで話し合って歎かわしそうにしているのを、上はまるきり見知らないようにして、ひどく御機嫌好くお話などなさって、夜更けるまでも入らっしゃる。このように女房達が、事々しく云ったり思ったりしているのを、上は

聞き憎(にく)くお思いになって、「このようにそれこれ多くの方が入らっしゃるようですが、お気に入った、当世風の優れた方ではないと、見馴れて物足らずお思いになって入らしたのに、あの宮がああしてお移りになって入らしたので、漸(ようや)く気安くなりました。まだ幼な心が無くならないのでしょうか、私もお親しく願いたいものだと思っていますのに、訳もなく隔(へだ)てでもあるように皆は云い拵(こしら)えようとするのでしょうか。同じ程の身分だとか、そちらが低いと思う身分の人だと、聞き流しにくいようなことも自然出て来るものです。勿体(もったい)ないお気の毒に思われる御方のことですから、何(ど)うかお憎しみのないようにしていただこうと思っています」と仰しゃると、中務、中将の君といったような人達は、目くばせをしながら、「余りなお思いやりですね」など云うことであろう。以前は院の、尋常の関係ではなくお使い馴らしになられた人達であるが、年頃を此方(こなた)にお仕え申して、皆御贔負(ごひいき)申上(もうしあ)げているようである。他の御方々からも、「何(ど)んなお気がなさることでしょう。もとからお諦め申上げています者達は、却って気やすいことですが」と水を向けつつ、お見舞を申される方もあるが、上は、そのように推量する人の方が、却って苦しいことである、夫婦仲というものはひどく当てにならないものだのに、何だってそのようにばかり思い悩もうとお思いになる。余り久しく夜更かしをするのも、例のないことと、人が咎(とが)めようかと、我と気がお咎めになって閨(ねや)にお入りになったので、お附きの人が御(お)衾(ふすま)をお掛け申したが、ほんに辺りさみしい夜々とお過しになったのも、やはり安からぬお心持がなさるが、あの須磨の御別れの折のことをお思出しになると、今はと遠くかけ離れられても、唯(ただ)同じ世の中に入らせられるとお伺いすることさえ出来たならばと、自分の身のことまでは思わずに打棄(うちす)てて、勿体なく悲しがっていた有様であった。あの紛れに、私も院も命が保ち切れなくなったとしたならば、それこそ云う甲斐(かい)のある生涯だったろう、とお思い直しになる。風の吹いている夜の様子で、冷え冷えとして、すぐにはお眠りになれないが、近くお附きしている女房達が変に聞こうかと思って、身動(みじろ)ぎもなさらずにいるのも、やはりひどく苦しそうである。夜深く鳴く鶏の声の聞(きこ)えて来るのも物あわれである。

達て院を辛いとお思いになるのではないが、上のこのように思い乱れになるせいであろうか、院の御夢の中にお見えになったので、目をお覚ましになって、何うかしたのではないかと胸騒ぎがなさるので、鶏の声の持っているのが聞えたので、夜深いのも気が附かない風にして急いでお出ましになられる。宮はひどく幼げなお有様なので、乳母達が近くお附き申上げていた。妻戸を開けてお出ましになるのをお見送り申上げる。明け昏れの空に、雪の光るのが見えてはっきりしない。跡までも留まっている御匂いは、『闇はあやなし』▼75と独語たれる。雪は所々消え残っているのであるが、真砂の白い庭とて、ちょっとはそのけじめが見分けられない程なのに『猶残雪』▼76と忍びやかにお口ずさみになりつつも、対の御格子▼77をお叩きになるが、久しくこうしたことの無かった習いに、女房達は空寝入りをしつつ、稍々暫くお待たせ申しておいて引き上げた。「ひどく久しく待たせたので、体が冷えてしまったのは、此方を恐がっている心持の一通りではない証拠でしょう。それだとお咎めもないことですよ」と仰しゃって、上の御衾をお引き遣りになると、少し涙に濡れている御単の袖を引き隠して、心から懐かしそうになさるものの、又打解けてはいない御用意の程など、ひどく極り悪くなるようで可愛ゆい。限りなく貴い人と申しても、こうまでは行きそうもない情合だと、お思い較べになられる。


いろいろと昔をお思い出しになりながら、上の解け難い御様子なのをお恨み申して、その日はお暮しになったので、お越しになることが出来ずに、寝殿▼78の方へは御消息を申上げられる。

「昨夜の雪で気分が悪くなりまして、ひどく悩ましゅうございますから、気易い方に休んでおります」

とあった。御乳母は、「そのように申上げました」とだけ、口上で申上げた。取柄のない御返事であるよとお思いになる。あちらの院のお聞きになる所もお気の毒である、当座だけは取繕おうとお思いになるが、そうも行かないので、こんなだろうと思ったことだ、ああ苦しい、と御自身お思い続けになりつついられる。女君[79]も、思いやりのないお心であるよとお苦しがりになる。今朝は例(いつも)のように大殿籠りからお起きになられて、宮の御方(おんかた)に御文(おんふみ)を差上げられる。格別気の置けるような御様ではないが、御筆などお気を付けられて、白い紙に、

中道を隔つる程はなけれども心乱るる今朝のあは雪[80]

梅の枝にお付けになった。人を召して、「西の渡殿(わたどの)から差上げなさいよ」と仰しゃる。そのままお庭を見遣って、柱近い所に入らせられる。白い御衣(みぞ)をお召しになって、花を手まさぐりになりつつ『友待つ雪』[81]のほのかに残っている上へ、降り添って来る雪を眺めて入らせられる。鶯が若い声で、近い紅梅の梢(こずえ)に啼(な)いているのを、『袖こそ匂へ』[82]と仰しゃって花を隠して、御簾(みす)を上げて眺めて入らつしゃる様は、夢にもああした人の親で、重い位の人とはお見えにならず、若く艶(なまめ)いた御様である。御返りが少し待ち遠なお気がするので、奥へお入りになって、女君に花をお見せになられる。「花というなら、このように匂わせたいものですね。これを桜に移したならば、塵(ちり)ほども外の花は見向こうともしますまい」と仰しゃる。「この花も、色々な花に気を散らない中(うち)は、目に留るのでしょうか。桜の盛りの時に並べて見たいものですね」など仰しゃっていると、御返りがあった。紅(くれな)いの薄様(うすよう)に、鮮やかに包まれているのに、お胸がはっとして、御手蹟のひどく未熟なのを暫くはお見せせずにおきたいものだ、隔てを附けるというではないが、たどたどしいようであったら、御身分柄勿体ないことだ、とお思いになるが、お隠しになったのではお気を悪くなさることであろうからと、一部分をお披(ひろ)げになっているのを、上は横目づかいに見おこして、物に凭(よ)り臥(ふ)して入らした。

はかなくて上(うは)の空にぞ消えぬべき風にただよふ春のあは雪[83]

御手蹟は、ほんにひどく未熟で幼なげである。あれ位なお年になった人は、まさかこんなでは入らつしゃらないものをと、目にとまるが、上は見ない振(ふり)をして紛らしてお止(や)めになった。外(ほか)の人のこと

であったならば、院もこんな風だなぞ内々お話になろうけれども、お可哀そうで、唯「安心して入らっしゃい」とばかりお聞かせなさる。今日は宮の御方へ昼間お越しになられる。特に注意してお装おいになられたお有様を、初めてお見上げする女房などは、ましてお立派なことだとお思い申すであろう。御乳母といったようなひどく老いた人々は、さあ此のお有様のお一方だけは結構なことであるが、困るようなことも起って来ようと、取交ぜて思うものもあったことだ。女宮はひどくお可愛らしく幼い様で、お部屋飾りは仰々しく、厳めしくお立派なのに、御自身は無心に取りとめもない御様子で、唯御衣だけでお体は無いようにお小さい。格別極り悪るがりなどもなさらず、ただ幼児の人知りをしないような気がして、気安く可愛らしい様をして入らっしゃる。院の帝は、男らしく確りとした方の御学問などこそ、覚束なく入らせられると人々が思っているようだが、御趣味の方面や、みやびた御教養の方面は、人に優って入らせられるのに、何うしてこのように、大ようにお育てになられたのであろうか、そう申すのは、ひどくお心をお留めになった皇女だと聞いているのに、と何だか残念ではあるが、憎からず御覧になられる。ただ物を申上げられるままに、なよなよとお随いになって、御返事なども、御存じであることは無邪気に仰せになって、見捨て難い者にお見えになられる。院は、以前のお心であったならば、ひどく興をお醒ましになろうが、今は世の中の人の総てに、それぞれ御勘弁が附いて、ああある者もこうある者も、水際立った者は得難いものである、一長一短の者ばかり多いことである、余所の思わくでは、まことに申分のない方なのだとお思いになると、差向いになって目を離さずに御覧になっていた年頃よりも、対の上の御有様が一段と珍らしいものとなって、自分ながらもよくも躾けたものであるよとお思いになる。一夜の間、朝の間の別れだけでも、見ないと恋しく気懸りで、際立ってのお思いの増さるのを、何だってこんなに思うのだろうと気味悪るくなるまでである。

院の帝はその月の間に御寺にお移りになられた。此方の院に、哀れな御消息を仰せになられる。姫宮の御事は云うまでもなく、煩わしく、此方で何のように聞くだろうかなど憚られることはなく、何のようになりとも、唯お心に懸けて扱って下さるようにと、度々仰せになられたことであった。そうは仰しゃってもお可愛ゆくお気がかりで、幼く入らっしゃることをお思いになって仰せられた。紫の上にも御消息が別にあった。

「幼い人が、心足りない様で、引移っておりますのを、罪のない者とお見許しになって、お世話下さいまし。お尋ねになるべき御縁もある者だろうと思いますので」

そむきにしこの世に残る心こそ入る山道のほだしなりけれ▼84

「心の闇を払いかねて、このようなことを申すのも、愚痴でございましょうか」

とある。大臣▼85も御覧になって、「恐れ多い御消息です、畏まりを申上げなさい」と仰しゃって、御使にも、女房をして土器をお出させになり、強いてお飲ませになる。御返事は何のようになどと、申上げにくくして入らしたが、事々しく面白くなどなさるべき折のものではないので、唯心持だけを述べて、

そむく世のうしろめたくばさり難きほだしを強いてかけな離れそ▼86

とあったようである。女の御装束に細長を添えて御使にお遣わしになられる。御手蹟などのひどく立派なのを院は御覧になって、何事もひどく極り悪るく思われるような辺りで、姫宮の幼くお見えになるであろうことを、ひどく心苦しくお思いになられた。

今はこれまでと、女御や更衣達が、それぞれお別れになられるにつけても、哀れなことが多くあった。尚侍の君▼87は、故后宮▼88のお出でになった二条の宮にお住まいになる。姫宮の御事を外にしては、この御方の御事に御心を引かれがちに、院はお思いになって入らせられた。尼になろうとお思いになったが、こうした騒がしい時には、跡を慕うようで心慌しい、とお制しになって漸々に仏の御事のお支度をおさせになる。六条の大臣は、哀れに心残りばかりして終った御方のことなので、年頃も忘れ

難くて、何ういう機会に対面が出来ようか、今一度逢ってその頃のこともお話したいものだとばかり思いつづけて入らっしゃったが、互に世間の聞き耳をお憚りになるべき御身分で、痛ましかった世の中の騒ぎ[89]もお思出しになるので、何事も包んで過して入らしたが、そのように長閑な御身とお変りになって、世の中をお諦めになって入らっしゃる此頃のお有様が、いよいよゆかしくも心許なくも思われるので、あるまじき事だとはお思いになりながら、大方の御見舞にかこつけて、しみじみとした御消息を常にお上げになられる。浮いたことなどのあるべき御仲ではないので、御返りも時々にはお交しになられる。以前よりは遥かにぬかりなく整いきっている御様子を御覧になるにつけても、一層怺え難くなって、以前の中納言の君[90]の許へも、心深いことを常に仰せになる。その人の兄である、和泉の前司をお召し寄せになって、若やいで、昔に返ってのお話をなされる。「人伝てではなくて、物越しにお聞せしなくてはならないことがあるのです。然るべく説得した上で、極内々で参りましょう。今ではそうした出歩きも憚るべき身分で、余程気を附けなければならないことなので、其方だと誰にも漏らすようなことはなかろうと思って、お互に安心です」と仰しゃる。尚侍の君は、「さあ、世の中を思い知るにつけましても、昔から辛いお心を、数々思い集めて来ました此の年頃の果てに、哀れに悲しい御事を余所にして、何の昔話などがありましょう。ほんに人には漏れない法もありましょうが『心の問ふ[91]』のがひどく極りの悪るいのです」とお嘆きになりつつ、今更にあるまじきことだとばかり御返事を申上げる。昔のあの無理だった時でさえも、心をお交しにならなかったことではなかったのに、ほんに世をお背きになられた御方の為には、気の置かれることではあるが、もともと無かったことではないので、今となってさっぱりと綺麗になっても、『立ちにし我が名[92]』が今更にお取返しが附くものであろうか、とお気を励まして、その『信田の森[93]』を案内としてお越しになられる。[94]上には、「東の院に入らっしゃる常陸の君[95]が、此頃中病気で久しくなりましたのに、物騒がしさに紛れて見舞はないので、お気の毒なことです。昼間態とらしく見舞うのも工合が悪るいので、夜そっとと思っています。人にも訳はいいますまい」とお話なされて、ひどく念を入れてお装りなさるのを、上は、例はそのような風にはなさらない辺りなのに、変だ、と御覧になって、お思い合せになることもあるが、姫宮の御事があってからは、ひどく以前のようにはなされず、少し隔て心がお附きになって、気の附かない振りをしてお出でになる。

その日は寝殿へもお越しにならず、文を書き交わしになる。炷物などに気を入れて日をお暮しになる。宵の間を過して、睦まじい者ばかり四五人をお供に、網代車の、昔の思出される窶れたさまでお出懸けになる。和泉の守を使にして御案内を申される。このようにお越しになられたことを女房がそっと申上げると、典侍はお驚きになって、「変なことです、何のように申上げたのでしょうか」とおむずかりになられるが、「変な風にしてお帰し申上げましては工合が悪るうございましょう」といって、無理な工夫をしてお入れ申上げる。院は此頃の御見舞を申されて、「ただ此所まで入らして、物越しでなりとも。決して以前の有るまじき心などは残してはいないのですから」と達て申上げると、典侍の君はひどく嘆き嘆き居ざってお出ましになった。此れなのだ、やはり人懐こさは変らない、と一方ではお思いになる。何方も容易くは身動ぎも出来ない御身分なので、哀れも少くはない。そこは東の対なのであった。東南の方の廂の間に院をお据え申して御障子の尻は固く鎖してあるので、「ひどく若々しいような気のすることですね。お目に懸らない年月の積りも、はっきり数えられる心持になっていますので、このように余所余所しくなさいますのは、ひどく辛いことですよ」と恨みを申上げらる。夜がひどく更けてゆく。『玉藻に遊ぶ』▼96鴛鴦の声々などが哀れに聞えて、ひっそりと人目少ない宮の有様なので、こうも変ってゆく世の中なのかと、院はお思いつづけになると、平仲▼97を真似るのではないが、まことに涙脆くなられる。昔とは違って大人らしくは物を仰せになるものの、この隔てを此儘にして別れるのだろうかと、御障子をお引き動かしになる。

年月を中に隔てて逢坂のさもせき難く落つる涙か▼98

女、

涙のみ堰きとめ難き清水にて行き逢う道は早く絶えにき▼99

など懸け離れて申上げはするが、昔をお思い出しになると、誰の事が重な原因で、ああいうたいした世の中の騒ぎが起ったのだろうか、とお思出しになると、ほんに今一度の対面は、あって然るべきことであったとお思い弱りになるのは、もともと重々しい所はなかった人が、此の年頃いろいろと世間のことを思い知って、過去の事が悔しく、公私のことに触れつつ、限りなく多くのことをお思い集めになって、ひどく嗜み深くてお過しになったのであるが、昔が思い出される御対面に、その頃のことも遠い以前ではないような気がして、心強くはおもてなしになれない。やはり、もの馴れて若々しくなつかしくして、一方ならぬ世間への憚も、哀れさも思い乱れて、歎きがちにして入らっしゃる御様子は、今初めて逢ったよりも珍しく可愛ゆく思われて、院は夜の明けてゆくのもひどく残念で、お立ちになるべきお気にもなれない。朝ぼらけの一とおりならぬ空に、百千鳥の鳴く声も、まことにうららかである。花はすべて散ってしまって、その名残の霞んでいる梢の浅緑になっている木立を見ると、昔藤の宴▼100をなさったのは此頃のことであったろうと、お思出しになると、年月の積った程も、その折の事も一つになって、哀れにお思いになる。中納言の君はお見送りをしようとて妻戸を開けると、院はお立ち戻りになって、「あの藤の花。あれは何うして染めた色でしょうか、やはり云いようのない気のする色ですね。何として此の蔭を離れて行かれましょう」と、何うにもお立ちになりかねるお気がして躊躇して入らっしゃる。山際からさし出る日の、花やかな光に照り合って、目も眩しいような気のする院の御様の、云いようもなく、整いまさって入らっしゃる御様子を、珍らしくも年経てお見上げすると、まして世の常でなく思われるので、中納言の君は、こうした御関係で、何でお過しになれぬということがあろうか、御宮仕えとはいっても地位に限りがあって、格別にお高いものではなかったのを、故宮▼101がさまざまにお心をお遣いになられて、よくもない世の中の騒ぎとなり、軽々しい御評判までも高く立って、その事が止んだのであったよ、など思い出される。お名残の多く残って入らせられるだろう御物語の結末は、ほんにお惜しみ申されたいようだが、院は御身をお心任せになさることは出来なかろうし、多くの人目もまことに怖ろしく憚らなければならないので、次第に日の高くなるにつけ、気ぜわしくなって、廊の戸に御車をさし寄せさせた。お供の人々もそっと咳払いをして御催促申上げる。院は人をお召しになって、その咲きかかっている藤の花の一枝をお折らせになった。

沈みしも忘れぬものを懲りずまに身も投げつべき宿の藤波▼102

まことにひどくお思い悩みになって、物に凭り懸って入らせられるのを、中納言の君は心苦しくお見上げする。女君も、今更にひどく恥ずかしく、さまざまにお思い乱れになるが、花の蔭はやはり懐かしくて、

身を投げむふちもまことの淵ならで懸けじや更に懲りずまの波▼103

ひどく若々しいこうした御振舞を、院は御自分のお心としても許せないこととお思いになりながら、関守の厳重でない為の心弛みからか、よくよく御云い含めをして置いてお出になられる。その当時とても、他の人々よりは別して心を留めてお思いになったお志でありながら、僅かの間で絶えてしまった御仲なので、何で哀れが少くなかろうか。ひどく人目を忍んで我が方へお入りになられた、御寝くたれ髪の様をお待ち受けして、女君は多分そんなことであろうとお分りになられたが、気が附かないような風をして入らせられる。院は嫉妬などされるよりも、却って心苦しくお思いになって、何うしてこんなに見切っていられるだろうとお思いになるので、『有りしよりけに』▼104深いお約束を、後生を懸けてなされる。典侍の君の御事は他に漏らすべきではないが、昔の事も御存じなので、有りようではないが、「物越しで、ちょっと対面をしましたが、心残りのある気がします。せめて今一度でも」などとお話になられる。女君はお笑いになって、「若返りをなさったお有様ですこと。昔を今に引戻

したことをなさいましたのでは、中途半端になります私には苦しいことで」と仰しゃって、さすがに涙ぐんで入らっしゃる御目もとのひどく可愛ゆらしく見えるので、「そのように気になる御様子をなさるのは、苦しいことですよ。ただ尋常に抓りでも何でもしてお教えなさいよ。隔てを附けるようになどはお教えしなかったのに、案外なお心持になって来たものです」と、いろいろにして御機嫌をお取りになる中に、何事もお包みにはなれないようになってしまったことであろう。院は宮の御方へも、直ぐにはお渡りにはなれず、拵えごとをしつつお言い遣わしになっていられる。姫宮は何ともお思いになって入らっしゃらないのに、御後見共の方が安からぬことに申していた。御機嫌悪くお見えになるような御様子であったら、其の方がまして心苦しいことであるが、おおように可愛ゆらしく玩具のようにお思い申上げていられた。

　桐壺の御方[105]は久しく御退出になれず、御暇がいただき難いので、お気楽が御習慣になって入らせられるお若いお心には、ひどく窮屈にばかりお思いになっていられた。夏頃お体が悩ましくて入らせられたが、急には御退出の御許しがいただけないので、ひどく御当惑なことにお思いになる。お覚えのない様の御気分[106]なのであった。まだまことに幼げに入らせられるお体の程なので、ひどく心許ないことに何方も何方もお思いになることであろう。ようようの事で御退出になられた。姫宮[107]の入らせられる御殿の東面に御部屋はしつらえた。明石の御方[108]は、今は女御に附添って出入をなされるのも、申す所のない御因縁である。対の上[109]は其方にお越しになって、姫君に御対面遊ばす序に、「姫宮にも中の戸を開けて御挨拶を申上げましょう。前々からもそのようには思っておりましたが、序がなくてはと差控えておりましたのに、こうした折に物を申し馴れましたならば、気やすいことでございましょう」と、大臣[110]に申上げられたので、打笑んで、「望んでいた御相談というものです。ひどく幼げに入らっしゃるようですから、安心の出来るようにお仕込みになって下さい」とお許し申される。上は宮よりも明石の君が、気の置かれる様で立まじっていようとお思いになるので、御髪を洗い身繕いをして入らせられるが、類いはなかろうとお見えになる御様である。

大臣は宮の御方にお越しになられて、「夕方、彼方の対にいます人▼111が、淑景舎に▼112対面しようといって出懸けますその序に、お近づきを願いたいと申しているようですから、許してお話をなさいませ。心立てなどはひどく好い人です。まだ若々しいので、お遊び相手にも不似合ではございません」などお話になられる。「極りの悪いことでございましょう。何をお話したらいいでしょうか」とおとなしく仰しゃる。「人の応対は、場合次第でお思い出しになりましょう。隔てを附けるようなことはなさいますな」と細かにお教え申される。御仲良くお過しになるようにとお思いになる。余りにもおおようなお有様を、上に見あらわせられるのは極り悪く情ないことではあるが、そのように仰しゃるのを、隔ててしまうのは愛想のないことだとお思いになるのであった。

対のおん方はこのように御対面にお出ましになろうとはするものの、自分より上越す人などがあろうか、幼い身のたよりない有様の、殿のお目に留っているのだけが、引け目であろう、と思い続けられて、歎かわしくて入らっしゃる。手習をなさるにも、自然と古歌の、歎きを詠んだものばかりが書かれるので、これで見ると私には、歎きの心があると見えると、御自分をお思い知りになられることである。院が此方へお越しになられて、宮や女御の君▼113などの御有様を、お可愛ゆくも入らせられることよと、その様々を御覧になられた御目移しには、年来お目に馴れて入らせられる人が一とおりの様で入らせられたならば、ひどくこのように驚かれるべきではないのに、やはり類いのない人であると御覧になられる。珍しいことである。世に有り得る限り気高く、見るにお極りの悪い程に整っているのに加えて、華やかな当世風の美しさ、艶めいた様々の香りをも取り集めて、美しさの盛りとお見えになる。去年よりは今年の方がまさって来、昨日よりは今日の方がめずらしくて、何時も見馴れない様をして入らせられるのを、何うして此のようなのだろうとお思いになる。上は打解けてしていた手習の紙を、硯の下へさし入れてお隠しになったが院はお見附けになって、繰返して御覧になる。手蹟はそう取立てて上手とは見えず、器用に美しくお書きになっている。

身に近く秋や来ぬらむ見るままに青葉の山も移ろひにけり[114]

とある所に、院は目をお留めになって、

水鳥の青葉は色も変らぬを萩の下こそけしき異なれ[115]

とその後へ添えてお書きすさびになられる。何ぞの折には心苦しい御様子が、それとなく自然に漏れつつ見えるが、何気なげに紛らして入らっしゃるのを、院は出来難く哀れなことにお思いになる。今夜は何方にも御隙がありそうなので、殿はあの忍び所へ、何うにも堪えられなくてお出懸けになられた。まことに有るまじき事であると、ひどくお思い返しになっても、抑えられないのであった。

春宮の女御には、実の母君よりも対の上の方をば、睦ましいものにお頼みになっていられた。ひどくお可愛ゆく大人らしくなって入らせられるが、上には隔ても附けず、可愛ゆい者にお見上げする。御物語などひどく懐かしくなされ合って、中の戸を開けて、宮にも御対面をなされた。ひどく幼なげにお見受けされるので、気やすくて、さも大人らしく、親めいた様で、昔の御血筋[116]のつながりをもお聞きに入れる。中納言の乳母というをお召出しになって、「御縁を辿って行きますと、勿体ないことですが、身内のような気もいたしますのに、序もなくて過しましたが、これからはお親しくして、彼方へもお越しを願い、届かないことを、仰しゃっていただきますようでしたら、嬉しいことでございましょう」と仰しゃると、「頼みになさいます御方々に、いろいろでお別れなさいまして、お心細そうで入らっしゃいますので、そのように仰しゃっていただきますと、此の上もない事に存じられます。御出家[117]なさいましたお上のお志も、全くそのようにお心隔てをなさいませず、まだ幼なげな御有様なのを、お仕込み下さるようにとのようでございました。宮も内々にそのようにお頼み申して入らっしゃるのでございます」と申上げる。「まことに勿体ない御消息をいただきましてからは、何のようにもとばかり存じてはおりますが、何事につけましても、数ならぬ身であるのが残念なことです」

と、安らかに大人びた御様子で、宮にもお気に入りそうな絵などのこと、雛遊びの止め難いことなど、子供らしくお話申上げると、ほんにひどく子供らしい気持のよさそうな人よと、幼いお心持からお打解けになられた。それから後は、何時も御文をお取交しなどして、面白い遊び事などのあるにつけても、親しく物をお云い合いになる。世間の人は、意地悪く、こういう関係になったあたりのことは、話題にするものなので、初めの中は、「対の上は何んな気がして入らっしゃろう。御覚えも此の年頃のようには行かないことだろう。少しは可けなくなろう」などといっていたが、今少し深いお志が、こうなってから増して来る様なので、それにつけても又、安からぬことをいう人々があるが、このように御当人同志憎げもなく物をお云い交しになってさえ入らっしゃるので、そうした噂も止んで見やすい有様となって来た。

十月には、対の上が、院の御賀[118]として、嵯峨野の御堂で薬師仏の供養を行せられる。仰々しい事はと、院が切にお止め申したので、内々の事にしてと、お指図があった。仏、経箱、帙簀の飾りなど、真の極楽のさまが聯想される。最勝王経、金剛般若、寿命経など、まことに豊かな御祈である。上達部が大勢お出でになられた。御堂の様は面白く云いようもなく、紅葉の蔭を分けて行くのを始めとして、すべてが見物なので、半分はそれに気乗りしてのお集りであったろう。霜枯つづきの野原の上に、馬の車の行き通う音が響いた。御誦経を我も我もと、御方々も厳めしくおさせになる。

二十三日は御年満[119]の日とて、此の院[120]はこのように、隙間もないまでに御方々が集って入らせられるので、上は御自分の私の御殿とお思いになっている二条院の方で、御饗応の用意をなされる。殿の御装束を始めとして大方の品々は、すべて対の上がお一人でなさるのを、御方々も、それぞれ然るべき事をお分けになりつつ望んでお手伝いを申上げられる。対の屋は女房の局々にしていたのを立ち退かせて、殿上人、諸大夫、院司、下人までの席に当てて、厳めしく御装飾になられた。寝殿の放出を、型の如くしつらえて、螺鈿の倚子を立てた。母屋の西の間に、御衣を載せた机を十二据えて、夏冬の御召物、御衾などを例の如くに供え、紫の綾の覆いが、麗わしく見渡されて、内の品々は露わではない。御前には、置物の机が二つあり、唐の羅の末濃の覆いがしてある。挿頭の台は、沈の華足で、黄金の鳥が、銀の枝にとまっている意匠は、淑景舎の御引受で、明石の上がお作らせになったものであり、趣の深い心持の格別なものである。後の屏風四帖は、式部卿宮[121]がお引受になられたことである。云いようもなく心を尽した物で、例の四季の絵ではあるが、珍らしい山水や滝などが、見馴れないもので面白い。北の壁に沿わせて、置物の御厨子を二具立てて、御調度などは例のことである。南の廂の間には、上達部、左右の大臣を始め奉り、次ぎ次ぎの人はまして参らない者とてはない。舞台の左右には、楽人の幕舎を打って、西と東には屯食[122]を八十具、禄の唐櫃を四十続けて立ててある。未の刻頃に楽人が参る。万歳楽や皇麞などを舞って、日の暮れかかる頃に、高麗楽の乱声をして、落蹲が舞って出ると、これはふだんには目馴れない舞の様であるのに、舞の終る頃に、権中納言[123]と衛門督[124]とが降りて、入綾[125]を少し舞って、紅葉の蔭に入って行ったその名残が、見飽かず興があると人々がお思いになった。昔の朱雀院への行幸の時、青海波の結構であった夕べ[126]をお思出しになる人々は、権中納言と衛門督とが、それぞれ御親に劣らずにお続きになっていられて、二代に亘っての世間の覚え有様から、容貌、用意などまでも殆ど劣ってはいず、役や位は少し進んでさえ入らせられることだと思い、年の程を数えて見て、やはり然るべき宿縁で、昔から此のように続いている御間柄なのであると、結構なことに思う。主人の院も、哀れに涙ぐましくて、お思出しになられることが多くある。夜に入って楽人共は退出する。北の政所の別当共[127]が、人々を引連れて、禄の唐櫃に寄り添って、一つ一つを取出して、次ぎ次ぎに下さる。白い物の品々を被いで、山際から池の堤を過ぎて行く余所目は、「千歳をかねて遊ぶ鶴の毛衣」[128]に思いまがえられる。御遊びが始まって、これ又ひどく面白い。御楽器類は、春宮から取揃え下されたものである。朱雀院からお伝わりになっている琵琶、琴、内裏より賜わっている箏の御琴など、何れも皆、昔の偲ばれる物の音であって、珍らしくもお弾き合せになるにつけ、院は何の折にも過ぎ去った頃のお有様、内裏わたりのことなどをお思出しになられる。故入道[129]の宮がもし御在世であったならば、こうした御賀などは、自分こそ第一に進んでお仕え申すのであろう、何事につけて我が志をお見せしたことがあったろうか、と残り惜しく残念にお思出し申上げる。内裏でも、故宮が在らせられたならばと、何事につけてもお淋しく思召されるので、せめては此の院の御事だけでもと思召されるが、例の御親としての礼を尽してお目に懸けられないのを、何時も遺憾に思召されるので、今年はこの御賀にかこつけて、行幸などもなさろうとのお心構えであったが、世の中の煩いになることは、決してなされないようにと、院のお断り申すことが度々だったので、残念に思召してお見合せになった。

十二月の二十日余りの頃に、中宮[130]はお里にお退りになられて、今年の名残の御祈禱として、奈良の都の七大寺[131]で御誦経があり、布を四千段、この近い都の四十寺にも、同じく絹四百疋を、それぞれお布施になられる。院の、世にも稀れなる御養育の恩は思い知りながらも、何事につけて深いお志の程を現してお目に懸けることが出来ようかとお思いになり、父宮母御息所[132]が御在世ならば、その御為になさるであろうお志をも取添えてなさろうとお思いになるのに、院がこのように、内裏の思召さえも達て御辞退なされたので、様々の事も御中止になられた。院は「四十の賀ということは、以前からの事を聞きましても、それをすると、残りの寿命の久しかった例は少うございますので、今度の事はやはり世間の騒ぎになりますことはお止めになりまして、誠に此の次ぎの賀の出来ますようにお待ち下さいまし」との事であったが、公の儀式として、やはりひどく厳めしいものであったことだ。中宮の入らせられる町の寝殿に、その御しつらいをして、前々の時と格別異らず、上達部の禄などは大饗[133]に擬らえて、親王達には特に女の装束、非参議の四位、大夫[134]など、ただの殿上人には、白の細長一襲、腰差などまで次ぎ次ぎに下される。院の御装束は限りなく清らを尽して、名高い石帯、御佩刀などは、故前坊の御方の物で、伝わって来ている物であるのも又哀れなことである。昔の世の物で、天下一との評判のある物の限りは、すべて集まって来た御賀であったことだ。昔の物語にも、御進物のことを大した事として数え立てているようであるが、まことに面倒なので、大勢の御間柄の品々は数え切れないことであるよ。

[135]内裏では、お思立ちになられたことを、まるきりお取止め出来ようかと思召され、その品々を中納言にお廻しになされた。その頃の右大将が、病いによってお辞しになっていたので、この中納言に、御賀の年の内に喜びを添えてやろうと思召されて、俄にその宮にお任じになられた。院も喜びを申させられるものの、「まことにこのように俄に身に余る喜びをいたしますのは、早過ぎる心持がいたします」と卑下して申される。東北の町[136]に御祝いの席をおしつらいになって、内々のような形でなされたが、今日の事はやはりその型が格別で儀式が立ちまさっていて、所々での饗応なども、内蔵寮、穀倉院[137]からおさせになられた。屯食などは公の儀式の時と同じく、頭中将が宣旨を承って、親王達が五人、左右の大臣、大納言が二人、中納言が三人、宰相が五人で、殿上人は例のように内裏、春宮、院の人々で、残り少いまでに参られる。院の御座、調度などの事は、太政大臣[138]が委しく御指図を承ってお扱いになった。当日は特に仰せ事があってお越しになられた。院もひどく恐縮し御驚き申して、御座にお着きになった。母屋の御座に差向いにして、大臣の御座があった。まことに清らかに、ものものしく太って、此の大臣は、今を盛りの長者とお見えになる。主人の院は、やはりひどく若い源氏の君にお見えになられる。御屏風四帖には、内裏が御親しくお書きにならせられた。唐の綾の薄緂で張った物で、下絵のさまなどもおろそかであろうか。面白い春秋の彩色絵などよりも、この御屏風の墨つきの耀いているさまは、見る眼も及ばないもので、思い做しさえ添って結構なものであった。置物の御厨子、弾物、吹物[139]などは、蔵人所よりお下しになられた。大将[140]の御威勢も、まことに厳めしくおなりになったので、それも添って、今日の儀式は格別なものである。御下賜の御馬が四十疋で、左右の馬寮や六衛府[141]の官人が、上の方から順々に引並べている間に、日が暮れた。例の万歳楽、賀

皇恩などいう舞を型ばかり舞って、大臣がお越しになられたので、珍らしくお持て囃しになる御遊びで、何方も気をお入れになった。琵琶は例の兵部卿宮で、何事につけても世に珍らしい上手に入らして、まことに此の上もない。院の御前▼142には琴の御琴を、大臣▼143は和琴をお弾きになる。多年の功の添っていられることと御耳に迎えてお聞きになるせいもあろうか、まことに優に哀れにお思いになるので、琴も御手を殆どお隠しになることなく、微妙なる音を立てて来る。昔の御物語なども出て来て、今は又こうした深い御間柄なので、何方につけても、隔てなく御話合われになるべき御睦びなど気持よくお話になって、御酒も何遍となく召上って、物の面白さも滞りがなく、何方も御酔泣きをお止めになれない。大臣への御贈物には、優れた和琴一つに、お好みになる高麗笛を添えて、紫檀の箱一具に、唐の手本、我国の草仮名の手本を入れて、御車を追って御差上げになる。賜わった御馬どもを迎え取って、右の馬寮どもは、高麗の楽を謡って騒ぐ。六衛府の官人どもの禄は大将が下さる。院の御心として簡略になさって、厳めしい事は、この度はお止めになったのであるが、内裏、春宮、一院、▼144后宮▼145と、次ぎ次ぎの御縁のお立派な方々が、云い切れない程にお見えになっていることなので、やはりこうした際にはめでたく思われる次第である。御子としては大将がただお一方おありになるだけなので、さびしくも栄えのない気がしたが、多くの人にも立ち優り、声望も格別で、人柄も、傍に人の無いかのように入らせられるにつけても、彼の母北の方▼146が、伊勢の御息所▼147との恨みが深くて、互に挑み合って入らした御因縁▼148、その行末が見えて来て、様々になっていることである。大将のその日の御装束などは、此方の夏の御方がお作りになられたのであった。緑など大体の事は、三条の北の方▼149が御用意をなさったようである。折節につけての御催しの、内々のお支度物なども、夏の方は唯余所事のようにばかり聞き通して入らせられるので、何ういう場合があったら、こうした物々しい事の人数にお加わりになることが出来るだろうか、と思われていたが、大将の君の御縁というにつけて、立派にその数にお加わりになっていられた。

年が改まった。桐壺の御方はお産期が近づいたので、正月の朔日から、御修法を不断に行わせられる、寺々社々の御禱りも亦数も知られない。大臣の君は、お産については忌々しいことを御覧になっていたので、[150]こうした折のことは、まことに怖しいものだと身に沁みてお思いになっているので、対の上がそうしたことのないのを、残念にさびしいことになさるものの、嬉しく思って入らっしゃるのに、姫宮のまだまことにお小さいのに何んなで入らっしゃるだろうかと、予てからお案じになるのに、二月頃からは、変に御様子が変って来てお悩みになるので、お心も騒ぐことであろう。陰陽師どもも、お住まいを変えてお慎みになるべき由を申したので、外のかけ離れた所ではお気懸りだというので、彼の明石の御町の、中の対にお移し申上げる。此方は唯大きな対が二つで、廊が続って附いていたのに、御修法の壇を隙間もなく塗り築いて、尊い験者どもが集って、騒がしく禱りの声を挙げている。母君は、此のお産によってこそ、御自分の御運もお分りになることであろうから、限りなく心をお尽しになっている。かの大尼君[151]は、今ではすっかり耄碌した人となっていたことであろう。此のお有様をお見上げするのは夢のような気がして、待ちかねて姫君に参り近づいてお馴れ申上げる。年頃、此の母君が、このように附添ってお仕え申してはいたが、昔の事などは明らかにはお聞き知らせはなさらなかったのに、此の尼君は嬉しさに堪えられず、参っては、ひどく涙がちに、昔の事どもを、顫える声をしつつお話し申上げる。姫君は初めの中は、変なむさくるしい人だとお思いになって、じっと御覧になって入らしたが、こうした人があるということだけは、ほのかにお聞きになっていたので、懐かしくお扱いになった。お生まれになった頃のこと、大臣の君のその浦でお過しになった頃の有様などに続け、「これ迄だと仰しゃって、京へお上りになりましたので、[152]誰も誰も当惑いたしまして、これが最後だ、これだけの御縁であったのだ、と歎きましたのに、若君がこのようにお助け下さいました御宿世は、まことに勿体ないことでございます」とほろほろと泣くので、ほんに哀れだった昔の事を、このように聞せなかったならば、分らずに過してしまうべきであった、とお思いになって、お泣きなされる。お心の中では、我が身はほんに、押し切って貴いといえる身分ではなかったのを、対の上のお扱いによって磨かれて、人の思わくなども、悪くはなかったのである。我が身をば、上もないものと思って、宮仕(みやづかえ)の間にも、一緒にいる人々を見上げて、とんだ心驕(こころおご)りもしていたのであった。世間の人は、内々には何とかいっていることであったろう、などお思い知りになってしまった。母君をば、以前から少し世の思わくの劣った身分だとは知りながらも、お生れになった頃は、そうした世離れた境であったことなどまでは、御存じがなかったのである。まことに余りにも大(おお)ようで入(い)らせられるせいで、不思議なまで御存じなかったことであるよ。彼(か)の入道の、今は仙人のようでこの世には住んでいない者のようなのをお聞きになるのも気の毒なことだと、それ此(こ)れをお思い乱れになられた。ひどくしんみりとして思入(おもいい)って入らせられると、母君が参られて、日中の御加持に、彼方(あちら)此方(こちら)の験者(げんざ)共が集まって参り、騒がしく禱(いのり)の声を挙げているので、御前(おまえ)には格別人も侍ってはいない。尼君は得意になって、ひどくお側近く侍(さぶら)っていられる。「まあ見(み)っともない。小さな几帳(きちょう)を引寄せてお侍(さぶら)いなさいまし。風が騒しくて、自然綻(ほころ)びの隙間の出来ましょうに、医師(くすし)かなぞのような様子をして、ひどく出過ぎたことですよ」と仰しゃって、何だか工合(ぐあい)悪くお思いになった。嗜(たしな)みは十二分に持って振舞っているとは思っていようが、耄碌(もうろく)して耳も遠くなっているので、「ああ」といって小首を傾けていた。しかしそれ程ひどい高齢ではなかった。六十五六位である。尼姿がひどくさっぱりと品のいい様をして、目もとが濡れ光って泣き脹(は)らしている様子は、何(ど)うやら昔を思出している様なので、母君は胸を打たれて、「昔の間違ったことを申上げたのでしょう。よく別の世界のような覚えちがいの話に取(とり)まぜつつ、変な昔話が出てまいったのでしょう。聞いていますと夢のようでございます」と云って、笑顔になって姫君をお見上げすると、まことに艶(なま)めかしくお綺麗で、何時(いつ)もよりはひどくお鎮(しず)まりになり、歎きをなさった御様子にお見えになる。我が子ともお思い申せず、勿体(もったい)なく思うにつけ、お気の毒なことをお聞(きか)せ申したので、お思い乱れになるのであろうか、今はこれまでという御位をお極めになられる時にお聞せ申そうと思っていたのに、我が身も口惜しく思い捨てるべき程ではないが、お可哀そうにお心に引け目をお感じになるだろう、と思われる。御加持が終って、験者共が退出するので、御菓子などを近く差上げて、「せめて此れだけでも」と、お気の毒に思って申上げる。尼君は、ひどくお立派にお可愛らしいとお見上げするままに、涙は止められない。顔はにこにこして、口つきは見ともなく緩んでいるが、目のあたりは霑んで泣きそうにしていた。まあ見ても居られないと思って、母君は目まぜで知らせるが、聞き入れもしない。尼君、

老の波かひある浦に立ち出でてしほたるるあまを誰か咎めむ▼[153]

「昔の代にも、こうした年寄は、罪を許されたものでございます」と申上げる。御硯に添えてある紙に、姫君は、

塩たるる海人を浪路のしるべにて尋ねも見ばや浜の苫屋を▼[154]

御方もお怺えになり切れないで、お泣きになった。

世を捨ててあかしの浦に住む人も心の闇ははるけしもせじ▼[155]

など申上げてお紛らしになる。姫君はその別れをしたという暁のことを、夢の中にもお思出しになれないので、口惜しいことであるよとお思いになる。

三月の十日余りの日に、安らかにお産れになった。予ては仰山に御心配になっていたのであったが、ひどくお苦しみになることもなくて、男御子でさえ入らしたので、何もかもお思い通りで、大臣も御安心になった。此方は奥まった御殿で、直ぐ人々の部屋にも接しているので、厳めしい御産養のお祝▼[156]が引続いて、世間の騒ぎの格別な有様は、ほんに「かひある浦▼[157]」だと、尼君の為には見えたが、簡略に過ぎるようなので、御自分の御殿へお移りになろうとしている。対の上もお見舞にお渡りになった。姫君は白い御装束を召して、母親らしく、若宮をじっとお抱きになって入らっしゃる様が、ひどくお可愛ゆい。上は御自分ではこうしたことを御存じなく、他人のこともお見馴れになっていない

ので、ひどく珍らしくもお可愛ゆくもお思いになった。手数のお懸りになる頃だのに、上は絶えずお抱き取りになって入られるので、実の祖母君は、すっかりお任せ申上げて、お湯殿のお世話などをなされる。春宮の宣旨である典侍がお湯殿の役を仕え申す。御迎え湯の役[158]をお手伝いになられるのも、ひどく哀れで、内々の事情も薄々は知っているので、もし少しでも悪い所があるならば、姫君がおいとしくあろうが、驚かれる程に気高く入らせられて、ほんにこうした御因縁の特におありになる人であるよとお見上げする。此の間の儀式を言立てるのは、まことに今更のことであるよ。

六日目というように、例の御殿へお渡りになった。七日の夜には、内裏よりの御産養の事がある。朱雀院が、あのように世を捨ててお出でになる御代りというのであろうか、蔵人所から、頭弁[159]が宣旨を承って、結構な様にした御産養を差上げた。禄の絹などは又、中宮の御方からも、公事には立ちまさって、厳めしくして下さる。次ぎ次ぎの親王達、大臣の家々も、此頃の仕事として、我も我もと清らかさを極めてお差上げになる。大臣の君も、此の際のことは、例のように簡略にもなされず、又となく大騒ぎをしてなされるので、内輪の美しく細かい風雅で、写し取って後に伝えるべき節などは、目にも留まらなくなってしまった。大臣の君も、程なく若宮をお抱き申して、「大将[160]は何人も設けているようですが、今まで見せてくれないので恨めしいのに、このようにお可愛いいお人を得たことです」と、お可愛ゆがり申すのは御尤もであるよ。日々に、物を引伸ばすようにお育ちになられる。お乳母も、気ごころの知れない者を俄にお召しにはならず、お仕え申している者の中で、身分よく心の優れた者ばかりをお選びになって、お仕え申させる。明石の御方のお心構えの、行届いて気高く、鷹揚に入らっしゃるものの、然るべき方には卑下して、小憎らしい押強いことをなさらないのを、褒めない人はない。対の上は、改まってではないがお逢いになり合って、あれ程、許しなくお思いになっていたのに、今では若宮の御徳で、ひどく睦ましく二なき者にお思いになって来られた。子煩悩のお心の方で、天児[161]などを、お手ずからお縫いになりお持扱いになっていらっしゃるのも、ひどく若々しい、一日中此の御冊きでお過しになられる。かの古風の尼君は、若宮をゆっくりとお見上げの出来ないのを、飽き足らず思うことであった。なまなかに、お見初め申してお恋い申上げるのでは、命も堪えられそうもないことである。

かの明石でも、こうした御事を伝え聞いて、そうした聖心にも、ひどく嬉しく思ったので、「今こそは此の世の中を安心して離れるべきことだ」と弟子共に云って、その家をば寺として、周囲の田などのようの物は、その寺の物に寄進して置き、その国の奥の郡で、人の通い難い深い山のあるのを、年頃見立てて置きながら、かしこに籠っての後は再び人に逢うようなことはすべきではないと思って、ただ少し気になることが残っていたので、今まで延していたのであるが、今はこうなればと、神仏をお頼み申してお移りになったことである。近年となっては、京に格別のことがないので、使も差上げなかった。此方からお下しになる使にことずけて、一行程でも、尼君に然るべき折節のたよりをするだけであった。離れて行く此の世の閉じ目として、文を書いて、御方にお差上げになった。

「この年頃は、同じ世の中にめぐり合ってはおりましたが、何の、こうしていても既にあの世に生れ変っている身だと思い做しつつ、格別のことのない限りは、申上げも伺いもしません。仮名文を拝見しますのは眼に暇がいって、念仏も怠るようで、無益なことだと思って、御消息も差上げませんが、人伝てに承りますと、若君は春宮に参られて、男御子がお生れになった由で、深くお喜びを申上げます。その子細は、私はこのような拙い▼162山伏の身で、今更に此の世の栄えを思うではありません。過ぎ去りました年頃、心が汚く、六時の勤めにも、ただあなたの事だけを心に懸けて、自分の蓮の上の願いはさし置いて念じてばかり来ました。あなたがお生れになろうとした年の、二月の或夜の夢に見ましたことに、自分は須弥の山を、右の手に捧げている、山の右左から月日の光が明らかに出て来て世を照らす、自分は山の裾の物蔭に隠れていて、その光にはあたらない、その山をば、広い海の上に浮べて置いて、小さい舟に乗って、西の方をさして漕いでゆく、と見たことでした。夢の覚めた朝から、数ならぬ身に頼む所が出て来ましたものの、何をたよりにして、そうした厳めしいことを待ち設けようかと、心の中に思っていましたのに、その頃からあなたが腹にお孕まれになりましたこの方、俗の方の書を見ましたのにも、又内教[163]の心を考えて見ます中にも、夢は信ずべきものだということが多くありましたので、賤しい懐に抱きながらも、勿体なく思って大切にいたしましたが、力及ばぬ身の思案に余りまして、こうした道に入ったのでした。又この国の守に身が落ちまして、老の波の再び都へは立ち返るまいと思い諦めて、この浦に年頃を過しました間も、姫君の御果報を思い頼みましたので、心一つに多くの願をお立て申しました。そのお礼詣りも出来ますように、思い通りの時節にお逢いになっています。若君が国母にお成りなさいまして、願がお満ちになりました時に、住吉の御社を始めとして、お願解きをなさいまし。更に何の疑う所がございましょう。この一つの思いが、眼の前に叶いましたので、遥か西の方、十万億の国を隔てている、九品の上の望みは、疑いないものとなりましたので、今は唯来迎の蓮を待っておりますだけで、その夕べまでを、『水草清』[164]い山の末で、勤めをいたそうと思って分け入るのです」

光り出でむ暁近くなりにけり今ぞ見し世の夢語りする[165]

とあって、月日が書いてある。猶お、

「私の命の終る月日も、決して知ろうとはなさいますな。昔から人の染めておいた藤衣に、何で窶れることなどありましょう。ただ御自分の身は、神仏の変化であるとお思い做しになって、この老法師の為に功徳をお積み下さい。此の世の楽しみに添えて、後の世のことをお忘れなさいますな。願っております極楽にさえ往くことが出来たならば、必ず又対面をいたしましょう。娑婆の外の彼方の岸へ往って、早く逢おうとお思い下さい」

とあって、かの社に立てた数多の願文も、大きな沈の文箱に封じ籠めておよこしになった。尼君には別段のことも書かず、ただ、

「この月の十四日に、草の庵を離れて、深い山に入って行くことです。甲斐もない身を熊狼にでも施してやりましょう。其方には此の上とも、思っていたような御代の来るのをお待ちなさい。浄土で又対面することでしょう」

　とばかりである。尼君は此の文を見て、その使の大徳に様子を尋ねると、「この御文をお書きになりまして、三日目に、あの人跡の絶えた山へお移りになりました。手前共も、その御送りに、麓までお附き申しましたが、皆お返しになりまして、僧一人と童二人をお供にお附けになりました。今はと、御出家をなさいました折を、悲しいことの最後だと思いましたのに、その残りがあったのでございます。年頃お勤めの合間合間に、凭り伏しながらお鳴らしになりました、琴の御琴と琵琶とをお取寄せになりまして、お弾きになりつつ、仏にお暇をなさいまして、御堂に御施入になりました。その外の品々も、大抵は御施入になりまして、その残りを、御弟子の六十余人の、親しい限りお附き申しておりました者に、程に応じて皆お分けになりまして、猶お残っております分を、京の御料としてお送りになったのでございます。今はとお引籠りになり、ああした遠い山の雲霞にお混りになってしまいました、空しい御跡に留りまして、悲しみ嘆いている人々が多くございます」といって、この大徳も、童で京から下った人で、今は老法師になって残っている人なので、ひどく哀れに心細いと思った。釈尊の御弟子の賢い聖でさえも、仏が何時も霊鷲山にいますとお頼み申上げながら、やはり涅槃の折の嘆きは深かったものを、まして尼君の悲しくお思いになることは限りもない。▼166御方は、南の御殿に入らせられたが、「こうした御消息があります」と告げて来たので、忍んで此方へお越しになった。重々しく身を扱って、かりそめならぬ事でない限りは、通って来てお逢いになることも難いのに、哀れなことがあると聞いて、気になるので、忍んで入らしてみると、尼君は、まことにひどくも悲しそうな様子をして入らした。灯を近く取寄せて、その文を御覧になると、ほんに涙の堰き止めようもないものであった。他人は何んとも思わず、目も留めそうもないことでも、直ぐに以前の過ぎ去った事が思い出されて、恋しくお思い続けになって入らせられる心には、逢い見ることがなくて、永の別れをしてしまったことかと御覧になると、たまらずも悲しく云う甲斐もない。涙が堰きとめられずに、その夢語を、一方では末頼もしくも思い、それでは一徹心から、我が身を此のようにあるべくもない様に、さ迷わせられたと、中頃嘆き漂っていたのは、そうした果敢ない夢に頼みを懸けて、気位高くお思いになっていたからのことであったと、一方ではお思い合せになる。尼君は久しく云いためらっていて、「あなたの御徳で、嬉しい面目のあることも、身に余って此の上なく思っております。悲しく、気の結ばれる思いも至って多いことでございました。つまらない身分の私ですが、永く住んでいました都を捨てて、彼所に落ちぶれていましただけでも、人並み外ずれた因縁であることだと思っておりましたが、生きている中に離れ離れになり、隔たってしまうべき夫婦仲だとは思い懸けませず、一つ蓮の上に住む後の世の頼みまでもかけて、年月を過して来まして、俄にこうした思い寄らない御事が出て来まして、捨ててしまった都へ立ち帰りましたのは、甲斐ある御事だとお見上げして喜んでおりますものの、一方には又気がかりな悲しい事が添って来まして絶えないのに、とうとう此のように、逢うことも出来ずに離れていながら、此の世の別れとしましたのは残念なことに存じます、俗でいました時でさえ、人とは異った心持があって、世の中を拗ねるようには見えましたが、若い同士頼みにし馴れまして、銘々ではこの上もなく頼みにし合っていました。何だって、このように便りも聞きやすい所にいながら、こんなにして別れてしまったのでしょう」と云いつづけて、ひどく悲しそうに泣顔をなされる。御方もひどく泣いて、「人に勝った行末の仕合せも思いませんよ。数ならぬ身では、何事も表立って甲斐のあるようには出来ませんものの、このような悲しい有様で、よくは様子も分らずじまいますことは残念なことです。何もかも、父君の御為とばかり思ってしておりました。そのように便りを絶って引籠っておしまいになりましたら、世の中は不定なものですから、そのままお亡くなりになりましたら、みんな無駄になります」といって、夜どおし悲しいことを云いつづけてお明かしになる。「昨日も大臣の君が、彼方にお附きしているのを御覧になりましたので、俄に脱け出しているのは、軽々しいようです。自分の事は、何れ程も遠慮はいたしておりません。こうしてお添いになって入らっしゃる貴方がおいとしいので、気ままに自分の身を扱いにくくしていることです」と云って、暁に彼方へお帰りになられた。尼君は「姫君は何んなで入らっしゃいます。何うしたらお見上げ出来ましょうか」といって、これにも泣いた。「その中にきっとお見上げ出来ましょう。女御の君も、ひどくしみじみと、お思出しになりつつ仰しゃってのようです。院も、お話のついでに、もし世の中が思い通りに行くものだったら、恐れ多い当て事ではあるが、尼君にその頃まで生きていてもらいたいものだと仰しゃるようでした。何う思召して入らっしゃることでしょう」と仰しゃると、又にこにこして、「さあ、それだからこそ、それ此れ例のない宿世だというのです」といって喜ぶ。御方は、その文箱は人に持たせてお帰りになられた。

　春宮から早くお参りなさるべき仰せばかりあるので、「そう思召されるのも御尤ものことです。珍らしい事までも添っていますので、何んなにかお気がかりに思召しましょう」と、紫の上も仰しゃって、若宮を内々にお参らせ申そうとするお心づかいをなされる。御息所▼167は、御暇のいただき難いのにお懲りなされて、こうした序に暫く居たいとお思いになって入らした。参ってから幾らも経たない御身で、ああした怖ろしい事をなされたので、少しお顔が痩せ細って、云いようもなく艶めかしい御様をして入らっした。「このように本のお体におなりになりかねて入らっしゃいますので、御養生なさいました上で」と、御方▼168などはお気の毒に思って申上げるのを、大臣は、「このようにお痩せになっている所をお目に懸けるのも、却って哀れのあることでしょう」など仰しゃる。対の上などのお帰りになられた夕方、物静かなので、御方は御前に参られて、その文箱の事をお聞きに入れられる。「思いどおりの御身分にお決りになられますまでは、お隠し申して置くべきでございますが、世の中は不定なものなので、気懸りに存じますからのことでございます。何事もお心一つでお取計らいになりかねます前に、私が何のようにか果敢ない身になりますことがございましても、必ずしも今わの終りを御覧になれます御身ではございませんので、やはり正気でおります中に、つまらないこともお聞きに入れて置くべきだと存じまして、面倒な変な手紙ではございますが、これを御覧下さいましよ。この御願文は、お側の御厨子などにお置きになりまして、必ず然るべき折に御覧になりまして、此の中にありますことはお果しなさいまし。疎い人にはお洩らしになりますな。これ程にお成りになりますのをお見届けいたしましたので、私も世を背きたいという気になって参りましたので、何事も気楽には思えません。対の上の御深切は、おろそかにはお思いなさいますな。まことに珍らしく入らっしゃいます。深いお心持をお見上げいたしましたので、自分の身よりは遥に勝って、長いお命をお持たせ申したいものだと存じております。もともと御身にお添い申しますに附けまして、遠慮のいる身分でございますので、お譲り申上げはじめたのですが、とても此れ程までには入らっしゃるまいと、年頃はやはり世間並にお思い申しつづけておりましたことです。今は過ぎ去った方も行く先々も安心が出来るようになっております」など、まことに多くをお聞きに入れる。涙ぐんで聞いてお出でになる。このような睦まじかるべき御前でも、何時も打解けない様をなさって、ひどく遠慮をして入らっしゃる御様子である。その文の言葉はいやに固苦しく、親しみのないものを、陸奥紙の、年が経ったので黄ばんで厚ぼったくなっている五六枚の、さすがに香はひどく深く染ませたものにお書きになっていた。姫君はひどく哀れにお思いになって、御額髪の次第に涙にお濡れになってゆく御横顔は、気高くも艶めかしい。

院は女三宮の御方に入らせられたが、隔ての襖をあけてふと此方にお越しになられたので、御方は入道の文を隠すことが出来ず、御几帳を少し引寄せて、御自分は半身をお隠しになった。「若宮はお目覚めですか。一時でも見ないと恋しいことです」と仰しゃるが、母御息所は御返事もお出来にならないので、御方は、「対の方へお渡し申しました」と申される。「ひどく怪しからぬことですよ。

彼方にこの宮を独占めになさって、懐から少しも離さずにお扱いになりとおして、心柄で衣を皆濡らして、脱ぎかえがちにしているようです。軽々しく、何だってそうお渡しになるのですか。此方へお越しになってお見上げなさるべきです」と仰しゃると、「ひどくお宜しくない思遣りのない御事ですよ。女で入らしたからとて、彼方で御覧になりますのは宜しいことでございましょう。まして男は、何のように貴く入らっしゃいましても、気安く存じ上げられますのに、御冗談にも、そのような隔てがましいことを、御分別らしく仰しゃいますな」と申上げられる。院は笑って、「あなた方に任せて、お構い申さないのがよいのですね。私に隔てをつけて、今では誰も誰も除け者にして、分別らしくなぞと仰しゃるのは子供らしいことです。第一にあなた▼173がそのように隠れていて、つれなく悪る口などを仰しゃるようで」といって、御几帳をお引退けになると、母屋の柱に凭りかかって、ひどく清らかに、きまり悪るくなるような様をして入らっしゃる。さきほどの文箱も、慌てて隠すのも恰好が悪るいので、そのままにしてお出でになると、「何うした箱ですか。深い執心のある懸想人が、長歌を詠んで封じ込めてでもあるような気がすることです」と仰しゃると、「まあ厭なことを。お若返りなさって入らっしゃるらしいお心持から、聞いたこともないような御冗談が、折々出て来ることです」といって、お微笑みになったが、哀れなことのあった様子が明らかなので、変だとお考えになって入らっしゃる御様なので、面倒になって、「あの明石の窟から、内々でいたしてありました御祈禱の巻数や、又願解きをいたさない御祈願のありましたのを、あなたにもお知らせ申せる折がありましたならば、御覧じ置きになるべきだろうかと云うのでございますが、唯今序もなくて、何でお開けになるべきでしょう」と申上げると、ほんに哀れであるべき有様であるとお思いになって、「何んなに御修行になってお住みになっていられたことでしょう。命が長くて、多年を勤められる積りも、たいしたことでしょう。世の中で立派だと云い賢い人々だと云われる人を見ましても、この世に染みている濁りが深いのでしょうか、俗才にはすぐれていますが、ひどく限りがありありしてあの入道には及ばないことでした。いかにも至り深く、さすがに趣(おもむき)のあるお有様でした。聖(ひじり)ぶって此の世を離れたような様子ではないものの、内心は、すっかりあの世に通って住み続けていられると見えました。まして今はお気になる絆(ほだし)もなく、世を思い離れて入らっしゃるのですからね。気やすい身分であったら、内々でほんとうにお逢いしたいことですよ」と仰しゃる。「今ではあの居りました所も捨てて、鳥の音(ね)も聞(きこ)えない山にいると聞きましてございます」と申上げると、「それでは、その遺言なのですね。消息は通わしていられますか。尼君は何(ど)んなにお思いになることでしょう。親子の中よりも、又そうした契(ちぎり)の中は、殊(こと)に哀れの添って来ることでしょう」と仰しゃって、涙ぐませられた。「年が積るにつけ、世の中の有様をとやかくと思い知って来ますままに、不思議に恋しく思出されるお有様の方なので、深い縁のある間柄では、何んなにか哀れなことでしょう」など仰しゃるのを序(ついで)に、御方は、その夢語もお思合せになることもあろうかと思って、「まことに変な梵字とかいうような筆跡ではございますが、御覧置きになるべき節(ふし)がまじっているかも知れないと存じまして。これが最後だと思って別れはいたしましたが、やはり哀れは残っているものでございます」といって、様よくお泣きになられる。大臣(おとど)は手にお取りになって、「ひどくしっかりしていて、まだ耄碌などしてはいないことでしょう。手蹟などもすべて何事でも、目立って見事に出来るべき人でしたのに、ただ世渡りの心構えが少なかったことです。あの方の先祖の大臣(おとど)は、まことに賢くて珍らしいまでに誠をつくして、公(おおやけ)にお仕え申していられました中に、間違(まちがい)がありまして、その報いで、此のように後(あと)が絶えたのだ、などと人が云っているようでしたが、女の方につけてではありますが、此のようにまるで後(あと)がないとは云えないようになっているのは、多年の勤行の験(しるし)なのでしょう」と仰しゃって、涙をお拭いになりつつ、その夢語の所に目をお留どめになる。変に偏屈で、当てもない高望みをしていると人も咎め、又我ながらも、すまじき振舞(ふるまい)を、かりそめにでもしていることだと思った事は、この女君のお生れになった時に、宿縁の深さを思い知ったのであるが、目に見えない将来のことは、分らぬ事に思いつづけていたことだ、それならばこのような頼みがあって、達て自分を聟にと望んだのであった、横さまな悲しい目に逢って、漂ったのも、この女君一人の為であったのだ、何のような願を心の中に起したのだろう、とゆかしいので、大臣はお心の内で拝んでその願文をお取上げになった。「これには又取添えて差上げるべき私の物もあります。追って又お聞きに入れましょう」と女御には申させる。その序に、「今はこのように昔のこともお分りになったのですが、対の人のお心持をおろそかにお思いなさいますな。もともと然るべき仲や、離れることの出来ない間の睦びよりも、繋がりのない人が聊かの哀れを懸けてくれ、一事でも頼もしくしてくれるのは、並々ならぬことです。まして、貴方が、▼174此方にお附き切りになられているのを見る見るも、最初の心持が変らず、深く懇ろにお思い申上げているのですもの。昔の世の譬にも、あのように表面だけは世話するように見えるけれどもなどと、大人らしい邪推をするのも賢いようではありますが、やはり間違ってはいても、自分の為に内心は歪んでいる人でも、そのようには思い寄らず心から懐いてゆくと、彼方でも心を持ち直して可哀そうになり、何うして此のような人にはと、罪を得そうな人でも、思い直して来ることがあるでしょう。一とおりの昔の世の軽薄でない人は、悪い節々もありますが、何方か一人が罪のない時には、自然に仲が直る例もあるようです。それ程でもない事に、角々しく難癖を附け、愛嬌なく人に離れてゆく心のある人は、まことに打解け難い、思い遣りのないことだと云うべきです。多くの人を見及ぼしたのではありませんが、人の心の、こうした様、ああした趣を見ますと、性分も用意もいろいろで、それぞれに残念ではない程度の気働きはあるもののようです。みんなそれぞれ長所があって、取柄がなくはありませんが、又取立てて、自分の後見にと思って、まじめな心から選び出そうとすると、そうした人は得難いものです。唯、ほんとうに心に癖がなくて善いという上では、あの対の人は、あれこそ穏やかな人だというべきだと思っています。善いからと云って、又余り締りのなくて頼もしげのない人もひどく困ることですよ」とばかり仰しゃるので、他の方々は思いやられることである。「其方だけは少し心得を持っていられるようですから、よくよく仲を良くし合って、この御後見を一つ心になってなさいまし」と、忍びやかに仰せになる。御方は、「申上げませんですが、まことに珍らしい御心持をお見上げいたしますままに、明暮の言いぐさにしてお噂を申上げております。怪しからぬ者だと、お思い許しになりませんでしたら、このようにまで御覧下さるべきではございませんのに、工合の悪るいまでに人がましく仰しゃって下さいますので、却って恥かしいまででございます。数ならぬ身が、さすがに生きておりますのは、世間の聞き耳もひどく心苦しく、肩身狭く存じられますのに、難のない者のようにお隠し下さりつづけておりますので」と申上げると、「そなたのお為には、何の志がありましょう。ただこの御方に、附添ってお見上げすることが出来ない覚束なさから、お譲り申しているのでしょう。それも亦、其方が取り仕切って我は顔になさらないお持てなしなので、万事が工合よく、目安いのですから、私も誠に心配がなくて嬉しいことです。ちょっとした事でも、物の心得のない偏屈な人は、附合いをするにつけて、相手になる人までが困る思いをすることがあるものです。そのように直し所もなく、何方もしていて下さるので、気安いことです」と仰しゃるにつけても、そのことだ、よくも卑下していたことであったとお思いになる。大臣は対にお越しになった。「あのように、此の上もないお心ざし▼175ばかり増さってゆくようですね。ほんに又、何方よりも優▼176って、あれ程までに揃って入らっしゃる御有様なので、御尤もに見えて、結構なことです。宮の御方へは、表面の御冊きだけが結構で、お越しになることもいい加減にお出来になれない御様子なのに、勿体ないことと申すべきでしょう。同じ▼177御血筋では入らっしゃいますが、今一段とお気の毒なことで」と、蔭口を申上げるにつけても、御自分の御宿世をひどく貴いことにお思いになったことである。高貴の御身であってさえも、思うようではなさそうな御仲だのに、まして御自分は立ちまじるべき身分ではないので、すべて今は怨めしい点もない。ただ彼の往き来を絶って籠ってしまった▼178山住みの人を思いやるだけが、哀れに覚束ないことである。尼君も、唯「福地の園に種を蒔きて▼179」というように書かれてあった、入道の文の一言を頼みとして、後世を思いやりつつ案じて入らした。

大将の君は[180]、この姫宮[181]の御事を思い及べないというのではなかったので、目に近い所にお出でになるのを、全く平気ではいられず、大方の御冊きにかこつけて、其方の御殿には然るべき折々には参り馴れて、自然御様子やお有様を見聞きなさると、ひどく幼げにおっとりしていらせられるという一筋だけであって、表面の儀式は厳めしく、世の例ともなる程に、お冊きになっては入らっしゃるが、殆ど際立って奥ゆかしいところは見えない。女房なども重々しい者は少く、若々しく器量のよい者で、唯々陽気に、浮ついた者がひどく多く、大勢数も分らない程に集まりつつ、心配のなさそうな御あたりとはいいながら、何事もしとやかに心の落着いている者は、心の中はあらわには見えないものなので、その身に人知れぬ嘆きを持っている者でも、心から好い気持らしく、何の屈托もない者にまじっていると、周囲の者に引かれつつ、同じ様子や振舞に緩められてゆくので、ただ一日中、他愛のない御遊び戯れに夢中になっている童の有様であるのを院[182]はひどく目に余るものに御覧になることもあるが、一様には世間の事をお思いにならない御性分なので、そうしたことも気任せにして、あのようにしたいのだろうとお見許しになりつつ、戒めお躾けにはならない。ただ姫宮の御有様だけを、ひどくよくお教え申すので、少しはお分りになって来られた。このようなことを、大将の君も知って、ほんに優れた妻という者は得難いものである、紫の上の御用意御様子は、多くの年を経て来たが、兎や角と漏れ出て見え聞えるところもなく、物静かなのを本領として、さすがに心が優しく、他のお人をも凌がず、御自身をも貴く扱って、奥ゆかしい振舞を添えて入らっしゃることであると思い、垣間見した面影も忘れ難くばかり思出されていることである。御自分の御北の方[183]も、可愛ゆいとお思いになる方は深いけれども、相談甲斐があり、すぐれて器用さなどはない人である。気楽な、今は大丈夫な者と見馴れるにつけて、気が弛んで来て、やはり此のように様々な人をお集めになっている御有様の、それぞれに面白いのが、心から離れ難いのに、ましてこの宮は、御身分を思っても、限りなく貴い御身分であるのに、取分けて深くお心をお寄せになっていられるというではなく、人目だけのことであると御見知り申すにつけ、特に勿体ない心など持つのではないが、お見上げ申す機会もあろうかと、ゆかしくお思い申していた。衛門督の君[184]も、朱雀院に常に参って、親しくお侍い馴れ申した人なので、この宮を父帝[185]の極めて大切に遊ばされたお心構えを、具さに拝して置いて、様々の御選びのあった頃から心持を御聞きに入れ、院にも方外なことだとは思召にならないと聞いていたのに、このように他人の物とおなりになったので、ひどく残念で胸の痛い気がして、やはり心から離されない。その頃から手蔓の附いた女房の便りで、姫宮のお有様を聞き伝えて、慰めにしているのは果敢ないことである。「対の上の御覚えには、やはり負かされていらっしゃいます」と、世間の人のいい伝えるのを聞くと、勿体ないことではあるが、自分ならばそのような思いはおさせ申すまい、ほんに類いもない御身には相当はしなかろうと思い、絶えずその小侍従という御乳主[186]を励まして、世の中は不定なものなので、大臣の君は固よりの本意があって、そのお思込みになっている方にお向いになる[187]ことがあったならばと思って、油断なく心を配っていた。

　三月頃の空のうららかな日に、六条院に、兵部卿宮[188]、衛門督などがお参りになった。大臣はお出ましになって、御物語などなされる。「静かな住まいは、此頃こそ一番徒然で紛れようもないことですよ。公にも私にも事がありませんね。何をして過したものでしょうか」など仰しゃって、「今朝大将[189]が来ましたが、何所にいられるのですか。ひどくさみしいので、例の小弓を射させて見ることですね。好きそうな若人も見えたのに、生憎にも帰られたのですか」とお尋ねになる。大将の君は東北の町で、人々の大勢に、鞠を玩ばせて御覧になっているとお聞きになって、「乱りがわしいものだが、さすがに目の醒める気の利いたものです。何うです此方でしては」といって御消息があったので、大将はお参りになった。若公達といった人々が大勢だった。「鞠をお持たせになりましたか、誰々がいるのですか」と仰しゃる。「これこれが居りました。此方へ参らせましょうか」と仰しゃって、寝殿の東面の、桐壺[190]は若宮をお連れ申して内裏へお参りになられた頃だったので、此方は人目に着かなくなっていた。遣水の行き逢う所を離れて、似合わしい鞠場[191]を捜して立ち出る。太政大臣殿の公達の頭弁、兵衛佐、大夫の君[192]などの、年をした者、まだ若い者さまざまで、何方も人よりもまさってなされる。次第に暮れかかるが、風が吹かなくて丁度好い日だと興じて、弁の君までもじっとしてはいられずに立ち混じるので、大臣[193]は、「弁官さえも我慢してはいられないのですから、上達部であろうとも、若い衛府司達は何うしてお乱れにならないのですか。これ程の年になっては、じっと見ているだけですが、残念な気のする遊びです。しかしまことに軽々しいものですね、この事の様は」と仰しゃるので、大将の君も督の君[194]も、皆お下り立ちになって、いいようもない花の蔭にさまよわれる夕映は、ひどく清らかである。何方かというと、様のよくない静かではない乱れごとのようであるが、所柄人柄によってのものである。趣の多い庭の木立は、深く霞が罩めているのに、色々に咲きつづいている花の木々や、僅に萌黄をした木の蔭で、そのような果敢ない遊びではあるが、上手下手の差別を挑み合いつつ、我も劣るまいと思い顔である中に、衛門督のかりそめに立ち混じった足もとに、立ち並ぶ人とてはないことであった。容貌がひどく清らかで、艶な様をした人が、用意を深くして、さすがに乱れたところのまじっているのが、面白く見える。御階の間に当っている桜の蔭に寄って、人々が花の上も忘れて熱心にしているのを、大臣[195]も宮も、隅の勾欄に出て御覧になる。まことに見事な術も見えて、番も重なってゆくと、高官も乱れて、冠の額際が少し弛んで来た。大将の君も、御位の程を思えばこそ、何時にない乱りがわしさだとは思われるが、見た目は人よりもすぐれて若く美しく、桜の直衣のやや萎えたのに、指貫の裾の方が少し脹んで、心もち引上げていられるのが、軽々しくは見えない。その清げな打解け姿の上に、花が雪のように降りかかるので、見上げて、萎れた枝を少し追って、御階の中程の段に腰をお掛けになった。督の君も続いてお出でになって、「花がおびただしく散るようですね。桜は避けて吹くとよいに[196]」など仰しゃりつつ、姫宮の御前の方を尻目に見ると、例のように格別な取締りのない様子であって、女房の色々の衣のこぼれ出している御簾の端々や透影などは、春の手向けの幣袋かと思われる。御几帳などもしどけなく脇へ押遣りつつ、人気が近くあらわに見えるのに、唐猫のひどく小さく可愛らしいのを、少し大きな猫が追いすがって、俄に御簾の端から走り出すと、女房共は怖え騒いで、さやさやと身動いで追いまわす様子で、衣ずれの音が、耳かしましい気がする。猫はまだよく人に懐かないのであろうか、綱をひどく長く附けてあったのを、物を引懸けて絡ませたので、逃げようと引張るうちに、御簾の端がひどくあらわに引上げられているのを、すぐには直す女房もない。そこの柱の側にいた女房共も、慌てたようで、皆物怖じしている様子である。几帳の端の少し奥まった所に、袿姿で立って入らっしゃる人がある。階から西へ二番目の間▼197の、東の隅のことなので紛れる物もなくあらわに見入られる。紅梅であろうか、濃いのや薄いのが次々に、何枚も襲なっている差別が花やかで、草子の▼198小口のように見えて、上に召して入らせられるのは桜の織物の細長であろう。御髪は、裾の方まではっきりと見えるのが、糸を撚り懸けたように靡いて、髪先の房々と剪り揃えられているのが、ひどく美しそうで、七八寸ばかり御身の丈より余って入らっしゃる。御衣が裾勝ちで、お体はまことに細く小さくて、姿つきや髪のかかりの側目は、云いようもなく上品にお可愛らしい。夕方なので、はっきりとは見えず、奥の方の暗い気のするのは、まことに飽足らず残念である。鞠に身を打込んでいる若公達の、花の散るのをも惜みも出来ずに競うのを見ようとして、女房共は露わな様をも、直ぐには見附けないのであろう。猫がひどく鳴くので、振返って御覧になるお顔や御様子は、ひどく大ようで、幼げな可愛ゆい人だとふと見えた。大将はひどく見かねる気がするが、立寄るのは却ってひどく軽々しいので、ただ気を附させて、咳払いをなされるので、静かにお引込みになられる。しかし御自分の気持にもひどく飽き足りない気がなされるけれど、猫の綱を放したので、心ならずも溜息が吐かれる。ましてあれ程までに熱心になっている督の君は、はっと胸が塞がって、あれは誰であろうか、大勢の女房共の中にそれと明らかな袿

姿であることよりも、女房とは紛れるべくもなかった御様子が、心に懸って思われる。そ知らぬ様子はしていたが、何うして目に留めないことがあろうかと、大将[199]は姫宮をお気の毒にお思いになる。督の君は遣り端のない心の慰めに、猫を招き寄せて、抱いていると、移り香がひどく香ばしく、可愛らしく鳴くのも、なつかしくその人に思いよそえられるのは、好色き好色きしいことであるよ。

大臣は此方を御覧じよこしになって、「上達部の座がひどく軽々しいことですよ。此方へ」といって、対[200]の南面へお入りになったので、皆其方へお参りになられた。兵部卿宮も御居直りになって、お物語をなさる。次ぎ次ぎの殿上人は簀子に円座を召して、改まってではなく、椿餅、梨子、柑子のような物の、様々に、筥の蓋に取雑ぜつつあるのを、若い人々は打解けて取って食べる。然るべき干物だけを肴にして、御酒を召上る。衛門督は、まことにひどくしんみりとして、ともすると花の木に目を着けて見やっている。大将は、心中を察しているので、あの有るまじき御簾の透影を、思出すのであろうかとお思いになる。ひどく端近であった有様を、一方では軽々しいと思うことであろう、さあ、此方[201]の対の御有様には、ああしたことはあるまじきことだろうと思うにつけ、あれであればこそ、世間の思わくの程よりは、内々の御志が浅いのであろうと、思い合せて、やはり内外の用意の足りない、幼い方は、可愛ゆいようではあるが、不安なものであるよとお蔑みになる。衛門の督[202]は、様々な欠点をも殆ど問題とはされず、思い懸けない物の隙間から、ほのかにもそれとお見上げ申したにつけても、我が昔からの志の験があるのであろうかと、宿縁の嬉しい気持がして、飽かず思われのみする。院は昔話をお始めになって、「太政大臣が、万事につけて立ち並んで、競争をして勝ち負けの定めをなされた中でも、鞠だけは叶わなかったことでした。果敢ない術は、伝えなどはないでしょうが、筋というものはやはり格別なものですね。まことに目も及ばない程に、お上手に見えました」と仰しゃると、衛門督はほほ笑んで、「確りした方面では劣っております家の風[203]で、そのようなことを伝えましたのでは、後の世の為に格別なこともなくてしまうでございましょう」と申上げると、「いや何うして。何事でも人にちがっている点は、記して伝えるべきです。お家の系図などに、書き入れて置いたなら面白いことでしょう」とお戯れになる御様の、匂やかに清らかなのをお見上げするにつけても、こういう人に添っていては、何れ程のことがあっても、他に心を移す人などがあろうか、何事につけて、哀れだとお見許しになる程に、お靡かし申すべきだろうか、と思いめぐらすと、御あたりよりは遥かであるべき自身の身分も思い知られるので、胸ばかり塞がって退出なされた。

大将の君と一つ車で、督の君は途の間をお話なされる。「やはり此頃の徒然は、あの院へ参って紛らすべきことですよ。今日のような暇を待ちつけて、花の折を過さずに参れ、と仰しゃったので、春を惜しみがてら、この月の中に、小弓を持たせてお参りなさいよ」と云って約束をする。めいめいの別れる所までお話をなさって、督の君は宮の御事を猶おいいたいので、「院にはやはり此方の対にばかり入らっしゃるようですね。此方の御覚えが格別なせいでしょう。彼方の宮は何のように思召すでしょう。帝が並ぶ者なく御寵愛なさいましたのに、それ程ではなくて、お添いになって入らっしゃるだろうとお気の毒なことです」と、斟酌なくいうので、「とんでもない事を、何だってそんなことがありましょう。此方は、様が変っていてお育てになられた睦び▼204が、違っているだけのことなのでしょう。宮の方は何事につけても、まことに貴くお思い申上げて入られますものを」とお話になると、「いや、お止めなさい。みんな聞いております、ひどくお可哀そうな折々がありますものをね。あの方は世に一通りならぬ御覚えの方ですのに、あるまじきことですよ」と、ひどくお可哀そうがる。

いかなれば花に木伝ふ鶯の桜を分けて塒とはせぬ▼205

「春の鳥の、桜一つにとまらずにいる心持です。不思議に思われることです」と、独り言のようにいうので、大将は、さあ、つまらない心配をすることだ、心をお懸け申していることだ、と思う。

深山木に塒さだむるはこ鳥もいかでか花の色に飽くべき▼206

「無理なことを、そう一筋に云ったものではありません」と返事をして、面倒なので、それ以上は云わせないようにした。他の方へ云いまぎらして、それぞれ別れた。

督の君は、まだ大殿の東の対[207]に、独住みで入らせられたことである。思う所があって、年頃こうして住まいをしているが、我が心柄ながらもさびしく、心細い折々もあるが、自分程の者で何で思うことの叶わないということがあろうか、と心驕りがしているのに、その夕べから頭が痛く、嘆かわしくて、何ういう折に又、あの時程のほのかな御有様だけでも見られようか、何をしても目立たない分際の人であったならば、かりそめにも、ちょっとした物忌だの、方違などで、余所へ移ることも軽々しくできるところから、自然、何とかして物の隙を覘うということも出来るものであるが、などと、心の遣り端がなく、深い窓の内へ、何れ程のことにつけて、このように深い心を持っていたということだけでもお知らせ申上げることが出来ようか、と胸が痛く気が塞ぐので、小侍従の許へ、例のように文をお遣りになられる。

「一日の風に誘われて、『御垣が原』[208]を分け入りましたのを、一段と何んなにお見貶しになられたことでございましょうか。その夕べから、悩ましい心地になりまして、『あやなく今日を眺めくらし』[209]ております」

と書いて、

よそに見て折らぬなげきはしけれども名残恋しき花の夕影[210]

とあるが、侍従は一日の訳を知らないので、ただ普通の恋の嘆きであろうと思う。御前に人が多くない頃なので、この文を持って参って、「この人が此のように、忘れずに物を云っておよこしになりますのが煩うございます。気の毒そうな有様が、見るに見かねます心が添って来ようかと、自分の心ながら分らなくなります」と、笑って申上げると、「まあ何て厭やなことをいうのでしょう」と、何心もなさそうに仰しゃって、文の披げてあるのを御覧になる。『見もせぬ』といってある所が、浅ましかった御簾の端と思い合せられるので、お顔が紅らんで、大臣が、あれ程、事のついで毎に、「大将に見られないようになさいまし。幼い御様子ですから、自然取りはずしてお見上げされるようなことがあるかも知れません」と、お誡め申しているのをお思出しになるので、大将がこのようなことがあったとお話になった時には、大臣は何んなにお疎みになるだろうかと、人がお見上げ申したことはお思いにならず、先ずその方をお憚りになるお心中は幼いことではある。何時もよりもお言葉がないので、侍従はつまらなく、達て申上げるべきことでもないので、人目を忍んで例のように書く。

「あの日は、知らん顔をなさいまして、呆れたことだとお許し申上げませんでしたのに、『見ずもあらず』▼211と仰しゃいますのは、何ういうことでしょうか。まあ訳ありげにも」

と急いで走り書にして、

今更に色にな出でそ山桜及ばぬ枝に心懸けきと▼212

「甲斐もないことを」

とあった。

▼1 弘徽殿（こきでん）大后。

▼2 桐壺院の前の御代をさす。

▼3 源氏の姓を賜って臣籍に下られた皇女で、兵部卿宮（紫上の父君）。「桐壺」の巻に現れる藤壺の妹君にあたる。

▼4 朧月夜。

▼5 承香殿（じょうきょうでん）女御。髭黒大将の妹君。

▼6 「世の中にさらぬ別れのなくもがな千代もと祈る人の子の為」（古今集）

▼7 夕霧。

▼8 父君の桐壺院。

▼9 冷泉院。
▼10 明石姫君の御入内のことをいう。
▼11 夕霧は十八歳。
▼12 父の源氏君。
▼13 紫上。
▼14 秋好（あきこのむ）中宮。
▼15 夕霧。
▼16 源氏。
▼17 槿（あさがお）斎院。
▼18 朧月夜尚侍。
▼19 朱雀院。
▼20 源氏。
▼21 紫上、明石上などいう人達。
▼22 今の太政大臣（頭中将）の弟。
▼23 女三宮の聟になることを望む意。
▼24 柏木。太政大臣の長男。
▼25 朧月夜。柏木の母の妹にあたり、柏木の叔母。
▼26 太政大臣の北の方は、朧月夜の姉にあたる。柏木の叔母なること前出。
▼27 玉鬘のこと。兵部卿宮は妻とすることが出来なかった。
▼28 朱雀院。
▼29 夕霧。
▼30 雲井雁。
▼31 「かねてよりつらさを我にならはさで俄にものを思はするかな」（源氏物語奥入）

▼32　桐壺院。
▼33　弘徽殿。朱雀院の御母宮。
▼34　藤壺。女三宮の御生母の姉宮。
▼35　朱雀院の御所の中に在る御殿。
▼36　裳著（もぎ）の時の腰結をつとめる長者をいう。今は、太政大臣。
▼37　秋好中宮。
▼38　秋好中宮入内の折、朱雀院よりお贈り遊ばされたもの。「榊」の巻に出ず。
▼39　此のようにしながらも、昔から今まで持ち続けて来ているので、貴い櫛も古びて来たことである。「さしながら」は、櫛の縁語。「神さび」は、斎宮となった際に賜わったものであるから、それに絡ませたもの。一首は、由緒ある櫛であるとの意。
▼40　あなたに続いて、めでたしと見るものにしたいことである。万世の久しきを告げるという名を持った黄楊の櫛の、その通りに古くなるまでも。「黄楊」は告げを懸けてある。一首は、あなたにあやかって、めでたく久しくもあらせたいとの意。
▼41　女三宮をはじめとして、皇女達。
▼42　延暦寺の首座の僧職。天台座主ともいう。
▼43　女三宮。
▼44　朱雀院。
▼45　御父桐壺院。
▼46　春宮のこと。
▼47　沈香の若木で拵えた、晴の儀式に用いる四足の膳。
▼48　槿斎院。源氏との交渉は「帚木（ははきぎ）」の巻にはやく出で「槿」の巻に詳し。
▼49　紫上の父方の叔母。したがって女三宮とも従姉妹関係に当る。
▼50　紫上の継母。髭黒大将の前の北の方の母。この継母が大将と玉鬘との結婚を怨むことが「真木柱」の

巻に出ず。

▼51　四十の賀のこと。

▼52　玉鬘。

▼53　賀としての饗応で、古くから定まっての物。

▼54　六条院内の南の御殿。

▼55　白い引幕。

▼56　縁附の筵（むしろ）。四十枚は年齢に因んでの数。

▼57　玉鬘。

▼58　夕霧。

▼59　若菜を出して来た野辺の小松を根引きして持って来て、以前のゆかりある岩の、更に齢永いことを祈る今日ではあるよ。「小松を引き」は、今日の子（ね）の日の行事で、松の齢にあやかろうとする祝いで同時に、子供達をも籠めたもの。「もとの岩根」は、小松の親であった松のあった所としてのもので、同時に、子供の親の自分の世話になっていた源氏を譬えたもの、「祈る」は、源氏の長命を祈る意で、若菜はその為の物。

▼60　小松原の、その末久しかるべき齢に引かれて、それと共にある野辺の若菜も年を重ねてゆくことであろうか。「小松原」は、そこにいる子供を譬え、「野辺の若菜」は、祝いを受けている源氏自身を譬えたもの。「引かれて」は、あやかって。「年を積む」は、源氏の将来の命であると共に、「積む」は「摘む」意で、若菜の縁語。

▼61　紫上の父君。

▼62　髭黒大将の子供。母は、式部卿宮の女で、この君達は、宮の御孫にあたる。

▼63　太政大臣。

▼64　柏木。弾くことを源氏が望むのである。

▼65　太政大臣。

▼66 書籍、楽器などを納めてある御殿。

▼67 催馬楽の曲名。「青柳を、片糸によりてや、おけや、鶯の、おけや、鶯の縫ふとふ笠は、おけや、梅の花笠や」

▼68 公の儀式にては定例があるが、それ以外の事をする意。

▼69 太政大臣。

▼70 女三宮。

▼71 催馬楽「我家（わいへん）」の詞。この歌詞は既出（「常夏」註17）。

▼72 紫上。

▼73 目の前に心が移り変ってゆく夫婦仲を、行末遠く変らないものとして頼んでいたことであるよ。「世」は、世の中を表に、夫婦仲を云ったもの。

▼74 命の方は絶えようとも、契の方は絶えようか絶えはしない。この定めのない世間の、一通りのものではない我等の間の契であるものを。

▼75 「春の夜の闇はあやなし梅の花色こそ見えね香やは隠るる」（古今集）

▼76 子城陰処猶残雪、衙鼓声前未レ有レ塵。（白楽天、「庾楼暁望」の句）

▼77 紫上の住む西の対の御格子。

▼78 女三宮のお住まいになる殿。

▼79 紫上。

▼80 其方と此方の間の道は隔っている程ではないけれども、参れないので、降る様と共に、我が心も乱れる今朝のあわ雪ではあるよ。「あは雪」は、春の雪。一首は、訪（と）わぬに気の揉める意。

▼81 「白雪の色わきがたき梅が枝に友待つ雪ぞ消え残りたる」（家持集）

▼82 「折りつれば袖こそ匂へ梅の花ありとやここに鶯の鳴く」（古今集）

▼83 その様が果敢（はか）なくて、降り切らずに空の中で消えてしまうことであろう。吹く風に漂っているこの春のあわ雪は。「あは雪」は、御自身に譬えたもので、夜がれをなさるので、心が果敢なくなって、

風に漂うあわ雪のように、上の空で消え失せてしまいそうだの意。「上の空に消ゆ」は心が物思いの為に身から離れて消えそうになるの語。
▼84　捨ててしまった此の世に残る心があって、それだけが、入り行く山道の絆（ほだし）となって邪魔をすることです。
▼85　源氏。
▼86　お背きになる世に、気がかりな事がおありになるならば、離し難い絆を、強いて離そうとは遊ばしますな。
▼87　朧月夜。
▼88　朱雀院の母君、弘徽殿大后。朧月夜の姉君。
▼89　源氏の須磨へ下った事件をいう。
▼90　昔、源氏と朧月夜とをなかだちした女房。
▼91　「なき名ぞと人には云ひてありぬべし心の問はばいかが答へむ」（後撰集）
▼92　「村鳥の立ちにしわが名いまさらにことなしぶともしるしあらめや」（古今集）
▼93　和泉の前司の案内する意。信田の森は、和泉の国の名所である。
▼94　紫上。
▼95　末摘花。
▼96　「春の池の玉藻に遊ぶ鳰鳥（にほどり）の足にいとなき恋もするかな」（後撰集）
▼97　空涙を流した有名な話あり。
▼98　数多の年月を中に隔てての逢う瀬であるのに、この逢坂の関は、関とはいうが、このように堰き止め難くも涙を落させることであるよ。「逢坂」は、懸詞。「逢う」と「逢坂の関」とを懸け、関の方は、御障子に譬えてある。その「関」は、又「堰き」に懸けてある。「隔て」は「関」の縁語。一首は久しぶりの逢う瀬とて、この関はあっても隔てとはし難いの意。
▼99　昔なつかしい涙だけが、云われるようにせきとめ難いその関の清水であって、行き逢う逢坂の関とは

いうが、その道は、疾（と）くに絶えて無くなってしまった。「清水」は、逢坂の関にある、名高い物。「行き逢う道」は逢坂の関は、東国から帰る人を迎える所となっている所から云ったもの。一首は、我も昔なつかしい涙はせきとめかねるが、相逢うということは疾くに諦めているの意。

▼100 「花宴（はなのえん）」の巻参照。

▼101 弘徽殿大后。

▼102 この為には、身も沈んだものを、それに懲りもせずに、身投げをもしてしまいそうに思われると淵という名を持った藤波の花であるよ。「藤波」は、尚侍の譬。又、藤を、ふちと云っていたので、淵を懸けたもの。一首は、尚侍の為に須磨への左遷もあったのに、それにも増さる咎めも厭わない気がするの意。

▼103 身も投げようと仰せになるふちも、本当の淵ではなく、口先ばかりのものなので、私も今更には袖へ懸けますまい、性懲りもなく、薄情な、その波のような涙は。「懲りずまの波」は、「藤波」の「波」で、大臣の薄情には懲りているので、片恋の甲斐なき涙はの意。

▼104 「忘るらむと思ふ心のうたがひに有りしよりけにものぞ悲しき」（伊勢物語）

▼105 明石姫君。

▼106 御懐妊。

▼107 女三の宮。

▼108 明石上。桐壺の御方の母。

▼109 紫上。

▼110 源氏。

▼111 紫上。

▼112 桐壺。

▼113 明石姫君。

▼114 わが身に近く秋が迫って来たのであろうか。見ているに連れて、今までは青葉であった山も、色が変って来たことであるよ。「秋」に「飽き」即ち君の心の我に飽いて来たことを懸け、「移ろひ」に心が移る即

ち変って来たことを懸けて、我が寵の衰えたことを嘆いたもの。

▼115 あちらの青葉の方は、色も変らないものを、こちらの萩の下葉の方こそは、早くも様子が変って、秋を見せようとしている。「水鳥の」は、その羽の色の青い所から、「青」の枕詞としたもので、「青葉」は院に譬えたもの。「萩の下」は萩の下葉で、紫の上に譬えている。

▼116 宮の母君と対の上の父君とは兄妹にて、従姉妹同士になる。

▼117 朱雀院。父君のこと。

▼118 源氏の四十の賀。

▼119 精進落のこと。供養終りたる時の饗応。

▼120 六条院。

▼121 紫上の父宮。

▼122 強飯（こわめし）のむすび。

▼123 夕霧。

▼124 柏木。

▼125 舞楽の終ろうとする時、舞人がも一度引きかえし出て来て、舞って入ること。

▼126 「紅葉賀（もみじのが）」に出ず。

▼127 紫上附の別当。

▼128 催馬楽「席田（むしろだ）」。「むしろ田の、むしろ田の、いつぬき川にや住む鶴の、千歳をかねてぞ遊びあへる、万代かねてぞ遊びあへる」

▼129 藤壺。

▼130 秋好中宮。

▼131 東大寺、興福寺、元興寺、大安寺、薬師寺、四大寺、法隆寺。

▼132 故前坊、六条御息所。

▼133 正月二日、宮中にて行われる、中宮の大饗。親王公卿以下の人々に、宴を賜い種々の禄を賜う。

▼134 五位。

▼135 夕霧。

▼136 花散里の住む殿。

▼137 「桐壺」に出ず。

▼138 夕霧の舅に当る。

▼139 夫々（それぞれ）の楽器。

▼140 夕霧。

▼141 左右の近衛府、兵衛府、衛門府。

▼142 源氏。

▼143 太政大臣。

▼144 朱雀院。

▼145 秋好中宮。

▼146 葵上。

▼147 六条御息所のこと。秋好中宮の御生母。

▼148 花散里。

▼149 雲井雁。

▼150 源氏は、夕霧の母葵上を産のために歿（な）くしている。「葵」に出ず。

▼151 明石上の母。明石入道の北の方。

▼152 明石姫君。

▼153 年波の寄っている老の身も、拾う貝のある浦へ出て来て、藻潮の雫の垂れる海人（あま）となっているのを、誰が咎めようぞ。顔に皺の寄っている身も、生き甲斐があって、今此方へ参って、嬉しさに涙を流しているのを、誰が咎めようぞ、許してくれとの心で、「波」、「貝」、「しほたるるあま」は、総て懸詞にして、二義を持たせたもの。

▼154 藻潮を垂らしている海人を、浪路の案内人にして、尋ねて見たいものだ、浜にあるその苫屋を。昔を思って涙を流している此の尼を案内にして、尋ねて逢って見たいものである、浜の苫屋にいる入道にの意。
▼155 世の中を捨てて、明石の浦に、悟って心を明らかにして住んでいる人も、子を思うが故の心の闇の方は、晴らして、明らかにはなれなかろう。
▼156 貴人に小児生れたる時、三夜、五夜、七夜に、親族などより祝物を贈りて、祝賀の饗をするをいう。
▼157 前出の尼君の歌。
▼158 産湯をつかわせる時の相手役。
▼159 紅梅。柏木の弟。
▼160 夕霧。
▼161 赤児のそばにおく、お護りの人形。
▼162 「明石」に出ず（註28）。
▼163 仏教。
▼164 「とつ国は水草清み事しげき都のうちはすまぬまされり」（玄賓僧都入山の時の歌）
▼165 日の光り出す暁が間近くなって来たことです。今こそ昔の夢語りをします。「光り出でむ」は、お生れになった男御子、「暁」は、世を照らしたもう時で、夢に見たことの実現しようとしている意。
▼166 明石上。
▼167 明石女御。御子をお産み遊ばされたので、こうお呼び申す。
▼168 明石上。御母君。
▼169 実の母子の御間である。
▼170 源氏。
▼171 明石上。
▼172 紫上。
▼173 明石上。

▼174 明石上。
▼175 紫上に対する源氏の愛情。
▼176 女三宮。
▼177 明石上。
▼178 父入道。
▼179 善根を積んで、その果報で極楽で再会しようと。
▼180 夕霧。
▼181 女三宮。
▼182 源氏。
▼183 雲井雁。
▼184 柏木。
▼185 朱雀院。
▼186 侍従の乳母の子。即ち、女三宮の御乳母の娘。
▼187 出家のこと。
▼188 蛍兵部卿宮。源氏の弟宮。
▼189 夕霧。
▼190 明石女御。
▼191 蹴鞠の場所。
▼192 この三人は、柏木の弟達。
▼193 源氏。
▼194 柏木。
▼195 女三宮。
▼196 「春風は花のあたりを避きて吹け心づからや移ろふと見む」（古今集）

▼197 間は柱と柱との間のこと。
▼198 草子は色々の色の紙を綴じかさねてある。
▼199 夕霧。
▼200 東の対。紫上の住む御殿。
▼201 紫上。
▼202 柏木。
▼203 「久方の月の桂も折るばかり家の風をも吹かせてしがな」（拾遺集）
▼204 紫上を十歳の少女時代より育てたことをいう。「若紫」にいず。
▼205 何ういう訳で、花の木から花の木へと伝って移り住む鶯の、最も愛でたい桜の木を、取分け選んで塒とはしないのだろうか。「鶯」を源氏に、「花」を紫の上始め他の人に、「桜」を姫宮に譬えたもので、要するに源氏を非難した心。
▼206 深山木に塒を定めている貌鳥（かおどり）さえも、何うして愛でたい桜の色に飽くようなことがあろうか。「はこ鳥」は、一名貌鳥。春の鳥。深山木に塒を定める鳥とされていた。源氏に譬う。「花」は、桜。姫宮に譬う。
▼207 父太政大臣の邸。
▼208 「立ちかへり又や分けまし面影をみかきが原の忘れがたさに」（弄花抄）
▼209 「見ずもあらず見もせぬ人の恋しくばあやなく今日や眺めくらさむ」（古今集）
▼210 余所のものと見て、折らない嘆きは既にしたけれども、今でも心残りから恋しく思われる桜の花に照る夕日影よ。「花の夕影」は、夕影に見かけた姫宮の譬。「嘆き」の「き」は「木」の意で、「花」の縁語。
▼211 前出の歌の詞。
▼212 今更に言葉に出してはいい給うな。山桜の、高くして手も及ばぬ枝に心を懸けたことがあったなどとは。「山桜」は、姫君の譬。

若菜　下

衛門の督[1]は、理なこととは思うが、口惜しいことを云って来たことだ、さあ、何でこんな、一とおりのあしらいを慰めにして、何うして過してゆかれようか、こんな人伝てではなく、一言でも姫君から仰しゃっていただく時がなかろうか、と思うにつけて、大方のことについては、勿体なくも結構にお思い申上げる院[2]に対して、何うやら曲った心持が添って来たことであろうか。

晦日には、人々が大勢六条院へお参りになられた。衛門督は何だか臆劫で憚られる気もするが、あの辺りの花の色を見て慰めようかと思ってお参りになられる。殿上の賭弓[3]は、二月にはというのであったのが過ぎて、三月は又御忌月[4]なので、残念なことに人々が思っていたので、この院にそうした集いのあると聞き伝えて、例のようにお集いになられる。左右の大将[5]は、親しい御間柄とてお参りになられたので、佐達[6]は競争心を起して、小弓との仰であったが、歩弓[7]のすぐれた上手な者がいたので、召出してお射させになる。殿上人どもも、その心得のある者は、すべて前の組後の組と、小間取[8]にして組を分けて争って、日の暮れてゆくままに、今日を春の限りとする霞の景色も、慌しく乱れてゆく夕風に、『花の蔭』[9]が一段と起ちにくくて、人々はひどくお酔い過しになられて、「艶な賭物共で、此方彼方の、人々の御工夫の程の見えそうな物を、柳の葉[10]を百度も当てそうな舎人共の、受合って射留めたのは、心無いことですよ。少し幼い手つきの者に争わせましょう」と云って、大将達を初めとしてお下り立ちになるのに、衛門督は、人よりまさって嘆かわしそうにしつついられるので、その幾分かの心持を知っている右大将の御目は、それをお認めになりつつ、やはりひどく様子が違っている、面倒なことが起って来はしないだろうかと、御自分まで心配ごとの起って来たような気持がする。この君達[11]は、御仲がひどく好い。離れられない間柄という中でも、心を打明け合って懇ろにしているので、ちょっとした事でも、嘆かわしく気の結ぼれることのあるのを、気の毒にお思いになる。衛門の督は、自身も大臣をお見上げすると、気味わるく恥しくて、こんな心持は起してよいものか、ちょっとした事につけてでさえ、怪しからぬ、人に非難されるような振舞はしまいと思っているものに、まして勿体ないことを、と思い余って、せめてあの先に見懸けた猫でもほしいものであるよ、思うことを話し合う訳にはゆかないが、傍らさみしい慰めに手なづけよう、と思うと、夢中になって、何うしたら盗み出せようかと思うと、それまでが出来ないことであった。

衛門督は、女御の御方[12]へ参って、お話など申して心を紛らそうと試みる。女御はひどく御用意深く極り悪く思われる御もてなしで、直接にお逢いになることもない。御兄弟の御間柄でさえも、隔てをお附けならいになっているものを、姫宮のあの時は、思いも寄らぬ怪しからぬことであったことだ、とさすがにお思いにはなるけれども、一とおりならず思い込んでいる御自分の心から、御用意の浅いこととは思い做されない。春宮にお参りになられて、論なく姫宮[13]とお似通いになる所があろうと思って、目を留めてお見上げすると、匂いやかとまでは申せない御容貌であるが、そうした御身分の方のお有様は又、まことに格別なもので、け高く艶めかしく入らせられる。内裏の御猫の、数多く引連れていた子どもが、諸所に分れて、この宮にも参っているのが、ひどく可愛らしい様子をして歩いているのを見ると、督は先ず姫宮のそれが思出されるので、「六条院の姫宮の御方におります猫は、ひどく珍らしい顔をしていまして、可愛らしゅうございました。ちょっと見懸けましたことです」と申上げると、猫を特にお可愛ゆがりになられるお心とて、委しくお尋ねになられる。「唐猫で、此国のものとはちがった様子をしておりました。似たようなものですが、やさしくて人馴れしていますものは、妙に懐かしいものでございます」と、宮がゆかしくお思いになるように取繕って申上げる。

宮にはお聞き置きになって、桐壺の御方[14]を通じて御所望になったので、お差上げになられた。ほんにひどく可愛らしい猫だと、女房達は面白がっているのを、衛門督は、御所望なさるようであったと御気色を見て置いて、日頃立ってお参り申上げた。督は童であった頃から、朱雀院が取分けお可愛がりになりお使いになっていたので、御山住みにお後れ申して後は、又この宮[15]にも親しく参って、心をお寄せ申していた。御琴などお教え申上げるとて、「御猫が沢山集っておりますことです。何処にいますか、私の知っていますあれは[16]」と、尋ねてお見附けになった。ひどく可愛ゆく思って、撫で撫でしていた。宮も、「ほんに可愛いい恰好をしていますね。まだ懐かないのは、見馴れない人だと分るのでしょうか。此所にいる猫共も、格別負けることはありません」と仰しゃるので、「これは、そうした物弁えは、殆どないものでございますが、その中でも、利口なのは、自然性根があるでございましょう」など申上げ、「勝るのが沢山ございますようですから、これは暫くお預りさせていただきましょう」と申上げられる。心の中では、何という馬鹿げたことだろうという気が、そう申しながらもされる。

とうとうその猫を引取って、夜も身近く寝せてお置きになる。夜が明けると、猫の世話をして、撫でたり食べ物をやったりなさる。物怖じしていたのがひどくよく馴れて来て、ともすると衣の裾に絡みつき、側へ寄って寝ころがってじゃれるのを、しんから可愛ゆく思う。ひどく深く物思いをして、端近く物に凭り臥していらっしゃる所へ来て、「にょう、にょう」とひどく可愛らしく鳴くので、撫でてやって、変に甘え寄ることだと、ほほ笑まれる。

恋ひわぶる人の形見と手馴らせば汝れよ何とて鳴く音なるらむ[17]

「これも昔の宿縁なのであろうか」と、顔を見詰めて仰しゃると、益々可愛らしく鳴くのを、懐に入れてぼんやりとして入らっしゃる。老女房などは、「不思議にも急に猫が大事にされることですね。こうした物には目も呉れないお心なのに」と咎め立てをした。宮から猫の御催促があるのにお返し申さず、手離さずにこれを話相手となされる。

左大将殿の北の方は、[18]大殿の君達[19]よりも右大将の君の方を、今でも昔どおりに疎からずお思い申していられた。気働き多い、人なつこく入らせられる方で、対面をなさる時々も、心にこまやかに隔てのないお様子でおもてなしをなされるので、大将の方でも、淑景舎[20]などは疎々しく、及びもつかないようなお心持が極度なので、事情のちがった御睦ましさで、思い合って入らせられた。夫の君[21]も、今は以前にもまして、あの最初の北の方とは、すっかりお遠ざかりになって、並びなく大切にお扱いなされる。この御腹には、男のお子達ばかりなので、さみしいことだと仰しゃって、あの真木柱の姫[22]君を此方の者にしてお世話をしたくお思いになるが、御祖父の宮[23]などは、更にお許しにならず、「せめて此の君だけでも、人の笑い者にならないようお世話をしよう」と仰しゃる。親王[24]の御覚えはまことに尊くて、内裏でも、この宮に対しての御信任は、較べるものもなくて、此の事はといって御奏上になることは、御却下にはなれず、余儀ないことに思召された。大体は当世風に入らせられる宮で、六条院、大殿[25]にお次ぎになられては、人々も参ってはお仕え申し、世間一般の人も重くお思い申していた。大将[26]も、天下の柱石となられるべき候補者であるので、姫君[27]の御覚えは、何で軽いはずがあろうか。言い寄られる人々は、折に触れて多くあるけれども、宮[28]はお思い定めにはならない。右衛門督[29]を、もしそうして気があるならとお思いになるようであるが、猫には及ばない者とお思い落し申すのか、全く問題にしないのは、残念なことである。母君[30]が、変なやはり捩れた人で、世間並の有様ではなく、捨て鉢になって入らっしゃるので、姫君は残念なことにお思いになって、継母[31]の御辺りに、心を寄せてゆかしく思っていて、当世風のお心ざまで入らっしゃる。

兵部卿の宮[32]は、やはりお独身でのみ入らして、お思い込みになった人達は、皆外れてしまって、世の中がつまらなく、人笑いのことだとお思いになるままに、こうして気随にしてばかり過せようか、とお思いになって、此の宮へその気をお見せになったので、大宮[33]は、「何でいけなかろう、大切にしようと思う娘だったら、宮仕えに次いでは、親王達にこそお添わせ申そう。尋常人の、真面目に、賤しい者ばかりを、当節の人の好いことにしているのは、品のないことです」と仰しゃって、ひどくは気をお揉ませ申さずに御承引申した。宮は、余りにも恨みどころのないのを、飽気なくお思いにはなったが、大体に侮り難い御辺りのこととて、文句などお附けになる訳にはゆかずにお通いはじめになった。祖父宮はこの上もなくお冊き申される。大宮は、女の御子が大勢おありになって、さまざまな嘆きをなされる折が多いので、物懲りもなさるべきであるが、それでも此の君のことは疎かには出来ない気がなされていたことである。「母君は、変な変り者に、年頃に連れて益々なってゆかれます。大将は又、自分の言う事を聞かないといって、疎かに見捨てているようなので、まことに心苦しいことです」と仰しゃって、聟君のお部屋のしつらいまでも、絶えず御自身で目をお通しになり、万事に亘って勿体ない御注意をして入らせられた。[34]宮は、お亡くなりになった北の方を、何時の時も恋しくお思いになられて、ひたすら昔の方のお有様に似た人を欲しいものだとお思いになっていたのに、此の姫君が悪いというのではないが、有様がちがっていられるとお思いになるので、残念だったのであろうか、お通いになる様がひどく懶げであった。大宮は、ひどく気にくわないことだとお嘆きになった。母君も、そのように変にはなって入らしたが、正気に復って来た時には、残念に、憂世だと思い果てになられる。大将の君も、思った通りだ、まことにひどく色めいた親王[35]なのにと、初めから我がお心にお許しにならなかったことのせいか、気に入らないことだとお思いになった。内侍[36]の君も、そのように頼もしげのない御様を、身近にお聞きになると、自分がそのような扱いを受けるようであったならば、大臣も大殿も何のようにお思いになったことであろうと、何だか可笑しくも哀れにもお思出しになったことである。その当時[37]も、親しくお添い申そうとは思い寄らなかったことであった。

ただ情あるらしく心深い様に仰しゃり続けていたのに、張合のないあわれを解さない者のように、蔑んでお聞きになったことであったろうかと、ひどく極り悪く、年頃お思い続けになっていることとなのでそうした御夫婦合いの中でお聞きになることも、気になるべきことだとお思いになる。此方からも、然るべきお世話は申上げられる。御兄弟の君達に仰しゃって、そうした御様子は知らぬ顔にして、宮に憎くはなくお纏わり申させるので、宮も気の毒で、懸け離れたようなお心はないが、大北の方[38]というやかましい方だけが、絶えず容赦なくもお怨み申して入らっしゃる。「親王達は、落着いて、他に心を分ける者がなくてお添い下さるというだけが、花やかではない慰めに思うべきことです」とおむずかりになられるのを、宮は洩れ聞きにお聞きになって、ひどく聞き馴れないことであるよ、昔ひどく可愛いいと思っていた人をさし置いても、やはりかりそめの心すさびは絶えなかったが、そういう厳しい物怨みは格別なかったのにと、気まずくて、一段と昔を恋しくお思いになりつつ、御自邸に嘆きがちにしてばかり入らせられる。そうは云いながらも、二年程になったので、こうした状態も目馴れて来て、ただ表立っての御夫婦仲ということでお過しになっている。

　何ということもなく年月が重なって、[39]内裏の帝[40]が御位に即かせられてから十八年におなりになった。「次ぎの君とおなりになるべき皇子もお生れにならず、後が引き立たないのに、世の中がはかない気がするので、気易く思う人々にも対面もし、私様でお心を慰めて、長閑に暮したいものだ」と、年頃仰しゃっていたのに、日頃ひどく重い御悩のことがあったので、俄に御退位にならせられた。世の中の人は、飽っけなくまだ盛りの御齢で入らせられるのに、そのようにお譲りになることで、と惜しみ嘆くが、春宮も大人びて入らせられるので、お承け継ぎになって、世の政事は、格別変ることともないのであった。太政大臣[41]は致仕の表を奉って、お引籠りになった。「世の中は常が無いので、畏い帝の君さえも位をお去りになったのに、年老いた者が冠を挂けるのに、何の惜しいことがあろうか」と仰しゃることであろう。左大将[42]が、右大臣におなりになって、世の中の政事をお仕え申すこととなった。御母女御の君は[43]、こうした御代をもお待受けにならずに、お薨れになったので、后の御位を得させられたが、物の蔭の事のような気がして、甲斐のないことであった。六条の女御[44]の御腹の一の宮が、春宮にお立ちになった。そうあるべきことと予てから思っていたことであったが、目のあたりのこととなるとやはりめでたくて、見る目の驚かれることであった。右大将の君[45]は、大納言にお進みになって、例のように左大将にお移りになった。右の大臣とは益々申分のない御仲である。六条の院は、御退位になられた冷泉院が、御跡継ぎのあられないのを、飽き足らぬこととお心の中にお思いになる。同じ御血筋ではあるが、秘密露顕の御事がなくて帝の御一代をお過しになられたばかりに、罪は隠れて、後の世まではお伝えになることの出来なかった御宿世を、残念にもさみしくもあるが、人にお話合いになるべくもないことなので、お気の結ばれることである。春宮の女御[46]は、皇子達が幾方か数がおふえになって、一段と御覚えがたぐいもない。源氏が、打続いて后にお立ちになってゆくべきことを、世間の人が慊らぬことに思っているのにつけても、冷泉院の后[47]は、皇子もないのに、達て此のような位にしてお置きになったお心をお思いになるにつけ、益々六条院の御事を、年月と共に、限りなきものにお思い申された。院の帝[48]は、お思いになっていらしたがように、行幸も御窮屈ではなく、自由になされつつ、このようにおなりになっても、ほんに結構な、申す所のない御有様である。六条院の姫宮[49]の御事は、帝は御心を留めてお思い申される。大方の世間からも、遍く尊まれては入らせられるが、対の上[50]の御勢いにはお勝りにはなれない。年月の立つに連れて、御仲はまことにおうるわしくお睦び合いなされて、いささかの御不足もなく、隔てもお見えにならないものの、上は、「今は、こうしたごたごたした住まいではなくて、気楽に勤行もしたいものだと思います。この世の中はこれだけのものだと、見切りのついたような気のする年にもなりました。そうなれますようにお許し下さいましよ」と、本気になって申上げることが折々あるが、「あるまじく、辛い御事です。私自身がそうした深い本意があるのですが、後に残されてさみしくお思いになり、これまでとは変ったお有様になられるのが、気懸りで延び延びになっているのです。結局私がそうなりました後で、何のようにでもおなりなさいまし」とばかり仰しゃって、お妨げをなさる。女御の君▼51は、ただ対の上を真実の御親とお扱い申上げられて、御方▼52は蔭の御後見となって、卑下していらっしゃるので、却って将来が頼もしげで結構なことであった。尼君も、ややもすると、怺えきれない嬉し涙が、ともすると零れつつ、目までも拭い爛らして、命長いことの嬉しさの例となって入らせられる。

殿▼53は住吉の御願を、かつがつお果し申そうとお思いになり、春宮の女御は御祈願の為の御参詣をなさろうとお思いになって、かの入道▼54よりの箱を開けて御覧になると、さまざまなたいした事を記した願文が多くある。毎年の春秋の神楽に、必ず末々の世までを祈って添えてある願などは、ほんにこうした御勢いでなくては果せそうにもないことまでも立ててあった。ただ走り書にしてある趣が、学識のある確りとしたもので、神仏もお聞入れになりそうな明らかな言葉である。何うしてああした山伏の聖心に、こうしたことを思い寄ったのであろうかと、哀れにも似合わしくもないことと御覧になる。然るべき因縁から、暫くの間かりそめに身を現していた、昔の世の行者ででもあったろうか、とお思いめぐらしになると、一段と軽々しくはお思いになれないことであった。此の度は願果しの次第はお現しにならず、ただ院の御参詣ということでお出懸けになられる。あの浦伝いをなさった物騒がしかった頃、多くお立てになった願は、すべてお果しになっていられたが、猶お世の中にこのように在らせられて、こうした色々の栄えにお逢いになるにつけても、神の御加護は忘れ難くて、対の上をもお連れになって、御参詣をなされる。その騒ぎは一とおりではない。甚だしく事を簡略にして、世間の煩いにならないようにとお略きになったが、儀式に定まりがあるので、珍らしくも美々しいものである。上達部▼55も、左右の大臣二所をお除き申しては、すべてがお供をなされる。舞人は、左右の衛府の佐ども、容貌のよい、身の丈の同じような者ばかりお選びになる。此の選びに入れないのを恥として、憂え嘆いている数寄者もあった。倍従▼56も、岩清水や賀茂の臨時の祭などにお召しになる者で、その道々のすぐれた者だけをお揃えになった。加倍従▼57の二人は、特に近衛司の名高い者だけをお召しになったことである。御神楽の方には、ひどく大勢をお召しになった。内裏、春宮、院の殿上人はそれぞれに分れて、御用を勤める。数も分らないまでに、色々に趣向を尽した上達部の御馬鞍、馬副、随身、小舎人童、次々の舎人に至るまで、揃え飾った見物は、又とない有様である。女御殿と対の上とは、一つ御車に召された。次ぎの御車には明石の御方で、尼君が内々にお乗りになっていた。女御の御乳母▼58は、古い御馴染というので乗っていた。方々の女房に賜った車は、上の御方▼59のが五つ、女御殿のが五つ、明石の御方の分が三つで、見る目も眩しく飾っている装束や有様は、いうも今更である。それというが、「尼君を、出来ることなら、老の皺の伸びる程に、立派にして参詣させよう」と院が仰しゃったが、「この度はこのような大方の御事でございますから、立ちまじりするのも工合が悪るうございます。もし思うような代を待ち受けることが出来ましたならば、その時に」と、御方はお止めになったのであるが、残りの命も心許ないのに、かたがた物ゆかしさから、募ってお乗りになったのであった。然るべき御身分で、当然のこととしてこのように花やがれる御方々よりも、尊い因縁のあったことが、明らかに思い知られるお有様である。

　十月の中の十日のことなので、『神の忌垣にはふ葛も▼60』色が変って、松の下紅葉なども、風の『音にのみ秋を聞▼61』いているのではない様である。仰々しい高麗唐の楽よりも、東遊の耳馴れているのは、懐かしくも面白くて、浪風の音に響き合って、あした木高い松風に、吹き立てる笛の音も、外の所で聞くとは変って身に沁みて、琴に合せて打つ拍子も、太鼓も交えずに整える調の、仰々しくないのが、艶めかしく物凄く面白くて、所柄とて一段と立ちまさってよく聞えた。舞人の衣装の、山藍で摺った竹の節の模様は、松の緑と紛って見え、挿頭の造花の色々は、秋の草と異った所が見えず、何事も目に見え紛って美しい。求子▼62を舞いおわろうとする時に、若やかな上達部は、肩を脱いでお下り立ちになる。艶のない黒い袍の上に、蘇芳襲や葡萄染の袖を、俄に綻ばし出したので、濃い紅いの袙の袂が、折柄の時雨にいささか濡れている所は、松原であることをば忘れて、紅葉の散っているのかとも思い渡される。見る甲斐の多い姿であるのに、ひどく白く枯れている荻の葉を高やかに翳して、ただ一返りだけ舞ってお入りになったのは、まことに面白くも残り多いことであった。

大臣は昔のことをお思出しになって、中頃[63]お沈みになっていた世の有様も、眼の前のことのようにお思いになるのに、その世のことをくずし出してお話になるべき人もないので、致仕の大臣[64]を恋しくお思い申されたことである。桟敷からお入りになって、二の車の尼君に忍んで、

誰か又心を知りて住吉の神世を経たる松に言問ふ[65]

御畳紙にお書きになった。尼君は萎れた。こうした世を見るにつけても、あの浦で今はと大臣にお別れ申した時、女御の君のそこにお生れになった有様など思い出すと、まことに忝かったわが身の因縁の程を思う。世を背いてしまわれた人も恋しく、いろいろともの悲しいが、一方では縁起の悪るいことはと言忌みをして、

住江を生けるかひある渚とは年経る海人も今日や知るらむ[66]

遅くなっては工合が悪るかろうと、ただ思うままを申したのであった。

昔こそ先づ忘られね住吉の神のしるしを見るにつけても[67]

と独言にいった。一夜中を遊んでお明かしになる。二十日の月が遥かに澄んで、海の面が面白く見渡されるのに、霜がひどく深く置いて、松原もその色にまがって、万ずの物がそぞろに寒くて、面白さも哀れさも添っていた。対の上は、平常の垣根の内ながら、その時々につけて、面白い朝夕の遊びには、耳馴れ目馴れては入らっしゃるが、御門より外の物見は、殆どなされず、まして此のように都の外のお出歩きは、まだお存じにならないので、珍らしくも面白くもお思いになる。

住江の松に夜深くおく霜は神の懸けたる木綿かづらかも[68]

篁の朝臣の[69]『比良の山さえ』[70]と詠んだ雪の朝をお思いやりになると、この霜は神が祭の心を御受入

れになられたしるしであろうかと、いよいよ頼もしくお思いになる。女御の君は、

神人の手に取り持たる榊葉に木綿懸け添ふる深き夜の霜▼71

中務の君▼72、

祝子が木綿うちまがひ置く霜はげにいちじるき神のしるしか▼73

次ぎ次ぎに数も知れない程に多かったが、何の為に聞き留めて置こうぞ。こうした際の歌は、例の上手がっていらっしゃる男方も、却ってつまらない物になって、松の千歳以外の新しいものとてはないので、うるさいからである。

夜がほのぼのと明けてゆくと、霜はいよいよ深くなって、謡う歌の本末▼74も覚束ないまでに酔い過した神楽の男どもが、自分の顔が何うなっているかも知らずに、面白いことに心を取られて、庭燎▼75の火も消えそうになっているのに、まだ「万歳万歳」と榊葉を採り直しつつ、お祝い申上げる大臣の御先々は、思いやると一層のめでたさであるよ。すべての事が限りもなく面白いままに、『千代を一夜』▼76にもしたいと思う夜の、あっけなくも明けてしまったので、返る波に争って帰らなければならないのを残念に、若い人々は思う。松原に遥々と立て続けてある御車の、風に靡く下簾の隙間隙間から見える衣も、常磐の木蔭に、花の錦を敷いたかと見えるのに、袍の色で身分の差別を立てて、趣のある懸盤▼77を取並べて、御食物を召上がるのが、下人どもには目に着いて、愛でたいさまだと思っている。尼君の御前へは、浅香の折敷に、青鈍色の織物を表に張ったのを据え、精進物を差上げるのを見て、「呆れた果報な人ですよ」と、めいめい蔭口をついていた。御参りの折の道中は、仰々しくて、扱いかねる奉納の神宝が、さまざまでおびただしい量でもあったが、お帰りには逍遥の限りをお尽しになり、云い続けるも煩さく面倒なことなので略く。こうしたお有様をも、かの明石の入道の、聞かず見ない世界に懸け離れていられるだけが飽き足りないことであった。あのようなことは出来ないことである。ここは加わっていたとしたら見苦しいことでもあろうか。世間の人はこれを例として、

気位の高くなって来そうな時勢のようである。何かの事につけては善くも悪くも云い、世間の言いぐさにして、『明石の尼君』と、仕合せ者にしていっていたことである。あの致仕の大臣の近江の君は、双六を打つ時の言葉にも「明石の尼君、尼君」といって好い賽の目の出るのを乞い願ったことである。入道の帝▼78は、御勤行をひたすらになさって、内裏の御事さえもお聞入れにはならない。春秋の定まっての行幸の折にだけ、昔をお思出しになることもまじっていたことである。姫宮▼79の御事だけは、やはりお思い放ちになれないで、六条院をばやはり大体の御後見にお思い申して、内々の御心寄せのあるようにと帝にお奏しになられる。姫宮は二品におなりになり、御封などもお加わりになる。ますます華やかで御威勢が添って来る。対の上は、このように年月と共に方々にお優りになる御覚えで、我が身はただ殿一所の御もてなしによって、他の人には劣らないのであるが、余りに年が積って来たならば、そのお心持もついには衰えることであろう、そうした時を見果てない前に、我から進んで出家をしたいものである、とたゆみなくお思いつづけになっているのであるが、賢げなようにお思いになりはしないだろうかと遠慮されて、はかばかしくは申上げられない。姫宮へは内裏の帝までも、御心寄せを格別になされるので、疎略だとお聞きになられてはお気の毒と、大臣の其方へお渡りになることは次第に此方と同じ程になってゆく。上は、さもあるべきで、尤もなこととは思いながらも、それだからこそと安からずのみお思いにはなられるが、やはり平気に同じ様をしてお過しになる。春宮の次いでお生まれになった女一の宮を、此方にお引取り申して、お冊き申上げる。そのお扱いで、徒然な御夜離れも慰めて入らせられることである。何の皇子も思わずお可愛ゆくお思い申上げた。夏の御方▼80は、このように上が取り取りになされる御孫扱いを羨んで、大将の君の典侍腹の君▼81を、達て迎えてお冊きをなされる。ひどく可愛ゆくて、心持も年よりはませて利発なので、大臣の君もお可愛がりになられる。後が少いとお思いになったのであったが、末広がりに、此方も其方もひどく大勢におふえになるので、今では唯それをお可愛がりになりお扱いになって、徒然をお慰めになっていられることである。右の大殿[82]のお参りになってお仕え申すことは、以前よりも増さって親しく、今では北[83]の方も大人びて、あの以前の心ありげな御様子もお諦めになったせいであろうか、然るべき折にはお伺いになりつつ、対の上にも御対面があって、申分ないお睦じさである。姫宮だけは、同じように子供ぽくおおようで入らせられる。女御の君は、今では主上のお扱いにおゆだね申上げられて、この姫宮だけをひどくお気懸りに、小さい御娘のように、おはぐくみ申上げていられる。

　朱雀院は、今は全く世の終りも近くなって来たお心地がして、心細いので、決してこの世のことは顧みまいと思い捨てになられたが、姫宮との対面だけは今一度したいので、ともすると恨みの心が残ることがあるかも知れない、仰々しい様ではなくてお越しになるようにと、仰せになられたので、大臣も、「ほんに御尤ものことです。このような仰せがないにしても、此方から進んで御参りすべきですのに、ましてこのようにお待ちになられて入らせられたのは、お気の毒なことで」と仰って、お参りになるべき心設けをなされる。序もなく何の興もない様で、お参りいたすべきであろうか、何をしてお目に懸くべきであろうかと御思案なされる。今年は丁度五十におなりになるので、若菜を調じて差上げようか、とお思いになって、様々の御法服のこと、斎[84]の御設けの用意など、何れも普通とは様が別で変っているので、御供のお心づかいなども要りつつ、御思案になる。昔も遊びの方面には、お心をお留めになられたので、舞人楽人などを御念入りに選んで、すぐれた者ばかりをお揃えになられる。右の大殿の御子どもを二人、大将の御子は、典侍腹のを加えて三人、又小さい七歳より上のは、皆殿上をおさせになる。兵部卿宮[85]の童孫王、すべて然るべき宮達の御子ども、家の子の君達を、皆お選び出しになる。殿上している君達の中からも、容貌がよく同じ舞の姿も、特によさそうな者を定めて、多くの舞の準備をおさせになる。面目あるべきことなので、誰も誰も心を尽してお習いになる。その道々の師や上手の忙しい頃である。姫宮は以前から、琴の御琴はお習いになっていたが、ひどくお若くて、院にもお別れ申上げてしまったので、覚束なく思召しになって、「入らしたついでに、あの人の御琴の音を聞きたいものです。それにしても琴だけはお習い込みになったでしょう」と蔭口を仰せになったのを、内裏でもお聞きになられて、「ほんにそれにしても御様子が格別なことでしょう。院の御前で手をお尽しになるついでに、参って聞きたいものです」と仰せになったのを、大臣の君も伝えてお聞きになって、「年頃然るべきついでのある毎に、お教え申すこともありましたので、その御様子はほんに優れては入らっしゃいますが、まだお聞き所のある、深い所には行っていられませんのに、何の用意もなくてお参りなさいましたついでにお聞きになろうと、斟酌なくゆかしがられましては、ひどく工合の悪いことになりそうで」と、お可哀そうにお思いになって、此頃はお心を入れてお教え申される。調の格別な手を二つ三つと、面白い大曲▼86で、四季の変化に応じて変えるべき響▼87で、空の寒さ暖さに応じて加減するべき調子▼88を調べ出して、秘曲とすべきものの手の限りを、特にお教え申されると、覚束なく入らせられるようではあるが、次第に御会得になるにつれて、ひどく御進歩になられる。昼は人の出入りが繁くて、今一度由したり按じたり▼89したいと思う暇も、心が慌しくて出来ないので、夜々静かに、その趣をお悟らせ申そうと、対にも、その頃はお暇を願われて、明けくれお教え申される。女御の君にも、対の上にも、琴はお教え申さなかったので、この折に、ほとほと耳にしたこともない手をお弾きになることだろうと、ゆかしくお思いになって、女御も態々、御許しの得難い御暇を、ほんの暫くの間をと申上げて御退出になった。皇子が御二方あらせられるが、またもその御様子がお見えになって、五月程になっているので、宮中での神事に御遠慮のあることにかこつけて御退出になったのである。十一月が過ぎると、参内するようにとの御消息が頻りにあるが、こうしたついでに、このように面白い夜々の御遊びが羨しくて、何うして自分にはお伝えになられなかったろうかと、辛くもお思いになられる。冬の夜の月は、大臣は人とは異ってお愛でになられるお心なので、面白い夜の雪の光に、折にふさわしい手をお弾きになりつつ、お仕え申す女房共も、少し此の方面のわかる者に、御琴をとりどりに弾かせて、御遊びをなされる。歳の暮は、対にはお忙しくて、此方彼方の春の支度を、御自身お指図をなさることがあるので、「春の長閑な夜などに、是非宮の御琴の音を伺いましょう」とお云いつづけになっている中に、年が改まった。▼90

朱雀院の御賀▼91は、先ず内裏よりなされる次第が、ひどく厳めしいものなので、差合っては工合悪く思召して、少し時をお過しになられる。二月十日余りとお定めになって、楽人舞人などが参りつつ、御遊びが絶えずある。大臣は宮に、「あの対がいつもゆかしがっております御琴の音に、是非あの人達の箏や琵琶の音を合せまして、女楽を試みましょう。唯今の物の上手といいましても、決して此所の人達の御用意にはまさっておりません。私も確りした伝を受け継いだことは、殆どありませんが、何事にもよらず、これがわからないという事はないようにしたいと、幼い頃に思いましたので、世の中にいる物の師といわれる者は全部、又高い家々の、然るべき人の伝えなども、残さず習って見ました中で、まことに深いもので心恥ずかしいことだと思われる程の人はありませんでした。その頃に較べますと、また此頃の若い人々は、しゃれ過ぎたり気取り過ぎたりしていますので、又浅くなってしまっていることでしょう。琴は又、一層で、全く習う人がなくなっていますとかです。貴方の御琴の音だけのものさえ、伝えている人は殆どありますまい」と仰しゃると、宮は無邪気に打笑んで、嬉しくも此のようにお許しになる程になったことだとお思いになる。二十一二程におなりになったが、まだ甚しくお育ちきりにならない所があって、幼い気がされて、華奢にか弱に可愛らしくばかりお見受けされる。「院にもお目に懸けないで何年にもなりますので、一段とお立派になられたことだと御覧になります程に、よく御用意をしてお目にお懸かりなさいまし」と、折に触れてはお教え申上げるので、ほんにこうした御後見がなかったならば、まして幼げて入らっしゃる御有様が、隠れもないことであろう、と女房達はお見上げする。

正月の二十日頃になったので、空も面白い程になり、風が暖かに吹いて、御前の梅も花盛りになってゆく。大方の花の咲く木も、すべてその様子が見え、霞が懸って来たことだ。大臣は、「月が改まりますと、御準備が近づいて騒がしくなりましょうから、お掻き合せになる御琴の音も、試楽でもするように人が云いなすでしょうから、此頃の静かな中にお試みなさいまし」と宮に申して、御方々を寝殿の方へお呼びになられる。御供に、女房達がわれもわれもとゆかしがって、参上したがるが、此方に親しくない者は、選り出してお残しになって、少し年ふけてはいるが、心得のある者だけを選んでお侍わせになる。童は、器量のよい者を四人、対の上の者は、赤色の上の衣に桜の汗衫、うす紫の織物の袙、浮紋の上の袴、紅の擣った単を着た、様や物ごしのすぐれた者だけをお召しになった。女御の御方でも、御仕著せなど、年の始めの一段と改まっている頃の晴れ晴れしい物で、おのおの競い心から、心を尽しての装いどもで、鮮やかさはこの上もない。童は、青色の上の衣に蘇芳の汗衫、唐綾の上の袴、袙は山吹色の唐の綺を、一様に揃えていた。明石の御方の童は、仰々しくはなく、紅梅の上衣が二人、桜色のが二人、汗衫は青磁ばかりで、袙は紫を濃く薄くして、擣目は云いようもないものをお着せになった。宮の御方でも、此のようにお集りになるとお聞きになって、童の身なりだけは特にお繕わせになった。青丹の上の衣に柳の汗衫、葡萄染の袙などで、格別好ましく珍らしい様ではないが、全体の様子の厳めしく上品なことは、何と云っても並びないものであった。廂の間の中の御襖を取払って、此方彼方は御几帳だけを隔てとして、中の間は院のお出でになるように御座を用意した。今日の拍子合せには童を召そうと仰せがあって、右大殿の三郎で、内侍の御腹の兄君が笙の笛、左大将の御太郎に横笛を吹かせて、これは簀子にお侍わせになる。内には御茵を敷き並べて、それぞれ御琴を参らせる。御秘蔵の御琴で、立派な紺地の袋に入れてあるのを取出して、明石の御方には琵琶、紫の上には和琴、女御の君には箏の御琴を、宮にはそのような重々しい琴は、まだお弾きになれなかろうかと危んで、平常お手馴らしになっている物を、調子を合せて差上げられる。「箏の御琴は、絃が緩むというのではありませんが、それでもこのように他の物に合せる折の調子のせいで、琴柱の立ち所が狂うものです。よくそのことをのみ込んで調子を合せるべきですが、女の手では十分には張れますまいから、やはり大将を召し寄せるべきでしょう。この笛吹き共は、まだひどく幼げで、調子を合せる頼みは強くはありません」とお笑いになって、「大将、此方へ」と召すと、御方々は極りが悪くお心づかいをして入らせられる。明石の御方を外にしては、何方も皆殿には捨て難いお弟子なので、お注意をなさって、大将のお聞きになるのに、難の無いようにとお思いになる。女御は、常に主上の聞こし召す場合に、物に合せつつお弾き馴れになって入らせられるので、安心であるが、和琴という物は、何れ程の調べのある物でもないが、定った手のないこととて、なかなか女では弾きにくいこともあろう、他の琴の音は、みんな掻き合せるものなので、調子の乱れることもあろうかと、何だかお可哀そうな気がなされる。大将は、それはひどく心ときめきがして、内裏の御前での仰々しく、立派な御試みのある時よりも、今日の心づかいの方が一段と多くお思われになるので、新しい御直衣や、香にしみた御衣などの袖を、更に深くも炷きしめて、引繕って参られる中に、日は暮れ果ててしまったことだ。趣あるたそがれ時の空に、花は去年の降る雪が思い出されて、枝も撓む程に咲き乱れていた。ゆるやかに吹く風が、堪らないまでに匂っている御簾のうちの薫も吹き合わせて、「鶯▼92誘う」導きともなりそうな、云おうようもない大殿の辺りの匂である。大臣は御簾の下から箏の御琴の端を少し差出して、「軽々しいようですが、此の絃の調子を合せて試して見て下さい。此所へは又親しくない人は入れる訳にはゆかないのですから」と仰しゃると、畏まって御琴をいただかれるにも、御用意深く見よくて、一越調の声に撥の柱を立てて、直ぐには弾いて見ずに入らせられるので、「やはり掻合せだけに手を一つ、つまらなくは無いものを」と仰しゃると、「とても今日の御遊びのおあいしらいに立まじれますような技は、覚えておりませんことで」と、お否みになれるようだ。大臣は、「そうでもありましょうが、女楽に附合いができずに遁げてしまったのでは、云い伝えられる評判が恥しいことです」といってお笑いになる。大将は調子を合せ終って、ゆかしい程度に掻合せだけを弾いて、御琴を参らせた。この御孫の君達[93]の、可愛らしい宿直姿をして、吹き合せた笛の音は、まだ未熟ではあるが将来があって、ひどく面白そうであった。御琴の調子を合せ終って、お掻合せをなされると、何れがよいとも云われない中に、琵琶[94]はすぐれて上手のようで、古風な撥さばきに、音が澄み切って面白く聞える。和琴[95]に、大将も耳をお留めになったが、なつかしく愛嬌のある御爪音で、掻き返す音が珍らしく新しくて、全く専業としている上手どもの、仰々しく掻立てる調べや調子にお負けにならず、賑やかで大和琴にもこうした手があるのかと、聞くに驚かれる。深い御稽古の程が現れて面白いので、大臣もお心が落着いて、まことに稀れなものだとお思い申される。箏の御琴[96]は、他の音の合間合間に、ちらほらと洩れて来る音柄なもので、可愛ゆく艶めかしくばかりに聞える。琴[97]は、まだ未熟な方であるが、御稽古の最中なので、たどたどしくはなく、ひどくよく他の音に響き合って、優におなりになった御琴の音であるよと、大将はお聞きになられる。拍子を取って唱歌をなされる。院も時々、扇を鳴らして、お歌い添えになられるお声が、昔よりはひどく面白く、少し重味が加わって、物々しい趣が添って聞える。大将も、声がひどく好く入らせられる人で、夜の静かになってゆくに連れて、云いようもなくなつかしい夜の御遊びである。

　月の出が遅い頃なので、灯籠を彼方此方に懸けて、火を程よくおともさせになった。大臣は姫宮の御方を覗いて御覧になると、人々よりはまさって小さく可愛ゆらしくて、ただ御衣だけがそこにあるようなお心持がなさる。匂やかな方は劣って、ただひどく上品に趣があって、二月の二十日頃の青柳の、僅かに枝垂れはじめたような感じがして、鶯の羽風にも乱れそうに、弱々しくお見えになる。桜の細長の上に、御髪が左右からこぼれかかって、柳の糸の様をしていた。これこそは、限りなく貴い人の御有様というのであろうと見えるのに、女御の君は、同じような御艶めき姿で、今少し匂やかさが増さって、御身のもてなし御様子が奥ゆかしく、奥ゆかしい様をして入らして、よく咲きこぼれている藤の花が、夏に及んで、傍らに並ぶ花もない朝ぼらけのような感じをもって入らせられる。併し、御腹がひどく大きくおなりになって、悩ましいお気がなされるので、御琴は押遣って、脇息に凭りかかっていらせられた。小柄でぐったりとして入らせられるのに、御脇息は普通の高さなので、背伸びをしているような気がして、特に小さい物を作りたいと見える程、ひどく傷々しくて入らせられたことである。紅梅の御衣に、御髪の懸っているのが、はらはらと清らかで、灯影の御姿は又となく可愛らしく入らせられるのに、紫の上は、葡萄染でもあろうか、濃い紫の小袿に、薄い蘇芳の細長で、御髪の御身の丈に余ったのが、夥しくうねっていて、御丈も程よく、容態も申分なく、辺りは匂に満ちているような感じがして、花でいえば桜に譬えても、猶おそれよりも優った御様子で、格別で入らせられる。こうした御辺りでは、明石の御方は気圧されそうであるのに、さしてそれ程ではなく、身のもてなしなど奥ゆかしく気が置けて、心の底のゆかしい様をして、何処ともなく上品に艶めかしく見える。柳の織物の細長に、萌黄でもあろうか、小袿を着て、羅のちょっとした物を引きかけて、態と卑下してはいられるが、様子も用意も奥ゆかしくて、侮らわしくはない。高麗の青地の錦の、縁をしてある茵の上に、やや外ずして坐って、琵琶をさし置いて、ほんの印ほどに弾きかけて、たおやかに使いこなしている撥のさばきは、音を聞くにもまさって、又珍らしくもなつかしくて、『五月待つ花橘』▼98の、花も実も持っているのを折り取った時の薫りが感じられる。此の方その方も、つつましくして入らせられる御様子を、お聞きになり御覧になると、大将▼99も、ひどく御簾の内がゆかしくお感じになる。対の上の、以前かいま見をした時▼100よりも、更に整い増さって入らせられるような有様がゆかしいので、落着き心もない。宮に対しては、今少し御縁が深かったならば、わが物としてお逢い申上げたことであろう、心持のひどく弛やかなのが残念なことであった。殿▼101には度々そのように思召されて、蔭でも仰しゃりもしたものを、と嫉ましく思うが、少し気の置けない方に見受けられる御様子なので、お侮ずり申すというではないが、さして心が動かないことであった。対の上▼102に対しては、何事につけても心の及ぼしようがなく、遠く隔てて、年頃を過して来たので、何うかして唯大凡そにでも、わが大切にお思い申上げていることだけでも御覧いただきたいというだけが、残念にも嘆かしいのであった。あながちに、有るまじき勿体ない心などは決してお持ちにならず、ひどくよくお慎しみになって入らした。

夜更けになってゆく風のけはいが冷やかである。臥待の月▼103が僅かに出ているのを御覧になって、大臣は、「心もとないことですね、春の朧夜は。秋の哀れな時だと又、こうした物の音に、虫の音が絡んで来て、一とおりならず、この上もなく響が冴えて来る気のすることですよ」と仰しゃると、大将の君は、「秋の夜の隈ない月には、総ての物が滞りなくて、琴や笛の音もはっきりと、澄んだ気はいたしますが、やはり態と作り合せたような空の様子や、花の露にも色々と目移りがして心が散りまして、好いにも限りのあることでございます。春の空のぼんやりした霞の間から、朧ろに月のさして来ます時に、静かに吹き合せましたようには、何うして、笛の音なども、艶に澄みのぼり切ることが出来ましょうか。女は春を憐む▼104と、昔の人が云い置きましたが、いかにもその通りでございます。なつかしく物の音の整いますことは、春の夕暮が格別なことでございます」と申されると、大臣は、「いや、その定め▼105ですよ。昔から人の決めかねていましたことを、末の世の劣った人の、定めきれそうもないことです。物の調べや曲というものは、ほんに律を第二の物にしているの▼106は、そうあるべきことです」と仰しゃって、「何うでしょう、現在老練の聞えの高いそれこれの人で、御前▼107などで、度々御遊びをなさいますに、勝れた人は、数が少くなっているようですが、その先輩と思っている上手な人も、何れ程も習い取ってはいないのでしょうか、ここにこのようにぼんやり覚えて入らっしゃる女達の御仲へ、雑ぜて弾いたとしましても、かけ離れたものではなかろうという気がします。年頃このように籠ってばかり過していますので、耳なども少し間違ったものになったせいでしょうか。残念なことです。不思議にも、人の才芸もはかなく習い覚えることでも、此所は引き立っていて立ちまさっている所です。あの御前の御遊びに、一流の者として選ばれる人々と、この方々と較べて見て、何んなものでしょうか」と仰しゃるので大将は、「そのことを申そうと存じましたが、よくは解っておりませんままに、出過ぎるのではないかと存じておりましたのです。溯っての世のことを聞き合せませんせいでしょうか、衛門督の和琴、兵部卿の琵琶などを、此頃では珍らしい例に引いているようでございます。ほんに並ぶ者とてはございませんが、今夜承ります物の音は、皆それぞれ聞く耳が、驚かれまして、やはりこのように晴れての御遊びではないと、予て心ゆるみがしておりましたので、心が騒ぐのでございましょうか、唱歌などもひどくお勧めいたしにくうございました。和琴は、あの大臣[108]お一人だけが、あのように、その場合に応じさせた音を、心のままにお出しになりますのは、格別なことでございますが、本来が何うやら幼稚な物のようでございますのに、まことにお立派にお合せになりましたことでございます」とお愛で申上げられる。「何もそれ程に云い立てる程の腕でもありませんのに、態と立派なものにして云い立てられることですよ」と仰しゃって、得意そうにおほほ笑みになる。「ほんに、下手ではない弟子達というべきです。琵琶だけは、私の口出しをすべきではありませんが、そうは云っても、様子の異ったものでしょう。思いも寄らない所[109]で聞きはじめまして、珍らしい声であると思いましたが、その頃よりは又ひどく勝って来ています」と、強いて御自分の手柄にお引きつけになって仰しゃるので、女房などはそっと突つき合っている。「何事によらず、その道々について習い学ぼうとしますと、才芸というものは、何れも際限のない気がしつつ、自分の心に満足の出来るだけに限りなく習い取るということは、ひどく困難なことですが、何うしてか、その奥を究めたという人は、今の世には殆どないので、片端を大凡に覚え得た人が、その片端だけで満足してもいられますが、琴というものだけはやはり面倒なもので、手の出しにくいものなのです。この道は、ほんとうに、法の通りに、習い取りました昔の人は、天地を動かし、鬼神の心を和らげ、さまざまな楽器の中に従って、悲みの深い者も喜びに変り、賤しく貧しい者も、高い位に昇り、宝を得て、世に許された例が多かったのです。この国に弾き伝えて来た初めの頃までは、深くこの事を心得ていた人は、多くの年を、知らない他国で過して、命を無いものにして、此の道を会得しようと苦労してさえも、覚えきるのは困難でしたが、ほんにそれにしても、明らかに空の月や星を動かし、時ならぬ霜や雪を降らせ、雲や雷(いかずち)を騒がした例も、昔の代にはあったことでした。そのように際限のない物なので、法通りに会得することは出来難いのに、末世(まっせ)のせいですか、何処(どこ)にその当時の片端だけでも残っていましょうか。それでもやはりあの鬼神(おにがみ)が耳を留めて、聴き入ろうとした物のせいでしょうか、生中(なまなか)に習って見(み)て、丁度(ちょうど)に行かなかった者のあってから後は、琴(きん)を弾く人には悪いことがあるという難を附けて、煩(うるさ)いものにしたままに、今では殆ど伝えている人がないとかいうことです。まことに残念なことです。琴(きん)の音(ね)を外(ほか)にしては、何を物の音(ね)を整える頼りにしましょう。ほんに、万事が衰えてゆくのは雑作(ぞうさ)なくなってゆく世の中で、唯一人(ただひとり)家を立ち離れて、志を立てて、高麗(こま)唐(もろこし)と、此(こ)の世を迷って歩き、親子にも離れるということは、世の中の変り者になることでしょう。何で大凡(おおよそ)に、やはりこの道を通じて知る程の一端を、知って置かなくてよいでしょうか。一つの調(しらべ)の手を弾きつくすことだけでも、底のないものです。況(いわ)んや、多くの調や面倒な曲が多いので、心を打込んで習いました盛りには、世の中にありとある譜、この国に伝わっている譜という譜のありたけを、遍(あまね)く見合せまして、後々には師とすべき人もないまでに、好んで習いましたが、それでも昔の人には及びもつけそうもないのです。ましてこの後といいますと、伝わってゆくべき人もないので、ひどく心細いことです」と仰しゃるので、大将は、ほんにひどく残念に恥ずかしいことにお思いになる。「あの皇子(みこ)達の御中(おんなか)に、望んでいるように御成人なさる方が入らしたならば、その時に、そ[110]れもその時まで生きていられましたならば、何れ程(ど)でもない手限りを、お教え申上げましょう。二の宮は今からそんな御様子がお見えになりますので」と仰しゃるので、明石の君は、ひどく面目に思って、涙ぐんで聞いて入らした。

女御の君は、箏の御琴を対の[111]上にお譲り申して、物に凭(よ)り臥(ふ)しておしまいになったので、吾妻(あづま)琴を大臣[112]の御前に差上げて、少し打解けた御遊びとなった。葛城[113]をお弾きになられる。華やかで面白い。大臣の折り返してお謡いになるお声は、譬えようもなく愛嬌があって愛でたい。月が次第に昇るにつれて、花の色香も栄えて来て、ほんに奥ゆかしい頃である。[114]箏の御琴は、女御の御爪音は、ひどく可愛ゆらしく懐かしくて、母君の御手振りが加わって、由の音が深く、ひどく澄んで聞えたが、上の御手づかいは又様が変って、緩やかで面白く、聞く人が普通ではいられず心が浮立って来るまでに愛嬌があって、臨[115]の手など、すべて格別新しく、ひどく才気のある御琴の音である。皆調が変って、呂から律の掻き合せなども、なつかしく当世風のものであるのに、宮の琴は[116]、五箇の調[117]、数多の手のある中でも、必ず注意をしてお弾きになるべき五六の潑剌[118]を、ひどく面白く音を澄してお弾きになる。少しも危なげがなく、ひどくよく澄んで聞える。春秋のさまざまの曲に通っている調で、広く通わしつつお弾きになる。お心を使ってお教え申上げた様を違えずに、ひどくよく御会得なされているのを、大臣はまことに可愛ゆくも面目あることにお思い申上げる。この幼い君達が[119]、ひどく可愛ゆく吹き立てて、一心に心を籠めてなされるのを、大臣はお可愛ゆがりになって、「眠たくなったことだろう。今夜の遊びは長くはしないで、短い間だけと思ったのに、止めることの出来ない物の音で、何方がお上手とも分らず、聞き分ける耳がはっきりしないたどたどしさから、ひどく夜更けてしまいました。心ないことでしたね」と仰しやって、笙を吹く君[120]にお杯を差して、御衣を脱いでお被けになる。横笛の君[121]には、対の上から、織物の細長に、袴など仰々しくない様で、しるしばかりにお贈りになって、大将の君には、宮の御方から杯を差上げて、宮の御装束一領をお被け申上げるのを、大臣は、「これは怪しからぬ。師匠に第一に御褒美を下さるべきでしょう。嘆かわしいことです」と仰しやると、宮の入らせられる御几帳の側から、御笛を差上げる。打笑んでお取りになられる。たいした高麗笛である。少しお吹き鳴らしになると、何方もお立ちになられる時に、大将はお立ち止まりになって、御子の持って入らせられる笛を取って、ひどく面白くお吹き立てになったが、まことに愛でたく聞えるので、大臣は何れも何れも皆、御手にお懸けになられた芸の伝え伝えしたものの、まことにこの上もないものばかりなので、御自分の御才の程の稀れなものであることをお思い知りになられたことである。大将殿▼122は、君達を御自分の車に乗せて、月の澄んでいるので御退出になられる。路すがら、箏の琴▼123が変って云いようもない音であったのが、耳に着いて恋しくお思いになられる。御自分の北の方は、故大宮▼124がお教え申したのであるが、おのみ込みにならなかった頃に、お別れ申してしまったので、自信の持てる程には御会得にはなれなくて、男君の御前では、恥じて決してお弾きにならない。何事につけても唯おっとりと、おおような様をして、お子方のお扱いを、忙しく次ぎから次ぎとして入らせられるので、面白い所のない気がする。さすがに意地は悪くて、嫉妬をなさるが、愛嬌のある可愛ゆいお人ざまで入らっしゃるようである。

　大臣は▼125、対▼126にお越しになられた。上は、此方にお留まりになって、宮に御物語などなされて、明方にお帰りになられた。日の高くなるまで御寝になって入らした。大臣は、「宮の御琴の音は、ことに見事なものになられましたね。何うお聞きになりました」と仰しゃると、「初めの中、あちらの御殿ではほのかに伺いました時には、何んなものかと存じましたのが、まことに此の上もない物におなりなさいました。それもその筈で、あれ程他念なくお教えなさいましたならば」とお返事をなされる。

「それですよ。手を取り取りして、頼もしい師匠というものです。何方にも、煩さく面倒で、暇のいる業ですから、お教え申さないのに、院でも内裏でも、琴はそれでもお教え申しているだろうと仰しやると聞きますのがお可哀そうで、何にしてもそれ程のことだけでも、このように取分けて御後見として、お預けになられたしるしにはと、奮発してのことです」とお話しになるついでにも、「昔世づかない頃のあなたをお扱いしたことを▼127思いますと、あの頃は暇が得難くて、落着いて格別にお教えしたこともなく、近頃になっても、それからそれと事に紛れつつ過しまして、聞いて上げたこともない御琴の音が、あのようにお弾き栄えのしましたのは面目のあることで、大将がひどく感心して驚いた様子も、思い通りで嬉しいことでした」と仰せになられる。こうした方面のことも、今は又一人前に、孫宮達のお世話を、引受けてなされる様も、届かない事とてはなく、すべて万事につけても、もどかしく覚束ない点はまじらず、世に稀れな御有様なので、十分に此のようにまで揃っている人[128]は、命の長くない例もあるのにと、殿は気味悪いまでにお思い申される。さまざまの人の有様をお見集めになるにつれて、総て揃って十分なことは、まことに類いないことだろうとばかりお思い申された。今年は三十七にお成りになられる。逢い初めになった年月のことなども、沁み沁みお思い出しになられたついでに、「然るべき御祈は、ふだんの年よりも取分けて、今年は気をお附けなさいまし[129]。いろいろの事に追われていて、私は気の附かない場合もありましょうから、やはり御自分でお考えになって、もし大きな祈でもなさるようでしたら、私が取計いましょう。故僧都[130]が入らっしゃらなくなったのは、まことに残念なことです。大方の事でお願いするにも、まことに有難い人でしたのに」などお云い出しになる。「私は幼い時から、人とは異った様で、鄭重な育て方をされまして、今の世の覚え有様も、昔にも類いの少ないことです。しかし又普通とは異って、悲しい目を見ることも、人にはまさっていたことです。第一には思う人にそれぞれ先立たれまして、生き残っております齢の末にも、続いて悲しいと思うことが多く、つまらないすまじき事につけても、怪しく嘆かわしくて、心に不満に思われることの離れない身で過して来ましたので、その代りでしょうか、思っていた程よりは、今までも生きながらえて来たのだろうかと思い知られることです。あなたのお身には、あの一時の別れ[131]の外には、後にも先にも、嘆きの為にお心乱れになるようなことはなかったろうと思います。后といいましても、ましてそれよりも次ぎ次ぎの人は、尊い人といいますが、何方も必ず気安くない嘆きの附き纏うものです。高い交りをするにつけても心が乱れ、人と争う心の絶えないのも、気安くはなさそうなのに、親の家の窓の内にいた時のままで、世をお過しになられたような、気楽なことはありません。その点では、人に優れた宿世だとお思い知りになりましょうか。思い懸けず、あの宮[132]がこのようにお越しになって入らっしゃるのは、生苦しいことでしょうが、それについては、一段と加わって来ています私の心持の程は、御自分のことだから、お分りになっていないかも知れません。物の心をよくお分りになっているようですから、お分りにならないことはないと思います」と仰せになると、「仰しゃるように、不束な身には過ぎていることだと余所目からは思われるでございましょうが、心に堪えられない嘆きばかり離れませんのは、それでは自分でする祈になっていたのでございましょうか」と仰しゃって、言い残していることの多そうな御様子が極り悪く思われるようである。「ほんとうの心持を申しますと、ひどく先の少いような気がしますのに、今年も[133]このように知らず顔に過しておりますのは、まことに気懸りなことでございます。先々も申上げましたことを、何うぞお許し下さいましたならば」と申上げられる。「それこそは、有るまじきことです。そうしてお懸け離れになった世に残って、何の甲斐がありましょうか。ただ此のように何ということもなくて過ぎてゆく年月ですが、明け暮れ隔てなくしている嬉しさだけを勝ることのない気がしています。この上とも私の思う様の格別な程を見果てて下さい」とばかり仰しゃるのを、例のことと心苦しくて、涙ぐんで入らっしゃる御様子を、殿はひどくあわれに御覧になって、さまざまとお気を紛らせようとなされる。「多くではありませんが、人の有様の、それぞれに残念ではないのを見知ってゆくに連れて、心底の心持の穏やかで、落着いている人は、まことに得難いものだということを思い極めたことです。大将の母君[134]と、幼い頃に逢い初めまして、貴い疎略にはできない人だとは思いましたが、何時も仲が好くなく、隔てのある気がして終ってしまいましたのは、今から思うと気の毒で残念な気のすることです。又私が悪るかっただけではなかったのだと、心の中では思出しもします。立派で重も重もしくて、ここが気に入らないという所はありませんでした。ただまことに余りにも乱れた所がなく、気強くて、少し賢いというのだろうかと思われまして、離れていて思うと頼もしく、逢うには面倒だった人ざまでした。中宮の御母御息所[135]は、人ざまが格別で雅び心の深く艶めかしい方の例には、第一に思い出される方ですが、附き合いのしにくい、機嫌の取りにくい心様でした。恨まれるべきことを、ほんに御尤(ごもっと)もだと思われることですが、そのまま何時(いつ)までも思い詰めて入らして、深く恨まれたのは、ひどく苦しいことでした。心の油断がなく極り悪くて、此方(こちら)も彼方(あちら)も打解けて、朝夕の睦(むつ)びを交(か)わすには、ひどく遠慮のされる所がありましたので、打解けたら蔑(さげす)まれることもあろうかなどと、余りに取繕っています中(うち)に、そのまま隔たってしまった仲でした。まことに有るまじき浮名を立てて、御身の心浅い者となられた嘆きを、深くお思い沁みになっていたのがお気の毒で、ほんにお人柄を思いましても、私に罪のある気がして終りました慰めに、中宮▼136をあのように、然るべき御宿縁のあってのことはいうものの、お取立て申して、世間の譏(そしり)も人の恨(うらみ)も思わずに、心寄せを申上げていますのを、あの世からでも見直して下さったことでしょう。今も昔も、慎みの足りない心のすさびから、気の毒にも残念にも思うことが多いことです」と、過ぎ去った頃の人の御上を、少しずつお話し出しになって、「内裏(うち)の御方の御後見(おんうしろみ)▼137の人は、何(ど)れ程の者でもないと蔑(あなず)って初めまして、気安い物に思ったのですが、今でも心の底の見えない、際限もなく深い所のある人です。表面は人に従って、鷹揚に見えていながら、打解けない様子が底の方にありまして、何となく気の置ける所のある人です」と仰しゃると、「ほかの方はお目に懸らないので知りませんが、あの方は、十分にではありませんが、自然御様子を見る折々もありますのに、まことに打解けにくくて、気の置けます有様ですから、何とも云いようもない私の開け放しなのを、何(ど)のように御覧になるだろうかと極(わ)りが悪るうございますが、女御は自然お分り下さることだろうとばかり思っておりますことで」と仰しゃる。あれ程気に喰わない者に思って、隔てをお附けになっていた人を、今ではこのように許してお逢いになり合っていられるのも、女御の御為を思う真心の余りであるとお思いになると、まことに珍らしいので、「あなたという人は、さすがに奥底がないではないものの相手により事柄に従って、まことによく二通りに心をお使い分けになったことでした。他にも大勢の人を見て来ましたが、お有様に似た人はないことでした。全く不思議な方で入らっしゃいます」と、ほほ笑んで申される。「宮に、ひどくよくお弾きになられたお喜びを申しましょう」と仰しゃって殿は夕方お越しになられた。御自分に気を兼ねている人があろうなどとはお思いにもならず、全く幼い者のようになって、ひたすら御琴に夢中になって入らせられる。「もうお暇を下さって、お休みなさいまし。師匠は気安くおさせなさいますことで。ひどく苦労しました日頃の甲斐がありまして、安心の出来るようにおなりになりましたことです」と仰しゃって、御琴を押遣(おしや)って、御寝(ぎょしん)になられた。

対の上は例のように大臣(おとど)▼[138]のお出(い)でにならない夜は、夜更かしをなさって、女房共に物語などを読ませてお聞きになる。そのように、世間の例言(たとえごと)として書き集めた昔物語にも、浮気な男や、色好みの男や、二心(ふたごころ)のある男に関係している女の、そのようなことを云い集めたものでも、最後には、身の落着き場所があるようである、自分は怪しくも浮き漂って過して来た有様であるよ。ほんに、仰しゃったように、人に較べては格別な宿縁のあった身ではありながらも、人の我慢の仕(し)にくく飽き足りないことにする嘆きの離れない身で終ってゆくことであろう、つまらないことであるよ、などお思いつづけになって、夜更けて御寝になった明方から御胸をお悩みになられる。女房どもは御介抱を申上げて、殿にお知らせ申しましょうと申上げると「それは良くないことで」とお制しになって、堪え難いのをこらえてお明かしになった。御身も熱くなって、御気分もひどく悪いけれども、院は急にはお越しにならない間を、これこれとも申上げない。女御の御方▼[139]から此方(こなた)へ御消息(みしょうそこ)があったので、このように悩んでおりますと申上げたので、驚いて其方(そちら)から申上げたので、院は胸がつぶれて急いでお越しになると、ひどく苦しそうにしてお出でになる。「何(ど)んな御気分です」と仰(おっしゃ)って、お手で触って御覧になると、ひどい熱で入らっしゃるので、昨日お話になった厄年のことなどをお思合せになって、ひどく恐ろしくお思いになられる。殿の御粥(おかゆ)など此方(こなた)で差上げたけれども、御覧になろうともせず、一日中お附ききりになって、色々と御介抱になりお嘆きになる。ちょっとした御菓子をさえも、上は召(めし)

上るのをひどく臆劫になさって、お起上りになることもなくて幾日か過ぎ経った。何うなることだろうかと院はお心が騒いで、御祈禱など、数知らずお始めになられる。僧をお召しになって、御加持をおさせになる。何所がという所もなく、ひどくお苦しくなさって、胸の痛みが時々に起りつつお悩みになられる様が堪え難く苦しそうである。様々の御物忌みを限りなくなされるが、験も見えない。御重態と見えるが、自然お楽になれる差別の見えるのは、頼もしいものの、まことに心細く悲しい有様だと御覧になるので、他事はお思いになれぬところから、御賀の騒ぎも鎮まった。朱雀院からも、此のようにお煩いになっていられる由を聞召されて、御見舞がまことに御鄭重で、度々下される。

同じ御容態で二月も過ぎた。殿は云いようもなくお案じ嘆きになって、試しに居場所を変えて見ようと、二条の院へお移し申した。院の内じゅう一面に、嘆き悲しむ人々が多かった。冷泉院も聞召して嘆かせられる。あの方がお亡くなりになったならば、院も必ず世を背く御本意をお遂げになられることだろうと、大将の君▼140などども心を尽してお世話を申上げる。御修法などは、殿よりのはもとよりのことにして、別に御自分のものをもおさせ申させる。上は幾分お心のはっきりした時には、「お願いいたしますことを、あのようにつらく仰しゃって」とお怨みを申されるが、定命が尽きて別れてしまわれるのよりも、目の前に我から姿を変えてしまうお有様を見ては、全く片時も怺えられそうもなくばかり、惜しく悲しいことなので、「昔から私の方がそうした本意が深いのに、後に残ってさみしくお思いになるのがお気の毒さに、引かれ引かれして過ぎて来ていますのに、逆しまに私を捨てようとお思いになるのですか」とばかり、お惜しみ申しているが、ほんに如何にも頼み難そうに弱って行きつつ、最期のさまに思われることが折々あるので、何うしたものであろう、とお惑いになりつつ、宮の御方へはちょっとでもお越しにならない。宮も御琴などつまらなくなって、みんな片附けてしまわれ、院▼141の中の人々は、すべて居る限り二条の院の方へ参り集り、此方の院は火を消したようで、ただ女同志が入らして、上お一人の御勢いであったのだと見える。女御の君もお越しになって、諸共に御介抱を申上げる。上▼142は、「ふだんのお体では入らっしゃらないので、物の怪などもまことに怖ろしゆうございますから、早くお参りなさいまし」と、苦しい御気分の中にも申上げられる。若宮▼143のひどくお可愛く入らっしゃるのをお見上げしても、ひどくお泣きになられて、「大きくおなりになりますのを、お見上げ申せなくなります事で、お忘れになることでしょう」と仰しゃるので、女御も涙をお怺えになれず悲しくお思いになった。殿は「縁起でもない、そのようにはお思いなさいますな。それにしても、たいしたことにはおなりにならないでしょう。気の持ち方次第で、人は何うにでもなるものです。徳の広い器だと、幸いもそれに随い、狭い心を持っている人は、然るべき縁で、貴い身分になりましても、豊かな寛やかな心の人は長く保ち、心の急しい人は、長く変らずにはいられません、心の寛やかで穏やかな人は、長生きをする例の多いことでした」と仰しゃって、神仏にも、この人のお心柄の珍しくも罪の軽いことをお告げになられる。御修法をする阿闍梨達や、夜居などをして、近く侍っている限りの尊い僧などは、殿がひどくこのようにお嘆き惑いになって入らせられる御様子を聞くと、何ともまことにお気の毒なので、心を振い興して御祈禱を申す。少しおよろしく見える時が五六日まぜつつ、又重くなってお悩みになることが、いつとはなしに月日を経ってゆくので、やはり何うおなりになることであろうか、よくはおなりになれない御病気であろうか、とお嘆きになる。御物の怪などといって現れて来るものもなく、お悩みになる所が何処がとはっきりとは見えず、ただ日増しに御衰弱になるようにばかり見えるので、まことにまことに悲しく嘆かわしくお思いになるので、お心の隙もないようである。

　そのことよ、衛門督▼144は中納言に進んでいたことであった。唯今の帝には、ひどく親しくおぼしめされて、まことに、時代に合った人である。身の覚えの高まるにつけても、望んでいたことの叶わない憂わしさを思い佗びて、此の宮の御姉である二の宮の御降嫁を得ていたことであった。宮は下臈の更衣腹で入らせられたので、気やすい所もまじえて、お思い申上げていた。お人柄も、大方の人に較べれば、御様子が懸け離れては入らせられるが、以前からお思込み申していた方の方がやはり深く思われることであった。『慰め難き姨捨[145]』であって、人の見咎めない程度におもてなし申上げていた。やはりあの心の奥底にある思いが忘れられないのに、小侍従という相談相手は、三の宮の御侍従の乳母という者の娘なのであった。その乳母の姉が、この督[146]の君の御乳母だったので、以前から三の宮の御噂を親しくお聞き申して、まだ宮が幼く入らせられた時から、まことに清らかに入らせられて、主上の御冊きになられる様の一とおりでないことなども、その乳母よりお聞き申上げて、こうした思いが身に附き初めたのであった。このように院も[147]宮から離れておいでになる頃で、人目も少くしめやかであろうと推量して、小侍従を此方へ呼び迎えつつ思入って熱心にお話しになる。「昔からこのように、命も保ちきれそうにもない程に思っていますことを、こうした親しい関係があって、御様子を聞き伝えて、怺えられない心持の程をお聞に入れて、頼もしく思っていますのに、全くその験がないので、何うにも辛いことです。御父の院[148]さえも、六条の院があのように大勢の人に関係して、人にお厭されになられるようで、お独りで御寝になる夜々が多く、つれづれに過して入らっしゃいます、と人が奏した折には、少し御後悔の御様子で、同じことなら、普通人の気楽な後見を定めるには、真実にお仕え申す者を定めるべきであった、と仰しゃって、女二の宮が却って安心で、行末も永い有様で入らっしゃることだ、と仰せになられたと伝え聞きましたので、三の宮がお気の毒にも残念にも思えて、何んなに思い乱れることでしょうか。ほんに、同じ御筋の方を戴いたのですが、それはそれで異うと思われる事です」と云って、溜息をお吐きになるので、小侍従は、「まあ、何という勿体ないことを。それはそれとしてお差置き申して、又、何という際限もないお心でしょうか」というと督の君はほほ笑んで、「すべての事はそうしたものですよ。三の宮を勿体なくも御所望申上げましたことは、院でも内裏で聞召していたことでした。何でそうさせられないことがあろうか、と事のついでには仰せになったことなのです。さあ、ほんの今少し其方が骨を折って下さったのでしたら」などというと、小侍従は、「ひどく無理な御事ですよ。御宿世とか申すことのございますのを土台にして、あの院がお口へ出して懇ろに御所望になりますのに、立ち並んでお妨げ申せるべき御身の覚えだとお思いになったのですか。此頃こそ、少し物々しくて、御衣の色も深くおなりになりましたが」というと、云う甲斐もないつけつけとした口強さに、君は云い尽すこともお出来にならず、「もう宜い、過ぎ去ったことは申しますまいよ。唯こうした得難い隙に、お近い所で、この心の中に思っていることの片端を、少し申上げられるように工夫して下さいよ。ひどく勿体ない心はすべて、まあ見ていて下さい、ほんとうに怖ろしいので、思い離れております」と仰しゃると、「これよりも勿体ない心というのは、何でしょうか。ひどく気味の悪るいことをお思い寄りになったものですね、何だって参ったのでしょうか」と突きはねる。「いや何うも聞き憎い。余りに大袈裟に云いなされることですよ。世の中は、まことに常のないもので、女御、后でも次第に依っては、そのような例がないこともありましょうか。ましてあのお有様は、人から見ればまことに類のない結構な御身ですが、内々には面白くないことも多いことでしょう。御父の院▼149が数多の皇女達の中でも、又並ぶ方もないようにお冊き申されましたのに、ああした身分のちがった方々に交じって、心外にお思いになるようなこともありそうなことは、みんなよく聞いておりますよ。世の中はまことに常のないものですから、一概に決めきって、素気なく突放したことは云いなさいますなよ」と仰しゃると、小侍従は、「人に貶しめられるお有様だからといって、結構な方へお変えになるべきことでございましょうか。あれは世間並の御縁組ではないようです。ただ御後見がなくて、漂わしくて入らっしゃいますよりは、親代りにとお渡し申されましたので、何方もそのようにお思い合いになって入らっしゃいますようです。筋の立たないお悪る口というものです」といって、最後には腹を立てるのを、いろいろと云いなだめて、「ほんとうは、あれ程世にないお有様を、お見馴れになって入らっしゃるお心に対して、物の数でもない賤しい窶れ姿を、打解けて御覧を願おうとは、決して思懸けないことです。ただ一言、物越しで申上げるくらいなことは、何れ程の御身の疵になりますでしょうか。神仏にも思うことを申すのは罪になることでしょうか」と、大した誓言をしつつ仰しゃるので、暫くの間こそ、ひどく有るまじきことにして、言い返していたが、思慮の少い若い人は、人がこのように命を懸けて深く思って仰しゃるのを、断り切れなくて、「もし然るべき隙がありましたならば、おたばかり申しましょう。院▼150のお出でになりません夜は、お几帳のまわりに女房が大勢お附きしておりまして、御座の側には、然るべき女房が必ずお附き申していますので、何んな折に隙が見附けられることなのでしょうか」と、当惑しつつ帰った。

何うだ何うだと毎日責められるのに困って、小侍従は然るべき折を見つけて消息をよこした。衛門の督▼151は喜びながら、ひどく姿を窶してお越しになった。実に自身の心にも、ひどく怪しからぬことなので、御身に近づいて、却って思い乱れることの増さるようなことまでは思いも懸けず、唯ひどくほのかに、御衣の褄だけをお見上げ申した春の夕べの、忘れられず何時までもお思出されになるお有様を、今少し御身近くでお見上げ申して、思っていることを、お知らせ申したならば、一行の御返事なりとお見せ下され、哀れだとお思いになることとか、と思ったのであった。四月の十日余りのことである。賀茂の祭の御禊▼152は明日というので、斎院へお遣わしになられる女房の十二人と、格別上臈ではない、若い女房や女の童などは、各自の衣を縫ったり化粧をしたりなどしつつ、又見物をしようと思い設けている者も、それぞれ忙しそうで、御前の方はしめやかで、人の多くは居ない折なのであった。宮にお近く侍っている按察の君も、時々通って来る源中将が、達て呼出させたので、退出している間で、ただ此の侍従だけが、近く侍っているのであった。好い折だと思って、そっと御帳台の東面の、御座の端の方にお坐らせ申した。それ程までにするべきことであろうか。宮は何心もなく御寝になって入らしたが、御身近く男のけはいがするので、院がお越しになられたと思って入らっしゃると、男はひどく畏まった様子をして、床の上にお抱き下し申すので、魔物に襲われるのかとお思いになって、我慢してお見上げになると、院とは異った人なのである。変な訳も分らないことばかり申すことであるよ。浅ましく気味悪るくなって、人をお呼びになるが近く侍(さぶら)ってはいないので、聞きつけて参る者もない。ふるえて入らせられる様で、水のように汗が流れて、夢中になって入らせられる御様子が、まことにあわれにお可愛ゆらしく見える。「数ならぬ者ではございますが、何もそのようにまで思召(おぼしめ)されるべき者だとは存じ上げませんことです。昔から勿体ない心を持っておりましたが、まるきり心に包み切りにしてしまいましたならば、心の中で腐らせて過してゆくことも出来ましたろうに、生中(なまなか)に漏らして申上げまして、院▼153にも聞召されましたが、以(もっ)ての外(ほか)のこととは仰せになりませんでしたので、頼みを懸け初(そ)め申しまして、身の数ならぬ為に、一段と人よりは深い志を空しくしてしまいましたことだと、動かしました心が、何も彼(か)も今は詮(せん)ないことだと思い返しますが、何れ程(ど)深く沁み込んだことでございましょうか、年月(としつき)の立つに連れまして、残念にも、辛(つら)くも、気味悪くも、哀れにも、いろいろに深く思いが増して、まいりますのが、こらえかねまして、このように恐れ多い様を御覧に入れますのも、且(か)つは思いやりがなく極り悪うございますが、不埒なことをなどは決していたしますまい」と云い続けるので、宮は、その人だったのだとお思いになると、まことにめざましくも怖ろしくもおなりになって、聊(いささ)かの御返事もなさらない。「まことに御尤(ごもっと)もなことでございますが、世間に例(ためし)のないことでもございませんのに、めずらしくも情ないお心でございました、ひどく辛いことで、却って一向(ひたむ)きな心も起って参りますことでございましょう。哀れとだけでも仰しゃって下さいましたら、それを承って引退(ひきさが)りましょう」と、さまざまに申上げる。余所(よそ)からの思いやりでは、厳(いか)めしく、物馴れてお目に懸かることも極り悪るかろうと御推量申上げていたので、唯此れ程までに思い詰めている片端を申上げて、生中に不埒なことなどはなくて終らせようと思っていたのに、何もそれ程には気高く気恥ずかしいようではなくて、懐かしく可愛らしく、やわやわとばかりして入らせられる御様子で、上品に云いようもなく思われることだけが、人には似て入らせられないことであった。賢く思い鎮(しず)める心も無くなって、何処(どこ)へなりともお連れ申しお隠し申上げて、自分も世間にいるようではなく、行方を晦ましてしまおうか、とまで思い乱れた。唯ほんのちょっとの間微睡んだという程でもない間の夢に、あの飼い馴らしている猫が、ひどく可愛らしい声をして鳴いて来るのを、この宮に差上げようと思って、自分が連れて来ていると思ったが、何だって差上げてしまったろうかと思う中に、目が覚めて、何うしてこんな夢▼154が見られたのだろうかと思う。宮は、ひどく浅ましく、現実のこととともお思いになれないので、お胸が塞がって途方に暮れて入らせられると、「やはり此のように遁れられない御宿世が、浅くはなかったのだとお諦めなさいまし。我が心ながら、正気ではないように思われますことです」と云って、あの思いも懸けなかった御簾の隅を、猫の綱引いた夕べのことをも、お聞きに入れ出した。ほんにそうしたこともあったことだと宮は残念で、宿縁の辛くも思われる御身なのであった。院にも今は何でお目に懸かれようと、悲しく心細くて、ひどく幼なげにお泣きになるのを、督の君は勿体なくもお可哀そうにもお見上げ申して、その御涙までも拭う袖は、一段と露けさが増さるばかりである。夜が明けてゆく様子なのに、出て行くところもないように却って心が深くなった。「如何いたしたものでしょう。ひどくお憎みになって入らっしゃいますので、又お目に懸ることも出来ませんので、ただ一言お声を聞せ下さいまし」と、いろいろに云っておせがみ申すが、宮は煩さくも佗しくて、何うにも物がおっしゃれないので、「とうとう気味の悪い心持になってしまいました。又そうした事はないことでしょう」とひどく辛い仕打とお思い申して、「それでは私の身はつまらなくなりましょう。命を捨てられないことがありましょうか。何うにも捨てられないので、此のようにまでも申すのでございます。今夜を限りの命としますのは何とも悲しいことでございます。少しなりとも、私をお許し下さるようでしたら、それと換えたことにして、捨てもいたしましょう」と云って、宮を抱きかかえて出るので、結局何うしようとするのかと、宮は呆れて入らせられる。君は隅の間の屏風を引き広げて、戸を押開けたので、渡殿の南の戸の、昨夜入って来たところが開いたままでいるのに、まだ明け暗れの頃なのであろう、ほのかにお顔をお見上げ申そうとする心があるので、格子をそっと引上げて、「そのようにひどく辛いお心なので、分別も無くなってしまいました。少し落着けよとお思い下さるなら、せめて哀れだとだけでも仰しゃって下さいましよ」と、お威し申上げるが、宮は飛んでもないことだとお思いになって、物を云おうとなさるが、身が慄えて、ひどく幼げな御様である。夜は唯明けに明けてゆくので、ひどく心が急かれて、「あわれな夢のお話を申上げるべきでございますが、このようにお憎しみになりますので。それにしましても、追ってお思い合せになることもございましょう」と、ゆっくりは出来ずに出て行く明け暗れの空は、秋のそれよりも身に沁みることである。

起きて行く空も知られぬ明け暗れにいづくの露のかかる袖なり[155]

袖を引き出してお訴え申すので、出て行こうとしているのに宮も少しお慰めになって、

明け暗れの空に憂き身は消えななむ夢なりけりと見てもやむべく[156]

とはかなげに仰しゃるお声の、幼く可愛らしいようなのを、聞きさすようにして出てゆくが、魂は、まことに体を離れて、後に留っているような気持がする。

女二の宮[157]の御許へは参らずに、大殿[158]へ忍んでお越しになった。寝たが眠れもせず、昨夜見た夢が確かに合うということも知り難いことだとさえ思うと、その猫のその時の様が、ひどく恋しく思い出される。さても甚しい過ちをした身ではあるよ、世の中にいることも恥ずかしくなって来たことだと、怖ろしくも空の見る眼の恥ずかしい気もして、出歩きなどもなさらない。女の御為は申すまでもなく、我が心持としてもまことに有るまじき事という中にも、気味悪るく思われるので、思うままには忍び歩きも出来ない。帝の御妻に過ちをして、その聞えのある時に、これ程に思われることの為には、身の徒らになることも苦しくは思わないことだろう。それ程には深い罪ではなかろうとも、あの院にお睨まれ申すことは、ひどく怖ろしく恥ずかしく思われる。

限りなく貴い女とは申上げるが、少し好色の心がまじって、表面は奥ゆかしくおっとりしているの

に伴わず、内心そうした所のある人こそ、その場合場合に従って、人と心を通わされるという類いもあるが、この宮は深いお心はおありにならないが、無性に物怖じをなされるお心から、現に今その事を人が見聞きでもしたように、眩しく恥ずかしくお思いになるので、明るい所へ居ざり出ることさえなされず、まことに残念な身であったことだと、御自分でお思い知りになることであろう。悩ましげにして入らせられてと申すのを、大臣▼159はお聞きになって、甚しく御心配になる御事▼160に加えて、又何んな事が起るのだろうかとお驚きになって、お越しになられた。何所といってお苦しいような所もお見えにならず、まことにひどく恥ずかしがり滅入って入らして、はっきりとは顔をお見合せにもならないので、久しくなった絶間を恨めしくお思いになるのであろうか、とお可哀そうで、彼方の御病気の様子をお話し申上げて、「いよいよ最期だろうかと思います。今更粗略な扱いは見せ置くまいと存じましてのことで、幼少の頃から世話をし始めまして、見棄てられませんので、このように月頃万事を打棄てて過しているのですよ。自然こうした時が過ぎましたら、お見直し下さるでしょう」など申上げられる。そのように何も御存じないのも心苦しく思召されて、宮は、人知れず涙ぐましくお思いになられる。

督の君▼161はまして、却ってお心が増して来た気ばかりして、起き臥しして暮し侘びていられる。賀茂の祭の日などは、物見に競って出懸ける君達が連れ立って来て、同行を勧めるが、悩ましそうに装おって、嘆き寝をしていられた。女二の宮▼162をば、お崇め申している体にお扱い申して、殆ど打解けてもお逢い申さず、自分の室の方に離れて、ひどく徒然に心細く眺めをしていられたが、童の持っている葵を御覧になって、

くやしくぞ摘み犯しけるあふひ草神の許せる挿頭ならぬに▼163

と思うも却ってひどく苦しいことである。世の中も静でない物見車の音を、余所の事に聞いて、心柄からの徒然で、日を暮し難く思われる。女宮も、こうした面白くなさそうな様子を御覧になってい

られるので、何ういう訳とは御存じないが、お気が置けてつまらないので、嘆かわしくお思いになられることであった。女房どもは皆祭見物に出て、人少なに静かなので、眺めをなされて、箏の琴をなつかしく弾きまさぐって入らせられる御様子は、さすがに上品に艶めかしくはあるが、同じものなら今一段すぐれた方には及ばなかった御縁であるよと、やはり思われる。

諸鬘落葉を何に拾ひけむ名はむつまじき挿頭なれども[164]

と、物に徒ら書きをしているのは、まことに無礼な蔭口というべきである。

大臣[165]の君は、稀れ稀れに宮の御方にお越しになられて、急にはお立ちになれず、落着き心もなくお思いになるのに、「上がお絶え入りになりました」といって、人が参ったので、全く何事もお分別になれず、お心も暗くなってお越しになられる。途中の間もお心もとないのに、ほんに二条の院は、その辺りの大路までも人が立ち騒いでいた。殿の内の泣き騒いでいる様子は、ひどく気味が悪い。夢中になってお入りになると、「日頃は幾分お快しくお見えになりましたのに、急にこのようにおなりなさいました」といって、お仕え申している者の限りは、自分もお後れ申すまいと、取乱している様は限りもない。御修法の壇も取払い、僧なども、然るべき者だけは退出しないが、ばらばらと騒いでいるのを御覧になると、それでは最期なのかとお思いきめになられる浅ましさは、何事の似るものがあろうか。「それにしても物の怪のすることでしょう。そのようにひどく一向きに騒ぎますな」とお取鎮めになって、益々大した願をお立て添えになられる。すぐれた験者共の総てを召し集めて、「御定命でこの世はお尽きになったにしましても、ただ今暫くをお延ばし下さいまし。不動尊の御本誓がございます。その日数だけでもお留どめ申上げて下さい[166]」と、頭からまことに黒煙を立てて、懸命の心を奮い起して加持を申上げる。院[167]もまた、唯もう一目目をお見合せ下さい、ひどく敢えなく最期の時さえも、逢うことが出来なかったことが、残念にも悲しいのに、とお思い乱れになっていられる様は、後にお留どまりになりそうにもないので、お見上げする人々の心は、ただ推し測るべきである。

申しようもないお心の中を、仏も御覧になられたのであろうか、月頃決して現れて来ない物の怪が、小さい女童に乗り移って、呼び立て騒いでいる中に、上は次第に息をお吹き返しになるにつけても、嬉しくも気味悪るくもお思い乱れになられる。甚しく調伏されて物の怪は、「何方も皆お退きなさい。院お一方のお耳に申しましょう。私を日頃調伏して、お悩ましになるのが、情なく辛いので、何うでもお思い知らせしようと思いましたが、さすがにお命も堪えられないように、お身を砕いてお思い乱れになるのをお見上げ申しますと、今こそは此のように、浅ましい身を授けられましたが、昔の心が残っていて、こうまでも参って来ていますので、お気の毒さが見過せませんで、とうとう現れました次第です。決して知られまいと思っていましたのに」と云って、髪を顔に振り被って泣く様子は、全く昔御覧になった物の怪▼168と同じ様に見えた。浅ましく厭わしいと、お思い沁みになったことの変らないのも気味が悪いので、その童の手を執らえて、引据えて、見っともない有様はおさせにならない。「ほんとうにその人▼169なのですか。良くない狐などという物の狂ったのか、亡くなった人の恥じになることを云い出すこともあるようですから、はっきりと名告をなさい。又他人は知らないことで、此方の心にはっきり思い出せるようなことを云いなさい。その上で、少しなりとも信じましょう」と仰しやると、物の怪はほろほろとひどく泣いて、

我が身こそあらぬさまなれそれながら空おぼれする君は君なり▼170

「ひどく辛い辛い」と泣き叫ぶものの、さすがに極り悪るげにする様子は六条の御息所に変らないのも、却ってひどく疎ましく心憂いので、物を云わせまいとお思いになる。物の怪は、「中宮▼171の御事につきましても、まことに嬉しく忝いと、天翔けても拝見しておりますが、世界が異っていますので、子の上までは深くは思われないのでございましょうか。やはり自分が辛いとお思い申上げました、心の執が留まっているものでございます。その中でも、生きておりました世に、人よりは軽しめて、お思い捨てになりましたことよりも、思うお方同志のお話のついでに、私がお気に入らず憎かった有様

を、お云い出しになりましたのが、ひどくお恨めしくて、今は唯世に亡い者だと御勘弁になりまして、他人が悪く云いますのでさえも、お繕いお隠してやろうとお思い下されたら、と思いましたばかりに、このような忌まわしい身のことですから、このように御病気が手重いのです。あの方を深く憎いとお思い申すことはございませんが、あなたは神仏の御加護が強く、ひどく御辺りへは遠い気がしましてお近づき申せません、お声さえもほのかにお聞きしているのです。ままよ今は、此の身の罪の軽くなるようなお業をなすって下さい。修法読経と騒ぎますことも、此の身には苦しく辛い焔のように纏わりますばかりで、少しの尊いことは聞えませんので、ひどく悲しいことでございます。中宮にも此の由をお伝え下さいまし。ゆめゆめ御宮仕の間に、他人と争い妬む心はお持ちなさいますな。斎宮に入らせられた頃[172]の御罪の、軽くなるような御功徳の事を、必ずなさいまし。あれはまことに口惜しいことでございました」など、云い続けるが、物の怪に向ってお話をなさるのも、工合が悪るいので、一間に押籠めて[173]、上をば、又別な所へそっとお移し申上げる。

　このようにお亡くなりになったということが、世間に広がって、御弔いを申上げる人々のあるので、殿はひどく縁起悪るくお思いになる。今日の祭の行列の帰り[174]を見物にお出になられた上達部などは、お帰りの途中で、そのように人が申すので、「まことに大変な事ですね。生き甲斐のありました仕合せな方が、お隠れになる日だというので、雨がしょぼしょぼするのですよ」と、思附き事をいう人もあった。又、「あのように揃っていられる人は、必ず長生きの出来ないものですよ。『何を桜に[175]』という古い言葉もありますよ。ああいう人が一段と世に長らえて、世の楽しみを尽すのでは、側の者が辛いことでしょう。今こそ二品宮[176]は、以前の御寵愛がお現れになりましょう。お可哀そうにお圧されになって入らしたお覚えでしたのに」と囁きもした。衛門督が昨日はひどく暮しにくくしていたことを思って、今日は御弟共の、左大弁、頭宰相などが、車の奥の方に乗せて見物をなさった。督は人々がこのように云い合っているのを聞くと、胸がつぶれて、『何か浮世に久しかるべき[177]』と独り言に誦して、かの院へ皆お参りになられる。確かな事ではないので、縁起が悪くてはと思って、ただ一通りのお見舞としてお参りになれたのに、そのように人々が泣き騒いでいるので、本当の事だったとお心が騒いだ。式部卿宮もお越しになられて、まことにひどくお嘆きしおれになっている様でお入りになられる。人々の御見舞も、殿にはお取次が出来ない。大将の君▼178が、涙を拭って出て入らしたので、「何うです何うです。大変なことに人が申しましたが、信じられないことです。唯久しい御病気と承り嘆いて、参ったのです」と仰しゃる。「ひどく重くなりまして、月日をお過しになりましたのに、此の明方からお絶え入りになりましたのは、物の怪のしたことでした。次第に息をお生き返りになりましたように聞き做しまして、今は皆心が落着いたようですが、まだひどく頼りないことですよ、お痛わしいことで」と云って、ほんとうにひどくお泣きになっている御様子である。目も少し腫れていた。衛門督は、自分の怪しからぬ心癖からか、此の君のさしてそう親しくはない継母の御事を、ひどく親身になられていることだと、目を留める。此のように、誰れ彼れのお参りになったことを殿はお聞きになられて、「重い病人が、俄に最期のような様でしたので、女房などは心を鎮められませず、取乱して騒ぎましたので、私までが落着いていられずに、心慌しい折です。改めて又、此のようにお出で下さった御挨拶は申上げましょう」と仰しゃった。督の君は胸がつぶれて、こうした折の混雑紛れでなくては、お参りは出来そうにもなく、御様子をきまり悪く思うのも、心の中は腹きたないことであった。

このようにお生き返りになられた後には、院は怖ろしくお思いになって、又々尊い法どもを尽して、さし加えて御修法をおこなわせられる。六条の御息所は、現世の人であった時でさえも、うるさい御様子の人であったのに、まして世界が変って、怪しい物の様におなりになったことをお思いやりになると、ひどく心憂いので、中宮のお世話を申上げるのさえも、此の折は臆劫になって、云い詰めてゆくと、女の身は皆同じように罪業の深いものであるとお思いになって、おしなべての夫婦関係が厭わしく、あの他人は聞かなかった御仲での御睦み話に、少しお話し出しになったことを、物の怪の云い出したので、誠にその物だとお思出しになると、ひどく煩わしくお思いになる。上は御髪を下したいと、切にお思いになっているので、戒の力でおなおりにもなろうかと、お頂をしるし程剪んで、五戒だけをお受けさせ申す。御戒の師が、戒の功徳の無量な由を仏前に申すにも、哀れに尊いことがまじっていて、院は人目悪くも上のお側に添って入らして、涙をお拭いになりつつ、仏を御一しょになってお念じになられる様は、世に賢く入らせられる人も、此のようにひどくお心の惑う事に逢う時は、お取鎮めにはなれないものなのである。何のような業をして、この人を救い、命をお取留め申そうとばかり、夜昼お歎きになっているので、呆け呆けしいまでになり、お顔も少しお痩せになられた。五月などは、まして晴れ晴れしくない空模様につけて、上はさわやかにはなれないが、以前よりは少し良い御様である。それでもやはり絶えず悩みつづけになる。物の怪の罪業を救うべき業として、毎日法華経一部ずつを御供養になられる。何くれとなく尊い業をおさせになる。御枕元近くでも、不断の御読経として、声の尊い者ばかりを集めてお読ませになる。現れ初めてからは、折々悲しげなことを云うが、更にこの物の怪は去り切らない。一段と暑い頃には上は息も絶え絶えつつ、益々弱って行かれるので、院は云おうようなくお案じ嘆きになられた。上は病み呆けた御気分の中にも、院のそうした御様子をお気の毒にお見上げ申して、世の中に亡くなろうとも、我が身に取っては少しも残念なことは残らないが、あのように嘆き惑って入らっしゃるようなので、空しい者にお見做し申させるのはまことに思いやりのないことなので、お心を引立てて、御重湯など少し召上るせいでもあろうか六月になっては、時々はお頭をお上げになられることであった。院は珍らしいことと御覧になるにつけても、やはりひどく御不安で、六条院へはちょっとでもお越しになれない。

▼179姫宮は、怪しからぬことのあったのを、お嘆きになった時から、続いてお体が普通ではなく、悩ましく入らせられたが、甚しい程度ではなく、先月から物を召上らなくて、ひどくお顔いろが青くお窶

れになって入らっしゃる。彼の人は、堪えられないまでに思い余る時々には、夢のようなはかない様でお逢い申していたが、宮は何時までも無体なことにお思いになっていた。院だけをひどくお恐れ申上げていられるお心なのに、その人の有様も身分も、等しくなどもあり得ようか、ひどく嗜みありげに艶いているので、大方の人の目には、普通の人よりは勝れて愛でられているが、宮は幼い時からああした儔いないお有様にお馴れ申しているお心から呆れた者とばかり御覧になっている中に、そのようにお悩み続けになられるのは、哀れな御宿世であったことである。御乳母達もお体をお見咎め申上げて、「院のお越し遊ばすことも、まことにたまさかな事なのに」と、呟いてお怨み申上げる。このようにお悩みになって入らせられるとお聞きになって、院はお越しになられる。上は暑くて気持が悪るいからと仰しゃって、御髪をお洗いになって、少しさっぱりした風をして入らした。寝ながらお干しになったので、急には乾かないが、聊かも癖づいたり乱れた毛筋はなくて、ひどく清らかにゆらゆらとしていて、病み衰えて入らっしゃるので、色は青白く美しくて、透き通るように見える御肌つきなどは、又なくお可愛らしげである。藻脱けになった虫の殻かなぞのように、まだひどく危なげで入らせられる。年頃お住みにならなくて、少し荒れていた院の内は、云いようもなく手狭なようにさえ見える。昨日今日このようにお快く思われる折なので、念入りにお繕われになってある遣水や前栽の、見るからに気持の好いような様をお眺めやりになるにつけても、院は哀れに、今まで上の生きながらえていられたことをお思いになる。池はひどく涼しそうで、蓮の花が咲きつづいているのに、葉はひどく青やかで、露がきらきらと玉のように見えつづいているので、「あれを御覧なさい。自分ひとりだけが涼しそうにしていることですよ」と仰しゃるので、上は起き上ってお眺めやりになられるのも、ひどく珍らしいので、「こうした所をお見受けすると、夢のような気がすることですよ。悲しくて、私までが最期かと思われる折々のあったことですよ」と、涙を浮べて仰しゃるので、上も哀れにお思いになって、

消え留まる程やは経べきたまさかに蓮の露のかかるばかりを▼180

と仰しゃる。院、

契り置かむ此の世ならでも蓮葉に玉ゐる露の心隔つな▼181

お出ましになる宮の御所は臆劫なのであるが、内裏でも院でも聞召す所があり、お悩みになると聞いて時が立っているのに、目の前の者に心を乱している間、お見上げすることも殆どなかったので、こういう余裕のある時までも、参らずに籠もっていることが出来ようか、とお思立ちになって、お越しになった。

宮は、心の鬼に責められて、お目に懸るのも極り悪るく気がお引けになるので、院が物を仰せになられる御返事さえも、申上げないので、日頃の無沙汰の重なりを、さすがにそれとなく辛くお思いになって入らしたのだと、お気の毒なので、とやかくと言い拵えて申上げられる。大人びた女房をお召しになって、御気分の様などお尋ねになる。例のお体ではない御気分のようであると申して、お煩いになるお有様を申上げる。「不思議に程経って珍らしい御事で」とばかり仰しゃって、お心の中では、永年一緒にいる人々にさえ、そうした事はないのに、それと決まった御事でもなかろうとお思いになるので、格別にとやかくとおあしらいなさらなくて、ただお悩みになっていられる様のひどくお可愛いらしいのを、あわれにお見上げなさる。辛うじてお思立ちになってお越しになったことなので、直ぐにはお立ちになれなくて、二三日お出でになる間にも、上の御事が、何うだろうか何うだろうかとお心懸りになられるので、御文ばかりお書き尽しになる。「何時の間に積るお言の葉なのでしょう。さあ、気の揉める御仲を見ることですね」と、▼182姫宮の御過ちを知らない女房はいう。小侍従だけは、こうしたことにつけても胸騒ぎがすることであった。▼183かの人も、院がこのようにお越しになられたと聞くと、勿体なくも間違った心を起して、深い妬みを書きつづけておよこしになった。▼184院は対の方へちょっとお越しになられた時で、人が居ない時だったので侍従は忍んでお目に懸ける、「うるさい物を見せるのは本当に厭やなことです。気分が一段と悪いのに」と仰しゃって、お臥しになられたので、「それでもこの端書きが、お可哀そうでございますよ」と云って披げると、人が参るので、ひどく困って、御几帳を引寄せて立ち去った。宮は一層胸がおつぶれになるのに、院が入っていらせられたので、よくはお隠しになることが出来ず、御茵の下へお差込みになった。夕方、二条院へ御越しになろうとして、お暇乞を申される。「此方は、お悪くはなくお見えになりますが、彼方はまだひどく危なげでございましたので、見捨てたように思わせますのも、今更に可哀そうなことでございます。よからぬ事を拵えて申上げる者がありましても、決してお気をお悪くなさいますな。追ってお見直しになりましょう」とお話しになられる。いつもは、子供らしい冗談なども、打解けて仰しゃるのに、ひどく沈んで、ちょうどには目もお見合せにならないのを、ただ情合いの足りないとしての怨めしさからの御様子だとお察しになる。昼の御座所に横におなりになって、お話などなさる中に日が暮れてしまった。少しお眠りになったが、蜩の花やかに鳴くのでお目を覚まして、「それでは『道のたどたどしく』[185]ならない中に」と仰しゃって御衣をお召しかえになる。「『月待ちて[186]』ともいいますのに」と、ひどく幼げな様をして仰しゃるのも、憎くはないことだ。『その間にも』とお思いになるのだろうかと、お気の毒のような気がして、又お留りになられる。姫宮、

夕露に袖濡らせとやひぐらしの鳴くを聞く聞くおきて行くらむ[187]

未熟なお心に任せてお詠み出しになるのもお可愛らしいので、院はお坐りになって、「ああ困ったことです」とお歎きになる。

待つ里もいかが聞くらむかた〴〵に心騒がすひぐらしの声[188]

と思って、御躊躇なさって、やはり情のないのもお気の毒なので、お泊りになった。お心が落着かずさすがに、お嘆きがされて、御菓子だけを召上って、御寝になられた。

まだ朝涼のうちにお出ましになろうとして、朝早くお起きになられる。「昨夜扇を何処かへ落しま

して、これは風の弱いことです」と仰しゃって、御扇をおさし置きになり、昨日うたた寝をなさった御座所(おまし)の辺を、立留って御覧になると、お茵(しとね)の少し横になっている端の所から、浅緑の薄様(うすよう)に書いた文(ふみ)の、巻いてあるの端が見えるので、何心なく引き出して御覧になると、男の手蹟である。紙に焚きしめた香(か)がひどく艶(えん)で、態(わざ)とらしい書き方がしてある。紙二(ふた)かさねに細々(こまごま)と書いてあるのを御覧になると、紛れるべくもなく、御門(えもん)の督(かみ)の手蹟なのだと御覧になった。御鏡を開けて御見せ申している女房は、普通の御覧になるべき文であろうと、訳をも知らないのに、小侍従は見附けて、昨日の文の色だと見ると、何とも大変で胸がどきどきと鳴るような気がする。御粥を差上げる方には目も向けない。さあ其(そ)れにしても彼(あ)れではあるまい、飛(と)んでもない、そんなことがあろうか、お隠しになったことだろうと思い做(な)す。宮は何心もなく、まだ御寝(ぎょしん)になって入らせられた。院は、まあ思慮のない、こうした物を散らしてお置きになって、自分以外の者でも見附けたらば、とお思いになると、愛想が尽きて、これだからだ、何ともまことに奥ゆかしいところのないお有様を、気懸りにしているのだとお思いになる。お出ましになったので、女房達は少し御前(おまえ)を退(さが)ったので、小侍従は寄って来て、「昨日の御文は何(ど)う遊ばしました。今朝殿の御覧になって入らした文の色は、そっくりでございました」と申上げると、呆れたことにお思いになって、涙がただこぼれにこぼれるので、小侍従はお可哀そうには思うものの仕(し)ようもない御様だとお見上げする。「何処(どこ)にお蔵(しま)いになったのでございますか、人々が参りましたので、様子のあり風にお側にはおるまいと存じまして、それ程の疑(うたがい)さえも、気が咎めまして立ち去りましたのに、院のお入りになりますまでは、少し間がございましたので、お隠しになったことだろうと、お思い申しました」と申上げると、「いいえ。見ていた所へお入りになりましたので、急には蔵(しま)うことが出来なくて、茵(しとね)の下へ挟んだのですが、忘れてしまったのです」と仰しゃるので、全く申上げようもない。寄って捜して見たが何だってあろうか。「まあ大変な。あの方もそれはひどく怖がって憚(はば)かっておりまして、少しでもお聞きになるようなことがあってはと、恐入(おそれい)って入らつしゃいましたのに、時も立たずに、こうした事が持ちあがって来るのですよ。大体御思慮の足りないお有様で、あの人にもお顔をお見せになりましたので、年頃あのように忘れ難くして、怨みをお云いつづけになられましたが、これ程の御中にまでとお思い申した御事でございましょうか。何方のお為にも、おいたわしくなるべき御事で」と、憚りもなく申上げる。気安くて、幼げで入らっしゃるので、お馴れ申上げてのことであろう。宮は御返事もなさらず、ただ泣きに泣いてばかり入らせられる。ひどく悩ましげになさって、少しの物をも召上らないので、「このように悩ましくして入らっしゃるのに、お捨ておきなされて、今は御全快になってしまわれた方の御扱いに、お心を入れて入らっしゃいますことで」と、女房達は、院を辛く思って云う。大臣は、その文がまだのみ込めなくお思いになるので、人の見ないお部屋で、繰返しつつ御覧になる。宮にお仕え申している女房達の中で、あの中納言に似た手蹟で書いたのか、とまでお思い寄りになったが、言葉づかいが花やかで、紛うべくもないと思われる所々がある。何年かに亘って思いつづけていたことが、たまさかに本意が叶って、心安くはいられないことを書きつくしている言葉は、まことに見どころがあって哀れではあるが、何もこのようにはっきりと書くべきものであろうか、惜しむべき男の、文を不注意にも書いたことである、落ち散ることもあろうかと思ったので、昔自分はこのように細々と書くべき場合にも、言葉を略きつつ書き紛らわしたことであった、そのような深い用意は出来難いものであったことだと、その人の心をまでお蔑みになられた。それはそうと、あの姫宮をば何のようにお扱い申上げたものであろうか、珍らしい様の御気分も、こうした密通からのことなのである。さあ何とも心憂いことである。このように人伝てではなく憂いことを知り知り以前通りにお逢い申すことは、我がお心ながらも思い直せそうになく思われることで、かりそめの慰みとして、最初から心を留めていない女でさえも、又他の男に心を分けていると思う者は、厭やになって隔てのついてゆくものであるのに、ましてこれは、事様が格別な勿体ない料簡を起した男であるよ、帝の御妻をも過らせる類は、昔もあったが、それは又

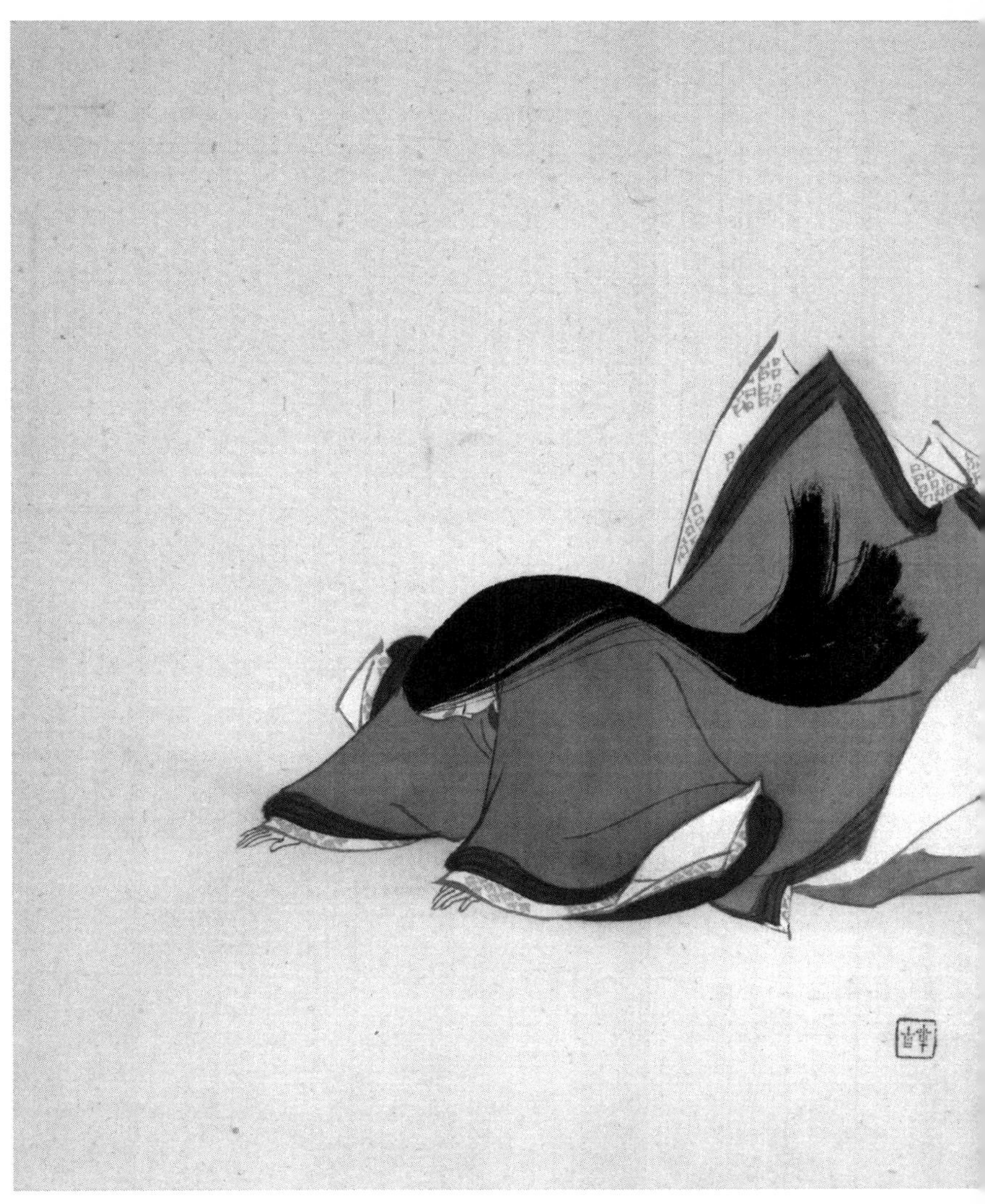

理由が別である、宮仕えといって、我も人も同じ君にお仕え申している間に、自然、然るべき機会があって、心を通わしはじめて、間違の起る場合も多かりそうなことである、女御更衣というが、その点この点につけては、欠点のある人もあり、心持の必ずしも重くない人もまじっていて、案外なことも起るが、朧げではっきりした過ちの見えない間は、そのままに立ちまじっている場合もあるので、直には現れない間違もあることだろう、姫宮はこのように上も無い様にお扱い申上げて、内々に心を引かれている者よりも、大切に有難い者に思ってお世話を申す自分をさし置いて、こうしたことをすると決して類いのあることではなかろう、と爪弾きをなされる。帝とは申上げるが、ただ一とおりの、表面だけのお心持で、宮仕えをしている間でも面白くないところから、心持の深い私の慇懃な言葉に靡いて、互に哀れを尽し、黙ってはいられない場合の返事もし始め、自然に心が通いはじめる間柄は、同じく怪しからぬことではあるが、筋の立つことである。我が身ながら、あれ程の人にお心をお分けになられるべき者とは思われないのにと、ひどく御不快ではあるが、又様子を見せるべきことではないなど、お思い乱れになるにつけて、故院の上も、このようにお心の中には御存じで入らして、知らず顔をつくって入らせられたのであろうか、思えばあの時の事は、まことに怖ろしい有るまじき過ちだったことである、と御身の例をお思いになると、恋の山路▼189に迷うのは、非難の出来ないことだというお心もまじったことである。平気な様を装っては入らっしゃるが、お思い乱れになっている様がありあり見えるので、上は、自が死に切れずにいる可哀そうさから、此方へお帰りになられて、心柄からお気の毒で、姫宮をお思いやりになっているせいであろうかとお思いになって、「私の気分は何うやら快くなっておりますので、彼方の宮が悩しそうで入らっしゃいましょうに、急いでお帰りになりましたのは、お可哀そうなことでございます」と仰しゃると、「そうです。ふだんのようではなくお見えになりましたが、大してお悪るいというではないので、自然気楽に思っていることです。内裏からは度々お使がありました。今日も御文があったとかです。彼方の院がひどく懇ろにお頼みになられましたので、主上もそのようにお思いになって入らっしゃるのでしょう。少しでも疎略にしますようでは、彼方此方の思召の程がお気の毒なのです」と仰しゃって、吐息をお吐きになるので、「内裏の聞召しますよりも、御自分で怨めしくお思いになります方が、お気の毒でございます。御自分ではお気になさいませんでも、良くないようにつくって申上げますお人達が、きっとあろうと思いますので、ひどく辛うございます」など仰しゃると、「ほんに、一途に思っている人の為でしたら、煩い関係ですが、いろいろと深く考えまして、とや角と大方の人の思わくまでも、思いめぐらされるのですが、あの方は唯、主上がお気にお懸けになりはしないかというだけを御遠慮申しますのは、情の浅いことでしたよ」と、ほほ笑んでお云い紛らしになる。六条院へお越しになることは、「一緒に彼方へ帰って、気楽に居りましょう」とばかり仰しゃるので、「私は暫く気楽にしておりましょう。先ずお越しになりまして、彼方のお心もお慰みになりまして」と云い合って入らっしゃる間に日数が過ぎた。

　姫宮は、このようにお越しにならない日頃の経ってゆくのを、大臣の情なさとばかりお思いになったが、今では御自分の不届きもまじってこうなったのだとお思いになると、御父の院▼190がお聞きつけになって何のように思召すことだろうかと、世の中に気のお引けになることである。彼の人も切なげにばかり云い続けているが、小侍従も面倒なことに思い歎いて、こうした事がありましたと告げてやったので、ひどく浅ましく、何時ごろそんな事が起ったのであろうか、こうしたことは、続いて行く中には、自然様子ででも、漏れ出すことがあろうかと思っただけでも、ひどく気が引けて、空に眼が附いてでもいるような気がしたのに、まして彼のように、それとはっきり分る証拠を御覧になったのだろうと、きまり悪く勿体なく工合が悪くて、『朝夕涼み▼191』もない頃であるが身も氷るような気がして、云いようない気がする。年頃、改まった場合にもかりそめの場合にも、お召し纏わりになり参り馴れてもいたのに、人よりは格別こまやかにお思い留どめ下さる御様子が、哀れに懐しいのに、浅ましい勿体ない者とお心隔てをなされては、何うして目をお見合せ申せようか、そうかと云って、打絶えて、少しもお参りしないのも人目が変で、彼方のお心にもお思い合せになることが、切ないことである、などと思うと、気分もひどく悩ましくて、内裏へも参らない。さして重い咎に当ることではないが、自分の身が廃ってしまったような気がするので、そうとも思ったことだと、一方では自分の心も、ひどく辛く思われる。さあ、落着いた奥ゆかしい御様子はお見せにならない御方であるよ、第一にあの御簾の隙間のことも、あるべきことだろうか、軽々しいことだと、大将のお思いになった様子が見えたことであったなどと、今になって思い当りになる。無理にも此の事を思い覚そうとするところから、達て難をお附け申そうとするのであろうか。よい様だとはいっても、余りに極端に、大ように上品な人は、世間の様子も知らず、それに又お仕え申す者に気をお置きになることもなくて、このように御自身の為にも、人の為にも、とんだ事になるものであるよと、彼の御方のお有様のお気の毒さも、思い離れることがお出来にならない。

　宮がひどくお可愛ゆらしくて、悩みつづけて入らっしゃる様が、大臣はやはりお気の毒で、このようにお見捨て申すにつけても、生憎にも、憂さの為には紛れない恋しさが、苦しく思わせられるので、お越しになってお見上げ申すにつけても、胸が痛くお可哀そうにお思いになる。御祈禱など、様々におさせになる。大体のお扱いは以前と変らず、却っておいたわりになり、貴くお扱い申上げる様をお加えになる。親しい御睦びになる様は、すっかりとお心隔てが附いて、側の見る目が如何なので、人前だけを見やすく取繕って、お思い乱れにばかりなるので、宮のお心の中は苦しいことであった。これこれの物を見ましたとも、口へ出しては仰せにならないのに、御自分からひどく面目なくお思いになっていられる様も、まことにお心幼いことだ。全くこのように入らっしゃるせいである、好い様だとはいいながら、余り心もとなく幼いことは、頼もしげのないことである、とお思いになると、世の中の人がすべて不安で、女御が余りにも物柔らかでおっとりしていられるのは、そのように心をお懸け申す男があれば、まして心が乱れることであろう。女はこのように角がなくなよなよしているのを、男は軽く見るのであろうか、つまらぬ場合に、ふと目が留まって、心のしっかりしていない所からの過ちも仕出来すものである、とお思いになる。右大臣の北の方[192]は、これという程の後見もなく、幼い時から賤しい所を、さすらうようにしてお育ちになったのであるが、才があり気働きがあって、自分も大体としては親めいてはいたが、厭やな心のないでもなかったのに、穏やかに知らぬ顔をして過してしまい、あの大臣が、ああした心無い女房[193]と心を合せて入って来たのにも、きっぱりと突き放していた様を人々にも見せ知らせて、改まって親から許された有様に取繕って、自分には責任のあることにしずにしまったのは、今になって思うといかにも才のあることだったのである、縁の深い仲だったので、長くあのように添ってゆくことは、何れにしても同じことであったろうとはいうものの、我が心からしたことだと、世の中の人が思出すようであったならば、少しは軽々しい思いも添うことであろう、まことによく振舞ったことであった、とお思出しになる。

二条の尚侍の君[194]のことを、やはり絶えずお思出しにはなられたが、そうした無理な恋は、厭わしいものだとお思い知りになって、彼の君のお心弱さも、少し軽くお思い做されになって来た。とうとう御本意のように出家なされたとお聞きになると、ひどく哀れにも残念にもお心が動いて、直ぐにお見舞を申される。今こそと、お匂わしにならなかったのを、深くお恨みになる。

海人の世を余所に聞かめや須磨の浦に藻しほたれしも誰ならなくに[195]

「様々な世の定めない有様を、心に思い集めていまして、今まであなたにお後れ申したのは残念なことで、私はお思い捨てになりましても、日々の御回向の人の中には、先ず私をお加え下さいましと申すのも哀れなことでございます」

など、お言葉多く申上げられた。出家のことは、疾くから思い立ちになっていたことであったが、この殿[196]の御妨げにかかずらって、人にはそれとお現しにはならないことであるが、心の中にはあわれに思われて、昔からの遁れぬ御縁を、さすがに浅くはお思いになれないなど、あれこれとお思出しになる。御返事は、今はもう此のようにしてお言いかわしになる最後のものだとお思いになるので、哀れで、心を籠めてお書きになる。墨つぎなど、まことに趣がある。

「常の無い世だということは、私だけのことかとばかり思っておりましたのに、後れたと仰せになりますので、ほんに」

あま舟にいかがは後れたまひけむ明石の浦に漁りせし君[197]

「回向は、一切衆生の為にいたします時にも、何であなたのことをさし置きなど」

とある。濃い青鈍の紙で、樒の枝にお挿しになっているのは、例のことではあるが、ひどく気取った筆づかいで、やはり古風にはなり難く趣がある。二条院にお出でになっていた時のことで、女君[198]にも、今はすっかり関係の絶えた人の物なので、お見せになられる。「まことに手厳しく辱しめられていることです。ほんに心持の足りないことです。いろいろと心細い世の中の有様を、よくも見過ごして来ていることですよ。一とおりの世間づきあいにつけても、かりそめに物を云い合い、季節季節につけてのあわれも分り、面白い事も見過さずに、余所ながらの睦びを交すことの出来る人は、斎院とこの君[199]とだけが残っていましたのに、このように皆世を捨てておしまいになって、斎院もまた、深くお勤めになり、お心散らずに御行いに打込んで入らっしゃるようです。[200]やはり大勢の人の有様を見聞きして来た中でも、御思慮深い様で、さすがに懐かしいこともおありになる点では、あの方の較べものになれそうな人さえもなかったことですよ。女の子を躾けてゆくことは、まことに困難なことなのです。人の運などというものは眼に見えないもので、親の心のままにもならないものです。躾けを附けてゆく間の心構えは、やはり力を入れるべきもののようです。私はよくも、大勢の子供達の為に、心を乱さずにいられる因縁だったのです。年を取らなかった頃は、さみしいことだ、様々の子があったならばと、嘆かわしい折々もありました。若宮[201]を気を附けてお躾け申して下さい。女御は物事のよくお分りにならない程でもなくて、ああした暇のない宮仕をして入らっしゃるのですから何事も心もとない方で入らっしゃいましょう。姫宮達は、やはり何処何処（どこどこ）までも、人に批点（ひてん）を打たれないようにして、世の中を長閑（のどか）にお過しになられるのに、不安のないようなお心持を、お附け申したいことですよ。身分が低くて、それこれの後見（うしろみ）の持てる尋常人（ただびと）は、自然そうした人にも助けられてゆくことですが」と申されると、「確（しっか）りした御後見（おんうしろみ）にはなれませんでも、生きております限りは、お世話を申さずにはいまいと思いますが、何（ど）うなります命なのやら」と、まだ心細そうな様で、そのように、心のままに心に任せて勤行も滞りなくお出来になる人々を、羨（うらや）ましくお思いになられた、「尚侍（かん）の君に、お姿のお変りになった装束を、まだ彼方（あちら）で裁（た）ち馴れない間はお贈りしようと思いますが、袈裟（けさ）などは何（ど）んなに縫うものですか。それをおさせ下さい。一揃いだけは六条の東の君▼202に誂（あつら）えましょう。型通りの法服（ほうぶく）のようでは、変で見た目も厭（い）やなことでしょう。さすがにその心持の見えるようにしまして」など申される。青鈍（あおにび）の一揃いを、此方（こなた）ではお作らせになる。作物所（つくもどころ）の匠（たくみ）をお召しになって、内々で、尼の御道具の然るべき物を、作り始めるようにお命じになる。御茵（おしとね）、上蓆（うわむしろ）、屛風、几帳なども、極（ごく）内々（ないない）で特にお拵えさせになられた。

　こうした次第で、山の院の御賀▼203も延びて秋となっていたのに、八月は、大将の御忌月▼204で、楽所（がくそ）の事を行われるに、お世話をなさる方がなくて不都合であろう。九月は、院の大后（おおきさき）▼205のお崩れになられた月なので、十月にとお心設（こころもう）けをして入らせられたのに、姫宮▼206がひどくお悩みになられたので、またも延びた。衛門督の御預りの姫宮は、その月にお参りになられたのであった。太政大臣（おおきおとど）▼207がお指図をなすって、厳（いか）めしくも細かにも、物の善美と儀式をお尽しになった。督（かん）の君もその序（ついで）に、元気を出してお参りをなされた。まだ悩ましくて常態ではなく、病身のようになって過してばかりいられる。姫宮も、引続いて肩身がお狭く、院にお気の毒なことをしたとばかりお思い嘆きになるせいでもあろうか、月が次第に重なってゆくにつれて、ひどく苦しそうにして入らっしゃるので、殿はお辛く思い申す所こそあるが、ひどくお可愛ゆらしく幼い様をして、このようにお悩みつづけになって入らせられるので、何んなで入らせられようかと嘆かわしくて、様々にお思い嘆きになる。御祈禱なども、今年は取紛れることが多くてお過しになる。御山の院[208]にてもこのことを聞召して、可愛ゆく恋しくお思いになられる。月頃そのように、院は余所にばかり入らして、お越しになることは殆どないように、人が奏したので、何うしたことであろうかと御胸がつぶれて、世の中も今更に恨めしくお思いになって、対の方の煩っていた頃は、やはりその看病の為とお聞きになってさえ、何だかお気懸りであったのに、その後もお心が直り難くて入らっしゃるのは、その頃に何か不都合な事でも起ったのではなかろうか、御自分は御存じのことではないが、よろしくない御後見共の心で、何んなか事があったのではなかろうか、内裏あたりなどで、風流を言いかわすべき間でも、怪しからぬ憂いことを云い立てる類も聞くことである、とまでお思い寄りになるのも、細かい事はお思い捨てになった世の中ではあるが、やはり子を思う道は離れ難くて、姫宮にお心細かい御文のあったのを、大臣はお越しになっていられる折で、御覧になる。

「これということもなくて、屢々は文も上げないので、覚束ない気ばかりして、年月の過ぎてゆくのは哀れなことです。お悩みになっている様を、くわしく聞きました後は、念誦のついでにも其方を思い遣っていますが、如何ですか。御仲がさびしく思いの外のことがありましても、我慢してお過しなさいまし。恨めしそうな様子などを、さ程でもない事で見知っているようにほのめかしますのは、ひどく品の悪るいことですよ」

など、お教えになっていられた。大臣はひどく山の院がおいとしくお気の毒で、ああした内々の浅ましいことは、聞召すべきではないので、自分の疎略にするを不本意にばかりお思いになってのことであると、暫くお思いつづけになって、「この御返事は何のようにお申上げになりますか。お気の毒な御消息で、私こそひどく苦しいことです。あなたを案外だとお思い申すことがありましても、疎略にすると側の者の見咎めるようなことはしまいと思っておりますことです。誰が申上げたのでしょうか」と仰しゃると、宮は極り悪るくてお顔をお背けになって入らっしゃるお姿もひどくお可愛ゆらしい。ひどくお顔が痩せて、嘆きくずれて入らっしゃるのが、一段と上品に趣がある。「ひどく幼いお心持を御覧になって入らして、ひどくお案じになって仰しゃるのだと、思い合せ申しますので、これから後も、万事にお気をお附けなさいまし。これ程のことも何うか申上げまいと思っていますが、院のお心に私が背いているとお聞きになりますことが、苦しく気が塞がりますので、あなたにだけでもお聞かせしないではいられないと思ってのことです。物がよくお分りになれず、唯お側の者の云い做すことにばかりお引かれになるようなお心では、唯愚かな浅いことだとばかり云うとお思いになり、又今はひどく年寄になりました有様を、つまらない物に目馴れて御見做しにばかりなりますも、いずれも残念にも嘆かわしくも思いますが、院の御存命▼209でいられます間は、やはりお心を引締めて、あのお定めになって置かれましたように、年寄をも、その人と同じようにお準えになりまして、余りに軽しめなさいますな。昔から本意としていました出家の道にも、そちらには志の薄そうな女の方々にさえも、皆立ち後れつづけまして、まことに歯がゆい気のする場合が多うございますのに、私の心としては、何れ程の気迷いをすることもございませんが、院が今はと世をお捨てになります時に、私をお後見にお譲り置きになられましたお心持が、哀れにも嬉しくもございましたので、引続いて競争でもいたしますように、私も同じようにお見捨ていたしましたら、張合いなく思召されようかと御遠慮申上げているのでございます。気懸りにしておりました人々も、今では引留められる程の絆になる者はございません。女御▼210も、あのようで、先々のことは知り難うございますが、御子達も数が添ってまいるようですから、私の存命中さえ安心が出来ればと思って見遣せましょう。その外の者は、誰も誰も、成行き次第で、私と一しょに世を捨てましても、惜しくはなさそうな年になっておりますので、次第に心安くなっております。院の御定命も残りが長いことはございますまい。ひどくお悪るい方へ一段とお向いなさいまして、心細そうにばかりお思いになって入らっしゃいますので、今更に案外な御評判が漏れ聞えて、お心を乱しなさいますな。この世のことはまことに楽です。いう程のことはありません。後生の道のお妨げになるようなことがあっては、罪がまことに恐ろしいことでしょう」など、あらわにその事とはお明かしにならないが、しみじみとお話しつづけになるので、宮は涙ばかり落ちつづけて、正体もないまでに嘆き入って入らせられるので、御自分もお泣きになって、「他人のするのを見ましても、じれたく思って聞きました年寄の意見立てが、自分のするようになって来ましたことで、何んなにか厭やな年寄だと、むさくるしくうるさいお心持が添って来ることでしょう」とお恥じになりつつ、御硯をお引寄せになって、御自分で墨をお磨りになり、紙を取りまかなって、御返事をお書かせするが、宮はお手もふるえて、お書きになれない。あの心こまやかだった消息の返事は、このようにひどく憚らず、お通わしになっていることだろうと思いやると、ひどく憎いので、さまざまな哀れも覚めてしまいそうだが、言葉など教えてお書かせ申される。御賀に参ることは、この月はこのような次第で過ぎた。女二の宮が御威勢も格別で参られたので、年寄めいた御恰好で、競い顔になるようなのも、遠慮のある気がなさった。大臣は、「十一月は桐壺院の御忌月です。年末はまた、ひどく騒がしくなります。それに又一段とこのお姿は見苦しくて、お待ちになって入らっしゃろうとは思いますが、そうかと云ってそうそう延ばすべき事でございましょうか。くさくさとお思い乱れにならず、さっぱりとお振舞になって、このようにひどくお痩せになっているのを、お繕いなさいまし」など申して、ひどくお可愛ゆいと、さすがにお見上げする。衛門督をば、何のような事柄でも、趣をあらせる場合には、必ず特別にお召しになりつつ、御談合になったのに、打絶えてそうした御消息がない。人が怪しく思うだろうとはお思いになるが、逢うにつけては、一段と阿呆らしく見られることが恥ずかしく、逢ったならば又自分の心も普通ではいられないことだろうかとお思い返しなされつつ、それなりに月頃お参りしないのをお咎めもない。大方の人は、やはり常態ではなく悩みつづけていて、殿にもまた、御遊びなどはない年だから、とばかり思いつづけているのに、大将の君だけは、何か仔細のあることであろう、あの好色者は定めて、我が様子を見て取ったことは、我慢が出来ないことだったろう、と思い寄ったが、ひどくこのように明らかに結局の所まで行っている様であろうとは、お思い寄りにならなかった。

十二月になったことである。御賀[211]は十日余りと定めて、舞の稽古をし、殿の内は揺り立てての騒ぎである。二条院の上[212]は、まだ此方へはお越しにならなかったが、この試楽に依って、落ちついてはいられずにお帰りになられた。女御の君も、里に入らせられる。今度の御子は、又男御子で入らせられたことである。次ぎ次ぎにひどくお美しく入らせられるのを、大臣は明け暮れお玩び申上げるので、長生きのかいだと、嬉しくお思いになられた。試楽の日には、右の大臣殿の北の方[213]もお越しになられた。大将の君[214]は、東北の町[215]で、先ず内々の調楽のようにして明け暮れ御稽古になっていたので、此の御方は、御前の物は御覧にならない。衛門督を、こうした事の折にお加えにならないのは、ひどく引立たずさみしいことだろうと思う中にも、人が怪しく思って小頸を傾けそうなことなので、お参りになるようにと仰があったが、重い病気をしている由を申して参らない。併し何処といって苦しそうな所のある病気でもないので、思うことがあってのせいであろうかと、大臣は気の毒に思召して、特別に御消息をお遣しになる。父大臣も、「何だって御辞退申されたのですか。偏屈なように院にもお聞きになろうに、大した病気でもない、押してお伺いなさい」とお勧めになるので、このように重ねて仰せになったので、苦しいことと思い思い御参りした。上達部などもまだお集りになっていない時なのであった。例のようにお側近い御簾の内にお入れになって、母屋の御簾を隔てておいでになる。督の君はほんにひどく痩せに痩せて青くなって、平常も誇らしげに陽気な点では弟の君達に圧されて、ひどく用意深そうに落着いている点が特色であるのに、一段と落着いて畏まっている様は、何所といって皇女達のお側にさし並べたところで、決して難はなさそうであるのに、唯その事の有様が、何方も何方もひどく思いやりのないので、まことに罪が許し難いのだ、と御目が留るのであるが、院はさりげなくひどく懐かしそうにして、「何という訳もなくて、対面もひどく久振りになったことです。月頃は、いろいろの病人の看病で、気忙しくしていますので、院の御賀の為に、此方に入らせられる皇女の▼216、法事をなさろうとしていましたが、次ぎ次ぎに差障りが多くあって、このように年も押詰まりましたので、予て思ったようには為きれませんで、型どおりの、精進の御鉢を差上げることですが、御賀などと申すと事々しいようですが、家に生れました童が数多くなりましたのを、お目に懸けようと存じまして、舞の稽古を始めましたので、そのことだけでも果そうと思いまして、拍子を調えることを、あなたの外には誰に頼む人があろうかと思いめぐらしまして、月頃お尋ね下さらない恨みも捨てた次第なのです」と、仰しゃる御様子は他意ないように見えるものの、督の君は一段と極りが悪るくて顔の色も変るような気がして、御返事も直ぐには申せない。「月頃、方々の御病気で御心配になられます御事を、伺って嘆いておりながら、春の頃から、何時も煩っております脚気と申す病気が、重く起りまして、しっかりとは立ち上ることも出来ませず、月頃につれて重って参りまして、内裏などにも参りませず、世間とは縁のなくなったようにして籠っております。院の御齢が丁度におなりになられる年である、他人よりは明らかにお数え申上げ御賀を奉るべきであると、致仕の大臣は思い及んで申しましたが、自分は冠を挂け、車も惜しまず捨ててしまった身なので、進み出てお仕えをするのは似合わしくない。そなたはほんに下臈であって、同じように深い志はあろう。その心を御覧いただけと、催促されることがございましたので、重い病気を推して、御参りいたしましたことでございました。院には今はいよいよひどく幽かな様にお思い澄ましになりまして、厳めしいお儀式をお待受けなさいますことは、願わしくは思召すまいかと拝しましたので、事を御省きになられまして、静かなお話をなさりたいとする深い願いをお叶わせ申しますのが、まさることでございましょう」と申されると、厳めしかったと聞いた御賀のことを、女二宮の御方の事には云いなさないのも、物の分ったことであるとお思いになる。「唯見られる通りのものです。略式にしましたので世間の人は心浅いと思いましょうが、それにしても、事情の分っていて下さるので、これで良いのだと、一段とその気になって来ることです。大将は、公向きの事は、次第に一人前になって来るようですが、こうした風流の方は、もともと好きでないのでしょうか。あの院は、何事につけてもお会得にならないことは、殆どおありにならない中にも、楽の方のことは御心をお留めになって、まことに恐れ多くお知りつくしになって入らっしゃいますので、あのようにお捨てきりになったようには見えますが、静かにお聴き澄ましになりますことは、今の方が却って注意が要ろうと思われます。あの大将と共々によく御覧になって、舞の童の用意や心構えを、よくお教え下さいまし。物の師匠などという者は、自分の専門の業こそは知っていましょうが、ひどく残念なものです」など、ひどく懐かしくお言附けになるので、嬉しいものの、苦しくて気が引けて、言葉少なにして、この御前を早く起ちたいと思うので、例のように細やかには物も申さずに、ずるずると退出した。

東の御殿[217]で大将が繕い立ててお出しになる、楽人や舞人の装束のことなどを、督は又々手をお加えになる。出来る限り十二分にお尽しになっている上に、一段と細かい御注意の添うのは、ほんに此の道にはまことに深い人で入らせられるようである。

今日はそうした試みの日であるが御方々が御覧になるのに見栄えのないものにはしまいと思って、その御賀の日には、童は、赤い白橡に、葡萄染の下襲を著ることにしよう、今日は青色に蘇芳襲、楽人は三十人で、今日は白襲を著た。東南の方の釣殿に続いている廊を楽所にして、築山の南の側から御前に向って出て来るあいだを仙遊霞という曲を奏して、雪がほんの少しこぼれるので、『春の隣近[218]』さを思わせて、梅の様子も見る甲斐のあるものにほほ笑んでいた。院は廂の間の御簾の内にお出でになるので、式部卿宮と右の大臣[219]だけがお側におられ、それより以下の上達部は簀子で、改まっての日のことではないので、御饗応も態と簡略なものになされた。右の大臣の四郎君、大将殿の三郎君、兵部卿の宮の孫王の公達二人とは、万歳楽をお舞いになったが、まだひどくお小さい程なので、まことに可愛ゆらしい。四人とも何方もみな、高貴の家の子で、容貌お美しく冊き出されているのが、その思い做しも貴い。又大将の御子の、典侍腹▼220の二郎君と、式部卿の宮の御子で、兵衛督と云われた方で、今では源中納言という方の御子とが皇麞を、右の大臣の三郎君が陵王を、大将殿の太郎君が落蹲を、さては太平楽、喜春楽などという数の舞を、御一族の公達や大人達で舞ったことである。日が暮れてゆくと、御簾を揚げさせられて、興も増さってゆくのに、まことに美しい御孫の公達の容貌装いで、舞の様も世に見知られない手を尽して、御師匠共がめいめいの手の限りをお教え申したのに、御自分の深い才を加えて、珍らしくお舞いになるので、院は何方もひどく可愛ゆくお思いになる。年を召された上達部達は、皆涙をお落しになる。式部卿の宮も、御孫の舞を可愛ゆくお思いになって、御鼻の赤らむまでお泣きになられる。主人の院は、「年が寄って来るにつれて、酔泣きは押えられないものになって来ることです。衛門督が目を附けてほほ笑まれるのは、ひどく気恥かしいことですよ。それにしても、今暫くの間のことでしょう。逆さには流れない年月です。老は遁れられないものです」と云って、督の君をお見やりになられると、他の人よりは遥かに真面目になって沈んでいて、実際気分もひどく悩ましいので結構な見ものも目にも留まらない気分がしている人であるのに、取り分けて空酔いをしてこのように仰せられる。戯談のようではあるが、一段と胸がつぶれて、盃の巡って来るのも頭が痛く思われるので、真似だけをして紛らせるのを、院はお見咎めになって、盃を持たせながら度々お強いになられるので、当惑して、持て悩んでいる様が、大方の人には似ずに様子が好い。

気分が乱れて、堪え難いので、督の君は、まだ事も果てないのに、退出なされると共に、まことにひどく苦しくなって、例もの大した酔いではないのに、何うしてこんななのだろうか、気の引ける思いをしていたので、逆上したのであろうか、何もそれ程までに、臆せるべき気弱さだとは思っていないのに、いう甲斐ないことであった、と自分ながら思い知られる。暫くの間の酔いの苦しさではなかったことだ。引続（ひきつづ）いてひどく重くおわずらいになる。大臣（おとど）と母北の方[221]とはお騒ぎになって、余所余所（よそよそ）ではひどく心許（こころもと）ないと仰しゃって、此方（こなた）の殿にお移し申すので、女宮[222]の思召しの程も、またひどくお気の毒である。何事もなくて過している間は、気安く当てにならぬ頼みを懸けて、さして深くもないお心持ではあったが、これを限りにお別れ申すべき門出（かどで）でもあろうかと思うと、哀れに悲しくて、生き残ってお嘆きになることの勿体なさを、深くも済まぬことに思う。母御息所（ははみやすどころ）[223]も、まことに云いようもなくお嘆きになって、「世間の習わしとして、親はやはり親として別にお置き申して、こうした御夫婦あいは、何（ど）のような折にもお離れにならないのが普通でございます、そのように引き別れて、御平癒になりますまでも、お過しになるというのは気のお揉めになることですから、暫く此方（こちら）でこうしてお試しなさいまし」といって、女宮は君のお側に御几帳（みきちょう）だけを隔てにしてお添い申上げる。督の君は、「御尤（ごもっと）もです。物数（ものかず）でもない身で、及び難き御仲をなまじいにお許し受けましてお添い申します甲斐には、長く世に居りまして、云う甲斐ない身分も、少しは人と同じようになれますけじめを御覧に入れられようか、とばかり思っておりました。ひどく重くこのようにまで進んでまいりましたので、深く思っております心持さえもお見届け願えないようになりましょうかと思いますと、世に留（とど）まってはいられない心持の中にも、往（い）く所へも往かれない心持がいたされますことです」など云って、互にお泣きになって急にはお移りになれないので、又母北の方は、気懸りにお思いになって、「何だって、第一に私に逢おうとはお思いにならないのでしょうか。私は、気分が少し悪く心細い時には、大勢の子の中でも、第一に取分けて、ゆかしくも頼もしくも思っていることです。それをこのようにひどく覚束ないことで」とお恨みになるのも、又まことに尤（もっとも）である。君は、「他の者よりも先に生まれた異（ちが）いからでしょうか、取り分けて大切に思い馴れていますので、今でもまだお可愛いがりになりまして、暫くの間でもお目に懸らないと、苦しいことにして入らっしゃいますので、気分がこのように最期に思われます折に、お目に懸らないのは、罪の深い気の閉じることでしょう。今はと頼み少なくお聞きになりましたならば、そっと忍んでお越しになって御覧下さいましよ。きっと又お目に懸りましょう。私は怪しいまでに気が永く愚かな性分なので、時々は疎かだとお思いになったことがございましたろうと、残念でございます。こうした短い命だとは知りませんで、行末長いことばかり思っていたことでした」といって、泣く泣くお移りになられた。宮はお留まりになって、云いようもなくお思いこがれになっていた。大殿ではお待ち受けになって入らして、万ずに御看病をなされる。しかし、急に御危篤になるお気分のようではなく、月頃、御食事を少しも召上らなかったのに、一段とちょっとした柑子などにさえ手をお附けにならず、唯次第に目に見えぬ物に引き入れられて行くようにお見えになる。こうした一代に優れた人が、こんなで入らせられるので、世間では挙って惜しみ勿体ながって、御見舞に参らない者はない、内裏からも御山の院からも、御見舞を屢々賜わりつつ、深くも御惜しみになられるにつけても、一段と親達のお心は乱れるばかりである。六条院でも、まことに残念なことであるとお思い驚きになって、御見舞を度々懇ろに父大臣に申される。大将は、まして極めて親しい御仲なので、お側近く御見舞をなされつつ、深くお嘆きになっている。

院の御賀は二十五日に延びてしまった。こういう場合の貴い上達部が、重く煩っていられるので、御兄弟の多くの人々や、そうした高い御身分の御間柄の方の嘆きしおれて入らっしゃる頃とて、面白からぬ事のようであるが、一月一月と延引していた点さえあるのに、さて取止めるべき事ではないので、何うしてお思い止めになれようか。院は女宮のお心の中を▼224お可哀そうにお思いになられる。例となっている五十寺の御誦経、▼225又院のお出でになられる御寺でも、摩訶毘盧遮那▼226の御祈禱を行わせられる。

▼1　柏木。

▼2　源氏。

▼3　正月十八日、禁中弓場殿で、武官達が儀式として行う競射。

▼4　藤壺の忌月。

▼5　左大将は髭黒。右大将は夕霧。

▼6　中将、少将。

▼7　徒歩にて弓を射ること。歩射（ぶしゃ）ともいう。

▼8　前後いれちがいに即ち偶数奇数に分けること。

▼9　「今日のみと春を思はぬ時だにも立つこと易き花の蔭かは」（古今集）

▼10　楚有㆓養由基㆒。善㆑射者也。去㆓柳葉㆒百歩射㆑之。百発而百中㆑之。（史記周本紀）

▼11　夕霧と柏木。

▼12　弘徽殿（こきでん）。柏木の御妹。

▼13　女三の宮。

▼14　明石女御。

▼15　東宮。

▼16　猫をいっている。

▼17　恋いこがれている人の身代りの物と思って手馴らしていると、そのお前よ、何ういう気がして鳴くのであろうか。というので、猫もわが嘆きを汲んで鳴くのであろうかという心を云ったもの。「汝れよなにとて鳴く音」と、頭韻を踏んで技巧としている。

▼18　玉鬘。

▼19　頭中将の子供たち。実の兄弟。

▼20　桐壺の別名。明石女御をさす。

▼21　鬚黒。

▼22　鬚黒と初めの北の方との間の姫君。蛍兵部卿宮と結婚する。「真木柱」にいず。

▼23 兵部卿の宮。
▼24 兵部卿の宮。
▼25 源氏と頭中将。
▼26 鬚黒。
▼27 真木柱。
▼28 兵部卿の宮。
▼29 柏木。
▼30 真木柱の生母。
▼31 玉鬘。
▼32 蛍兵部卿の宮。
▼33 真木柱の母方の祖母、即ち式部卿の宮の後の北の方。
▼34 蛍兵部卿の宮。
▼35 蛍兵部卿の宮。
▼36 玉鬘。
▼37 玉鬘が蛍兵部卿の宮に求婚されたこと。
▼38 真木柱の祖母。
▼39 四年経っている。源氏四十六歳。
▼40 冷泉院。
▼41 頭中将。
▼42 鬚黒。
▼43 承香殿（じょうきょうでん）女御。今上の御母宮にて、鬚黒の妹君。
▼44 明石姫君のこと。
▼45 夕霧。

▼46　明石姫君のこと。
▼47　秋好（あきこのむ）中宮のこと。
▼48　冷泉院。
▼49　源氏の許の女三宮。
▼50　紫上。
▼51　明石姫君。
▼52　明石上。
▼53　源氏。
▼54　明石入道。女御の御祖父。
▼55　中将少将。
▼56　石清水賀茂の祭に、東遊（あずまあそび）をうたう役人。四五六位各四人ずつ、十二人。
▼57　定員以外の倍従。
▼58　明石姫君御誕生の折、源氏が遣わされた人であろう。
▼59　紫上。
▼60　「ちはやぶる神の忌垣にはふ葛も秋にはあへず移ろひにけり」（古今集）
▼61　「紅葉せぬ常磐（ときは）の山は吹く風の音にや秋を聞き渡るらむ」（古今集）
▼62　東遊の曲名。
▼63　源氏が須磨に下っていた折のこと。
▼64　前太政大臣。頭中将のこと。
▼65　其方（そなた）より外に誰か又、昔恋しく思うこの心を知っていて、住吉の、幾代を経て来ていると思う古い松に、その昔を話し懸ける者があるだろうか。昔が思い出されて恋しく、その昔を知っている老松の其方に話しかけたい気がする意。
▼66　住江を、生き甲斐のある渚であるということは、この浦に年を経ている海人さえも、今日初めて知る

ことでございましょうか。この浦の老いた海人が、今日の御盛儀を拝して、生き甲斐を感じることであろうと、表には君を賀し、裏には「海人」に「尼」を懸けて、我が喜びをいったもの。「かひ」に「貝」を懸けて、縁語としている。

▼67　昔の事が何よりも先に忘れられずに思出される。住吉の神の加護の験（しるし）の恭（かたじけな）さを見るにつけても。尼君の内心の実情をいったもの。

▼68　住江の松に、夜深く置く霜は、ここにまします神の、その御髪に懸けた木綿のかずらでもあろうか。神は夜現れたまうもので、又神代の人は髪にかずらを懸けたところから、神も懸けたまうものとして神をたたえた心。

▼69　小野篁のこと。

▼70　「ひもろぎは神の心に受けつらし比良の高根にゆふかつらせり」。この歌をいうらしい。菅原文時の作。

▼71　神官の手に取って持っている榊の葉に、更に木綿を懸け添える如き深き夜の霜ではあるよ。「木綿」は神に捧げる物で、手に持つ榊にそれの添うのは、事を鄭重にする意となる。「木綿」は霜の譬で、神をたたえる心のもの。

▼72　紫上に附添う女房。

▼73　神官の捧げる木綿にまがっても置く霜は、ほんに、まさしく此の祭を御受入れになられた神の、そのしるしをお見せになるのであろうか。

▼74　神楽歌は本方と末方とに別れて、かけあいに歌う。

▼75　神前に焚く火。

▼76　「秋の夜の千夜を一夜になせりとも言葉残りに鳥やなきなむ」（伊勢物語）

▼77　脚のある膳。

▼78　朱雀院。

▼79　女三宮。

▼80　花散里。

▼81 夕霧と惟光（これみつ）朝臣の女との間の子。
▼82 鬚黒右大臣。
▼83 玉鬘。
▼84 精進潔斎すること。
▼85 蛍兵部卿宮。
▼86 琴の曲に大曲中曲少曲と区別がある。
▼87 春夏秋冬で、夫々（それぞれ）角徴商羽。土用は宮に変る。
▼88 寒暖で、夫々律呂（りちりょ）に変る。
▼89 琴の絃を揺ったり押したりすること。
▼90 源氏四十七歳。
▼91 朱雀院五十の御賀。
▼92 「花の香を風のたよりにたぐへてぞ鶯誘ふしるべにはやる」（古今集）
▼93 夕霧と雲井雁との間の子供二人。源氏には孫。
▼94 明石上。
▼95 紫上。
▼96 明石姫君。
▼97 女三宮。
▼98 「五月待つ花橘の香をかげば昔の人の袖の香ぞする」（古今集）
▼99 夕霧。
▼100 「野分」の巻に出ず。
▼101 源氏。
▼102 紫上。
▼103 十九日の月。

▼104 女感ニ陽気一、春思レ男。男感ニ陰気一、秋思レ女。（毛詩注）
▼105 万葉巻一に額田王の歌あり。
▼106 呂を先とす。呂は春の調べ、律は秋の調べとしていることをいう。
▼107 帝の御前。
▼108 致仕の大臣。即ち頭中将。
▼109 明石。
▼110 明石姫君の御腹の皇子。
▼111 紫上。
▼112 源氏。
▼113 催馬楽の曲。「葛城の寺の前なるや、豊浦の寺の西なるや、榎の葉井に白玉しづくや、おしとんどおしとんど、しかしてば国ぞ栄えんや、我家（わいへ）らぞ富みせんや、おしとんどおしとんどおしとんど」
▼114 絃を押えて揺る音。
▼115 琴の糸の弾き方の一。
▼116 女三の宮の琴。
▼117 琴にある五箇条の調べで、搔手、片垂、水字瓶、蒼海波、雁鳴をいうという。
▼118 五絃六絃の潑剌で、潑剌は、琴の弾き方の一。
▼119 夕霧、鬚黒の子供達。
▼120 鬚黒と玉鬘との間の子。三郎の君とよぶ。
▼121 夕霧と雲井雁との間の子、太郎の君。
▼122 夕霧。
▼123 紫上の弾いたもの。
▼124 夕霧にも雲井雁にも、共に祖母にあたる。
▼125 源氏。

▼126　紫上のもと。
▼127　紫上を十歳の時より引取って世話をみる。「若紫」にいず。
▼128　紫上。
▼129　三十七歳は厄年。しかし紫上は、七歳年下の筈であるから、実は四十歳の筈である。
▼130　北山の僧都。紫上の大伯父。「若紫」に出ず。
▼131　源氏の須磨へ下ったこと。
▼132　女三の宮。
▼133　出家すること。
▼134　葵上。
▼135　六条御息所。
▼136　秋好中宮。冷泉院の后。
▼137　女御の君の御後見をする人、即ち母君である明石上。
▼138　源氏。
▼139　明石女御のこと。
▼140　夕霧。
▼141　六条院。
▼142　紫の上。
▼143　女御の御腹の女一宮。
▼144　柏木。
▼145　「わが心慰めかねつ更級（さらしな）や姥捨山に照る月をみて」（古今集）
▼146　柏木。
▼147　女三の宮。
▼148　朱雀院。

▼149 朱雀院。

▼150 源氏。

▼151 柏木。

▼152 賀茂祭にさきだち、賀茂の斎院の遊ばされる御禊の儀式。

▼153 朱雀院。

▼154 獣を夢に見ると、妊娠するという俗信があって、それを云ったもの。

▼155 起きて、向って行くべき方角も分らぬまでに、悲しみに本心を失っているこの明け方の闇に、何所(どこ)の露が懸って、此のように濡れた袖なのでしょう。というので、涙に濡れた袖を示して、悲しみを訴えたもの。「起き」は「置き」、「かかる」は「懸かる」で、何(いず)れも「露」の縁語。

▼156 この明け方の闇の空に、わが憂き身は消えて無くなりたいものだ、それだと今夜のことは、あれは夢であったのだと見て、それで終りとしようが為に。

▼157 落葉の宮と呼ぶ。

▼158 父である致仕の太政大臣邸。

▼159 源氏。

▼160 紫の上の病気。

▼161 賀茂の祭。

▼162 落葉の君。

▼163 残念にも摘むべくもないのに強いても摘んだ葵草よ、神の許した挿頭ではないものを。で、賀茂の祭の挿頭の「あふひ」に「逢ふ日」を懸けて、女三の宮に逢ったことをいい、「摘み」に「罪」を懸けて葵に寄せて己が非行を悔いた心。

▼164 諸鬘の中の劣った落葉の方を何だって自分は拾ったのであろうか。その名からいえば、離れない関係の、睦まじい挿頭ではあるけれども。で、「諸鬘」は、賀茂の祭の日、簾に懸け、或(あるい)は髪に鬘としてかざす物で、葵と桂とを合せ称する名。今は、女二の宮と三の宮に譬えている。「落葉」は、その双方

の中の劣った方の譬で、今は二の宮に譬えている。「名はむつまじき挿頭」は、諸鬘の、一しょに挿頭とされることを、女二の宮、三の宮の御姉妹で入らせられることに譬えたので、一首は、御姉妹の中の劣った方を、何だって自分は得たのであろうという意。

▼165　源氏。

▼166　不動尊立印儀軌に「又正報尽者能延二六月一住」とあって、あと六ヶ月の日数は延ばしてほしいという意。

▼167　源氏。

▼168　葵の上の病気に現れた六条御息所の霊のこと。「葵」参照。

▼169　六条御息所。

▼170　我が身こそは、昔とは異った様をしていますが、昔のままでありながら、しらばくれて入らせられる君は、昔のままの君です。

▼171　秋好中宮。六条御息所の御女。

▼172　秋好中宮の斎宮として下って居られたこと。

▼173　物の怪のついた童を一室に閉じこめること。

▼174　下賀茂より上賀茂へ御輿（みこし）をかついで渡り、翌日は上より下へ帰る、それをいう。

▼175　「待てといふに散らでしとまるものならば何を桜に思ひまさまし」（古今集）

▼176　女三宮。

▼177　「散ればこそいとど桜はめでたけれ浮世に何か久しかるべき」（古今集）

▼178　夕霧。

▼179　女三宮。

▼180　消え残って留っているその間も長いことであろうか、ありはしない。たまたま蓮の葉に懸かっている露の、その露の間の果敢（はか）ない命であるものを。「露」を命に喩えたもの。「たまさか」の「玉」は、露の縁語。

▼181 約束をして置こう。此の世の中だけの縁ではなくて、後生も同じ蓮の上に居ようから、その蓮葉の上に玉といる露の聊（いささ）かの隔ても附けることはするな。「蓮葉に玉ゐる」に、一蓮托生を懸け、「露」に聊かの心を懸けたもの。

▼182 女三宮。

▼183 柏木。

▼184 六条院中の、以前紫の上のいた建物。

▼185 「夕闇は路たどくし月待ちていませわがせこ其（そ）の間にも見む」（万葉集）

▼186 同上、第三句を採る。

▼187 夕露にわが袖を濡らせよというので、このように蜩（ひぐらし）の鳴く音を聞き聞き、起きて帰られるのであろうか。で、「夕露」、名残を惜しんで我が泣く涙の比喩。「おきて」は、「置きて」の意で、「夕露」の縁語。

▼188 我を待っている里でも、何（ど）のような気がして聞いていることであろうか。それこれが思われて心が静かではない、この蜩の声よ。「待つ里」は、二条の院で、紫の上。

▼189 「いかばかり恋てふ山の深ければ入りと入りぬる人まどふらむ」（古今六帖）

▼190 朱雀院。

▼191 「夏の日も朝夕涼みあるものをなどわが恋のひまなかるらむ」（源氏物語奥入）

▼192 玉鬘。

▼193 弁の君。「真木柱」にいず。

▼194 朧月夜内侍。

▼195 あなたが海人の世界に入られたのを、私は余所ごとに聞いていていようか、いはしない。私が須磨の浦に、海人の生活の藻しおを垂れる様をしたのも、あなた以外の誰の故（ゆえ）でもないことだったので。で「海人」に「尼」を懸けて、私も出家の本意を持っているので、縁の深いあなたに出しぬかれたのは、恨めしいとの意をいったもの。

▼196　源氏。
▼197　私のあま舟に何だってお後れになったのでございましょうか。早くも明石の浦で漁りをなさって海のことはよく御存じのあなたが。というので、「あま」に「尼」を懸けて、出家が御本意であるならば私などにお後れになるべきではございますまいの意をいったもの。
▼198　紫の上。
▼199　槿（あさがお）斎院と朧月夜内侍。
▼200　槿斎院の出家は、ここに初めて記さる。
▼201　明石女御の御腹の女一宮。
▼202　花散里。
▼203　朱雀院の五十の御賀。
▼204　夕霧の母、葵の上の忌月。
▼205　朱雀院母后。弘徽殿女御と申上げた方。桐壺の帝の御后。
▼206　落葉の宮のこと。
▼207　致仕の大臣。柏木の父。
▼208　朱雀院。
▼209　柏木を指す。
▼210　明石女御。
▼211　朱雀院の御賀。
▼212　紫の上。
▼213　玉鬘。
▼214　夕霧。
▼215　花散里の御殿。
▼216　女三の宮。

▼217 花散里の御殿。

▼218 「冬ながら春の隣の近ければ中垣よりぞ花は散りける」(古今集)

▼219 鬚黒。

▼220 惟光の女。

▼221 柏木の実母。

▼222 落葉の宮。

▼223 一条御息所で、落葉の宮の母后。

▼224 源氏が、女三の宮を。

▼225 五十の賀なので、五十の寺にて、朱雀院の御長寿を御祈禱申上げる。

▼226 大日如来。

柏木

衛門の督の君は、そのようにお煩い続けてばかり入らして、やはりお宜しくなくて、年も改まった。父大臣や母北の方の、お案じ嘆きになられる有様をお見上げすると、強いて諦めをつけて保って行こうとしている命もその甲斐がなく、親に先立つ罪の重いのを嘆く心は別として、又何うでも此の世が離れ難く、惜しみ留どまっていたいと思う程の身でもあろうか。幼なかった頃から、心に思うことが人とは異っていて、何事につけても人よりは今一段立ち勝ったものとなろうと思い、公私の事につけて、一方ならず思いあがっていたのであったが、その心が叶わなかったことであったと、一つ二つ事をする毎に、自身に失望してから此の方は一切世間の事が興味のないものになって来て、後生の為の勤行に心が深く進んで来たのであったが、親達の御恨みを思って、野山にさすらい出ては、それが重い絆になろうと思われたので、ああこうと紛らしながら過して来たのであるが、とうとう、やはり世間には立ちまじれそうにも思われない嘆きの、深く身に添って来たのは、自分以外の誰が辛いというのであろうか我が心柄から身を損ったのである。と思うと、恨むべき人もなく、神仏に訴えようもないと云うのは、これ皆そうなるべき宿縁あってのことであろう。『誰れも千年の松[1]』ではないこの世は、結局留まってはいられないのであるから、このように人からも少しは偲ばれそうな程度で、かりそめの哀れでもお懸け下さる御方のありそうなのを『一つ思ひ[2]』に燃えた甲斐にはしよう、無理に生きながらえていたならば、自然あるまじき評判も立ち、我が上にもあの御方▼3の上にも、安からぬ事態の起って来るようなことのあるよりは、無礼だとお隔てになっていられる辺り▼4でも、それにしても御勘弁下さるであろう。何事も、臨終の時にはみんな消滅するものである。その外には過ちとてはないのであるから、年頃を何ぞの事のある度に、お召し馴れになった方の御不愍も出て来ることであろう。などと、徒然のままに思いつづけるにつけても、今更にひどく味気ないことである。何だって此のように肩身を狭くしてしまったことであろうかと、心も暗く思い乱れて、枕も浮びあがるまでに、我が心柄からの涙を流し添えつつ、少しお宜しいようだと、人々のお離れになった隙に、彼所に御文を差上げられる。

「今は最期になっております様子は、自然お聞きになることもございましょうに、何んなになっているかとさえお耳におとどめ下さいませんのは、御尤もなことではございますが、まことに辛うございます」

とお書きになると、ひどく手が慄えるので、思うことはすべて書きさしにして、

今はとて燃えむけぶりも結ぼほれ絶えぬ思ひの猶や残らむ▼5

「せめて哀れとだけでも仰しゃって下さいましよ。それで心を鎮めまして、遁れられない闇に迷います道の光ともいたしましょう」

と申上げる。小侍従にも、懲りずに、哀れなことをお云いよこしになった。「直接に、今一度話すべきことがあります」と仰しゃったので、この人も、童の頃から、然るべき場合にはお伺いしつづけて、お見上げ申し馴れている方なので、勿体ないお心をお起しになったのを怖ろしいことにお思い申上げていたが、最後だと聞くのはひどく悲しくて、泣き泣きして、「それにしても此の御返事だけは、ほんとうにこれが最後のものでもございましょう」と申上げると、宮は、「私も今日か明日かという気がして、心細いので、一とおりの哀れだけは汲みもされますが、ほんとうに辛いことだと懲りまし

たので、何うにもその気にはなれないのです」と仰しゃって、決してお書きにならない。御心の本性は強く重々しくはないが、気のおける方の▼6御様子が、折々それと露わには仰しゃらないが、ひどく怖ろしく心苦しいからのことであろう。しかし御硯の墨を磨ってお責め申上げるので、渋々お書きになられる御文を持って、小侍従は忍んで、夜に紛れて、彼方へお伺いした。

　父大臣は、験のある行者で葛城山から招き出したのを、お待受けになって、加持をおさせ申そうとして入らっしゃる。御修法や読経などを、ひどく仰々しく騒いでしている。人の申上げるままに、様々の法師めいた修験者などで、殆ど世間にも聞えず、深山に籠もっている者などをも弟の君達をお遣しになりつつ、尋ね出してお召しになるので、様子の変った気味の悪るい山伏共なども、ひどく大勢お伺いする。御病気の様は、何処がお苦しいというところもなく、ただ心細くて、声を立てて時々お泣きになる。陰陽師なども、大抵は女の霊だとばかりお占い申すので、そんなこともあろうかとお思いになるが、まるきり物の怪の現れて来るものもないので、御思案に余って、そうした山奥までもお尋ねになるのであった。この聖も、身の丈が高く、眼つきが恐ろしくて、荒く仰々しく陀羅尼を誦むのを、督の君は「いや、何うにも厭やだ。罪障の深い身のせいであろうか。陀羅尼の声の高いのは、ひどく気味が悪るくて、益々死にそうな気がします」と仰しゃって、そっと脱け出して、その侍従とお話になられる。大臣はそれとは御存じがなく、お寝みになって入らっしゃいますと女房共をして申させたので、そうお思いになって、声を潜めてその聖とお話になられる。お年は召されているが、やはり花やかなところがおありになって、口の良くない大臣が、こうした者どもと向い合っていて、御子の君の御病気になり始められた御様子、何ということもなく長引きつつ、重くおなりになったことをお聞せになり、「ほんとうにその物の怪の現れるように、念じて下さい」など、細ま細まとお話になられるのも、まことに哀れである、督の君は小侍従に、「あれをお聞きなさい。何の罪でとも見当がお附きにならないので、占いで現れる女の霊が、あの方に、ほんとうにそうした御執念があって、この身に添っているのでしたら、厭わしいこの身も反対にて、尊いものになることでしょう。それはそうと、不埒な心があって、とんでもない過ちを仕でかして、相手に評判も立て、自分の身も廃らせるような類いは昔の世にも無いことであろうかと思い直しては見ましても、やはり事の様子が面倒で、あの院のお心に、こうした咎をお知りになられた上は、世の中に生きていることがひどく恥ずかしく思われますのは、ほんに格別な御威光なのでしょう。深い過ちではないのに、御目を見合せました宵から、急に心が乱れまして、迷い出した魂が、体に帰らなくなってしまいましたので、あの院の辺りをさまよい歩くようでしたら、魂結び[7]をして下さいまし」などと、ひどく弱々しくもぬけの殻のような様をして、泣きつ笑いつしてお話になる。侍従は、宮も極りがお悪く、気がひけてばかりして入らせられる様を話す。督の君は、宮が打沈んで、お面やつれして入らせられる御様が、面影に見えるように思いやられるので、ほんにさ迷いあるく我が魂は、御辺りに通ってゆくことだろうかと、一段と御気分が乱れて来るので、君は、「今更、この御事は、何も云い出しますまい。此の世はこのように果敢なく終ってしまいますのに、後世の長い間の絆しになることだろうと思いますと、ひどく可哀そうなことです。気がかりに思っております御事が、せめて御安産とだけでも、何うかお聞き申して死にたいものです。あの見ました夢[8]を、自分の心一つに思い合せるだけで、他に話す人もないのが、ひどく気の結ぼれることですよ」などと、取集めて、お思い沁みになっていることが哀れ深いので、侍従は一方では気味悪るく怖ろしくは思うが、哀れさは怺え切れなくなって、この人もひどく泣く。紙燭をお取寄せになって、宮の御返事を御覧になると、御手蹟もやはりひどくたどたどしいがお可愛らしい程度にお書きになって、

「心苦しくお聞きしながらも、何うして此方からは。ただ御推量の程を。『残らむ[9]』と云われますのには」

立ち添ひて消えやしなまし憂きことを思ひ乱るる煙くらべに[10]

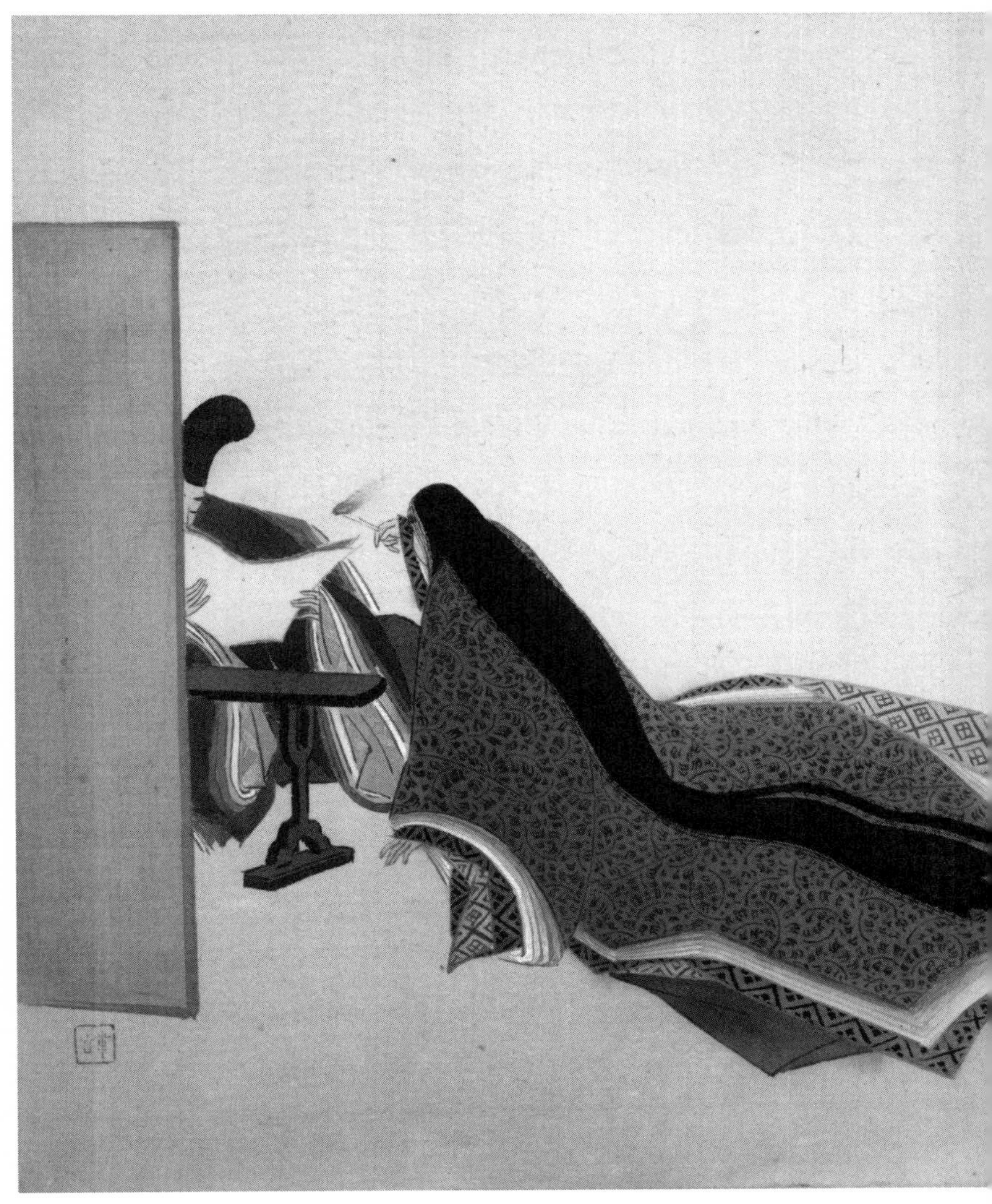

「私も後れそうには」

とだけあるのを、しみじみと有難いものに仰せになる。「ああ、この『煙』だけがこの世の思い出になりましょう。果敢ないことでした」と、一段とお泣き増さりになって、御返事は、横におなりになりながら、休み休みお書きになられる。言葉のつづきもなく、文字も怪しく鳥の跡のようで、

行方なき空の煙となりぬとも思ふあたりを立ちは離れじ▼11

「そのゆうべには、別けても空を御覧下さいまし。お咎め申上げる人目も、今はお気安くお思いになりまして、甲斐ない哀れだけでも絶えずお懸け下さいまし」

など、書き乱して、気分の苦しさが増さって来たので、「もう好いことにしましょう。ひどく更けない中にお帰りになって、このように最期の様でいることを申上げて下さい。今更に人が死因を怪しんで、それと思い合せようかと、亡い後のことまでも案じるのは苦しいことです。何ういう前世の宿縁で、こんな飛んでもない事に心が沁みたのでしょう」と、泣く泣く御寝所に居ざってお入りになったので、何時もは果てしなく坐らせて置いて、つまらないことまでも云わせようとなさるのに、お言葉少なで、と思うのもあわれで、小侍従は退れもされない。御容態を乳母▼12も話して、ひどく泣き騒ぐ。大臣の御心配の御様子はたいしたことである。「昨日今日少しは良かったのに、何うしてひどく弱々しくお見えになるのでしょうか」とお騒ぎになる。「何うということもありません、やはり駄目なのでございましょう」と申上げて、御自分でもお泣きになる。

宮はその日の夕方から、悩ましくして入らしたので、お産気であると様子を見知っている女房共は大騒ぎ立って、大臣にも申上げたので、驚いてお越しになられた。お心の中では、ああ残念なことだ、疑わしい所がなくてお見上げすることであったならば、珍らしくも嬉しいことであろう、とお思いになるが、側の者には気ぶりも見せまいとお思いになるので、験者共を召して、御修法は何時という定めもなく、断えずおさせになるので、伴僧共の中で、験のある者は総てが参って、盛んに御加持をす

る。夜どおしお悩み明かしになられて、日の昇る頃にお生れになられた。男君だとお聞きになると、このように秘密にしていることが、生憎にそれとはっきりわかる顔つきをしていて、人目に立つようであっては苦しいことであろう、女だと、自然紛れて、大勢の人の見るものではないから気やすいことだ、とお思いになるにつけ、又このように心苦しい疑いがまじっている子では、気楽に扱える男であった方がまことに好いことである。それにしても怪しいことである、我が生涯を通じて怖ろしいと思っていた事の報いなのであろう。この世でこのように思い懸けない事で報いが来たのであるから、後の世での罪は、少しは軽くなることであろうか、とお思いになる。誰も又他には知らないことなので、このようにお心格別な御腹で、お年を召してお生れになった御子の覚えは大したものであろうと、心を籠めてその御仕えを申上げる。御産屋の儀式は厳めしく仰々しい。御方々の色々にお拵えになる御産養▼13いの、例となっている折敷、衝重、高坏などの趣好も別して、それぞれ競い心を見せつつお贈り申す。五日目の夜には、中宮の御方▼14からで、子持の御前▼15の御膳の物、女房の中でも様々に、それぞれ身分に当てて、公事として厳めしくして賜わった。御粥、屯食五十具、所々の饗応、院の下部、院司の者、何ぞの隈々の者に至るまでも、厳めしくなされた。中宮職の役人は大夫を始めとして、冷泉院の殿上人は皆参った。七日の夜▼16は内裏より下された。これも公様である。致仕の大臣▼17は、心籠めての事をなさるべきであるが、此頃は何事もお思いになれないで、一とおりの御見舞であっただけである。宮達、上達部なども大勢お参りになられる。全体の御様も、世に又無いまでにお冊き申上げるのであるが、大臣のお心の中には、心苦しくお思いになることがあって、大して御持てはやし申さず、御遊びなどもないことだった。宮は、あれ程か細い御体で、ひどく気味悪い、御経験のないことと怖ろしくお思いになったので、御重湯なども召上らず、御身のお心憂いことを、こうした事につけてもお思い入りになったので、ままよ、この機会に死にたいものだとお思いになる。大臣はひどくよく人目を飾っては入らせられるが、まだむさぐるしげに入らせられる若君を、特に御覧にはならずに入らせられなどするので、年寄った女房などは、「まあ素気なくて入らっしゃることでございますよ。珍らしくもお生れになられましたお有様が、あのように気味悪るいまでに御可愛ゆく入らっしゃいますのに」と、お可愛ゆがり申すのを、宮は小耳にお挟みになられて、そのようにばかり此れからも、隔てをお附けになることが増してゆくことであろうと、大臣が恨めしく、御身が辛くて、尼にでもなろうかとのお心が起った。大臣は夜なども、此方の御殿には御寝にならず、昼間だけ、お差覗きになる。「世の中の果敢ないのを見ますままに、行末が短く、心細うございまして、勤行がちになってしまっておりますので、こうした折は騒がしい気持がいたしますので、参れずにおりますが、如何ですお心持は、さっぱりとした御気分になりましたか。気がかりなことです」と仰しゃって、御几帳の側からおさし覗きになった。宮は御頭をお擡げになって、「やはりまだ、生きてはいられないような気分がいたしておりますが、こうした折に死にます人は、罪障の重いものです。尼になりまして、もしそれで生き留まれるものか何うかを試して見、又亡くなるにしましても、罪が消えることになりはしないかと思います」と、平生の御様子よりはひどく大人めいて申されるので、「それは飛んでもない、忌々しい御事です。何だってそれ程までにお思いになられるのですか。こうしたことは、そう仰しゃられるように怖ろしいことですが、その為に生きながらえないようだったらば、それもそうでございましょう」と申される。お心の中では、ほんとうにそのようにお思い寄りになって仰しゃるならば、そのようにしてお見上げ申すのは、哀れのあることであろう、お逢い申しつつも、同時に事に触れて隔てをお附け申すことのあるのは心苦しく、自分ながらも思い直すことは出来そうもなく、辛いことがまじって来ることであろうから、自然疎かだと人の見咎めることのあるのが、ひどくお気の毒であり、院などの聞召されるところも、自分の怠慢にばかりなることであろう。御悩みにかこつけて、そのようにしてお上げ申そうか、と、お思い寄りになったが、又ひどく勿体なくも哀れで、これ程将来ある御髪の生先を、そのようにお窶し申すのも心苦しいので、「やはりお気を強くお持ちなさいまし。大した事では入らっしゃらないでしょう。限りだと見える人でも、全快した例が身近にありますので、さすがに頼みのある世でございます」など申上げて、御重湯をお上げになられる。まことにひどく蒼くお痩せになって、呆れるほどに弱々しくなって御寝みになって入らせられる御様は、大ようでお可愛らしいので、何のような過ちがあろうとも、気弱くお許し申上げるべき御様であるよ、とお見上げになられる。

山の帝[18]は、珍らしい御事も御安産であると聞召されて、哀れにもゆかしくも思召すのに、このようにお悩みになられる由なので、何のような様子で入らせられることだろうかと、御勤行も乱れてお案じになられた。このようにお弱りになった宮が、何も召上らずに日頃をお過しになるので、ひどく頼もしげなくおなりになって、「年頃お見上げ申さなかったのよりも、院がひどく恋しくお思い申されますのに、もうお見上げ申せなくなるのでしょうか」と、ひどくお泣きになられる。宮のこのように申されるさまを、大臣は然るべき人をもって伝えて奏させられたので、院はひどく堪え難く悲しく思召されて、有るまじき事だとは思召しながら、夜に紛れて山よりお出ましになられる。予てそうした御消息もなくて、俄にこのようにお越し遊ばれされたので主人の殿[19]は驚いて恐縮の由を申上げられる。帝は「世の中は顧みしまいと思っていましたが、やはり迷いの覚め難いものは、『子を思ふ道[20]』の闇でございましたので、勤行も懈怠しまして、もし『後れ先立つ』道が、道理の通りにゆかずに別れるようなことがありましたならば、やがてこの恨みが後に残ろうかと、味気ないので、此の世の譏りも忘れて、このように来たのでございます」と仰せになられる。御容貌は異っていても、優に懐かしい様に、人目を忍んでお窶れになって、立派な御法服ではなく、墨染の御姿が申すべきところなく清らかなのを大臣は羨ましくお見上げ申して、例のように先ず涙をお落しになられる。「お煩いになります御様は、格別な御悩みではございません。ただ月頃お弱りになって入らっしゃる御有様なのに、はかばかしく物を召上らないのが積ったのでございましょうか、このように入らっしゃるのでございます」と申上げられる。宮は、「失礼な御座ではございますが」と仰しゃって、御帳台の前に、御茵を参らせてお入れ申上げる。宮の方も、とやかくと女房たちがお繕い申上げて、床の下にお下し申上げる。院は御几帳を少しお押遣りになられて、「夜居の加持の僧などのような気がしますが、まだ験の現れる程の修行もしていませんので、工合が悪るいのですが、ただ見たくお思いになるらしい様を、よく御覧になるべきです」と仰しゃって、御眼をお拭いになられる。宮も、ひどく弱々しそうにお泣きになって、「生きられそうな気もいたしませんので、このようにお越しになられました序に、尼になすって下さいましよ」と申される。院は「そういう御本意がありますならば、まことに尊いことですが、そう云いましても限られてはいない命のことで、行先遠い人は、却って事の乱れがあって、世間の人に譏られることもあるものですから、やはり憚るべきことです」と仰しゃって、大臣の君に、「このように進んで仰しゃるのですから、今は限りという容態でしたら、たとえ片時の間でも、その功徳のあるべき形にしてやりたいことだとも思います」と仰しゃるので、大臣は「日頃もそのように仰しゃいますが、邪気などという物が人の心を誑かしまして、そうした方に勧めることもあるものだからと申して、お聞入れ申さないのでございます」と申上げられる。「物の怪の教えであっても、それに負けるのが悪い事であれば憚るべきでしょうが、弱っている人が、最期の頼みとして仰しゃることを聞き過しますのは、後の悔いが心苦しかろうと思いまして」と仰しゃる。お心の中では、何処までも安心しきって、譲って置いた御方であるのに、お引受けになって、さしてお心持が深くはなく、我が思っているようではない御様子を、事に触れつつ年頃聞召しお思い詰めになって入らしたが、表面にあらわしてお恨み申すべきことではないので、世間の人の思い云うことも、くやしくお思い続けになっていたので、こうした折に出家するのであったら、何も人の笑い草にも、夫婦仲を恨んでのことのようでもなく、悪るくはなかろう。一通りの後見としては、やはり頼みとなるべきお心持なのを、今まで預け申して置いた甲斐と思い做して、気まずさから別居させるようではなく、故院から御遺産として、広く面白い宮を賜わっていたので、修繕してお住ませ申そう。我が御存命の世に、そうした出家の身であっても、気懸かりでない者に聞き置き、又この大臣も、そうは云っても、ひどく疎略にはよもや思い捨てもしまい、その心持の末も見尽くそう、などお思い取りになって、「それでは、こうして来ました序に、戒をお受けになることだけなりともして、結縁▼21にしましょう」と仰せになる。大臣の君▼22は、宮を恨めしくお思いになっていることも忘れて、これは又何ということであろうかと、悲しくも残念なので、堪えてはおいでになれず、御几帳の内に入って、「何だってそのように、幾らも生きてはいそうもない私を振り捨てて、そんなお気におなりになったのですか。やはり暫くお心をお鎮めになって、御重湯も上り、物などもお上りなさいまし。尊い事であっても、お体が弱くては勤行もお出来になれましょうか。先ず御丈夫になっての上のことです」と申されるが、宮は頭を振って、ひどく辛く仰しゃるとお思いになった。宮はさりげなくしていて、恨めしくお思いになることもあったのだろうかと、大臣はお可哀そうで哀れに思う。大臣はとやかくと反対をなされ、御思案になって入らっしゃる間に、夜明け方になった。院は御帰山になられるのに、道も昼間は工合が悪るかろうと、お急ぎになられて、御禱りの為に侍っている僧の中の、身分の高く貴い者のすべてを召入れて、宮の御髪を下ろさせられる。まことに盛りの清らかな御髪を剃ぎ捨てて、戒をお受けになられる儀式が、悲しくも残念なので、大臣は我慢が仕きられず、ひどくお泣きになられる。院もまた以前から、大切に遊ばされ、ほかの方々よりは勝った様を御見上げしようとして入らしたのに、この世では甲斐のない様におさせ申すのが、限りなく悲しいので、打萎れられて、「このようにしてでも御平癒になって、出来るようなら念誦もお勤めなさいまし」とお云い置きになって、明けきらない中にと急いでお出ましになった。宮は、やはり弱く消え入るようになさって、捗々しくは院をお見送りもなさらず、物なども仰せにならない。大臣も、「夢のように思い乱れております心惑いから、このように昔の思い出されます御幸の御礼も、言上いたしませぬ失礼は、改めて御参りいたしました上で」と申上げられる。御送りに人々をお附け申す。院は、「世の中が今日か明日かと思われました時に、私のほかには頼る人もなくて、世に漂わせますのが、可哀そうにたまらなく思いましたので、御本意ではなかったでしょうが、このようにお預け申上げまして、年頃は安心しておりましたが、もし生き留りましたならば、変った有様になりまして、人の出入りの多い住まいでは、似合わしくないでしょうが、然るべき山里などに懸け離れました有様も、又さすがに心細いことでしょう。場合に応じて、やはりお捨てになりませんように」と仰せになられると、大臣は、「改めてそのようにまで仰せられますのは、却って恥かしく存じ上げることでございます。取乱しております心持が、とやかくと乱れまして、何事も弁別が附けられません」と申上げてほんに何うにも堪えられないようにお思いになっていた。後夜の御加持に、物の怪が現れ出て、「こうして違った事だ。ひどく賢く命を取返したと、一人の人を▼23お思いになったのが、ひどく口惜しかったので、この辺りに気附かれないようにして、日頃をいたのだった。もう帰ろう」といって笑う。まことに浅ましく、それではあの御息所▼24の物の怪が、ここにも離れずにいたのであろうかとお思いになると、宮がお可哀そうに口惜しくお思いになる。宮は少し生き返ったようではあるが、やはり頼み難げにばかりお見えになる。お仕えしている女房もひどく張合いのない気がするが、こうなられても御平癒になりさえなられればと念じつつ、御修法は又日延べをして、怠りなくさせるなど、万ずに手をお尽しになられる。

あの衛門督は、宮のこうした事をお聞きになると、更に一段と息も絶え入るようになさって、全く頼み少くなってしまわれた。女二宮が哀れにお思いになるが、此所へお渡りになられることは今更に軽々しいようでもあろう、上も大臣もこのようにじっと附き切りになって入らせられるので、自然取り外ずして、お見上げするようなこともあろうと、それだと工合が悪いとお思いになって、「あの宮に、何とかして今一度参りたいものです」と仰しゃるが、断じてお許し申さない。督の君は誰にでもこの宮のことをお頼みになられる。初めから母御息所は、この事を殆ど御得心にはならなかったのだが、この父大臣が絶えず懇ろにお願い申上げて、その志の深かったのにお負けになり、院にも何うにも致し方がないと、お思いお許しになったのであるが、院は二品[25]の宮の御事をお案じ煩いになられた序に、「却ってこの宮の方が、行く先安心な、頼もしい後見をお持ちになられた」と仰せられるとお聞きになったことを、督の君は有難いことに思い出す。君は母上に、「こんなであの宮をお見捨て申すだろうと思うにつけまして、色々とお可哀そうですが、思うに任せぬ命なので、短い契が恨めしくて、お嘆きになられるだろうと心苦しいことでございます。お志があって、お訪らい下さいまし」と申される。「まあそんな縁起でもないことを。あなたにお後れ申したら、何れ程生きていられるこの身だと思って、そのようにまで行く先のことを仰しゃるのですか」と、ただ泣きに泣かせられるので、申上げ切れずおなりになる。右大弁の君の方に、大体のお世話を委しくお頼みになられる。督の君は、お心持の長閑かで、やさしく入らした君なので、弟の君達も、又末々の幼いお方達も、親のようにばかりお思い申しているので、悲しく思わない人はなく、殿の内の者も嘆いている。公でも惜しみ口惜しがらせられる。このように最期のようだと聞召されて、俄に権大納言にお昇せになられた。喜びの為に心が引き立って、今一度でも参内されるようなこともあろうかと、思召し仰せにもなられたが、少しもお快くなることが出来ずに、苦しい中にも御礼を申上げられる。大臣[26]も、このように重い御覚えを見るにつけても、益々悲しく、惜しいものであると嘆き惑っている。大将の君[27]は、絶えずまことに深くお案じになり、御見舞を申される。御喜びにも第一にお伺いになった。督の君のお住まいになる対のほとり、此方の御門には、馬や車が立て込んで、人が騒がしく騒いでいた。今年に入ってからは、君は起き上ることも殆どなさらないが、大将の重々しい御様に対しては、取乱しながらの対面はなされないで、又それと知りつつも弱って来たことを思うと、残念なので、「やはり此方へお入り下さいまし。ひどく取乱した様でおります失礼は、自然お許し下さいましょう」と仰しゃって、寝て入らせられる枕元の方へ、僧などを暫く遠ざけてお入れ申上げる、昔から、少しの隔てもなく、睦びかわしている御仲なので、死別の悲しく恋しい嘆きは、親兄弟の御思いにも劣らない。今日は喜びというので、元気がよいことだろうと大将は思ったのに、まことに口惜しくその甲斐がない。

「何だって此のように頼もしげなくおなりになったことですか。今日はこうしたお喜びで、少しはお元気かと思ったことでした」と云って、几帳の端をお引揚げになられると、「まことに残念にも、その人ではないように変ってしまっております」と云って、烏帽子だけをかぶって、少し起き上ろうとなさるが、ひどく苦しそうである。白い衣のなつかしく柔らかいのを何枚も襲ねて、衾を懸けて寝ていられた。御座のあたりは清らかで、薫物が香ばしく、奥ゆかしく住みなしていられる。打解けながらも用意のあるのが見える。重い病気をしている人は、自然に髪や髭も乱れて、むさくるしい感じの添って来るものであるが、痩せ衰えている為に、益々色が白く上品な感じがして、枕から顔をもたげて物を仰しゃる様子は、ひどく弱そうで、息も切れがちで哀れである。「久しくお煩いになっていられる割には、格別ひどくはお衰えになっては入らっしゃいません。ふだんの御容貌よりも、却って立まさってお見えになります」と仰しゃるものの、涙を拭って、「後れ先立つ隔ても附けまいとお約束をしたのでした。悲しいことですよ。この御気分は、何が原因でお重もりになったのかという訳さえも伺えずにいます。このように親しい間ながら、まるきり判らないのです」と仰しゃると「自分の心では、重って行く差別も気附かないのです。何処といって苦しい所もないので、急にこれ程までとは思いませんでした中に、月日も立たずに弱りまして、今では正気もなくなったようでございます。惜しむべくもない身を、様々に引留どめます祈や願などの力のせいでしょうか、さすがにぐずぐずしておりますのも、却って苦しゅうございますので、我が心から急ぎ立ちたい気がしております。しかし、この世に別れて行き難い事柄は、まことに多うございます。親にもお仕え懸けにしまして、今更にお心を悩まし、君にお仕え申しますことも中途半端のことで、身を省みます方でも、又まして、捗々しく昇進をしなかった怨みを留どめておりますなどと、大方の嘆きは申すまでもなく、又心の中に思い乱れていることがございますが、こうした今はの際になりまして、何で漏らそうかと思いますが、やはり忍び難くすることを、誰に訴えられましょう。兄弟はそれこれ大勢ありますが、様々なことから、全くほのめかして云いますのも、工合が悪いのです。実は六条院に、聊か工合の悪いことがありまして、月頃心の中で、お詫び申しているのでございましたが、ひどく不本意で、世の中を心細く思うようになりまして、病いづいたと気の附きましたころ、お召がありまして山の院の御賀の、楽所の試みの日に伺いまして、御目に懸りましたが、やはりお許しのないお心持のある様を、御眼尻でお見上げ申しまして、更に一段と世にながらえますことも憚り多い気になりまして、味気なく思いますと、心が騒ぎはじめまして、このように鎮まらなくなったことでございます。人数にはお入れ下さらなかったでしょうが、幼い時から深くお頼み申す心のございましたのに、何ういう讒言のあったことだろうかと、これだけが此の世の憂えとなって念の残ることでございましょうから、無論後の世の妨げになろうかと思われますので、自然の序がございましたならば、お耳にお留めになって、宜しくお申し開きをなすって下さいまし。亡い後でも、この御勘気が許されましたなら、あなたの御恩に存じますことです」と仰しゃるにつれて、ひどく苦しそうに見えるので、大将はかなしくて、心の中に思い合せることがあるけれども、それと確かには推量もお出来にならない。「何うしたお心の鬼でしょうか。全くそのような御様子もなく、このように御重態の由をも、お聞き驚きになりお嘆きになることが限りないことで、お口惜しがりになって入らっしゃるようでした。何だってそのようにお気懸りのことがありましたら、今まで隔てをお附けになって入らしたのでしょう。此方も彼方もお心の済むようにいたすべきでしたのに、今では詮のないことですよ」と、時を取り戻したく悲しくお思いになる。

「ほんに少しでも気分の好かった時に、申上げるべきでした。ですが急に此のように、今日明日というようなこととはと、我ながら分らない命で油断しておりましたのは果敢ないことです。此の事は決してお心以外にはお漏らし下さいますな。然るべき序のございました折には、お含み置き下さいましと思って、申して残して置くことです。一条に入らっしゃいます宮▼28は、何かの折にはお見舞下さいまし。お気の毒な様で、院などにも御心配になられましょうが、お取繕い下さいまし」など仰しゃる。云いたいことは多いであろうが、気力が尽きてしまったので、お帰り下さいということを手真似で申される。加持をする僧どもが近く参り、母上父大臣も集まってお出でになって、人々も立ち騒ぐので、大将は泣く泣くお出ましになった。女御▼29は申すに及ばず、この大将の御方▼30なども、ひどくお嘆きになる。お心立が、遍く人々の兄ごころで入らしたので、右の大殿の北の方も、この君だけを睦まじい者に思って入らしたので、万ずにお嘆きになって、御禱なども格別におさせになったが、『止む薬▼31』ではないので、甲斐ない業であったことだ。女二の宮▼32にもついに御対面が申せずに、泡の消え入るようなさまでお亡くなりになった。年頃内心にこそ懇ろに深くはなかったが、上べは、まことに申分なくお扱いお冊き申して、様子が懐かしく気分は面白く、用意ある様でお過しになられたので、辛い点は格別にない。ただ此のように命の短かった御身なので、妙に総ての世事を興味なく思って入らしたのである、と女宮はお思い出しになられると、悲しくて、お嘆き入りになっている様はまことにお気の毒である。母御息所▼33も、甚しい人笑われで、口惜しい事であると、宮をお見上げ申してお嘆きになることが限りない。父大臣や母北の方などは、まして云おうようもなく、自分こそは先立とう、逆まごとで辛いことであると、お焦れになられるが何の甲斐もない。尼宮▼34は、勿体ない心も、疎ましいものにばかりお思いになって、世に長く生きているようにとまではお思いにならなかったが、これこれでとお聞きになると、さすがにひどく哀れである。若君▼35の御事を、我が子だと思っていたのも、ほんにそうなるべき宿縁があって、思いの外なああした辛いこともしたのであろうか、とお思い寄りになると、いろいろと心細くなって、お泣きになられた。

三月になると、空の様子もうららかで、その若君は五十日程におなりになって、ひどく色が白く美しく、日数にしてはませて、物を語りなどなさる。大臣はお越しになられて、「御気分はさわやかになられましたか。いや、ほんとうに甲斐ない様におなりになったことですよ。前どおりのお有様で、このようにおなりになったのをお見上げするのでしたら、何んなにか嬉しいことでございましょう。情なくもお見捨てになったことですよ」と、涙ぐんで恨みを申される。日々にお越しになって、今こそ尊くも限りなくおやさしいお扱いをなされる。御五十日に祝いの餅を差上げようとして、母宮のお姿のお異りになっているので、女房達は何んなものであろうかと躊躇していたが、院がお越しになられて、「何ということがあろう。女のお子で入らしたのなら、同じ筋で、縁起の悪るいということもあろうが」と仰しゃって、▼36南面に小さな御座を設けて、お差上げになられる。御乳母はひどく花やかに装束をつけて、御前の召上り物で色々に心を尽した籠物檜破子などの趣向を、御簾の内の者も外の者も、実情を知らないことなので、若君が取散らして、何の遠慮のない様を、院はひどく心苦しく、見かねることよとお思いになる。宮も起きて入らして、御髪の末の一ぱいに広がっているのを、ひどく煩さくお思いになって、額髪を撫でつけて入らっしゃるのを、院は几帳を引き遣って入らせられるので、ひどく極りが悪くて、あちら向きになって入らせられると、一段と小さくお細りになられて、御髪はお惜しみ申して、長めに残してお削ぎになったので、後ろの方は殊に尼としての差別もお見えにならない程である。幾重も襲ねて入らっしゃる鈍色の御衣も、黄勝ちな紅いをお召しになって、まだ身に附いてはいない御傍ら目は、こうなられての方が可愛ゆらしい子供のような気持がして、艶めかしく美しい。「いや何とも心憂いことで。墨染色はもっと厭やなもので、見る目も暗むような色ですよ。こうしたお姿でも、お見上げ申すことは絶えないことだと、慰めてはおりますが、何時までたっても悲しい気がして零れます涙の人目悪さも、此のようにすっかりお見捨てを蒙りました身の咎だと諦めましても、様々に胸が痛く口惜しゅうございます。『取り返すものにもがなや』▼37です」とお嘆きになられて、「此れまでだとしてお思い捨てになられましたならば、ほんとうにお心からお厭い捨てになったことだと、恥しくも辛く思うことでございましょう。やはり哀れだとお思い下さいまし」

と申上げられると、尼宮は、「このような様をした人は、物の哀れも知らないものだと聞きましたのに、まして元から知らないことなので、何と御返事をしたものでございましょう」と仰しゃるので、「お頼み甲斐のないことを。お思い知りになることもございましょうに」とだけお云いさしになって、若君を御覧になられる。御乳母達は、身分の高く器量の好い者ばかり大勢お仕えしている。お召出しになって、お仕え申す上の心得などを仰せになる。「ああ、残り少い年になって、お生れになるべき人だったのでしょう」と仰しゃって、御抱き取りになると、ひどく人懐こくにこにこして、丸々と肥えて色が白く可愛ゆらしい。大将[38]の御乳児の頃を、ほのかにお思い出しになるのには似ては入らっしゃらない。女御[39]の御腹の宮達もまた、御父帝の方に似られ、御皇家型で、気高くは入らっしゃるが、格別勝れてお美しくは入らっしゃらない。この若君はひどく上品なのに加えて、愛嬌があって、目もとのにおやかに、笑みがちなのを、ひどく可愛ゆいと御覧になる。思い做しなのであろうか、やはりその人にひどくよく似ている。もう今から目つきが長閑かで、極り悪るげに思わせる様も、一風変っていて、薫りなつかしい顔つきである。宮はそうまではお分りにならず、女房も又決して知らないことなので、ただ院御一方のお心の中だけで、ああ果敢なかった契であるよと御覧になると、大方の世の定めなさもお思い続けになられて、涙がほろほろと零れるのを、今日は縁起を祝うべき日であるのにとお思いになって、押拭ってお隠しになって、『静かに思いて嘆くに堪えたり[40]』とお誦んじになられる。院は五十八[41]から十を取捨てた御齢であるが、齢の末になった気がなされて、ひどく物哀れにお思いになられる。『汝が父に[42]』とも諫めたくお思いになったことであろう。此の事の真相を知っている者が、女房の中にいることであろう、誰とも知らないのが残念なことである、自分を馬鹿らしいと見ていることだろうと、安からずお思いになるが、我が馬鹿らしさは我慢し切ろう、双方を較べて云えば、女宮の御為の方が気の毒である、とお思いになって、色にもお出しにならない。若君の無心に物を語って、笑って入らっしゃる、その目つきや口つきの可愛ゆらしいのも、真相を知らない人には何う見えるか知らぬが、やはりひどく好く似通っていることだと御覧になると、その人の親達の、せめて子なりとあれかしと嘆いて入らっしゃるのにも、見せることが出来ず、人知れず果敢ない形見だけを残して置いて、あれ程までに気位高く、老成していた身を、我が心から失ったことであるよ、と哀れにお思いになって、呆れた者だと思う心とは反対に、お泣かれになった。女房達の退って見えなくなっている時に、宮のお側へお寄りになって、「この人を何う御覧になりますか。こういう人を捨てて、背いてしまうべき仲だったでしょうか。何うにも辛いことで」と、お聞かせ申されると、尼宮は顔を赤らめておいでになる。

誰が世にか種は蒔きしと人問はばいかが岩根の松は答へむ[43]

「哀れなことです」と、忍びやかに申されると、御返事もなくて、ひれ伏して入らせられる。尤もなことだとお思いになるので、強いても申されない。何のようにお思いになるのであろうか、お心深くは入らっしゃらないが、何うして平気ではと御推察申上げるのも、まことに心苦しいことである。

大将の君は、あの人[44]が心に余って、ほのめかし出した事は、何のような事だったろうか、少し心持がはっきりしているようであったら、あのように云い出し初めたのであるから、すっかりその様子も見られたであろうものを、何うにもならない最期の時で、折が悪るく、気が結ぼれて、哀れでもあったことだ、と面影が忘れ難くて、兄弟の君達にもまさって悲しくお思いになっていた。女三宮があのように世をお背きになった有様も、大した御煩いでもなくて、さっぱりとお思い立ちになったことよ、又それにしても院がお許し申すべきことであろうか、二条の上[45]が、あのように最期の状態で、泣く泣くお願いなされると聞いたのに、悲しい事にお思いになって、とうとうあのようにお取留どめ申したものを、など取集めて考を凝らすと、あの人にはやはり昔から絶えずそれと見られる心持[46]があって、我慢の出来ないらしい折々もあったことだ。ひどくよく落着いている表面は、人に勝って用意があり、長閑かで、何を此の人は心の中に思っているのだろうかと、見る人も苦しい程であったが、すこし気弱い所があって、柔らか過ぎる様子があったことだ。いかに思い込もうとも、あるまじき事に心を乱して、あのように身に代えるべき事であったろうか。相手の為にもお可哀そうで、自分の身もまた徒らになどするべきであろうか。そうなるべき前世の因縁だとはいいながら、まことに軽々しい、味気ないことである、など心一つには思うけれども、女君[47]にさえもお云い出しにはならず、然るべき序もなくて、院にもまた申し出しもしないのであった。しかし、こうした事をほのめかしましたと申し出して、御様子も見たいと思っていた。

父大臣母北の方[48]は、涙の絶間もなく嘆き沈まれて、果敢なく立ってゆく日数さえも御存じなく御法事の法服、御装束、何くれの御準備なども、君達や御方々[49]にそれぞれにおさせになったことである。経仏の御事なども、左大弁の君[50]がなされる。七日七日の御誦経のことなどを、人が御注意申すと、「私には聞かせるな。このように悲しんで嘆き惑っているので、却って亡い子の冥途の障りになろうから」と仰しゃって、死んだ者のように嘆き呆けていられた。

一条の宮[51]ではまして、心許なくてお別れ申してしまった恨みまでも添って、日頃の立つにつれて、広い宮の内も人げが少く心細そうで、親しくお使い馴らしになっていた者は、やはり参ってお見舞を申上げる。お好きであった鷹や馬なども、その方の預りの者どもは、皆する御用がなくて、気を腐らして、そっと出入りするのを御覧になるのも、事に触れての哀れは尽きないものである。お使いになった御調度、常にお弾きになられた琵琶や和琴などの緒の、取り外ずして寠されて音を立てないのも、まことに滅入りきったことである。御前の木立は深く煙って、花はその時を忘れない様を眺めつつ、宮は物悲しく、お仕えする女房達も、鈍色に寠れつつ、さびしく徒然でいる昼時に、先駆を花やかに追う音がして、ここにお留りになった人がある。「ああ故殿の御様子だとばかり、ふと忘れて思いました」といって泣く女房もある。大将殿[52]のお越しになったのである。御案内を御申入れになった。いつもの弁の君か宰相[53]などがお越しになったのだとお思いになったのに、ひどく極りの悪いような清らかな御様子でお入りになられた。母屋の廂の間に御座を整えてお入れ申上げる。一とおりの人のように、女房達がおあいしらいを申すには、恐れ多い様をして入らっしゃるので、御息所[54]が対面をなされる。大将は、「とんでもない事をお歎きいたします心は、然るべき方々にも越えておりますが、言葉には限りがございますので申上げるべき方もなく、世間並みになりますことでございます。今わの際にも、御申し置きになった事もございますので、疎そかには存じ上げておりません。誰も留どまり難い世でございますが、後れ先立つ差別のあります間は、思い及ぶに従いまして、深い心の程をも御覧願いたいものだと存じております。神業[55]などの続きます頃で、私事に心を任せまして、つくづくと籠っておりますのは、例のない事でございますのに、立ちながらのお見舞は又、却って心飽かぬ気がいたすべきことだと存じまして、日頃を過したことでございました。大臣[56]などの心をお乱しになっておられます様を、見聞きいたすにつけましても、親子の道の闇[57]は尤ものことで、こうした御仲で、深くお思い留めになっておられました程は、御推察申上げますと、まことに尽きないことでございます」と仰しゃって、屡々目をお拭いになり、鼻をおかみになる。きっぱりとして気高くはあるものの、なつかしく艶めいている。御息所も鼻声におなりになって、「哀れなことはこの無常の世のしるしでございまして。悲しいと云っても他に類いのないことであろうかと、年の積りました者は、強いて気づよく醒ましておりますが、宮の更に御嘆き入りになっております様は、まことに忌々しいまででございまして、暫くも立ち後れまいとなさるようにお見えになりますので、何事もまことに心憂く過しました身が、今まで長らえておりまして、このように方々の果敢ない御縁の果ての有様を、拝見するべきであろうかと、まことに落着きかねております。自然お近いお間柄でお聞き及びでもございましよう。最初から、ほとほと御承引申上げなかった御事でございますが、大臣の御懇望も心苦しく、院[58]にも悪くはないことのようにお許しになって入らせられる御様子がございましたので、それでは私の心構えが足りなかったのであったと思い取りましてお逢わせ申上げたのでございましたが、このように夢のようなことをお見上げ申しましたので思い合せますと、私の心の程が、同じことならば強くお諍い申すべきであったと思いますと、猶おさらまことに悔しゅうございまして。それもこのような事があろうとは思いも寄らなかったのでございます。皇女達は、格別な事でなくては、悪くても善くても、このように御縁にお附きになりますことは、奥ゆかしくないことだと、古風な心には思っておりましたのに、何方にも附かない、中途半ぱな憂い御縁でございましたから、悪いことではない、こうした序に煙にお紛れになりますのは、御自身のお為のことで、人聞きなどは格別口惜しくもなさそうなことでございますが、そうさっぱりとは思い捨てられそうにもなく、悲しくお見上げ申しておりますのに、まことに嬉しくもお心浅くない御見舞が度々になりますようなので、珍しい御事だと申しておりますが、それではあの方とのお約束があったからのことだと存じまして、思うようには見えないお心持でございましたが、最期だと思召して彼方此方にお頼みになりました御遺言を思うと、哀れでございます。憂い中にも嬉しいことは交じっていることでございます」と云って、ひどくお泣きになる御様子である。大将もすぐには涙をお収めにはなれない。そして「不思議にも、至って老成した人でございまして、こうなるせいでございましょうか、この二三年この方は、ひどく陰気で、心細そうにばかり見えましたので、余りにも世間の道理を思い知って、心の深くなった人は悟り過ぎて、そうした人は可愛ゆげがなくなり、却って世間受けが薄らぐものだと、何時も捗々しくない心から、お諌め申したのでしたが、心浅いとお思いになっていたことでございました。何はさて置き、何方よりもほんに宮のお思い歎きになられますお心の中が、恐れ多いことでございますが、まことに心苦しく存じ上げられます」など、懐しく心細かく申上げて、やや暫らくしてお立ちになる。彼の君は五つ六つくらい年上で入らしたが、猶おずっと若々しく艶めいて、甘えて入らした。此の方はひどくきっぱりとして重々しく、男らしい様子があって、顔だけがひどく若く清らかなことが、人に勝れて入らせられる。若い女房達は、物悲しさも少し紛れてお見送り申上げる。御前近い桜のひどく面白いのを、

『今年ばかりは』[59]とお思いになるが、縁起の悪い歌なので、『相見むことは』[60]とお誦じになって、態とではない様子に、誦してお立ちになって入らっしゃると、御息所はひどく口早く、

時しあれば変らぬ色ににほひけり片枝枯れにし宿の桜も[61]

この春は柳のめにぞ玉は貫く咲き散る花の行方知らねば[62]

と申上げられる。それ程深い教養のあるのではないが、当世風で、才気があると云われていた更衣なのである。ほんに見よい程度の御用意であると大将は御覧になる。

致仕の大殿に[63]、そこから直ぐにお伺いになられると、君達が大勢居合されて、「此方にお入りなさいまし」と云うので、大臣の御出居[64]の方へお入りになった。大臣はためらって対面になられた。何時も変らずに清らかで入らせられる御容貌が、ひどく痩せ衰えて、お髭などもお剃りにならないので伸びて、親の喪にもまさって窶れて入らせられる。お見上げすると何うにも耐え難くなったので、余りにも抑えられずに乱れ落ちる涙が端たないと思って、強いてお隠しになられる。大臣も、取分け御仲が好くて入らしたのにと御覧になると、御涙が零れに零れて、お止めになれない。尽きぬ悲しみをお話合いになる。一条の宮へお参りした有様をお話し申上げる。更に一段と春雨かと見えるまでの御涙で、軒の雫に異らずにお袖をお濡らし添えになられる。畳紙に、あの『柳のめにぞ』とあった歌をお書き留めになってあったのを差上げられると、「目も見えないのであろうか」と、御目をしばたたいて御覧になる。泣き顔になって御覧になる様は、いつもは心強くきっぱりとした、誇らしげな御様子名残もなくなって体裁が悪い。それは格別なものではないようだが、あの『玉に貫く』とある所[65]が、ほんにとお思いになるので心が乱れて、久しく涙がお止めになれない。大臣は、「あなたの御母君のお薨れになりました秋は、悲しいことの極みだと存じましたが、女は世間が狭くて、逢います人も少く、何事につけても顕わではないので、悲しみも隠れていたことでした。不束な者ではありますが、公でもお捨てにならられず、次第に一人前になりまして、司や位につけて頼み合う人々が、自然次ぎ

次ぎに多くなりなどしまして、驚いたり残念がったりする人も、その方面にはあることでしょうね。私のこのような深い嘆きは、その一般の世の覚えも、司位も思われませず、ただ穏やかであったあの人の有様だけが、耐らず恋しいのです。何れ程のことがあったら、この嘆きが忘れられるのでしょう」と、空を見上げてお眺めになられる。夕暮の雲の様子は、鈍色に霞んで、花の散った梢なども、今日初めて目をお留どめになられる。その御畳紙に、

木の下の雫に濡れてさかさまに霞の衣きたる春かな▼66

大将の君は、

なき人も思はざりけむうち捨てて夕べの霞君著たれとは▼67

弁の君は、

恨めしや霞の衣誰れ著よと春より先に花の散りけむ▼68

御法事は世の常のものではなく、厳めしい有様であった。大将殿の北の方はもとより、殿も格別のお心入れで、誦経なども、哀れに、深い心をお加えになられた。

かの一条の宮へも、大将は常にお見舞申される。四月頃の空は、何がということもなく気持ちよく、唯一色となっている四方の梢も面白く見渡されるのに、嘆きある家は、万事につけて物静かで心細く、目を過しかねて入らせられると、例のようにお越しになられた。庭も次第に青んで来る若草が見え続いて、そこ此所の、敷砂の薄い物蔭になっている所には、蓬が所を得たように生えている。前栽は亡き君が心を入れてお仕立てになったのであったが、今は心任せに繁り合って、『一むら薄』▼69も末頼もしげに生え広がっていて、虫の音の添うであろう秋が思いやられて、ひどく物哀れで袖も露ぽい気がして分け入られる。伊予簾を懸けつらねて、鈍色の几帳の帷子の懸けかえをしてあるのを透いて見える人影が涼しそうに見えて、よい女童の、濃い鈍色の汗衫の褄や、頭つきなどのほのかに見えているのが面白くはあるが、やはり見る目の驚かれる色ではあることだ。今日は簀子に入らせられたので、

御茵を差出した。ひどく端近な御座だと思って、例の御息所が御注意申上げるが、宮は此頃は悩ましいと仰しゃって、物に凭り臥して入らした。女房がとや角と申上げて紛らしている間を、大将は御前の木立どもの、何の屈託もなさそうなのを御覧になるのも、ひどく物哀れである。柏木と楓とが、他の木よりも勝って若々しい色をして、枝を差し交しているのを、「何ういう宿縁があるのか、あのように木末の逢っているのは頼もしいことですね」と仰しゃって、そっと御簾の下にさし寄って、

ことならばならしの枝に馴らさなむ葉守の神の許しありきと▼70

「御簾の外のお隔てのあるのは、恨めしいことでございます」と仰しゃって、長押に凭りかかって入らした。「砕けての御様子もまた、至って物やわらかで入らっしゃるのですね」と、女房のそれ此れは突つき合って云っている。この方のお扱いを申す少将の君という女房を取次ぎにして宮、

柏木に葉守の神はまさずとも人馴らすべき宿の梢か▼71

「率爾なお言葉でございまして、浅くお思い申すようになりましてございます」と申上げると、ほんにとお思いになって、少しおほほ笑みになった。御息所が少し居ざり出される御様子なので、大将は静かに居ずまいをお直しになった。御息所は、「憂世の中を嘆き沈んでおります月日の積ったせいでございましょうか、乱れ心が亢じまして、呆け呆けしくなって過しておりますのに、このように度重ねてのお見舞の、まことに忝さに、気を引立てましてのことで」と仰しゃって、ほんに悩ましそうな御様子である。「お嘆きになりますのは世の道理でございますが、又それ程なのも如何かと存じます。何事も定めあってのことでございましょう。何と申しても限りのある世の中でございます」と慰めを申される。この女宮は聞いていたよりはお心が奥深く見え、お可哀そうに、何んなにか人笑われな事を、取添えてお嘆きになって入らっしゃることだろうと思うと、尋常ではないので、いたく心を留めて、御有様をお尋ね申した。御容貌はさしておよろしくは入らっしゃらないらしいが、ひどく見苦しく側の見る目の悪い程でさえなかったならば、何で見た目の為に、人を厭やになり、又有るま

じき人に心を惑わしなどすべきであろうぞ、それは態の悪いことである。ただ心持だけが、詮じつめてゆけば、貴いものである、とお思いになる。「今後はやはり昔の人におなぞらえになりまして、隔てなくお扱い下さいまし」と、特に懸想らしくはないが、懇ろに心ありげに申される。直衣姿が鮮やかで、背丈が高く、ひょろ長くお見えになることである。女房は、「あの御父大臣は、全体に懐かしく艶めいて入らして、気高く愛嬌のおありになるところは並ぶ者がありません。此方は男らしく花やかで、まあお綺麗なと、ふとお見えになるお美しさは、かけ離れたものですよ」とささやいて、「同じことなら、このようにしてお出入りなさるようになりましたなら」と、云い合っているようである。大将は、『右将軍の墓に草初めて青し』[72]と、口誦さんで、その人[73]もつい近い世のことで、様々の近い人遠い人の死の、人の心を乱させるようであった中にも、身分の高い人も低い人も、故衛門督を惜しみ残念がらない者のないのは、表立った事の上はもとより、怪しいまでに情を懸けた人だったので、それ程ではなさそうな大宮人、女房の年した者などまでも、恋い悲しんでいる。まして主上には、御遊びの度毎に、先ずお思召しになられては、お偲びにならせられる。「ああ、衛門督が」という言い草は、何事につけても云わぬ人はない。六条院では、まして哀れにお思召しになることが、月日に添えて多くある。かの若君を、お心一つには形見とお見做しになられるが、他人は思いも寄らないことなので、まことにその甲斐がない。秋頃になると、その若君が這い居ざりなどなさる。

▼1 「憂くも世に心に物のかなはぬか誰も千年の松ならなくに」（古今六帖）
▼2 「夏虫の身をいたづらになすことも一つ思ひによりてなりけり」（古今集）
▼3 女三の宮。
▼4 源氏。
▼5 今はこの世の最期だと思って、益々燃える胸から立つ煙も、結ぼれからまって消え難くなるので、諦

められぬ思いは、死後も猶お残ることでしょうか。「思ひ」の「ひ」に、「火」を懸けてある。執念の世に残ることは、甚しく忌むべきことにした。

▼6　源氏。

▼7　遊離した魂を、むすび留めること。

▼8　猫の夢で、前出。

▼9　柏木よりの歌の言葉。

▼10　あなたのいう煙に立ち添って、私も同じく煙となって消えよう。憂い事に思い乱れている、その苦しさを争う為に。「憂きこと」は、秘密の露見したつらさ。「思ひ乱るる煙」は、「思ひ」の「ひ」に「火」を懸け、胸の火によって立つ煙で、「乱るる」によって、思いの深く、死にそうなことを暗示したもの。一首は、自分も苦しさに死にそうだの意。

▼11　私の身は行方も知れない空の煙となってしまおうとも、お思い申すあたりは、立ち離れることはありますまい。

▼12　小侍従の伯母。

▼13　貴族の家にて、出産のあった時、三夜、五夜、七夜に、親族から産婦嬰児に贈物をし、それに対して祝宴をすること。

▼14　秋好（あきこのむ）中宮。

▼15　女三の宮。

▼16　お七夜。

▼17　柏木の父。

▼18　朱雀院。

▼19　六条院。源氏。

▼20　「人の親の心は闇にあらねども子を思ふ道に迷ひぬるかな」（拾遺集）

▼21　仏に縁を結ぶこと。

▼22　源氏。
▼23　紫の上。その命を源氏が取りとめたとき。
▼24　六条御息所。
▼25　女三の宮。
▼26　父の致仕の大臣。
▼27　夕霧。
▼28　落葉の宮。
▼29　弘徽殿（こきでん）女御。柏木の御妹君。
▼30　夕霧の妻。雲井雁。柏木には異腹の妹。
▼31　「我こそや見ぬ人恋（こ）ふる病すれあふひならでは止む薬なし」（拾遺集）
▼32　落葉の宮。
▼33　一条御息所。落葉の宮の母君。
▼34　女三の宮。
▼35　女三宮の御出産になられた若君。薫君とよぶ。
▼36　尼姿のこと。
▼37　「取り返すものにもがなや世の中をありしながらの我が身と思はむ」（源氏物語奥入）
▼38　夕霧。
▼39　明石姫君。
▼40　五十八翁方有㆑後。静思堪㆑喜亦堪㆑嗟。一珠甚少還慙㆑蚌。八子雖㆑多不㆑羨㆑鴉。秋月晩生丹桂実。春風新長紫蘭芽。持㆑盃祝願無㆓他語㆒。慎勿㆔頑愚似㆓汝爺㆒。（白氏文集）
▼41　同上。
▼42　同上。
▼43　誰の代に、そなたの種は蒔いたのだと人が尋ねたならば何といってこの岩の上の松は答えるのでしょ

うか。「岩根」の「岩」は懸詞で、「いかに云い」と懸けてある。「岩根の松」を若君に譬え、その種の明らかでないことを、極めて婉曲に云ったもの。猶お「松」をめでたいものとしてもいる。
▼44 柏木。
▼45 紫の上。
▼46 柏木の女三の宮に対する心持。
▼47 雲井の雁。
▼48 柏木の父母。
▼49 柏木の兄弟姉妹。
▼50 柏木の弟。
▼51 柏木の北の方。落葉の宮。
▼52 夕霧。
▼53 いずれも柏木の弟。
▼54 落葉の宮の御母御息所。
▼55 朝廷で行わせられる神事で、二月はそれの多い月。
▼56 柏木の父大臣。
▼57 「人の親の心は闇にあらねども子を思ふ道にまどひぬるかな」（拾遺集）
▼58 落葉の宮の御父、朱雀院。
▼59 「深草の野辺の桜し心あらば今年ばかりは墨染に咲け」（古今集）
▼60 「春毎（ごと）に春のさかりは有りなめどあひ見むことは命なりけり」（古今集）
▼61 咲くべき時期が定まっているので、悲しい今年も変らぬ色に美しく咲いたことである。片枝は枯れてしまったこの家の桜の木も。桜の花やかに咲いたのに、悲しみをそそられた心で、「片枝枯れにし」に衛門督のことを特に云ったもの。
▼62 今年の春は柳の芽に、露の玉を貫いていることである。散って行った桜の花の行方を知らないので。

みを述べたもの。

「柳のめ」に、「わが目」を暗示し、「露」に「涙」を暗示して、「咲き散る花」を督の君に譬えて追慕の悲し

▼63　柏木の父大臣。

▼64　客殿。

▼65　故葵上。源氏の正妻。大臣の妹。

▼66　散り過ぎた桜の花を慕って、その木の下に立ち迷い、ただ雫にだけ濡れて、花の著（き）るべき霞を、逆に、自分が衣として著ている春よ。「木」に「子」を「雫」に「涙」を暗示し、「霞」の「すみ」に、「墨」即ち墨染の喪服を暗示し、「さかさま」に「逆縁」即ち親が子の喪に籠もることを暗示し、眼前の景色に寄せて、涙に濡らしつつ、逆縁の喪服を著ているよと、悲しみをいったもの。

▼67　世に亡き人も思わなかったことであろう。この世を先立って打捨てて、我が著るべき墨染の喪服を、君に著ていられよとは。「夕べの霞」の「すみ」に、前の歌と同じく「墨染」を懸けて、眼前の景色を絡ませたもの。「君」は父大臣。

▼68　恨めしいことであるよ。霞の衣を誰に著ろというので、春よりも先に、慌ただしくもそれを著るべき花の散ったことであろうか。「霞の衣」に、「墨染」の喪服を暗示し、「春」に「親」、「花」に「衛門督」を暗示して、霞が懸かっているのに、慌ただしくも散って慕わせる桜に対して、恨みをいうのを表に、死んだ兄を恨み悲しむ心をいったもの。

▼69　「君が植ゑし一むら薄虫の音（ね）のしげき野べともなりにけるかな」（古今集）

▼70　木立があのようであるならば、我も宮と相馴れてさし交わす夜のように馴らしていただきたいものだ。その木に宿る葉守の神である亡き人も、既に許していたことであると思って。「ならしの枝」に、連理の枝即ち夫婦の意を暗示し、「葉守の神」に夫であった衛門督を暗示して懸想の心をいったもの。

▼71　柏木に、それを守る葉守の神はいらっしゃらなかろうとも、人に馴らしなどすべきこの家の梢でございましょうか。「柏木」を女宮に、「葉守の神」を前の歌と同じく亡き人に譬えて、断った心のもの。

▼72　紀在昌（きのありまさ）が、右近衛大将藤原保忠（やすただ）を悼（いた）んだ詩。「天与二善人一吾

不レ信。右将軍墓草初秋」

▼73　保忠は藤原時平の子。

横笛

故権大納言[1]のお亡くなりになられた悲しさを、限りなく残念なことにして、恋(こ)い偲(しの)ぶ人が多くある。六条院では、世間一般の人につけてでさえも、やや目立つ人の亡くなるのを、お惜しみになるお心だのに、ましてこれは、朝夕に親しく参り馴(な)れつつ、他の者よりはお心を留(と)どめてお思いになって入らしたので、如何(いかが)なことだとお思出(おもいだ)しになられることはありながら、哀れが多くて、折々事に触れてはお偲びになられる。御一周忌にも、誦経(ずきょう)などを、格別におさせになる。何も知らずに、頑是(がんぜ)なくしている若君のお有様を御覧になると、さすがに云いようもなく哀れなので、お心の中で、又この若君の御代りとお志(こころざ)しになられて、黄金百両を別にお布施になられたことである。致仕の大臣(おとど)は、その訳を知らないので、恐縮して御礼を申させられる。大将の君も、追慕の御供養を多くなされ、取りしきってお営みになられる。一条の宮へも、この際のお志が深く、御見舞をなされる。兄弟の君達(きんだち)よりも勝(まさ)った大将のお心の程を、これ程までとはお思い申さなかったと、大臣(おとど)も上もおよろこびを申される。亡い跡までも、世の覚えの重く入(い)らした程が見えるので、云いようもなく惜しいことをしたと、お思いこがれになられることが尽きない。

山の帝は、女二の宮もこのように、人笑われのようにして、嘆いていられることである。入道の女宮も、この世の人らしい方面は、お捨てになってしまわれたので、それぞれを御不足にお思いになられるが、一切この世の事を、お思い悩みになるまいとお怺(こら)えになられる。お勤めの時には、入道の宮も同じ道をお勤めになっていることだろうと、お思いやりになって、そうした様におなりになられてからは、ちょっとした事につけても、絶えず御消息(おたより)を申される。御寺の傍の林に抜き出している筍(たけのこ)と、その辺りの山で掘った野老(ところ)などが、山里につけては面白い物なので、差上げられるとて、御文(おんふみ)のお心細やかなのの端に、

「春の野山は霞(かすみ)が深く▼2、物も見分けられない程ですが、深い志から掘り出させた物でございます。しるしばかりを差上げます」

世を別れ入りなむ道は後(おく)るとも同じところを君も尋ねよ▼3

「まことに修め難い業(わざ)です」

と仰せになっているのを、宮は涙ぐんで御覧になっているところへ、大臣(おとど)の君がお越しになられた。例になく、御前近い所にある罍子(らいし)▼4などを、何であろう、怪しいと御覧になると、院よりの御文なのである。御覧になると、誠に哀れである。今日か明日かという気がするのに、対面の心のままにならぬことなどを、細やかにお書きになっている。御歌の「同じところ」の御同伴は、格別面白いところもない聖言葉(ひじりことば)であるが、ほんにそのように思召(おぼしめ)すことであろう、自分までが疎略(そりゃく)にお扱い申すと御覧になり、更(さら)に一段と御不安な思いの添うようになったのを、ひどくお気の毒にお思いになる。御返事はつつましげにお書きになって、お使(つかい)には、青鈍(あおにび)の綾を一襲(ひとかさね)下さる。お書き直しになった紙が、御几帳(きちょう)の脇からほのかに見えるので、院は取って御覧になると、御手蹟(みて)はひどくはかな気(げ)で、

うき世にはあらぬところのゆかしくて背く山路に思ひこそやれ▼5

「御心配のような御様子で入らっしゃいますのに、この『あらぬところ』をお求めになられますのは、何(ど)うにも迷惑なことで」と申上(もうしあ)げられる。今では宮は直接にはお見上げ申さず、院はひどくお美しくお可愛い額髪、お顔つきのお美しさが、唯稚児(ただちご)のようにお見えになって、云いようなくお可愛(かわ)ゆらし

いところをお見上げするにつけ、何うしてこのようになってしまったことだろうと、罪を得そうに思召されるので、御几帳だけを隔てにして、しかしひどくは懸け離れず、疎々しくはない程にお扱い申していられることである。若君は乳母の部屋に寝て入らしたが、起きてお這い出しになって、大臣のお袖を引っぱってお纏わりになられる様が、ひどく可愛ゆい。白い羅に、唐の小紋の紅梅色のお召物の裾を、ひどく長く、だらしなく引きずって、前方はまる出しにして、後部の方にだけお召しになっている御恰好は、ひどくお可愛ゆらしく、色は白く、すらりとしていて、柳を削って作ったようである。頭は月草の花で、態と色取りをしたように思え、口つきは可愛ゆく美しくて、目つきが落ちついていて、気の置ける程に薫っていることなど、やはりひどくよく似ていると思い出されるが、彼はひどくこれ程までに水際立って清らかではなかったのに、何うしてこんなであろうか、宮にもお似申してはいず、今から気高く物々しくて、並みはずれて見える御様子は、我がお鏡の中に見える顔に似ていなくはない、とお見做されになる。少しお歩きになられるほどである。その罍子に盛ってある筍を、何だともお分りにならずに這い寄って、ひどく慌しく取り散らして、噛りなどなされるので、「まあ乱暴な。何うにも不都合だ。あれを隠しなさい。食物に目をお着けになるなど、口の悪い女房共が云い立てます」と仰しゃってお笑いになる。お抱き取りになって、「この君の目もとは、ひどく様子の好いことですね。小さい頃の児を、大勢は見ていないせいでしょうか、これ位の頃は、唯他愛のないものだとばかり見ていましたのに、今からひどく様子の異っているのは、厄介なことですよ。女宮の入らせられる中に、こうした人がお生れになって、気の毒な事が何方にも起ることでしょう。ああ、こうした方のそれぞれ一人前におなりになる先までは、見果てることなどありましょうか。『花の盛りはありなめど』」と、見詰めていて仰せになる。「まあ縁起でもない御事まで」と、女房達は申上げる。お歯がお生えになるので、噛み当てようとして、筍をじっと握って持って、涎をだらだらと流して、噛み濡らして入らっしゃるので、「ひどく変った色好みですね」と仰しゃって、

横笛

うき節も忘れずながら呉竹の子は棄て難きものにぞありける▼6

抱き離して、お詠み懸けになられるが、若君は何とも思ってはいず、ひどく気忙しく、這い下りてお騒ぎになる。月日の立つに連れて、この君が美しく、めきめきと大きくおなりになるので、誠にその『うき節』は、皆お忘れになることであろう。この君がお生れになるべき因縁があって、ああした案外なこともあったのであろう。遁れられない事であったのだと、少しはお思い直される。御自分の御因縁も、やはり飽き足りないことが多くある。大勢の女をお集めになられた中でも、この宮だけは、不足に思う点がまじっていず、人としてのお有様も、飽き足らぬところはなくて入らせられるべきであるのに、このように思いも寄らない様でお見上げすることだ、とお思いになるにつけては、以前の罪が許し難く、やはり残念なことであった。大将の君は、故君の臨終に云い残した一言を、心の中にお思出しになりつつ、ひどく申上げたく、御様子も拝したいのであるが、薄々感づいて、思い寄ることもあるので、却ってお云い出し申すに工合が悪くて何うした序に、この事の委しい有様も分らせ、又あの人の思い入っていた様もお知らせ申そうかと、思い続けて入らっしゃる。

秋の夕の物哀れなので、一条の宮をお思いやり申して、お越しになられた。打解けてしめやかに、御琴など弾いて入らっしゃる折のようである。奥深いお座もお設けになれず、すぐにそのお部屋の南の廂の間にお入れ申した。端の方に居た女房が、奥に居ざり入る様子なども明らかで、衣ずれの音も、全体の薫物の匂いも香ばしく、奥ゆかしい程である。例の御息所が対面なさって以前のお話などをなさり合う。御自分の御殿は、朝夕人の出入りが繁く、物騒がしいのに、幼い君達が集って、お騒ぎになるのにお馴れになっているので、ひどく静かで、物哀れである。荒れている感じはあるが、上品に気高くお住み做しになっていて、前栽の花どもが、虫の音の多い野辺のように乱れている夕映えを、お見渡しになる。和琴をお引寄せになると、律の調べにして、よく弾き馴らしてあって、人の衣の香が沁みていて、懐しく思われる。こうした辺りには、思うままにする好色心のある者は、慎しみなく、様の悪い振舞をして、あるまじき評判も立てるものであるよなど、思い続けつつ弾き鳴らしていられる。故君が常に弾いて入らっした琴なのである。面白い手一つなど、少しお弾きになって、「ああ、ひどく珍しい音を、お弾きならしになられたことでしたよ。この御琴にも、魂はお籠りになっていることでしょう。宮の御手で、現したいものでございますね」と仰しゃると、御息所は、「琴の緒の絶えましてから後は、[7]昔の御童遊びの名残をさえも、お思出しにならなくなっておしまいのようでございます。院の御前で、女宮達が、それぞれに御琴をお試みになりました時にも、このような方はお暗くは入らっしゃらないと、お定めになりましたようでございますのに、そうした御様子はなく、呆け呆けしくなられまして、眺め暮して入らっしゃいますようですから、『世の憂きつま』と云うようにお見上げして居ります」と仰しゃるので、「まことに御尤もなお歎きでございますよ。『限りだにあ[8]る』」と、お歎きになって、琴を押し遣られたので、御息所は、「これを、それでは、琴声に魂が伝わるか何うか、聞き分けの附きます程お弾き下さいまし。心が結ぼれまして、思い沈んでおります耳だけなりと、さわやかに致しましょう」と仰しゃるので、大将は「それが伝わって居ります御夫婦中の[9]緒は格別な音で入らっしゃいましょう。それを承りたいと存じて、申上げましたのでございます」と云って、琴を御簾の下近くまでお押し寄せになったが、直ぐには御承引になりそうもないことなので、強いては申上げられない。月が出て曇りのない空に、羽根を交して飛ぶ雁の、列を離れないのも、宮は羨しく鳴く音をお聞きになることであろう。風が肌寒く、物哀れなのに誘われて、宮は箏の琴をひどくほのかにお弾きになるのが、奥深い声なので、大将は、一段と心が留まりきって、却ってゆかしさが加わるので、琵琶を取寄せて、ひどく懐しい音に、想夫恋をお弾きになる。「お察し申すような様で、工合が悪るうございますが、これには御返事がございましょうか」と仰しゃって、切に御簾の中をおそそのかし申したが、ましてなさり難い御返事なので、宮は唯哀れさをのみお思いつづけになっていると、大将は、

言(こと)に出(い)でていはぬをいふに増(ま)さるとは人に恥ぢたる気色(けしき)をぞ見る▼10

と申上げられると、唯終りの方を少しお弾きになられる。宮、

深き夜のあはればかりは聞き分けどことより外(ほか)にえやは云ひける▼11

聞き飽かず面白い程度に、そうした大(おお)ような音柄(ねがら)を、至り深い人が心を籠めて弾き伝えているので、同じ調べの物とはいうが、哀れに物凄(ものすご)く聞えるものの、片端を弾き鳴らして止(や)めておしまいになったので、大将は怨(うら)めしいまでに思われるが「私の好き好きしさを、色々と弾き出してお聞きに入れたことでした。秋の夜を更かしますのも、昔の人の咎(とが)めがあろうと遠慮いたされますので、退出いたすべきでございます。又改めて、その心でお伺い致しましょうが、この御琴どもの調べを変えずにお待ち下さいましょうか。約束ちがえもございます世の中なので、気懸りなことで」と、露(あら)わではないが、お匂わしになってお出になられる。御息所は、「今宵の御好き事は、人もお許し申上げるべき程でございました。取りとめもない思出話(おもいでばなし)にばかりお紛らわしになりまして、命の延びる気のいたしますまではございませんで、残り多いことで」と仰しゃって、御贈物に笛を添えてお差上げになられる。「これにこそ、誠に古い由緒も伝わっているようにお聞き置きいたしました。こういう蓬生(よもぎう)に埋もれておりますのを、哀れに見ておりますので、御先駆(みさき)に競ってお鳴らしになります声が、余所(よそ)ながらおゆかしゅうございます」と仰しゃるので、「似合わしくない随身でございましょう」と云って御覧になると、これもほんに、故君が生涯身に添えて玩(もてあそ)びつつ、自分でもこの笛は、音(ね)の限りは吹き切れない、この人はと思われる者に、何(ど)うか伝えたいものだと、折々独言(ひとりごと)に云って入らしたことをお思出しになられると、又更に哀れが多く添って来て、試みにお吹き鳴らしになる。盤渉調(ばんじきじょう)を半分程吹いてお止(や)めになって、「昔を偲んでの独語(ひとりごと)▼12の方は、あんなでも咎めないものだとお許しになりました。此の笛の方は、恥ずかしゅうございます」と云ってお立ちになると、御息所、

露しげき葎(むぐら)の宿にいにしへの秋にかはらぬ虫の声かな▼13

とお詠みになった。大将、

横笛のしらべはことにかはらぬを空しくなりし音こそつきせね[14]

お立ちになりかねて躊躇して入らせられると、夜もいたく更けてしまった。

殿にお帰りになられると、格子は下させて皆寝てしまっていられた。あの宮に心をお懸け申して、このように懇ろにして入らっしゃるのでと、女房がお聞せ申したので、上は大将がかように夜更かしなさるのが、何だか憎らしくて、お帰りになられたのを聞き知りながら、寝たような風をして入らっしゃるのであろう。大将は、『妹と我と入るさの山の[15]』と、ひどく好い声で独語にお謡いになって、「何だって此のように閉め切っているのですか。ひどい引込み方ですよ。今夜の月を見ない里もあるのですね」とお呻きになる。格子を御上げになられ、御簾を捲き上げなどなされて、端近い所でお臥みになられた。「こうした夜の月に、かまわずに寝てしまうということがあるものですか。少し出て入らっしゃい。何うも面白くもない」など申されるけれども、上は厭やな気がして、聞き流していられる。君達のたわいのない寝おびれ声が、あちらこちらにして、女房の押合って寝ているなど、人気が賑やかなので、今まで入らしたところと思い合せると、いかにも変っている。その笛を少し吹きながら、あの後も何んなに眺めをして入らっしゃるだろう、御琴は変らぬ調べでお遊びになっていることであろう、御息所も和琴はお上手なことである、など思いやってお臥みになって入らした。何うい う訳で故君は、唯一とおりのことは、貴くお扱い申上げながらも、ひどく深い情合いはなかったのであろうかと、それにつけてもひどく訝しい気がなされる。あの女宮にお逢い申して、見劣りのするようなことがあったら、お気の毒なことである。大方の夫婦につけて見ても、噂に聞いて極めて好い人は、必ずそうしたものだ、と思うと、御自分の御夫婦中は、疑わしいような思いやりもなく、睦び初めた時からの年月をお数えになると、哀れで、このようにひどく気強く、我儘に仕馴れて入らっしゃるのも、無理もないことだとお思いになった。少しお眠りになられた夢に、かの衛門督が、唯以前のとおりの袿姿で、側にいて、その笛を手に取り上げて見ている。夢の中でも、亡き人のこととて、気安くはなく、その声を尋ねて来たのだと思うと、

笛竹に吹き寄る風のことならば末の世長きねに伝へなむ[16]

「与ろうと思う人が他にございました」と云うので、誰であるかを問おうと思う折に、若君が寝おびれてお泣きになる声で、目がお覚めになった。その君はひどくお泣きになって、乳をお吐きになったので、乳母も起きて騒ぎ、上も、灯火を近く取り寄せさせて、髪の毛を耳挟み[17]して、かれこれとお世話をして、抱いて入らした。上はひどくよく肥えて、ぽちゃぽちゃと美しい胸を開けて、乳首をおふくませになっている。児もひどく美しく入らっしゃる君なので、色白でお可愛ゆいのに、お乳はひどく出が細いので、一心になって慰めて入らっしゃる。男君も寄ってお出でになって、「何んなです」と仰しゃる。散米[18]を一面にして、取乱した様になっているので、夢のあわれも紛れてしまうことであろう。「苦しそうでございますよ。若々しいような御様子で、お出歩きになって、夜更けてのお月愛でで、格子をお上げになったので、何時もの物の怪が入って来たのでございましょう」と、ひどく若く可愛ゆらしい顔をしてお怨みになるので、笑って、「飛んでもない物の怪の案内をしたものですね。私が格子を上げなかったら、道がなくて、ほんに入って来られなかったでしょう。大勢の親になられたので、ひどくお考え深い物云いをなさるようになったものですね」と云って、お見よこしになった目が、ひどく極りが悪いので、上は何も仰しゃらず、「まあ、お入りなさいましよ。見ともない姿で」と云って、明るい灯影に見えるお姿を、さすがに極り悪くお思いになっている様も憎くはない。誠に若君はお気持が直らずに、泣きむずかって夜をお明かしになった。

　大将の君は、夢のことを思出しになると、この笛は、厄介な品であることだ、故君が心を留どめて思っていた物で、自分は伝えられるべき者ではない、女宮の御伝えでは、筋が立たないことでもある。あの霊は、何のように思っていたことであろうか。此の世にある中は、何程にも思わないことでも、

その臨終の折の、一念の怨めしかった為にも、又は可愛ゆいと思った為にも纏わられて、浮ばれずして、長い世の闇に迷うものである。それであればこそ、何事にも執着は留どめまいと思っているこの世である、など思い続けて、故君のために愛宕の寺で誦経をおさせになる。又彼方の菩提寺でもおさせになって、又此の笛をば、特に、あのように深い由緒ある物であるとしてお贈りになったのに、忽ちに仏に御寄進申すというのは、尊い事とは云うものの、あっけない事であろう、と思って、かの六条院に御伺いになられた。院は女御の御方へお越しになって入らせられる折であった。三の宮は三歳ばかりで、御兄弟の中でもお美しく入らせられるが、上の御方に、又特に御子分としてお留め申して入らせられた。走り出して入らして、「大将、宮をお抱き申して、彼方へ連れて入らっしゃい」と、御自分を尊んで、ひどく甘えたように仰しゃるので、笑って、「入らっしゃいませ。何うしてあの御簾の前が通れましょうか。ひどく軽々しいことです」と云って、お抱き申して立っていると、「誰も見てはいない。私、顔を隠そう。行こう行こう」と云って、お袖で大将の顔をお隠しになったので、ひどくお可愛ゆくて、お連れ申上げる。女御の御方には、二の宮が、此方の若君と一緒になってお遊びになって入らしたが、院には可愛ゆがって入らせられるのであった。大将は三の宮を、隅の間の所にお下し申すと、二の宮はお見附けになって、「私も大将に抱かれよう」と仰しゃると、三の宮は、「私の大将だもの」と云って、摑まえて入らっしゃる。院も御覧になって、「何方もひどく良くないお有様ですよ。公のお近い衛りの人を、私の随身にしようとお争いになることですよ。三の宮はまことにお宜しくありません。何時もお兄上と競争をなさいます」と、お戒めしてお扱い申す。大将も笑って「二の宮は、まことにお兄上心があって、お譲りになるお心がお深いようでございます。お年の割には、怖ろしい程にお見えになります」と申上げる。院は微笑んで、何方もひどくお可愛ゆくお思い申上げる。「ここは見苦しい、軽々しい公卿の御座です。彼方へ」と仰しゃって、対の御部屋へ御越しになられようとするが、宮は纏わり着いていて、更にお離れにならない。此方の若君は、宮達と御同列にはなるまじき者と、院はお心の中ではお思いになられるが、却ってそのお気持を、母宮はお心の鬼からお僻みになられることであろうと、これも思いやり深いお心からお気の毒にお思いになるので、ひどく可愛ゆいものに思ってお冊き申される。大将はその若君をまだよく見てはいないことだとお思いになって、御簾の脇から出て入らしたので、花の枝の枯れて落ちているのを拾って、お見せしてお招き寄せになると、走ってお出でになった。二藍の直衣だけを著て、ひどく色白で、光って美しいことは、御皇子達よりも細やかで可愛ゆらしく、清らかである。何うかと疑う目が留まって見るせいでもあろうか、目つきなど、その人よりは今少し強く、才のある様が勝っているが、眦の切れ目の、美しくにおやかな様子などは、ひどくよく似ていられる。口つきが、格別にも花やかな様をして、笑うところなど、ふと見る我が目のせいかとも思われるが、大臣は必ずお思い寄りになっていられることだろうと、いよいよお心持が知りたい。宮達は、此方の思い做しこそは気高いが、普通の美しい子供とをお見えになるのに、この若君は、ひどく品がよい上に、その様が格別美しいのを、お見較べ申上げつつ、ああ、もし我が疑っていることが事実ならば、父大臣があれ程までに、又とないまでに嘆き呆けられて、その子だと名のって出て来る者さえもないことだ、形見として見る程の名残だけでも留どめて置けよと、泣きこがれて入らせられるのに、お聞かせ申さずにいるのは、罪になりそうなことだ、などと思うけれども、いや、何うしてそんな事があるべき事かと、やはり解らず、思い寄るところもない。若君は心持さえも懐しく哀れで、宮達と睦ましく遊んでいられるので、ひどく可愛ゆく思われる。

　対へお越しになられたので、大将は長閑にお話をされている中に、日も暮れかかった。昨夜あの一条の宮にお伺いして見た宮のお有様などをお話し申すと、院は微笑んで聞いて入らせられる。哀れな昔の事に関係した節々は、御応対をなされて、「その想夫恋のお心持は、ほんに昔の例から云っても、お弾きになるべき折だったとは云うものの、女はやはり、人が心を動かすような向きのことは、大方のことでは見せるべきではないと、思い知られることが多いです。以前の心持を忘れず、そのように長く渝らない情愛を人に知られようとするならば、同じことなら、心が綺麗で、とやかくの関係がなく、ゆかしげもない乱れのない方が、何方の為にも心にくい、見よいことだろうと思いますよ」と仰せになると、大将は、あんな事を、人に対してのお教えだけは堅そうであるが、そうした間違は、御自分では、さあ、何んなものだろうか、とお見上げ申す。「何の乱れがございましょうか。やはり一とおりならぬ同情を仕はじめました所へ、当座だけのことを致しましては、却って世間並みの疑いを受けることになろうかと存じてのことでございます。想夫恋は、彼方のお心から、出過ぎてなさいましたのなら、憎いことでもございましょう。物の序に、仄かにお弾きになりましたのは、その折にふさわしくて、趣のあることでございました。何事も、相手次第、場合次第にするものでございましょう。宮のお年も自然、ひどくお若いようになさるべき程でもございませんし、私もまた、戯れめいた、好色き好色きしいことなどには物馴れておりませんので、お打解けになるのでございましょうか、大体懐しく、見よいお有様で入らっしゃいました」など申上げるにつけ、ひどく好い機会をつくり出して、少しお側近く参り寄って、あの夢語を申上げると、院は暫くは何も仰せられずにお聞きになって、お思い合せになる事があった。「その笛は、此方で見るべき訳のある物です。あれは陽成院の御笛です。それを故式部卿宮が、貴重な物にして入らしたのですが、あの衛門督は、幼少の時からひどく好い音を吹き出すのに感じて、あの宮で萩の宴をなされた時、贈物としてお取らせになった物です。女の心には、深くはお解りにならず、そのように扱われたのでしょう」などと仰しゃって、後の世に伝える上では、他に誰にやろうと迷うところがあろうか、そのように思うようになったことであろう、などお思いになって、この大将はまことに到り深い人であるから、思い寄るところがあろうとお思いになる。院のその御気色を見ると、大将は一段とはばかられて、直ぐには云い出すことがお出来にならないが、是非ともお聞きに入れたい心があるので、たった今事の序に思い出したように、さりげない風をして、「臨終になろうとしました時に、見舞にまいりますと、亡い後の事どもを申しました中に、これこれで、深く申訳なく存じております由を、返す返すも申しておりましたが、何ういうことでございましたろうか、今以てその訳が思い寄れませんので、解らずにおりますことでございます」と、全く解らないように申上げると、院は察した通りだとお思いになるが、何でその頃のことを顕して云うべきであろうかとお思いになるので、暫く呑みこめぬようにしていて、「そのように怨みの残る程の様子は、何ういう折に見て取ったのか、自分では思い出せません。追って静かに、その夢のことは思い合せてお聞かせすることにしましょう。夢語は夜はしないものだとか、女どもの言伝として云っていることです」と、仰しゃって、ほとんどお答がないので、大将は、口へ出して申上げたのを、何うお思いになるだろうかと、気がお置けになったということである。

▼1　衛門督。
▼2　朱雀院のお籠りになっていられる山寺の、その折の光景。
▼3　俗世間より別れて、立ち入った仏道の上では、我よりは後れていようとも、我と同じく極楽往生の道を、君も亦（また）尋ねて知りたまえよ。「ところ」は、贈物の「野老」に懸けた詞で、この山へ来てお逢いなさいの心のもの。
▼4　菓子などを盛る漆器の称。ここは筍や野老を載せてある物。
▼5　此方のうき世には見られない野老（ところ）が奥ゆかしくて、あなたの世を背いて入らせられる山路が、なつかしく思われることでございます。というので、表面は御贈物の喜びを云い、それに御父帝を慕っている心を絡ませたもの。
▼6　それの持っている憂き節は、忘れられないものながら、呉竹の子は、棄て難い物であることよと、眼前にある筍の愛すべき物であることを表面にし、「憂き節」に女宮と衛門督に対する怨みを、「呉竹の子」に、

若君を絡ませつつ、若君に対しての愛情を云ったもの。

▼7　伯牙が、知音（ちいん）の鐘子期が死ぬと、琴の絃を断って再び弾かなかった故事に絡ませ、衛門督をその鐘子期に喩えての言。

▼8　「恋しさの限りだにある世なりせば年経て物は思はざらまし」（古今六帖）

▼9　夫婦仲での伝えの意を、琴の縁語で云い、前の御息所の語に応じさせたもの。

▼10　口に出して云わないのは、云うにも増さる思いであるということは、人に恥じている御様子で知られることです。というので、「言」に「琴」を絡ませて、弾かれるように促した心。

▼11　秋の夜更けの、あなたの琴の音の哀れだけは聞き分けることが出来ましたが、私は唯この琴でそれを云うだけで、口に出して云う思いなど、何がありましたろうか。というので、大将の云うことを逸らし、その琴の音を仄（ほの）かに褒め、「こと」に琴を懸けて、我が琴の音を無意味にした心のもの。

▼12　大将が自分の弾いた和琴の音を卑下しての喩。

▼13　露の繁く置いている葎の生えた荒れた家に、以前の秋に変らない虫の声を聞くことですよ。というので、「露しげき」は、涙の絶えない喩。「いにしへの秋」は、衛門督の生存中。「虫の声」は、大将の吹いた横笛の音の喩。

▼14　横笛の音は、以前と別しては変らないのに、亡くなった人を思って泣く音は、尽きる時のないことです。

▼15　「妹と我と入るさの山のやまあららぎ、手な触れ取りそや、香をまさるがにや、とくまさるがにや」（催馬楽「妹与我」）

▼16　笛の竹に、吹き寄って来る風の音が、このように後に伝わるものであったら、その音を我が後の世の、長く続くところの根に当る者に伝えたいものである。というので、我がこの笛は、後久しかるべき我が子に伝えたいという心を云ったもの。「吹き寄る風」は、笛の音を、それが竹の縁であるところから喩えたもの。「末の世長きね」は、後々までも生きているべき我が子というを、同じく竹として喩えて云ったもの。

▼17　女が立ち働く時には、長い髪の毛が邪魔になるので、鬢（びん）の毛を耳の後ろに挟むことで、立ち

働きということを具体的に云ったもの。

▼18　物の怪を攘（はら）う呪（まじな）いとして、白米を撒（ま）き散らすことが行われた。

鈴虫

夏の頃、お池の蓮の花の盛りの時に、入道の姫宮の御持仏が御造立になられたので、供養をなされる。この度は、大臣の君のお志として、御念誦堂の道具類を、心細かにお整えになっていられたのを、やがてお飾りつけになられる。幡の様などは懐しく、格別な唐の錦を選んで、お縫わせになった。紫の上がその事をなされたことである。花机の覆いなど、面白い鹿児染も懐しく、清らかな色に染め附けられた形なども、見馴れない様である。姫宮の夜の御帳台を、四方とも揚げて、後の方に法華の曼陀羅をお懸け申して、銀の花瓶に、丈高く仰々しい花の色を整えて奉った。名香▼1には、唐の百歩▼2の香をお炷きになった。阿弥陀仏、脇士の菩薩は、何れも白檀でお作り申してあるが、手が細かで、美しげである。閼伽の道具は、例のように際立って小さく、青や、白や、紫の蓮の造花を整えてあって、荷葉の方に合せてある名香▼3に蜂蜜を隠して含ませて、ぼろぼろにしたのを、炷き匂わしたが、百歩と一つ薫に匂い合って、ひどく懐しい。経は、六道の衆生の為にと、法華六部をお書かせになって、御自分の御持経としては、院が御自身お書きになられたことである。これまでの短い間を現世での御縁として、これから後の長い間は、互に導きかわし給うべきお▼4心を、願文にお作りになられた。そして又阿弥陀経は、唐の紙では脆くて、朝夕の御手馴らしには何うであろうかと思召されて、紙屋▼5の者を召して、特に仰せになって、入念に清らかにお漉かせになった紙に、この春頃からお心を入れて、間に合うようにとお急ぎになられた甲斐(かい)があって、その片端を御覧になる人々も、目を耀(かがや)かせてお感じ入りになられる。罫(けい)に引いてある黄金の線よりも、墨継の方が耀いているところなど、まことに珍しいものであった。軸、表紙、箱のさまなどの美しさは、云うまでもないことである。これは別に、沈香(じんこう)の花足(けそく)の机に載せて、仏と同じ帳台の上にお飾りになられた。

御堂(みどう)を飾り終って、講師もお参りになり、焼香の人々も参り集われたので院も其方(そちら)へお越しになられようとして、宮の入(い)らせられる西の廂(ひさし)の間をお覗きになられると、狭い感じのする仮の御座所に、窮屈そうに暑い気のするまでに仰々しく装束をした女房が、五六十人程も集っていた。北の廂の間の簀子(すのこ)にまで、女童(めわらわ)どもは立ちさまよっている。火入を数多(あまた)据えて、香を煙たいまでに扇ぎ散らしているので、お近寄りになって、「空焼(そらだき)を焼(た)くには、何処(どこ)から来る煙だか、分らないようにするのがよいものです。富士の煙にも勝るように、一面に薫(くゆ)らせるのは、つまらないことです。説教の時は、一切鳴りを鎮(しず)めて、落ちついて説く事を聞き分けるべきですから、無遠慮な衣(きぬ)ずれの音や、起ち坐りなどは、鎮めるようにするべきです」と、例のように、心深くない年若い者に用意をお教えになられる。宮は大勢の人気(ひとげ)にお圧(お)されになって、ひどくお小さく、可愛(かわ)ゆらしく、ひれ伏して入らした。「若君は騒がしいことであろう。抱いてお隠し申上げなさい」など仰(おっ)しゃる。北の御襖(おふすま)も取払って、御簾(みす)を懸けてあった。そちらへ女房達はお入れになられる。辺りを静めて後、宮にも説教をお聴きになるべき御用意をお聞(きか)せになられる。ひどく哀れで、宮の御座(おまし)をお譲(ゆず)りになられた、仏の御飾りを御覧じやりになるにも、さまざまに哀れで、「こうした事の御営みを、私も御一緒にしようなどとは、思い寄らなかったことでございます。ままよ、せめて後の世でなりと、あの蓮の花の中の宿りでは、隔てなくお思い下さいまし」と仰しゃって、お泣きになられた。

蓮葉(はちすば)を同じ台(うてな)と契りおきて露の別るる今日ぞ悲しき▼6

と、御硯(おすずり)に筆を濡らして、宮の香染(こうぞめ)の御扇にお書きつけになった。宮、

隔てなく蓮の宿を契りても君が心やすまじとすらむ▼7

とお書きになったので、「何うにもひどくお見下げになることですね」とお笑いになりながらもやはり哀れにお思いになっていられる御様子である。

例の皇子達も、誠に多くお参りになられた。御方々から、我も我もとお整えになられた御供物の有様は、それぞれ異っていて、置き所もないまでに見える。七僧の法服など、すべて大方の事は皆紫の上がなされた。綾で作った袈裟のその縫目までも、その事を知っている者は、一通りのものではないと、お褒め申したとか。煩さくも細かい物云いであるよ。講師は誠に尊くも事の次第を申して、この世にお優れになって入らせられる、盛りの御身をお厭い捨てになられて、未来永劫に亘っての御縁を仏と御結びになられる、その尊く深い様を書き表わして、現代に学の勝れた、豊かな弁舌をもって、深く用意して云い続けるのが、ひどく尊いので、何方も皆おしおれになられる。この供養は唯内々の、お念誦堂の始めだと思召しての事であったが、内裏にも、山の帝にも聞こし召されて、皆御使があった。お誦経の布施なども、まことに置き所のないままで、俄に事が大きくなったのである。院で御準備になった御事も、簡略にとお思いになったが一通りのものではなかったのに、まして忝い御事などが加わったので、夕方の寺には置き所もなさそうなまでの、盛んなお布施になって、僧どもは帰ったことであった。

今となって院は入道の宮をお気の毒だというお心が添って来て、限りないまでにお冊き申上げられる。山の帝は、かのお譲りになられた三条の宮に離れ住まれた方が、後々の為には見よいことであろうと申されるが、院は、「余所余所になっては不安でございましょう。明暮れにお見上げ申し、物を申し伺うことが怠りましては、不本意でございます。何れは長くもない命で、此の先何れ程もございますまいから、やはり生きている間の志だけでも、失いきりたくはございません」と申上げつつ、彼方の宮をも、ひどく行き届かせて、清らかにお造らせになる。宮の御領地よりの御納物、国々の御庄、御牧などから奉る物で、然るべき様をした物は、彼方の三条の宮の御蔵にお納めになられる。又お蔵をお建て増しになって、様々の御宝物や、院からお譲り物で数知れぬ賜わり物で、彼方に属すべき物は、すべてその宮に運んで、注意深く厳重にお扱わせになる。明暮れの御冊きや、大勢の女房の事など、上下のお扶持は、すべて我が方の御まかないでお仕え申させたことである。

秋の頃、宮の入らせられる西の渡殿の中の塀の東の際を、ずっと野の様にお造らせになった。閼伽棚を設けて、尼君のお住まいにふさわしくなされた御工夫は、まことに趣が深い。お弟子としてお従い申上げる尼どもは、御乳母、老女房とも固よりとして、若い盛りの者も、腹が決り尼として生涯を終れそうな者だけを選んでお許しになったことである。そのような機会には我も我もと争って尼になりたがる者があったが、大臣の君はお聞きになって、「あるまじきことです。本心からでない者がまじっていると、側の者が困り、不謹慎な噂も立って来るものです」とお止どめになって、十人余りの者だけが姿を変えてお仕え申上げる。その野に、虫をお放させになって、風の少し涼しくなって来た頃の夕暮には、お越しになって、虫の音をお聞きになるような様にして、やはりまだ、やはりお諦めになってはいない様を申上げてお悩まし申すので、宮は、例のお心はお持ちになるまじきことであると、偏にうるさいことにお思いになっていられた。大臣は人目にこそは変るところがなくお振舞になって入らしたが、お心の中では辛いことをお知りになっていられる御様子が明らかで、云いようもなく変っておしまいになったお心なので、宮は、何うかしてお目に懸らなくしたいというお心から、大体は御決心になられての御出家なので、今はかけ離れてお気楽なのに、まだそのようにお聞せになるのが苦しくて、人離れしたお住まいに移りたいものである、とお思いになるが、分別ありげにそのようには達ては申上げられない。

十五夜の月の、まだ光を隠している夕暮に、仏の御前に宮は入らして、端近くお眺めになりつつ、念誦をして入らせられる。若い尼君達の二三人が、花をお供え申そうとて鳴らしている閼伽杯の音や、水を扱う音などが聞えて、様の変った用事に忙しがり合っているのも哀れなのに、大臣は例のようにお越しになられて、「虫の音がひどく繁く乱れる夕でございますね」と仰しゃって、御自分も忍びやかに御念誦をなされる。阿弥陀の大呪[8]がまことに尊く、ほのかに聞える。ほんに様々の虫の声が聞えている中に、鈴虫の高く鳴き立てる声が、花やかで面白い。「秋の虫の声は、何れも面白い中に、松虫が勝れていると仰しゃって、中宮は遠い野を分けて、特に探してお取らせになりなりして、放して入らっしゃいますが、それと分るように鳴き伝えることは少いことです。その名とは違って、命の脆い虫なのでございましょう。心のままに、人の聞かない奥山や、遠い野の松原では、声を惜しまずに鳴くのに、ひどく隔て心のある虫だと云うべきです。鈴虫の方は気軽に当世風なのが可愛ゆいことです」と仰しゃると、宮は、

大方の秋をば憂しと知りにしをふり捨て難き鈴虫の声[9]

と忍びやかに仰しゃる。ひどく艶めいて、上品に大ようである。何て事を仰しゃるのですか。思いの外の御事ですと仰しゃって、

心もて草の宿りを厭へどもなほ鈴虫の声ぞふりせぬ[10]

と仰せになって、琴の御琴をお取寄せになって、珍しくお弾きになる。宮は御数珠を繰るのを怠って、御琴にはやはりお心をお入れになられた。月が上って来て、ひどく花やかなのも哀れなので、大臣は空を眺めて、世の中の様々な事につけて、はかなく移り変ってゆく有様をお思い続けになられて、何時もよりも哀れな音にお弾き鳴らして入らっしゃる。

今夜は例の御遊びもあろうかと推量して、兵部卿の宮がお越しになられた。大将の君も、殿上人の然るべき人々をお連れになって参られたが、此方に入らせられると聞いて、御琴の音を尋ねて、直ちにお参りになられる。大臣は、「ひどく徒然なので、改まっての遊びをいとうではなくても、久しく絶えてしまっています珍しい物の音を、聞きたいと思っての独言を、よくお尋ねくださいましたこ

とです」と仰しゃって、宮を、此方に御座を設けてお入れ申上げる。内裏の御前で、今夜は月の宴があるはずであったのに、お止めになって寂しいので、この院へ人々がお参りになられると聞き伝えて、上達部などもお参りになられた。虫の音の批評をなされて、御琴の声々を弾き合せて、面白い頃に、大臣は、「月を見る夜は、何時でも物哀れでない折はない中にも、今夜の新たな月の色[11]には、ほんにやはり我が世の外までも、さまざま思いやられることです。故権大納言は、何の折でも、亡いにつけて一段と偲ばれることが多くて、公私の、物の折節の匂いが無くなったような気のすることです。花鳥の色も音もよく趣を弁えていて、話し甲斐のある、まことにしおらしい人でしたのに」と仰せ出されて、御自身の弾き合せられる御琴の音にも、袖をお濡らしになった。御簾の内でも、耳を留めてお聞きになろうかと、片心にはお思いになりながらも、こうした御遊びの折には先ず恋しくて、内裏などでもお思い出しになられることであった。「今夜は鈴虫の宴で明かしましょう」と仰せになられる。御土器を二巡り程召上る中に、冷泉院から御消息があった。内裏の御前の御遊びが、俄に止まったのを残念がって、左大弁や式部大輔が、又他の人々を引連れて、然るべき限りの者がかの院へ参ると、大将などは、六条院にいると聞召されての御消息なのであった。御歌、

雲の上をかけ離れたるすみかにも物忘れせぬ秋の夜の月[12]

「同じくば[13]」と仰せになっていられるので、大臣は、「何という程窮屈な身でもなくていながら、今は長閑に入らっしゃいますのに、参り馴れることもほとほと致しませんので、本意ないことにお思い余りになられてのお言葉で、辱いことです」と仰しゃって、俄の事のようだが、お参りになろうとされる。御返歌、

月影は同じ雲いに見えながら我が宿からの秋ぞ変れる[14]

格別なことはない御歌のようであるが、唯昔と今のお有様の、思い続けられるままにお詠みになったものであろう。御使には杯を賜わって、禄はまことに二なき物である。

人々の御車は、官位の次第に従って向け直し、御前駆の人が立て込んで、静かであった御遊びは無くなって、御一同お出ましになった。院の御車に親王をお乗せ申し、大将、左衛門督、藤宰相など、入らせられた方は皆御参りになられる。院は直衣で、軽い御装いだったので、下襲だけをお召し加えになられて、月がやや昇って来て、更けた空の面白いので、若い人々は笛などを態とではなくお吹きになられて、忍んでの御参りの様である。改まるべき際には、厳めしく堅くるしい儀式を尽して、互に御覧じ合われる。それとは違って、昔の尋常人であった時の様にお返りになられて、今夜は軽々しい様で、ふと、このように御参りになられたので、冷泉院ではひどくお驚きになって、お待ち受けになりお喜びになられる。院は御年と共にお整いになられた御容貌は、いよいよ大臣と別のものではなく見えさせられる。今が真盛りの御齢で入られるのに、御自分から御位をお捨てになられて、静かにして入らせられる御有様は、哀れが少くはない。その夜の歌は、唐の物も日本の物も、心深い面白いものばかりであった。例の十分ではない聞取りの、一端だけを云うのは工合が悪いので略す。明方には詩の読み上げをして、早い中に人々は退出をなされる。

六条院は、中宮の御方にお越しになられて、御物語をなされる。「今はこのように、静かなお住まいで入らっしゃいますから、折々お参り致しますのも、何という事はございませんので、取る齢に添えまして、忘れられない昔のお物語を、承りもし申上げたいのでございますが、何方附かずの身分なので、さすがに恥ずかしくもあり窮屈でございまして。私よりも年下の人々に、様々なことで出家が後れる気の致すにつけ、まことに常のない世の心細さから、じっとしては居られなく思われますので、世離れた住まいに移ろうかと、次第に思い立つようになりましたが、後に残ります人々の頼りないことでしょう、さ迷わせて下さいますなと、予々、お願い申してありますのを、お心変らずお思い留めて下さいまして、お世話を御覧下さいまし」など、心からの様でお聞きに入れる。中宮は何時もの、まことにお若く大ような御様子で、「九重の隔ての深うございました年頃よりも、却って覚束なさが勝るように思われます有様で、まことに思いの外（ほか）に煩（わずら）わしくございまして、皆の人の背いてゆきます世の中が、厭わしくなって来る事もございますものの、その心持をお聞きに入れませんので、何事も先ずお頼み申上げております習いから、気が結ぼれているのでございます」と仰せになられる。「ほんに、公様（おおやけさま）といたしましては、限りのあります折節の御里居（さとい）も、ひどく嬉しくお待ち受けいたしましたが、今では、何事につけて、お心に任せてのお移ろいが出来ましょう。定めない世の中だとは申しましても、格別な厭わしさのない人は、さっぱりと背き離れることは出来難いものでございまして、気安く出来そうな身分の者でさえも、自然気懸（きがか）りな絆（ほだし）のあるものでございますのに、人真似（ひとまね）にお競いになります御道心は、却って変に推量する人もあることでございましょう。ゆめゆめあるまじき御事でございます」と仰せになるのを、中宮は、深くはお汲取（くみと）りにならないからであろうと、辛くお思いになられる。故御息所が御身が苦しくおなりになっていられたような有様であるが、何（ど）のような責苦（せめく）をお受けになって入らっしゃるであろうか、亡い後にも、人にお疎（うと）まれになる御名のりの出て来た事は、かの院では堅くお隠しになって入らしたが、自然人の口うるささから伝えてお聞きになられた後は、まことに悲しく歎かわしくて、すべての世の中までも厭わしくおなりになって、仮（か）りにでも、その霊（りょう）の仰しゃられた事を委（くわ）しくお聞きしたいのであるが、直接にはお云い出しになれなくて、唯、「亡い方のお有様が罪障の軽くない様だと、仄（ほの）かに聞いたことがございましたので、そうした証拠が明らかでないにしましても、推量いたすべきでございましたが、お別れ申しました折の哀れさばかりを忘れないことにしまして、その先の事を思いやりませんでした不束（ふつつか）さを、何（ど）うかして、よく説き聞せる人の勧めを聞きまして、せめて私でも、その責苦（せめく）をお救い申したいものだと、次第に年を取りますにつけて、思い知ったことでございます」など、遠廻（とおまわ）しにしつつ仰せになる。ほんにそうお思いになるべき事であると、院は哀れにお見上げになられて、「その責苦は、誰も遁（のが）れられないものだと承知しておりながら、このように生きております間は、諦められないものでございます。目連（もくれん）は仏に近い尊い身なので、忽(たちま)ちにその母を救いました例(ためし)▼15には、お倣(なら)いになることは出来ませんのですから、玉の簪(かんざし)をお捨てになりますのは、この世に怨(うら)みの残るようなことでございましょうよ。次第にそうしたお志をお深めになりまして、その御責苦のなくなります事をなさいませ。私もそのようにお思い申すことがありながら、物騒がしいような、静かにしております本意(ほい)もないような有様で、明かし暮らしてばかりおりまして、自分の為の功徳に添えまして何(いず)れ静かに御功徳のことを致そうと思っておりますのも、ほんに心幼いことでございます」と、世の中が総(すべ)てつまらなく、厭い捨てたいことをお語り合いになっていられるが、やはりお窶(やつ)しにはなりにくいお有様同志である。

昨夜は忍んで、軽々しい御歩きであったが、今夜はお現れになられて、上達部(かんだちめ)なども、参って入らせられる限りの方は、皆院の御送り申される。東宮の女御のお有様は並びないもので、お斎(いつ)き立て申しておられるお立派さも、又大将の、人とはひどく異っている御様も、何方(どちら)も同じように快くお思いになられるが、猶(な)おこの冷泉院をお思い申上げるお心持は、勝(すぐ)れて深く哀れにお思いになられることである。院もまた常になつかしくお思いになって入らせられたのに、御対面の稀(ま)れなのを心ゆかぬことにお思いになって入らせられたので、御退位を急がれて、このようにお気楽な様でとお思いになったのであった。中宮の方は、却って御退出なされることもひどく困難になられて、尋常人(ただびと)のように離れずに添って入らせられるので、お気楽に、却って以前よりも陽気で、御遊びなどもなされる。何事も御不足のない有様ながら、唯その御息所の御事をお思いやりになりつつ、御出家のお心が進んだのであったが、人のお許し申しそうもないことなので、功徳の事を主としてお思い営みになり、一段と深く、世の中をお分りになる様が加わって来られる。六条院も御同心になって御準備をし、御八講など行わせられるということである。

▼1　仏前で焚く香。
▼2　唐の物で、舶来した物。
▼3　我が国の方法で調合した香。
▼4　善智識となって、後生の幸いを得るように、互に指導し合うべき事。
▼5　禁裏附の紙漉所。そこでの紙は、反故（ほご）の漉きかえしで、色の黒い物であった。
▼6　後生は何時までも、一つ蓮の花を、同じ台としようと約束して置くが、今生の暫（しばら）くの間の別れをする今日の悲しいことであるよ。「露」は、暫くの意であるが、「蓮葉」の縁語としたもの。
▼7　隔て心なく、一つ蓮の花を宿としようと約束しようとも、君のお心は、極楽往生の出来る程澄み入ることはなさるまいとしているのでしょう。「すまじ」は、「住まじ」の意を持たせ、夫婦同棲の意とし、「宿」の縁語としたもの。
▼8　真言の呪文。
▼9　大体に秋の季節は、憂いものだと知っていたのに、捨て難いものであるよ、鈴虫の声は。というので、世の哀れには心の残らない意を婉曲に云ったもの。
▼10　自身の心から進んで、草の宿りのこの世を厭って捨ててはいるが、やはり鈴虫の声は、聞き飽かないことである。というので、「鈴虫」を姫宮に喩え、「草の宿り」をうき世に喩え、「ふりせぬ」即ち「古りせぬ」に、姫宮のお美しさを喩えて、御自分から進んで世はお捨てになったが、お姿のお美しさに、我は諦められぬとの心を、婉曲に云ったもの。
▼11　「三五夜中新月色、二千里外故人心」（白氏文集）
▼12　九重の雲の上を離れた、今の棲家（すみか）にも、以前と変らずに照る秋の夜の月であるよ。「かけ離れ」の「かけ」は影、「すみか」の「すみ」は、澄みの意で、いずれも月の縁語。
▼13　「あたら夜の月と花とを同じくば心知られむ人に見せばや」を取られたもので、同じくば、来て一緒に眺めたしの意を云われたもの。
▼14　月は、昔と同じ空に見えていながら、卑しい我が宿故に、秋の景色は変って、さみしいことでござい

ます。というので、「月影」を冷泉院に喩えてお祝い申し、「秋」を自身に喩えて、老いて昔とは変って来た歎きを云ったもの。

▼15　盂蘭盆経（偽作）に出ている故事で、目連尊者が、その母の餓鬼道に落ちているのを救った事。

夕霧

堅気な方という評判を取って、賢げにしていられる大将ではあるが、かの一条の宮のお有様を見て、もっとお近附き申したいものだと心を留めて、世間の人目には、昔を忘れない心持からのことだとお見せになりつつ、ひどく懇ろにお訪問を申される。内心には、これだけでは止められそうもないと、月日に添えて思いが増って来たことである。御息所も、哀れに珍しいお心持であることよと、今は益々物淋しく、御徒然で入らせられるので、絶えず御訪問になるのにお心を慰めることが多くあった。大将は、初めから懸想めいたことはお聞せ申さなかったのに、打って変って懸想じみて艶めくのは恥ずかしい、唯深い志をお見せ申していたならば、お打解けになられる時がないことはなかろうと思いつつ、然るべき事につけては宮の御様子やお有様を御覧になっていられる。御自身物を仰せになられることは全くない。何ういう機会にか思っていることを直接にお聞きに入れて、宮の御様子を見ようと思い続けていると、御息所は物怪でひどくお煩いになられて、小野という辺りに、山荘をお持ちになっているのにお移りになられた。古くから御祈の師であって、物怪などを払い捨てていた律師が、山籠りをして、里へは出まいと誓を立てているのを、そこは山の麓に近くて、お招き下しがされるからのことであった。お召しの御車を始め御前駆など、大将殿からお遣しになられたことである。却って心身の、以前の御近親の君達は、事の多い銘々のお営みに紛れつつ、お思い出しにもなれずにいられる。弁の君[1]は又、宮をお思い申す心がないではなく、その気ぶりをお見せすると、取っても附けないおもてなしなので、強いてはお訪ね申さなくなっていた。大将の君は、まことに賢く、何気なく御懇意になったようである。山荘で修法などおさせになるとお聞きになって、僧への布施浄衣[2]などのような、細かい物までもお差上げになられる。お煩いになっていられる方は、御返事がお書きになれない。一通りの代筆では、御不快にもお思いになろうし、驕った御様にもなろうと女房連が申すので、宮が御返事をお書きになられる。御手蹟はまことにお上手のようで、唯一行ほどの大ようなお書き様で、言葉も懐かしいところをお添えになっているので、益々見たいものだと目が留って、繁々と文通を申上げる。終いには普通ならぬ事になるべき御仲のようだと、北の方がお感附きになられたので、大将は煩わしくなって、お伺いしたいとはお思いになるが、早速にはお出懸けにはなれない。

八月の中旬頃になったので、野の景色も面白い頃で、山里の有様もひどくゆかしいところから「其の律師が珍しく山から下りているが、何うでも話さなければならない事があります。御息所のお煩いになっていられるのをお見舞かたがた、お参りしましょう」と、好い加減に口実を設けてお出懸けになられる。御前駆[3]は仰々しくはなく、親しい者だけ五六人で、狩衣でお供をする。格別山深い道ではないが、松が崎の尾山の秋色などは、さしたる巌ではないが、秋がかって来て、都で二なき物と凝った家の庭よりも、猶お哀れも興も増さって見えることであるよ。

山荘は、はかない小柴垣も、趣あるさまに造りなして、仮初のお住まいではあるが、上品に住みなして入らした。寝殿と思われる所の東の放出に、修法の壇を塗って拵え、御息所は北の廂の間に入らせられるので、西面に宮は入らせられる。御物怪が気味が悪いからと云って、宮は京にお留どめ申したけれども、何うして離れて居られようかと、慕って入らしたので、物怪の人に移って散るのを怖れて、少しの隔てだけではあるが、御息所の方へはお入れ申上げず、客人のお坐りになるべき処がないので、宮の御方の簾の前にお入れ申上げて、上臈だつ女房達が、御息所の御消息をお伝え申上げる。「まことに辱くも、こうした所までお越し下さいましたことで。もし果敢なくなりましたならば、この御礼さえも申上げることが出来なかろうと存じますと、今暫くでも命を引留めて置きたいという心になりますことでございます」と、御申出でになられた。「お移りになりました際は、御送りをと存じ上げましたが、六条院に致しかけた事のありました時でございまして。日頃も何かと紛れることがございまして、お思い申上げておりますよりは、ひどく疎略な様を御覧になられることと、苦しく存じております」と申上げられる。宮は奥の方に、ひどく忍んで入らせられるが、事々しくはない旅の御飾附けであり、間近な御座のようなので、御様子が自然はっきりと感じられる。ひどく物柔かに身動ぎをなされるお召物の衣ずれの音は、確かにそれであるとお聞きになっていた。▼4大将は心も上の空のようなお気がなされて、御息所よりの御口上の取次の間のある隙に、例の少将の君などお附の女房達にお話をなされて、「このようにお伺い馴れ申しまして、物を承りますことも、年頃という程になりましたのに、余りにもお隔てになって入らっしゃいますのは怨めしいことでございます。こうした御簾の前で、人伝てのお言葉をほのかにお伺いしますことですよ。これはまだ身に覚えのないことです。何んなにか堅苦しい様だと、お人々はお微笑みになっていようかと極りの悪いことです。齢が積らず身分の軽かった頃に、好色きがましい方に物馴れておりましたらば、このように恥ずかしい気はしないことでしょう。全くこのように無骨に、愚かで過している者は、他にはないことでしょう」と仰しゃる。ほんに、ひどく侮りかねる様をして入らっしゃるので、女房達は尤もだと思って、「生中な御返事を申上げるのは極り悪いことで」と突つき合って、「あのようなお訴えを、お聞分けがないようでございます」と宮に申上げると、宮は、「御自分で、御返事の申上げられないようなのがお気の毒なので、代って致すべきでございますが、まことに怖ろしいまでにお煩いになりますようなのを御扱い申しておりました中に、私も一段と、生きているか何うかも分らないような気分になりまして、物も云えませんことで」、それを申上げると、大将は、「それは宮のお返事なのですか」と、居ずまいをお正しになって、「心苦しいお悩みを、身に替える程に御歎き申上げていますのは、何の為でしょうか。恐れ多いことですが、物をお思い知りになれます晴れ晴れしいお有様にお見直し申しますまでは、宮もお変りなく入らせられますことが、何方の御為にも頼もしいことであろうと御推量申上げるからのことでございます。唯彼方様のことにばかりお譲りなさいまして、宮に対しての積る志を御存じ下さらないのは、本意ない気がいたします」と申される。「御尤もで」と女房達も申す。

日の入り近くなってゆくと、空が哀れに曇り渡って来て、山の蔭は小暗いような気がするのに、蜩が鳴き続けて、垣根に咲いている撫子の、風に靡いている色も美しく見える。御前の前栽の花どもは、心任せに乱れ合っているのに、水の音はひどく涼しく、山おろしの風は心凄く、松の響は物深く聞え渡っていて、不断経を読む僧の交代の時で、鐘を打鳴らすと、起ち上る声と居代る声とが一つになって来て、ひどく尊く聞える。所柄とて総てのものが心細く見做されるので、大将はしみじみと物思いを続けられる。お出懸けになる気もしない。律師の加持をする音がして、陀羅尼をまことに尊く読んでいる。御息所がひどくお苦しそうになさると云って、女房達はそちらへ集まって、大体こうしたお旅先へは、大勢は参って居なかったので、一段と此方は人少なで、宮は歎かわしくして入らした。しめやかで、思う事を云い出すべき折であるよと、大将は思って入らっしゃると、霧が直ぐそこの軒の下まで寄せて来たので、「立ち帰ります方面も見えないまでになって行きますのは、何ういたすべきでしょうか」と云って、

山里の哀れを添ふる夕霧に立ち出でむ空もなき心地して▼5

と申されると、宮、

山賤の籬を籠めて立つ霧も心空なる人は留めず▼6

ほのかに仰しゃる御様子に心を慰めつつ、誠に帰り路は忘れてしまった。「何方附かずのことでございますよ。帰り路は見えませず、霧の宿では立ち留まれそうにもなく、お逐いになられます。事に

不向きな者は、こういう場合には全く」と云って躊躇をして、怺え余っている事を仄めかしてお聞きに入れると、宮は年頃もまるでお気附きになって居ないのではないが、解らない風にばかりして入らしたのに、このように口に出して恨みを仰しゃるのが、煩さいので、一段と御返事もないので、大将はひどく歎きながら、心の中では、又こうした機会があろうかと思いめぐらしていられる。情なく思い遣りのない者にお思われ申そうとも、何うしよう、長くお思い申していることだけでもお知らせ申そうと思って、お供をお召しになると、右近衛の将監から五位を賜わった者で、睦ましくしている人が参った。そっとお召寄せになって、「あの律師に何うでも云わなくてはならない事があるのに、加持などで暇がないようだが、追っ附け休息をしよう。今夜はこの辺に泊って、初夜の時の終った時に、あの人のいる方へ行こう。誰彼を留めて置きなさい。随身の男共は、栗栖野の庄が近かろう。そちらで秣などを飼わせて、ここには大勢の者の声をさせなくなさい。このような旅寝は軽々しいようで、人も云い立てることであろう」と、お命じになる。事情のあることであろうと心得て、承って立った。さて、「道がひどく覚束ないので、此の辺に宿をお借り致します。同じならば、この御簾の下をお許しいただきたいものです。阿闍梨が下りるまでの間を」と、何気なげに仰せられる。例はこのように長居をして、好色めかしい風もお見せにならないのに、厭やなことであると宮はお思いになられるが、態とらしく、軽々しく彼方にお移りになるのも、様の悪い気がなされて、唯音も立てずに入らっしゃると、大将はとや角とお言い寄りになり、お言葉を取次ごうと居ざり入る女房の後に附いてお入りになった。まだ夕暮の霧に鎖されて、家の内は暗くなった時である。女房は呆れて見返ると、宮はひどく気味悪くおなりになって、北の襖の外に居ざってお出になると、大将はひどくよく探して、お引留め申した。宮はお体は其方へお入りになったが、お召物の裾が此方に残っていて、襖は彼方からは錠が出来ないようになっていたので、閉め懸けにして、水のように慄えて入らっしゃる。女房達も呆れて、何うしたらよいかとも考え得ない。此方からは懸ける錠もあるが、何うにも仕ようがなくて、又荒々しく引離すべき方でもないので、「まことに浅ましい、思寄りも致しませんお心で」と、泣き出さぬばかりに申上げるが、「このようにしてお添い申しておりますのが、お附きの人よりも疎ましく、呆れた事にお思いになるべきでしょうか。数ならぬ者ですが、お聞きに入れています年月も重なっていることです」と仰しゃって、ひどく長閑に、様よく落ちついて、思っていることをお聞かせになられる。宮はお聞入れになりそうにもなく、悔しくも、このようなことをしてとお思いになるのが紛らしようもないので、物を仰せになるなどましてお思えになれない。「まことに辛い、幼なげな御様でございますよ。人知れぬ思いが余りまして、好色き好色きしい咎だけはございましょうが、これ以上の狎れ過ぎた事は、決してお許しがなくては致しますまい。何うにも、千々に砕けました思いに堪えなくてのことでございますよ。そのことは自然お認め下さる節もございましょうに、強いてお解りにならないように、素気なくなさいますので、申上げようもないところから、余儀なくてのことでございます。見さかいのない、憎いことと、お思いなさいましょうとも、このまま朽ちてしまいます歎きを、明らかにお聞せ申したいばかりのことでございます。申しようもないお心の辛さからのことで、まことに勿体ないことではございますが」と仰しゃって、強いても心深く、お慎しみになっていた。宮が襖をお押えになって入らっしゃるのは、まことに果敢ない固めであるけれども、開けようとはしない。「これ程の隔てをと、強いてお思いになって入らっしゃいますのは哀れなことでございます」と笑って、勝手なことをする様ではない。大将のお有様の懐しく上品に艶いて入らっしゃることは、何と云っても格別に見える。絶えず物思いをして入らしたせいでもあろうか、痩せ痩せとお美しい気がして、御不断のままの御袖の辺りも柔らかに、深く沁みている薫物の匂いなども、取集めて美しく、柔かな感じがしていられた。

　風がひどく心細く吹いて夜は更けてゆく様子で、虫の音も、鹿の音も、滝の音も一つに乱れ合って、艶かしく思われる頃なので、何も弁えぬ心ない者でさえも、寝覚をしそうな夜の様子であるのに、格子も上げたままの、入り方の月が山の端近くなっている時で、抑え難い物哀れさである。「猶お此のように哀れをお汲み下さらないお有様なのは、却ってお心の浅さが知られますことです。私はこのような並み外ずれた偏屈な安心の出来る者で、他には類もあるまいと思われます者なので、何事も気楽に振舞えます者は、こうした者は偏屈者だと笑って、相手にもしないのです。余りにもひどくお見下げになられますので、我慢がしきれない気がするのでございます。情合いをまるきり御存じないのではございますまいに」と、様々にお責めになって、宮は何う返事をしたものであろうかと当惑して思いめぐらされる。夫婦の情合いを知っている者なので気安いように、折々仄めかして云われるのも意外で、ほんに類い無く辛い我が身であることよとお思いになると、死にたいようにお思いになられて、「憂いものであるこれまでの私の辛い身の罪を思い知るにしても、こうしたひどく浅ましい様を、何と思い做すべきでございましょうか」と、仄かに仰しゃって、悲しげにお泣きになって、

我のみやうき世を知れる例にて濡れ添ふ袖の名を腐すべき▼7

と、仰しゃるともなく胸の中で云い続けて、小声にお誦しになったのも極り悪く、何だってこんな事を云ったのだろうとお思いになると、大将は、「ほんに悪いことを申上げたことでした」と仰しゃって、お微笑みになった様子で、

大方は我が濡衣を著せずとも朽ちにし袖の名やは隠るる▼8

「お腹をお据え下さいまし」と云って、月の明るい方へとお誘いになるのも、宮は浅ましくお思いになる。剛情におもてなしになるが、大将は苦もなくお引寄せ申して、「このように類いのない心持を御覧下さいまして、安心して入らっしゃいまし。御許しがない限りは、決して決して」と、ひどくはっきりと仰しゃっている中に、明方近くなって来た。月は隈なく澄み渡って、霧にも紛れずに射し入って来た。浅い廂の間の軒は、端近な気がするので、宮は月の面に向っているようで、何うにもはしたなくて、お顔を隠そうとなさるおもてなしが、云いようもなく艶いて入らっしゃる。大将は故君の

事など少しお云い出しになって、様よく物静かなお話をお聞せなさる。さすがに、やはり、かのお亡くなりになった方よりも思い落して入らっしゃることを、怨めしげにお恨みになる。宮はお心の中で、あの人は、位などもまだ低過ぎた時でありながら、誰も誰もお許しがあったので、自然それに引かれて、お逢いになったのであるが、それでさえもひどく呆れた心になったことであった。ましてこうしたあるまじき事になると、余所事(よそごと)に聞く間柄ではなく、大殿(おおいどの)などのお聞きになるところは何(ど)んなであろう。一般の世間の譏(そし)りは云うまでもなく、院にも何(ど)のように聞召(きこしめ)し思召(おぼしめ)されることであろうなど、離れられない其方此方(そちらこちら)のお心をお思いめぐらしになると、ひどく残念で、自分の心一つは、このように強く思っていようとも、人の物言いは何(ど)んなであろうか。お息所の御存じないのも、咎になりそうで、こうした事をお聞きになって、心幼いことだと仰しゃりもなさるのも当惑なので、「せめて明けない中(うち)にお帰り下さい」と、お逐(お)い立て申すより他のことはない。「浅ましいことですよ。訳があった風をして、分けて帰りますは、朝露の思わくも恥ずかしいことですよ。猶(な)おお覚悟をなさいましよ。このように愚かしい様をお見せ申しましたので、賢くも賺(すか)して逐ってやったとお思い捨てになりますと、その時こそは心を抑えかねまして、今までに覚えのない事や、怪(け)しからぬ工夫なども始めそうに思われることでございます」と仰しゃって、ひどく気懸りに、却って不安にお思いになるが、出来心での戯(たわむ)れめいたことは、実際お出来にならないお心持なので、宮がおいとしく、御自分としても、見下げられることであろうと思って、何方(どちら)の為にも人目に立たない頃に霧に隠れてお帰りになられる。

心持は上の空である、大将、

荻原や軒端の霧にそぼちつつ八重立つ霧を分けや行くべき[9]

「濡衣はやはりお干(ほ)せになれますまい。このように無体に逐いになりますお心柄のせいです」と申される。ほんに御うき名が、わけなくも漏れることであろうか、我が『心の問ふ』[10]のにだけでも、綺麗に答えてやろうとお思いになるので、全くお気にされずにいられる。宮、

分け行かむ草葉の露をかごとにて猶濡衣を懸けむとや思ふ▼11

「珍しいことでございますね」とお嘲りになる様が、まことに可愛ゆく、極り悪く感じられる程である。年頃、世間の人とは違ったお心持の人になって、様々に深切をお見せ申していた名残もなく、油断をさせて、好色き好色きしい様をしたのが、お気の毒にも、極り悪いようにもお思いになるが、努めて思い返しつつ、このようにすっかり宮のお心にお随い申しても、後がばからしい事になりはしないだろうかと、いろいろに思い乱れながらお出ましになった。道の露けさは、こうした朝もひどく一ぱいである。

こうしたお出歩きには馴れないお心から、面白くも苦労にもお思いになりつつ、殿にお帰りになったならば、女君がそうしたお召物の濡れを、怪しいとお咎めになることなので、六条院の東の御殿▼12にお参りになられた。まだ朝霧が晴れないので、彼方では何んなだろうとお思いやりになられる。「例にないお歩きもあったことですね」と、女房達はささやく。暫くお休みになって、お召物をお替えになられる。常に夏冬の物をひどく清らかにお作りになっていたので、御唐櫃から取出してお上げになられる。御粥を召上って、院の御前へお参りになられる。

彼所に御文をお差上げになられたけれども、宮は御覧にもなられず、にわかに浅ましい有様だったのを、呆れたことにも恥ずかしいことにもお思いになるので、疎ましく思って、御息所が漏れてお聞きになることもひどく極りが悪く、又ああした事があろうなどとは、夢にも御存じないので、私の変な様子をお見つけになられ、人の物言いは隠れのないものなので、自然お聞き合せになって、隔てを附けていたのだとお思いになるのはひどく苦しいから、女房達がありのままに申してくれると好い、辛くお思いになろうとも、何うしよう、とお思いになる。親子の御仲という中でも、聊かの隔てもなくお思い合いになっていられることである。余所の人は聞き知っているが、親には隠している風が、昔物語には多いようであるが、宮は異ってそうは思っていられない。女房達は、「何も、仄かにお聞きになりましても、実事のあったようにとやかくお心配になることがございましょうか、今からお気の毒に」と云い合せており、何んな御事なのだろうかと思う女房達は、その御消息がゆかしいので、宮のお披きにもならないのを気に懸けて、「やはり丸きり御返事をなさいませんのは、頼りない若々しいことでございましょう」と申上げて、広げたので、宮は、「とんでもない不用心から、人にあれ程でも、顔を見られた不嗜みは、自分の過ちだと諦めもしますが、遠慮のなかったあの浅ましさは、我慢のできないことです。見られないとお云いなさい」と、殊の外の御機嫌で物に凭り臥してしまわれた。しかし御消息は憎くない物で、ひどく心深くお書きになっていて、

魂をつれなき袖に留めおきて我が心から惑はるるかな▼13

「『外なる物は▼14』とか申して、昔も類いのあったことだと諦めましても、全く心の行方が知られずにばかり居ります」

など、ひどく多く書いてあるようだが、女房は十分には読み取れない。例のその事のあっての今朝の御文でもないようだと、やはりはっきりとは胸に落ちない。女房達は宮の御様子のお気の毒なのを、歎かわしげにお見上げしつつ、「何ういう御事なのでしょうか、何事につけても珍しく忝いお心様で程が経ったのですが、そうした御関係でお頼み申上げます上では、お見劣りがなさりはしないかと思うと危くて」などと、お近くお仕えする女房だけは、銘々心配している。御息所は夢にも御存じなく入らせられる。

物怪の為に煩われる方は、重いと見ると、お気分のさわやかになられる時もあって、正気になられる。昼頃、日中の御加持が済んで、阿闍梨一人だけが残って、猶お陀羅尼を御読みになる。お快く入らせられるのを喜んで、律師は、「大日如来が虚言をお云いにならないのであったら、何だって此のように某が、心を尽していたします御修法に、験のないことなどありましょうか。悪霊は執念深いようではありますが、自分で犯した罪障に取憑かれている、つまらない者です」と、嗄れ声になってい

てお罵りになる。いかにも聖らしい無骨な律師で、だしぬけに、「ほんに、あの大将は、何時から此方へは通って来られるのですか」とお尋ねになる。「そのような事はございません。故大納言とひどく親しい仲で、お交りになっていられた時の心を違えまいと仰しゃって、この年頃、然るべき事につけて、まことに珍しくもお附合いなさいまして、このように態々、病気見舞にといってお立寄り下さいましたので、忝いことに聞きました」と申される。「いや、何とも見ともない。某にお隠しなさるべきではありません。今朝、後夜の勤めに参上致しましたところ、あの西の妻戸から、ひどく立派な男が出られましたが、霧が深くて、某にはお見分けが出来ませんでしたが、あの法師共が、大将殿がお出ましになられたのだ、昨夜もお車を返してお泊りになられましたと、口々に申しました。ほんにひどく香ばしい香が立ち満ちて、成る程そうだと思い合せましたことです。ふだんひどく香ばしくして入らっしゃる君です。この事はまことに宜しくはないことです。人としては実に学者で入らっしゃいます。某どもも、童で入らした時から、あの方の御為の事は、修法を故大宮が仰付けになりましたので、ひたすら然るべき御用は、今も致しておりますことですが、その事は誠に宜しくありません。本妻が勢い強く入らっしゃいます。あのように時世に合った一族で、ひどく勢力があります、若君達も七八人におなりになりました。皇女の君はお抑えになれますまい。又、女人の罪深い身を享けて、死後悪道に堕ちられますのは、唯そのような罪に依って、ああした云いようのない報を受けるのです。本妻のお腹立がありましたら、長い絆となりましょう。全く承引出来ません」と、頭を振って、むきになって云い立てるので、御息所は、「まことに変なことです。まるきりそのような御様子はお見せにならない方です。ひどく気分が悪いので、休息して対面しようと仰しゃって、暫くお立ち留りになって入らっしゃいますと、此処におります御達が云いましたが、そのような訳でお泊りになられたのでしょうか。大体、ひどく実直で、無骨で入らっしゃいます人ですから」と、お訝りになりながら、お心の中では、そうした事もあったのだろうか、心ありげな御様子は折々見えたが、御様子がまことに賢こそうで、飽くまで人の譏りになりそうな事は避けて、謹厳なようにして入らしたので、そう油断の出来ないようなことはあるまいと、打解けたのであった、お側の者の少い様子を見て、お這入りになられたのでもあろうか、とお思いになる。律師の立った後で、小少将の君を召して、「こうしたことを聞きました。何ういうことでした。何だって私に、ああだこうだとお聞せにならなかったのですか。よもやそんな事はとは思いますが」と仰せになるので、お気の毒ではあるが、あった次第を初めから委しく申上げる。今朝の御文の様子、宮の内々で仰しゃったことなど申上げ、「年頃怺え続けて来た心の中を、お聞せ申そうというだけのことでございましたろうか。珍しくも御用意深くて、明け切らない中にお帰りになりましたが、人は何のように申上げましたことですか」と、律師だとは思いも寄らず、内々に女房の申上げたのだと思っている。御息所は物も仰せられず、ひどく辛く残念にお思いになるので、涙がほろほろとおこぼれになった。お見上げするとお気の毒で、何だって有りの儘に申上げたのだろう、苦しい御気分が一段とお乱れになるだろうに、と悔しく思っていた。「襖は閉めて置きまして」などと、すべて体裁のいいように取繕って申上げるが、「何にしても、そのように何の用意もなく、軽々しいさまで、人に見られておしまいになったのは、とんでもないことです。内実のお心は綺麗で入らっしゃろうとも、あれ程までに云った法師どもや、口の善くない童どもが、何で斟酌などしましょうか。他人には何と抗弁し、無実な事だと云えましょうか。すべて行届かない者ばかりがここにはお仕えしていて」とも仰しゃってもしまえず、ひどくお苦しそうな御気分のところを、驚きお歎きになっているので、まことにお気の毒である。気高くお扱い申上げようと思っていたのに、浮気らしい、軽々しい御名の立つような事でと、深くお歎きになられる。「このように少し正気で居ります間に、此方へ入らっしゃるように申上げなさい。そちらへ参るべきですが、動けそうにもありません。お見上げせずに久しくなるような気がしますよ」と、涙を浮べて仰しゃる。参って、これこれ仰しゃいますとだけ申上げる。宮はお越しになろうとして、御額髪の涙に濡れてこぐらかっているのを直し、単衣（ひとえ）の召物の綻（ほころ）びているのをお召し替えになられても、直（す）ぐにはお動きにはなれない。女房達も何（ど）う思っていることだろう、御息所もまだ御存じなくて、後に少しでもお聞きになることがあったら、知らん顔をしていたことと御思い合せになることであろうと、ひどく極りが悪いので、又お臥（やす）みになられた。「気分がひどく悪いことです。このまま治らなかったら、何（ど）んなに見よいことでしょう。脚の熱が頭へ上（うえ）ったようです」と仰しゃって、揉み下させられる。ひどく苦しく、色々とお歎きになるので、お逆上（のぼ）せになったことである。少将は、「上に此の事を薄々申上げた者があったようでございます。何（ど）ういう事であったとお尋ねになりましたので、有りの儘に申上げまして、お襖を固めましたことだけを、少し取繕いまして、はっきりと申上げました。もしその事を少しでもお云いになりましたらば、同じように申上げて下さいまし」と申上げる。お歎きになって入らした御様子は申上げない。宮は、それだからだと、ひどく当惑なされて、物も仰せにならない御枕から御涙が落ちる。此の事だけではない、意外な死別の事のあった時から、ひどく御心配ばかりお懸けすることであると、生きている甲斐（かい）もなくお思い続けになって、あの人はあれだけでは止（や）めず、とや角と絡んで云い出すことであろうが、それも煩（うる）さく聞き苦しいことだと、さまざまお思いになる。まして心弱く、あの人の言葉に従ったならば、何（ど）んなに名を汚すことであろうかなど、その潔白さから、少しは心の慰められるところもあるが、これ程までになっている身分高い者が、あのように濫（みだ）りに人に顔を見られることはないことであろうと、宿世（すくせ）を辛くお歎きになって、夕方になって、「やはりお越し下さいまし」とあるので、家の中の塗籠（ぬりごめ）の戸を、此方（こちら）と彼方（あちら）で開け合って、そこを通ってお越しになられる。御息所は苦しい御気分の中でも、疎（おろそ）かにはせず、畏（かしこ）まってお扱い申す。平常のお作法を欠かさず、お起き上りになられて、「ひどく取乱しておりますので、お越しを願いますのも心苦しゅうございます。この二三日お目に懸らずにおりますのが、年月（としつき）のような気のいたしますのも、思えばまことに果敢（はか）ないことでございます。親子は後生では、必ず対面の出来るものではございますまい。又生れ替って巡り合いましても、それとは分らず甲斐のないことでございます。考えますと、只暫らくの間だけで別れてしまうべき間柄でございますのに、ひたすらにお親しくいたしてまいりましたのも、悔しいくらいでございます」などと云って、お泣きになる。宮も悲しいことばかり取集めてお思いになるので、仰しゃることもなくてお逢いになっていられる。ひどく内気な御性分なので、はっきりと御申開きになられるべくもなくて、極り悪くばかりお思いになっていると、御息所はひどくお可哀そうで、何ういう事であったかともお尋ね申さず、お灯台を急いで取寄せて、御食膳も此方でお侑め申す。物を召上らないとお聞きになって、とや角と御自分で賄ってお侑めなどなされるが、箸もお附けになりそうにもなさらない。唯、御息所の御気分のおよろしく見えるので、お胸が少し軽くおなりになられる。

彼方から又御文があった。訳を知らない者が受取って、「大将殿から、少将の君へと云って、御文がございました」というのは、又当惑なことである。少将が御文を受取った。御息所は、「何ういう御文ですか」と、流石にお尋ねになられる。宮が窃にお心弱くなるところも添って来て、内心では今夜来るのをお待ちになっていたのに、来られないというのであろうかとお思いになると、お心騒ぎがして、「その御文の御返事はやはりなさいまし。それでないと変です。立ったお評判を、好い方へ言い直す人はないものです。内心では潔白だとお思いになりましても、それを信じる人は少のうございましょう。お快いようにお云い交しになりまして、やはり有りようにお従いになりますのが宜しゅうございましょう。御返事がないと、変に甘えたように見えましょう」と仰しゃって、御文を召し寄せる。苦しいけれども差上げる。

「案外に情ないお心の程をお見顕し申しましてからは、却って一途ごころも起って来ることでございます」

堰くからに浅くぞ見えむ山川の流れての名を包み果てずば▼15

とあって、言葉は多いけれども、病苦の為にお読み尽しにはならない。この御文も深くお思い申上げているようではなく、呆れる程に得意らしい様子で、今夜も情なくなさることでと、まことに云いようのないこととお思いになる。督の君のお心持の案外だった時も、ひどく辛いとはお思いになったが、表面のお扱いは、較べる人もない程だったので、此方に力のある気がして、それを慰めにしていたのでさえ、満足が出来なかったのに、これは何というお扱いであろう。大殿の辺りで仰しゃっている事も何んなであろうと、身にしみてお思いになる。それにしても大将殿は何う仰せになるだろうかと、せめて様子でも見ようと、お心持は掻き乱れて暗くなるようであるのに、目を押絞って、怪しい鳥の足跡のようにお書きになる。

「頼もしげなくなって居りますのを、お見舞にお越しになって入らせられる折柄の御文でございまして、御返事をおそそのかし申しますが、ひどく晴々しくない様で入らっしゃいますから、見かねましてのことでございます」

女郎花しをるる野辺をいづことて一夜ばかりの宿を借りけむ[16]

とだけ書きかけにして、捻り文にしてお渡しになり、お臥みになると共に、それはひどくお苦しがりになる。御物怪が油断をさせていたのであろうかと、皆々騒ぐ。例の験のある法師は総がかりで、ひどく騒がしく御加持をする。宮には、やはり彼方へお越しなさいませと、女房連が申上げるが、御自身もお辛いままに、後には残るまいとお思いになって、じっとお附添になっていられた。

大将殿は、この昼頃から三条殿[17]に入らした。今夜引っ返して小野にお参りになったのでは、関係が成立っているようで、そうでもないのに、人聞きの悪いことであろうと我慢していられると、却って年頃のもどかしさよりも、千倍も思いが増さって、歎いて入らせられる。北の方は、こうしたお出歩きをなさることを仄かに聞いて、面白くなくお聞きになっては居たが、知らない風をして、君達を相手に心を紛らしつつ、御自分の昼のお居間の方に臥て入らした。宵過ぎての頃に、彼方よりの御返事は持って参ったのであるが、そのように例にない鳥の足跡のような書体の物なので、直ぐにはそれとお見分けになれなくて、灯台を近く寄せさせて御覧になる。女君は、遠く隔てているようであったが、ひどく早くお見附けになって、そっと忍び寄って、大将の後からそれをお取り上げになった。大将は呆れて、「何をなさるのですか。何という怪しからん事を。六条の東の上の御文です。今朝風邪を引いて悩ましそうにして入らっしゃいましたが、院の御前に居りまして帰って来る時に、今一度お見舞申さなかったので、お気の毒で、唯今は何んなで入らっしゃるかとお伺いしたのです。御覧なさい、懸想じみた文の様か何うか。それはそうと、何という下品なことをなさるのでしょうね。年月に連れて、ひどくお侮りになられるのは、困ったことです。私の思わくなどは、まるきりお恥じにならないのです」と歎息をして、惜しむように奪合いをなさらないので、北の方もそうはしたものの直ぐには見なくて、持っていらした。「年月に連れて侮るようにするのは、あなたのお心持の方なのでしょう」とだけ、大将の落ちついて入らっしゃる様に気がさして、態と年若い可愛ゆい様をして仰しゃるので、笑って、「それは何方でも好いことです。世間並みのことです。他には無いことでしょう、相応になって来た男が、このように気を散らさずに、物懼じをしている鷹の雄鳥のようにしている者は[18]。何んなにか人は笑って居ましょう。そうした偏屈者に大事にされているのは、あなたの為にも自慢にもなりませんよ。大勢の中でも、やはり際立って、取分け立派であってこそ、余所の人の思わくとしても奥ゆかしく、私の心持としても珍しい気がして、面白さも哀れさも続いて行くことでしょう。このように、某の翁がその妻を大事にしていたように[19]堅気しくしていますのは、一段と残念なことです。何所に見栄えがありましょうか」と、さすがにその文を、何気なく騙して取ろうとの心から、欺いてお聞せになられると、北の方は、ひどく匂やかにお笑いになって、「見栄えのするようにお作りになろうとする程、古くなってしまいました私は苦しいことですよ。ひどく若々しくお変りになられました御様子のつまらなさも、今まで見習っておりませんことなので、まことに苦しいことです。以前からお習わしになりませんで」と、こぼして云われるのも憎くはない。「俄（にわか）になんてお云いになる程の何事があるのでしょうか。ひどく水臭いところのあるお心ですよ。よくない事をお聞せする者がきっとありましょう。変にあなたは、以前から私を許さないことです。やはりあの緑の袖の名残で、見くびって居たのにかこつけて、あなたにその気をお持たせさせようとする者があるのでしょうか、いろいろ聞きにくい事が仄めかしているようです。何の関係もないお人の為にも、お気の毒で」と仰しゃるが、遂（つい）にはそうなる事とお思いになるので、格別にはお云い争いにならない。大輔の乳母（たいふのめのと）はひどく苦しいことに聞いて、何も申上げない。とや角と云い争って、この御文は隠しておしまいになったので、達（たつ）て捜し取ろうとせず、平気なさまでお寝（やす）みになられたが、胸が熱く何（ど）うかして取返したいものだ、御息所の御文なのであろう、何事があったのだろうと、目も合わずに案じて寝て入らした。女君がお寝（やす）みになったので、昨夜の御座所の下などを、さり気ない様でお探りになったが無い。お隠しになる程の間もなかったので、ひどく気になって、夜が明けたけれども直（す）ぐにはお起きにならない。女君は、君達（きんだち）に目を覚まさせられて、起き出して行かれるので、御自分も今お起きになったようにして、方々（ほうぼう）をお探しになるが、お見附けになれない。女は、君があのように探そうともお思いにならず、全く懸想ではない御文だったのだと思って、気にもなさらないので、君達の騒いで遊び、雛を据えて遊び、本を読み手習いをなさるなど、様々のことでひどく忙しく、小さい児（こ）が這（は）いかかり引っ張り廻（まわ）すので、取った文の事は思い出しもなさらない。男は、他のことはお思いもなされず、彼方（あちら）に早く御返事を上げようとお思いになるのに、昨夜の御文の様は、はっきりとは見ずじまいになったので、見ないような物云いをしては、無くしてしまったのだと御推量になられることであろうと、思い乱れて入らっしゃる。総（すべ）ての人が御食事を召上って、長閑（のどか）にしている昼頃、君は思案に余って、「昨夜（ゆうべ）の御文は何とあったでしょうか。変なことをしてお見せにならなくて、今日もお見舞い申すべきです。悩ましくて、六条にもお参り出来そうでもないので、文を差上げましょう。何が書いてあったのでしょうか」と仰しゃるが、全く何気ないようにしているので、あの文を奪ったのはばかばかしいことであったと、つまらない気がしてその事にはお触れにならず、「一夜の深山風で、風邪をお引きになった悩ましさからだと、うまくおこじ附けなさいまし」と申される。「その邪推は、絶えず仰しゃるのはお止めなさい。彼所に何の面白いことがありましょう。世間の人に擬えて仰しゃると、却って極りが悪くなります。ここの女房達も、この偏屈な堅気者に、あんなに仰しゃると笑うことでしょう」と、冗談に云い做されて、「あの文は何所にあります」と仰しゃるが、直ぐにはお出しにならないので、猶お話などして、暫くお寝みになっている中に、暮れてしまった。蜩の声に目を覚まして、あの山の蔭は何んなに霧が立ち籠めているだろう、よくないことだ、せめて今日その御返事だけでもと、お気の毒に思って、唯平気な風に硯の墨を磨って、何うした事にして取繕おうかと思って、眺めて入らっしゃる。御座所の奥の方の、少し持ち上っている所を、試みに引き上げて御覧になると、ここにお挟みになったのであったと、嬉しくもばかばかしくもお思いになって、にこにことしてお読みになると、あのお気の毒なことが書いてあることであった。胸が潰れて、あの夜の事を、こうしたお心でお聞きになったことであるとお思いになると、お気の毒に心苦しくて、昨夜だって何んなにかお歎き明かしになられたことだろう、今日も今まで文さえも上げずにと、云おうようない気がされる。御病気もひどくお苦しそうで頼みなく、お書き紛らわしになっている様は、一通りの思い余り方でこのようにお書きになったものでなどあろうか。情なくて来ないと思って、昨夜をお明かしになったことだろうと、云いようもないので、北の方がひどくも恨めしいことである。そぞろにあのような悪いたずらな隠し方をして、さあそれも、私の躾のせいであると、様々に我が身が辛く、すべて泣きたいような気がされる。直ぐにお越しになろうとなされたが、宮は心安く対面もなさらないのに、御息所はこのように仰せになる、何うしたものであろうか、今日は坎日▼20でもあるので、若しひょっとお許しになられるようなことがあったら、悪い事であろう。猶お『よからん』事を願うべきだと、落ちついたお心にお思いになって、先ずその御返事をお差上げになる。

「まことに珍しい御文をと、かたがた嬉しく拝見いたしますと、あのような御咎めでございまして。何のようにお聞取りになられたことでございましょうか」

秋の野の草の繁みは分けしかど仮寝の枕結びやはせし▼21

「云い訳を申上げますのも、異なるものでございますが、昨夜の御無沙汰の罪は黙っては居れませんようで」

　とあった。宮の方へは多くを申上げて、御厩の足の早い御馬に、唐風の鞍を置いて、あの夜お供をした大輔をお使として差上げられる。「昨夜から六条院へ参っておりまして、唯今帰りましたと申せよ」と、云うべき口上を囁いてお教えになられる。小野では、昨夜も情なくてお見えにならなかった御心が、我慢がし切れず、後の聞えもお慎みになり切れずに、恨みを申上げたのに、その御返事さえもなくて、今日も暮れ果ててしまったので、何というお心なのであろうかと、心外で、浅ましく心も砕けて、お快かった御息所の御気分が又ひどくお悩みになって入らせられる。却って御本人のお心の中は、その点は格別お驚きになるべき事ではないので、唯思い懸けない人に、打解けていた有様を見られたことだけは残念だが、そうして身に沁みてはお思いにならないのに、そのように深く御心配になられるのが、浅ましく恥ずかしくて、御弁解の申しようもなく、例よりも極り悪い御様子をなされているのを見て、御息所はひどくお気の毒で、御心配ばかりお加わりになるべき御身とお見上げして、胸がすっかり塞がって、悲しいので、「今更むずかしい事は申上げまいと思いますが、やはり御性分とはいいながら、お心が幼くて、人の非難をお受けになりそうで、取返しは出来ないことでございますが、これからは一層御注意をなさいませ。数ならぬ身ではございますが、万事お躾け申上げましたので、今では何事もお分りになり、世の中のそれこれの事も、お分別がお附きになる程にお躾け申したことと、そちらの方は安心して居りましたのに、やはりまことに幼く入らして、強いお心構えのなかったことだと思い乱れますので、今暫くは生きていたいことでございます。尋常人でさえも、少しよい身分の女は、人二人に逢います事は、みともない心浅いことでございますので、ましてこうした御身では、そう滅多には人のお近づき申すべきではございませんのに、案外に懐しくないお有様だと、年頃も悩ましくお見上げ申しましたが、これは然るべき御宿縁からの事で、院を御始めにその御気になられ、あの方の父大臣もお許しになるべき御様子でしたので、私一人だけが苦情を申すのは如何なことだと気が弱りましての事で、生涯の御不運になりましたのも、御自分のお過ちではございませんので、大空を仰いで恨んでおりますのに、又このように、人のお為にも御自分のお為にも、何方にも聞きにくいような事がお添いになって来そうでございますが、それにしても、世間の評判は知らぬ顔をしまして、せめて尋常なお有様でございましたら、自然先々になりましたら、お慰めになることもあろうかと思い做しもいたしますが申しようもなく情ないお心で入らっしゃいましたことですよ」と、細々と仰しゃって、お泣きになられる。ひどく無理に、事を決め切って仰しゃるので、宮は諍ってお申開きをなさるお言葉もなく、唯お泣きになって入らっしゃる様が、大ようでお可愛ゆい。御息所はじっとお見上げ申しつつ、「ああ、何所が人にお負けになりましょうか。何ういう御宿縁で、御苦労を多くなされるべき御縁がお深かったのでしょう」と仰しゃっているままに、ひどくお苦しがりになられる。物怪はこうした弱り目に勢いづく物なので、御息所は俄に気絶をなされて、唯冷えに冷え入って行かれる。律師も騒ぎ立って、願を立てて騒がれる。この人は深い誓を立てて、今は命の限り出まいとしていた山籠りを、このように一通りならぬ心をもって下って来て、修法の壇を壊し山に入るということは、面目なく、仏をもつらくお思いになるべきことなので、心を振い起して祈りを申される。宮のお泣きになられるのは、まことに御尤もである。

そのように騒いでいる中に、大将殿からの御文を受取ったことを御息所はほのかにお聞きになって、今夜もお出でにはならないことだろうとお聞きになられる。厭わしくも世間の例にもお引かれになることであろう、何だって自分までがああした言葉を残したことだろう、と様々にお思い出しになると、続いて息がお絶えになられた。あっ気なく悲しいというも愚かなことである。以前から物怪は時々お煩いになり、最期かと見える折々もあったので、何時ものように気絶なされたのであろうと、加持をして騒ぐけれども、今度はお亡くなりになられた様が明らかであった。宮はお後れ申すまいと歎き入って、つと添って伏して入らせられる。女房達はお側へ参って「もう甲斐ないことでございます。そのようにひどくお歎きになりましても、限りのある道で、お帰りになられることではございません。お慕い申上げても、何でお心通りになりましょう」と、今更の道理を申上げて、「まことにお宜しくない事で、お亡くなりになられた御方の為にも、罪の深いことでございます。今は彼方へお立ち下さいまし」と、お引き動かし申すが、お体がすくんだようで、物もお解りにならない。法師は修法の壇を壊して、ばらばらと出て行って、居残るべき者だけが少し立ち留まっているが、今は限りの様で、まことに悲しく心細い。諸方よりの御悔みは、何時の間に知れたのかと見える。大将殿も限りなくお聞き驚きになられて、第一に申上げられる。六条院からも、致仕の大殿からも、すべてまことに繁く申上げられる。山の帝も聞召して、ひどく哀れに御文をお書きになられた。宮はその御消息には御頭をお持ち上げになられる。

「日頃、重くお悩みになるとは聞いておりましたが、何時も御病気のことばかり聞いていますのに馴れて、油断をしておりました。悲しいことは申すまでもなく、お慕い歎きになられる有様が推量られて、哀れにお可哀そうなことです。世間一体の道理だと思ってお慰めなさいまし」

とあった。涙で御目も見えないが、御返事をお差上げになられる。御息所は常に、そのように扱われたいと仰しゃっていたこととて、今日直ぐに御葬り申そうと云って、御甥の大和守であった人が万事をお扱い申上げた。せめて御死骸だけでも暫くお見上げ申したいと、宮はお惜み申すのであったが、そうしても甲斐のあることではないので、すべて準備をして、御出棺の間際になった時に大将殿はお越しになられたことである。「今日以外は日柄が悪いのです」と、人前には仰しゃって、何んなにか宮は悲しく哀れにお歎きになっていることだろう、とお推量申上げて、「そのように急いでお越しなさるべき事ではございません」と人々のお止め申すのを、強いてお越しになられた。道程までも遠く、山を分け入られるとひどくお心が凄い。忌々しげな様に物を引きめぐらし隔てて、儀式のある方の部屋は隠して、西面の方へお入れ申上げる。大和守が出て来て、泣く泣くもお礼を申上げる。殿は妻戸の所の簀子の勾欄にお寄り懸りになって、女房をお呼びになられるが、いる程の者が残らず心が落着かず、夢中になっている折である。このように御越しになられたので、幾らか気が慰められて、少将の君が参る。殿は物も仰せになれず、涙脆くはないお心強さではあるが、所の様、人の御様子などをお思いやりになると悲しくて、無常な世の有様の、人事ではないのも、ひどく悲しいことであった。暫く躊躇して、「お快い方へお向いになった様に承りましたので、油断を申上げております中に、夢でさえも覚めるまでには間があるものでございますのに、まことに呆れましたことで」と、宮に申上げられた。宮は、御息所のお案じになって入らした様や、この事の為に大体お心の乱れたことであるとお思いになると、御定命とは云いながらも、この人との辛い御縁からの事と思うので、御返事さえもなさらない。「何と仰せになりましたと申上げるべきでございましょう。誠に軽からぬ御身で、このように態々急いでお越しになられましたお心持を、お分りになりませんようでは、余りな事でございましょう」と口々に申上げると、「ただ推量って。私は云うべき事も思われません」と仰しゃって、お臥みになられるのも御尤で、「唯今は、お亡くなりになった方と同じお有様でございまして。お越し下さいましたことは申上げました」と申す。この人々も噎せかえっているようなので、殿は、「申上げようもございませんから、今少し自分の心持も落ちつき、又お鎮まりになりました頃に参りましょう。何うしてこのように俄の御事になられたかと、そのお有様を伺いたいもので」と仰しゃるので、明ら様にではないが、御息所のお歎きになられたことを、少しずつ申上げて、「お恨みを申上げるようになりますことでございまして。今日はひどく取乱しました気分でおります惑いから、申上げそくなうこともございましょう。それでは、あのようになっておられます御気色も、限りのあることでございまして、少しお鎮まりになられました時に、お聞きに入れましょう」と云って、ぼんやりとしている様なので、殿は仰せになろうとすることも口が塞がって、「全く闇に迷っているような気のすることです。猶おお慰め申されまして、少しの御返事でもございますようでしたら嬉しいことで」と仰せ置きになって、ぐずぐずしていられるのも軽々しく、流石に人騒がしくもあるので、お帰りになられた。今夜というではなかろうと思った事が、準備が出来ていて、ひどく間がなく、てきぱきしているので、まことにあっ気なくお思いになって、近き御庄の人々をお召しになり、然るべき御用をお勤め申すようにお命じになって、お出ましになった。事が俄なので、省略するようにしてあった事が厳めしくなり、人数なども添ったことである。大和守は、「珍しい殿のお心持で」と喜んで、お礼を申上げる。その名残さえもない、浅ましいことでと、宮は伏し転んでお歎きになられるが、甲斐がない。親とは申しても、ひどく此のように親しむべきものではないと、お見上げする人々は、この宮の御事を又、気味悪く思ってお歎き申上げる。大和守は残りの事を始末して、「このように心細くては、ここにお出でにはなれますまい。まことにお歎きの止む間もございますまい」と申上げるが、猶お峰の煙▼22だけでも、間近な所にいてお思出し申上げようと、この山里で住み果てようとお思いになった。御忌に籠っている僧は、東面の彼方の渡殿や下屋などに、ちょっとした仕切りを設けつつ、かすかにして居た。西の廂の間を窶して、宮はいらせられる。明け暮れするのもお分りにならなかったが、月が重なってゆくので九月となった。

山下しの風がひどく烈しく吹いて、木の葉は落ちつくしてしまって、すべてがひどく悲しい時なので、大方の景色に刺戟されて、宮は御袖の干る間もなくお歎きになり、我が命までも思うようにならないことだと、世の中が厭わしく悲しくお思いになる。お仕えしている女房達も、すべて物悲しくて嘆いていた。大将殿は、日々にお手紙を差上げられる。淋しげにしている念仏の僧の心が慰む程に様々の物を遣わしになり、宮の御前には、哀れに心深い言葉を尽してお恨みを申上げ、又尽きぬ御嘆きをお見舞い申上げるが、宮は手に取って御覧になることさえなく、御息所があの気まぐれな浅ましい事を、病み弱った御気分から疑いもない事だとお思い込みになって、お亡くなりになったことをお思出しになると、後生の御障りにさえなることであろうかと、胸が一ぱいになるようにお思いになって、大将の事を口に出して云う事があると、一段と辛く悲しい御涙の種となされる。女房達も申上げようもなかった。大将殿は、一行の御返事さえもないのを、暫くの間は、途方にくれて入らせられるせいであろうかとお思いになっていたが、余りに時が立ったので、悲しい事も限りのあるものだのに、何うして此のように丸きりお構いつけにならないのだろうか、云いようもなく若々しい様で、と怨めしくなり、方角違いに、花だ蝶だと面白そうなことを云うのならば格別、我が心に哀れに思い、歎かわしくしている方面の事を、何んなかと尋ねてくれる人は、なつかしく哀れな気のするものである。大宮のお亡くなりになられたのを、ひどく悲しく切なく思っていた時に、致仕の大臣はそれ程にはお思いにならず、世の理の別れだとして、表立っての儀式だけの事を御孝行なされたのが、辛く気に入らなかったのに、六条院は却って懇ろに、後の御法事をお営みになられたので、自分の肉身という中でも、嬉しくお見上げ申したその折に、故衛門督をば、取分け自分は懐しくなって来たのであった。人柄がひどく落ちついていて、物は深く思い入る心で、哀れも人に勝って深かったので、懐しく思ったことであった、と徒然と物を思い続けて、明し暮していられる。女君は、猶おこの御仲の様子を、何ういうことだったのだろう、御息所とだけ御文通も細やかになされたようであったが、とのみ込みかねて、殿が夕暮の空を眺め入って臥て入らっしゃる所へ、若君をお使にして文を差上げられる。ちょっとした紙の切れに、

哀れをもいかに知りてか慰めむあるや恋しき亡きや悲しき▼23

「分りませんので困るのです」

とあるので、殿はほほ笑んで、様々とこのように思い寄せて仰しゃる。亡い人を思い寄せるなんて、とんでもない事だ、とお思いになる。すぐその場で、何げない様で、

いづれとか分きて眺めむ消えかへる露も草葉の上と見ぬ世を▼24

「すべてが悲しいのです」

とお書きになった。女君はまだこんなに隔てを附けて入らっしゃることだとお思いになり、露の哀れと仰しゃるのをさし置いて、ひどく歎きつづけて入らっしゃる。

猶おこのようにお心の分らないのをお思い悩みになって、大将は小野へお越しになられた。御忌が明けて、心長閑にとお思い鎮めになって入らしたが、それまでは我慢がお出来になれそうになく、今はもう無い御名を、何も達て包むことはない、ただ濡れかかって、最後の思いを遂げることだとお思い立ちになったので、北の方の御推量も達てお云い争いにはならない。御当人は強くお避けになろうとも、御息所の一夜だけにしたというお恨みの文を拠り所にして訴えたならば、潔白だったとお云い切りにはなれなかろうと、それを頼みになさるのであった。九月の十日余りで、野山の景色は、深くは哀れを見知らない者でも、無心でいられるものであろうか。山風に堪えられない木々の梢も、峰の葛の葉も、心せわしく争って散るのに紛れて、高い続経の声が幽かに聞え、念仏の声だけがして、山荘は人げが少く、木枯が吹き払っているのに、鹿は直ぐ籬の下に来て佇みつづけて、山田の引板の音にも驚かずに、色濃く熟した稲の中に立ちまじって、鳴いているのも物思い顔である。滝の音は以前よりも一段と、嘆きをしている人を驚かすように、耳やかましいまでに轟き響いている。虫の声だけは、頼り所のなさそうに鳴き弱っているのに、枯れている草の下から、龍胆が自分ひとりだけ、花の時が長く、這い出して、露ぽく見えるなど、すべて何時もの此頃の様ではあるが、折柄、場所がらのせいであろうか、まことに怺え難い程のもの悲しさである。大将は例の妻戸の下にお立ち寄りにな

って、やがて外の方を眺めて、立って入らっしゃる。懐しい程に著馴らした直衣で、紅の色濃い召物の擣目が、ひどく清らかに透いて見えて、光の弱った夕日がさすがに何心もなく射して来るのを、眩しそうにして、態とではなく扇でお遮りになっていられる手つきは、女こそこのようでありたいと思われるが、その女でさえも此のようであろうかとお見上げする。物思いの慰めになさろうと、殿は笑ましい顔のお美しさで、少将の君を特に召寄せる。簀子のこととて幾らの隔てもないが、奥の方に人が居ようかと気がかりで、細かには話がお出来にならない。「もっと近く、お離れなさいますなよ。このように山深く分け入って来る心は、隔てなど残っていましょうか。霧がひどく深いことですね」と仰しゃって、態と見入る様ではなくて山の方を眺めて、「もっともっと」と達て仰しゃるので、少将は鈍色の帷の几帳を、簾の端の方から少し押出して、裾を引締めつついた。大和守の妹なので、お離れ申さない者の中でも、幼い時から御息所がお育てになって来られたので、喪服の色もひどく濃くて、橡色の喪衣の一襲に、小袿を著ている。「このように尽きない御悲しみは固よりのことですが、申しようのないお心の辛さが加わっていますので、魂も体から浮れ出してしまいまして、逢う人毎に咎められますので、今はもう怺えるべき術もありません」と、ひどく多くお恨みつづけになる。あの御息所の最期の折の御文の様もお云い出しになって、ひどくお泣きになる。この人は、ましてひどく泣き入りつつ、「その夜の御返事さえも戴けなくなりましたのを、今は御最期のお心の折に、お嘆き入りになりまして、暗くなりました空模様に、お正気がなくなりましたが、その弱り目に例の物怪がお取り入れ申したのだとお見えになりました。以前の御不幸の時にも、ほとほと正気をお失いそうになられました折が多くございましたが、宮が同じようにお沈になって入らっしゃいますのを、お慊しになろうとなさいますお心励みから、次第にお治りになられました。この度のお嘆きには、宮にはぼんやりした御気分になられまして、呆れてお過しになられました」と、紛らしかねるように嘆きながら、はかばかしくもなく申上げる。「その事ですよ、それは余りにもはっきりしない頼りないお心です。今は勿体ないことですが、誰をお力にお思えになれましょう。御山住みの方は、まことに深い峰に、世間の事はお捨てになられました雲の中でございましょうから、御相談になる事はできません。このようにひどくお辛いお心持を、御意見申上げて下さい。万事は然るべき御宿縁からです。夫は持つまいとお思いになりましても、そうはさせない世の中です。第一こうしたお別れが、お心通りになるものなら、あるべき事でしょうか」と様々に多くを仰せになるが、少将は申上げることもなくて、歎き歎きして居た。鹿がひどく多く鳴くのを、大将は、「私もあれに負けましょうか」と仰しゃって、

里遠み小野の篠原分けて来て我もしかこそ声を惜しまぬ[25]

と仰しゃると、少将、

藤衣露けき秋の山人は鹿の鳴く音に音をぞ添へつる[26]

好い歌ではないが、場合柄と、忍びやかな声づかいなどで、可なりなものとお聞き做しになった。宮に御消息をとやかくと申上げるが、「今は此のように浅ましい夢のような世でございますから少しでも思い覚まします折がございましたら、絶えないお見舞の御礼も申上げましょう」と、きっぱりとお云わせになられる。何とも張りあいのないお心なのであると、お歎きになりながら大将はお帰りになられる。

道々も哀れな空を眺めて入らっしゃると、十三日の月がひどく花やかに出て来たので、暗いと名に負う小倉の山でも迷いそうにもなくお進ませになると、一条の宮は途中なのであった。一段とひどく荒れて来て、未申の方の築土の崩れから見入られると、遥々と戸締りがしてあって、人影も見えない。月だけが遣水の上にあらわに住み着いているので、故大納言が此の宮で遊びをした折々をお思出しになられる。

見し人の影すみ果てぬ池水にひとり宿守る秋の夜の月[27]

と独言に仰しゃりつつ、殿にお着きになっても、月を見つつ、心は上の空になって入らした。「何

とも見苦しい、今まで無かったお癖ですよ」と、老（おい）女房連は憎み合った。北の方はしんからお辛く、浮れ立ってしまったお心なのであろう、以前から、ああした有様にお馴（な）れになって入らっしゃる六条院の御方々を、ともすると結構な例にお引きになりつつ、私を素直でない可愛げのない者にお思いになって入らっしゃるが、それは御無理なことである、私も以前からそのように馴らされていたのであったら、人前もつくり馴れて、却（かえ）って今よりは見好く過しもされよう、世間の例にもすべきお心持だと、親兄弟をはじめ、見る目の好いあやかり者にして入らしたのを、こうして永く過して来た果てに、恥ずかしい事が起るのであろうかと、誠にひどくお歎きになった。夜の明方近くまで、互（たがい）にお打解けになることもなくて、背中合せになって歎き明かして、朝霧の晴れるのも待たずに、例（いつも）の文を急いでお書きになられる。ひどく気に入らぬことにお思いになるが、前のように奪い取りもなさらない。ひどく細かにお書きになって、下に置いて嘯（うそぶ）いて入らっしゃる。忍んでお詠（よ）みになるが、漏れて聞き取れる。

何時（いつ）とかは驚かすべき明けぬ夜の夢覚めてとかいひし一言▼28

「『上より落つる▼29』」

と、お書きになったようである。押包んで、後（あと）までも、『いかでよからむ▼30』と口ずさんで入らした。人を呼んでお渡しになった。北の方は、せめて御返事だけでも見たいものだ、猶（な）お何（ど）んな事になっているのだろうかと、様子を見たくお思いになる。日が闌（た）けて御返事を持って参る。濃い紫の紙で、艶（なま）めかしくないのに、小少将（こしょうしょう）が例（いつも）のように申上げたものである。全く同じ様で、無駄な由（よし）を書いて、「お気の毒に存じますので、お差上げになりました御文（おんふみ）に、宮のお手習いなさいましたのを盗んだものでございます」と云って、文の中に引き破ったのを入れてあった。目には御覧になったのだとお思いになるだけの嬉しさでは、まことに人目の悪いことである。とりとめなくお書きになったのを、見続けてゆくと、

朝夕に泣く音を立つる小野山は絶えぬ涙や音なしの滝▼31

と解すべきであろうか。古歌などを、物思わしげに書き散らしていられるが、御手蹟は見どころがある。他人の上で、このように好色に打込んでいられるのは焦れたく正気ではない事だと見聞きしたのが、自身の事とすると、ほんにひどく怺え難いものである。変なことだ、何うしてこんなにまで思うことだろう、とお思い返しにはなるが、何の甲斐もない。

六条院でも此の事をお聞きになられて、ひどく老成していて万事に分別があり、人の非難を受ける所がなく、見よくして暮していられるので、自分も面目として、若かった頃少し好色めき、浮気だという評判もお取りになった名誉恢復だと、嬉しく思っていたのに、可哀そうに何方に取っても気の毒な目に逢いそうなことで、関係のない間柄でないことなので、大臣なども何うお思いになることだろうか、それ程の事が分らないのではなかろう、宿縁というものは遁れられないものである、とやかくと口を出すべき事ではない、とお思いになる。女の御為には、何方もお可哀そうなことでと、困ったこととお聞き歎きになる。紫の上に対しても、行く先のことをお思いやりになりつつ、自分の亡い後が気懸りにお思えになることを仰しゃると、上はお顔を赤らめて、辛くも、それ程までも長くお残しになることだろうかとお思いになった。それにつけ、女ほど身の扱い方の窮屈に、可哀そうな者はない。物の哀れも面白さも、見知らない様にして引籠り、隠れているのでは、何につけて、世に生きている楽しさも、無常な世の徒然も慰めることが出来ようか、何事も解らず、いう甲斐ない者でいるのは、育てて下された親も、ひどく残念に思うことではなかろうか、すべてを心に蔵めて、無言太子▼32とか云って、法師共の苦しい事にしている、あの昔の譬のように、善いも悪いも承知しながら埋もれているのも、まことに詮のないことである。我が心ながらも、程よくという事は、何うすれば出来るのだろうか、とお思いめぐらしになるのも、今では唯お養いになっている女一の宮の御為のことである。

大将の君が六条院へお参りになられた序に、院には、お心持の様子もお知りになりたいので、「御息所の忌は終ったことと思っていますが、あの方が院の御寵愛を蒙ったのは三十年も前になる時のことですよ。哀れに飽っ気ない世の中です。夜の露の置いているうち程の命を貪っているのです。何うかこの髪を剃って、万事を捨てようと思っていますのに、このように呑気な有様で過しているのです。まことに悪いことですよ」と仰しゃる。君は、「全く惜しそうにもない人でも、銘々の身に取りますと、捨て難い気のする世の中でございましょう」と申上げて、「御息所の四十九日の法事などは、大和守の某の朝臣が、一人で扱っております、ひどく哀れなことでございます。確りした後援のない人は、生きている間だけのことで、あのようにお亡くなりになりますと、悲しいものでございます」と申上げられる。「院からはお訪いがございましょう。あの皇女も何んなにかお歎きになって入らっしゃいましょう。以前聞いた時よりは、この近い年頃に、事に触れて聞くところに依ると、あの更衣は、悪くはなく見よい人の方でした。広い世間から云っても、惜しいことでした。生きていてもらいたいと思う人が、そのように亡くなってゆくことですね。その皇女は、ここに入らっしゃる入道の宮の次ぎには、お可愛ゆがりになられましたことです。人様もよく入らっしゃいましょう」と仰しゃる。「皇女は何んなで入らっしゃいましょうか。御息所は難のない御様子やお心持でございました。親しくお打解けにはなりませんでしたが、ちょっとした事の序に、自然人の用意は顕れるものでございます」と申上げて、宮の御事には触れず、ひどく冷淡である。これ程の一本気な心で思い初めたことは、諫めても甲斐がない、取上げもしないことを、賢こ立てに云い出すのもつまらない、とお思いになって止めた。こう云っていて御法事には大将は万事世話をなさった。その評判が自然隠れもないので、大殿でもお聞きになって、そのような事があるべきではないと、女宮のお心の浅いようにお思い取りになるのは、無理なことである。当日には、以前の御関係があるので、大殿の君達も参っておとぶらいになる。誦経など、大臣からも厳めしくおさせになられる。君達も様々に、劣らずになされたので、世に時めく人のこうした事にも負けない様であったことだ。

宮はこのようにして、ここに住み果そうとお思い立ちになることがあったが、山の院に人が漏らし奏したので、院は、「それはまことに有るまじきことです。ほんに何人かの人に、ああこうと身をお任せになるべきではありませんが、後見（うしろみ）のない人は、却（かえ）ってそのような様になって、あるまじき評判が立ち、罪を得そうになります時には、此の世も後世も中途半端な者になって、何方附（どっちつ）かずの罪を負うことになるものです。此方（こちら）がこのように世を捨てましたのに、三の宮も同じように身をお窶（やつ）しになられましたので、後（あと）のないように人が思い云いもしますのも、世を捨てた身には思い悩むべきではありませんが、必ずしもそのように、同じ様の者になろうとお争いになられるのも、よくない事でしょう。世の中の憂（うれ）いにつけて厭（いと）うのは、却って人前の悪いことです。御発心（ごほっしん）になる所があって、今少し歎きをお鎮（しず）めになり、お心が澄んでの後に、何（ど）のようになりとも」と度々（たびたび）御申しになられた。大将との浮いた御評判を聞召（きこしめ）されての事であろう。そうした事が思うようでないにつけ、世をお厭いになったと云われることを御懸念になってのことなのである。そうかと云って又、その事の顕われるのもお心の深くない、面白からぬこととお思いになりながらも、宮が恥ずかしくお思いになるのもひどくお可哀そうで、何も自分までが聞き扱うべきではないとお思いになって、そちらの方面へは、触れて申されないのであった。

大将も、とやかくと云い拵（こしら）えもしたが、今は無駄である。あのお心ではお許しになることはむずかしいようだ。御息所が御承知の上での事であったと人々に知らせよう。何としよう、亡い方に少しお心浅い咎（とが）を著（き）せて、何時（いつ）から初まったということもなく紛らわしてしまおう。若返って懸想（けそう）めいたことをし、涙を尽してかかずらっているのは、ひどく幼々（ういうい）しいことだろう、とお思いになって、宮の一条にお移りになるべき日を、その日と決めて、大和守を召して、するべき儀式を仰せになる。宮の中を掃除し装飾をして、何といっても女ばかりで、草を繁くしてお住みになっていたのを、磨いたように造りかえて、御注意して十二分に結構にして、壁代（かべしろ）▼33、御屏風（びょうぶ）、几帳（きちょう）、御座所などまでお気を附けつつ、大和守に仰せつけて、その家で準備をおさせになられる。

その当日は、大将は三条殿にお出でになっていて、小野への御前駆や御車などをお遣わしになられる。宮は決してお移りにならないと仰しゃるのを、女房達も達てお勧め申上げ、大和守も、「決してお承け申しますまい。心細く悲しいお有様をお見上げ申して歎き、此頃中のお宮仕は、出来ます限りはいたしました。追って、任国の事がございますので、そちらへ下ります。宮の内の御用を引継がせる者がございませず、まことに恐れ多く、如何いたしたものかと存じておりますのに、このように万事をお世話なさいますので、ほんに御縁組の上から考えますると、必ずしもそのようにはなさるまじきお有様でございますが、その点は昔も、お心に叶わなかった例は多いことでございました。お一方だけが世間の非難をお受けになるべき事ではございません。ひどく世間見ずの御事でございます。お気をお張りになりましても、女のお心一つで御身の処理をなさり切り、お始末をなさることが出来ましょうか。やはり男の崇めてお仕え申しますのに助けられまして、深いお心の立派な御分別も、それに依ってお立てになれるのでございます。お附きのお人達がお聞せ申上げないのです。一方では、せずともの事まで勝手になさり初めて入らして」と云い続けて、左近や少将を非難する。皆集まって来てお賺し申すので、宮は何とも仕方なく、新しいお召物どもを、女房達のお著せ替え申すのも心ならぬ御事で、やはりさっぱりと削ぎ捨てたいとお思いになる御髪を、掻き出して御覧になると、六尺程あって、少し細くなって来ているが、人は悪いとはお見上げ申さない。御自分のお心では、ひどい衰えようである、人に見られるような有様ではない、様々に心憂い身であるのに、とお思い続けになって、又臥ておしまいになった。「時刻が遅れました。夜も更けましょう」と女房達は騒ぐ。時雨がひどく気ぜわしく吹き乱れて、すべての様が物悲しいので、

昇りにし峰の煙に立ちまじり思はぬ方に靡かずもがな▼34

心一つでは強くお思いになっているが、此頃は鋏のような物はみんな隠して、女房達が見張りを申

しているので、そのように騒ぐまでもなく、何の惜しい所のある身で、愚かしく若々しく、隠れてその事などしようか、外聞の悪い強々(こわごわ)しい事であるのに、とお思いになるので、御本意のようにはなさらない。女房達はみんな支度(したく)をして、銘々の櫛、手箱、唐櫃(からびつ)、確(しっか)りともしない袋のような物の、ごたごたした物を、みんな先立てて運んでいるので、宮はお一人でお留まりになるべくもなく、泣く泣くお車にお乗りになるものの、傍(かたわ)らが見廻(みまわ)されて、此方(こちら)へお移りになられた時は、御息所は苦しい御気分の中でも、御髪(みぐし)を撫で繕われ、お車からお下し申されたことをお思出しになると、涙にお目も霞(かす)んで悲しい。御守刀(おまもりがたな)に添えて経箱をお携(たずさ)えになったのが、お傍らを離れないので、

恋しさの慰め難き形見にて涙に曇る玉の箱かな[35]

黒塗の箱はまだ出来上りきらないので、御息所の御使い馴(な)らしになった螺鈿(らでん)の箱なのであった。御息所が誦経の布施にお宛(あ)てになっていたのを、形見としてお留(と)めになったのである。浦島の子の気持のする品である。

　お着きになると、殿の内は悲しそうな様子もなく、人気(ひとげ)も多くて、前とは違った有様である。お車を寄せて下りようとなさるが、自分の家とはお思えになれず、疎(うと)ましく厭(い)やな気がなさるので、すぐにはお下りにならない。まことに変な若々しい御様だと女房達もお見上げして当惑する。大将殿は東の対(たい)の南面(みなみおもて)を、御自分の御間(おんま)に仮に繕って、馴染顔(なじみがお)にして入らっしゃる。三条殿では、女房達が、「急に呆れたことにおなりになったことですね。何時頃(いつごろ)からああなった事でしょうか」と驚いた。色めかしく面白そうな事を、好ましくないことにお思いになる人は、こうした思い懸けない事をし出すものである。しかし以前からあった事を、その噂もなく様子にも見せずお過しになったのだとばかり思い取って、そのように女君のお心弛(こころゆる)びのなさらないことは、思い寄る者もない。何方(どちら)にもせよ、宮の御為にはお可哀そうなことである。

　御婚礼の儀式の品々も、忌中のこととて様子が異っていて、事の初めが縁起悪いようであるが御食

事も済んで静かになると、殿は此方へお出でになって、少将の君をひどくお責めになられる。「お志が本当に末長くと思召すのでしたら、今日明日を過して仰しゃって下さいまし。此方にお帰りになりましたので、却ってお心が新たになりまして、お嘆き入りになって、亡くなった人のようになってお臥みになって入らっしゃいます。お賺し申しますのをも、唯辛くばかりお思いになりますので、何事も我が身の為でございます、何とも面倒で、申上げにくうございまして」と申上げる。「何うにも変で、御推量申したのとは違って、聞き分けのない心得難いお心だったことです」と云って、思い附きとして、宮の御為にも自分の為にも、世間の非難のなさそうなことをお云い続けになるので、少将は、「さあ只今は、又甲斐ない人にお見做し申すのではないだろうかと、慌てた乱れ心になっておりまして、何事も分別がつけられませぬ。何うぞ、とや角と踏込んで、一こくなお心をお出し下さいますな」と、手を摺って拝む。「全くまだ見たことのない情事ですよ。憎い呆れた者だと、御軽蔑になられるこの身が悲しいのです。何うか第三者に判断させたいものです」と仰しゃるので、流石にお気の毒でもある。「まだ見たこともないと仰しゃいますのは、ほんにこうした事にお馴れにならないお心構えのせいでございます。道理としましてはほんに、何方に人が加担しようとするのでございましょうか」と、少将は少し笑った。このように少将は気強くは云うが、今は堰き止められているべきではないので、直ぐにこの人を引き立ててお連れになり、推量で宮のお部屋にお入りになられる。宮はひどくお心憂くて、情のない心浅い人であったことだと、残念で辛いので、若々しいように騒いで見たところでとお思いになって、塗籠に畳を一枚お敷かせになられて、内から鎖を下してお寝みになって入らした。こんな事も何時まで続けられようか、これ程までに皆の心が乱れ立っていてはと、ひどく悲しく残念にお思いになる。男君は、呆れた辛いことだと申上げたが、これ程になった上は、何で見遁そうかと、気楽にお思いになって、様々に思ってお明かしになられる。山鳥の雌雄のような気持がなされたことであった。ようようのことで明方になった。このようにばかりして、する事と云っては、睨み合いをすることであろうからと、お出ましになろうとして、「唯、ちょっとの間だけでも」と、達て申上げるけれども、ひどく無情である。

恨み侘び胸あき難き冬の夜にまた鎖し増さる関の岩角▼36

「申そうようもないお心なのでした」と、泣く泣くお出ましになられる。

六条院にお越しになって、御休息なされる。東の対の上は、「一条の宮をお移し申上げられた事だと、大殿の辺りで申していられますのは、何ういう御事なのですか」と、ひどく大ように仰せになる。御簾に御几帳をお添えになっているが、側の方からやはり姿がお見えになられる。「そのようにおやはり人の云い做すべき事でございます。故御息所は、ひどくお気強くて、有るまじき事のようにことわりになっていられましたが、御最期の様にお心持の弱りました時に、他にはお世話を頼む人のないのが悲しかったのでしょうか、亡くなった後の後見にとように仰しゃったことがございましたので、以前からの志もございましたこととて、そのようにお思い申上げることになりましたのを、いろいろに云っていることでございましょう。それ程にない事でも、妙に人の物云いはうるさいことでございます」と云ってお笑いになりつつ、「その御当人は、この上世の中に居ることはしまいと深くお思い立ちまして、尼になろうとお歎きになっていられるようですから、何でお聞きになりましょう。此方も彼方も旨くは行きそうもないことですが、そのように嫌疑のない御身になられましても、あの御遺言の方は違えまいと存じまして、唯そのようにお扱い申しているのです。院がお越しになられました時、事の序がございましたら、そのようにお伝え下さいまし。堅く仕つづけて来て、気に入らない事をすると仰しゃいますのを遠慮いたしましたが、ほんに此のような筋の事は、人の諫めにも、自分の心にも随わないものでございました」と、忍びやかにお申しになられる。「人が嘘をいうのかと思っておりましたのに、本当にそのような事情のある御事ですか。みんな世間普通のことでございますが、三条の姫君のお心持がお可哀そうです。お気楽にし馴れて入らっしゃいまして」と申されると、

「可愛ゆらしそうに姫君などとお申し做しになることです。ひどく鬼々しいやかまし屋ですのに」と仰しゃって、「何でそれも粗末には扱いましょう。勿体のうございますが、お有様から御推量下さいまし。穏やかにしているということが、人は結局の勝を取ることのようでございます。口やかましく事を荒立てますのは、暫くは小むずかしく面倒なような気がして、遠慮している所もありますが、それに随い通せる訳はないことですから、何かごたごたの起りました後では、何方でも憎くなって飽きたくなりますことです。やはり南の御殿▼37のお心懸けは、いろいろの点で珍しいもので、又此方のお心などこそ、結構なことの限りだとお見上げ申したことでございます」など、お褒め申上げると、お笑いになって、「物の譬にお引きになりますので、私の物数でもない覚えが顕れそうでございまして。それはそうと、可笑しいことは、院が御自分のお癖は誰も知らないように、聊かの浮気らしいお心づかいを、大事件とお思いになって、御意見をなされ、蔭口にもお申しになられますことで、賢ぶる人の自分の事は知らないのと同じような気がいたします」と仰しゃると、「そうでございますよ、何時も此の道を戒めて仰せになられます。しかし勿体ないお教えがございませんでも、十分身を修めておりますつもりですのに」と云って、ほんに可笑しいこととお思いになった。

院の御前に参られると、その事はお聞きになって入らせられたが、何も知っている振りをするにも及ばないとお思いになって、唯大将のお顔を見つめて入らせられると、まことに美しく清らかで、此頃こそお整いになられたお盛りのようである。聞いたような好色事をなさろうとも、人の非難するべき様はして入らせられず、鬼神でも罪を許しそうなまでに、水際立って清らかで、若盛りの匂いを散らしていられる。世間の味を知られない若者の程では入らせられず、足りない所なくお整いになって入らせられるので、尤もなことである、女であったらば何で愛でずにいよう、鏡を見たならば何で心傲りがせずにいよう、と我が御子ながらお思いになる。

日が闌けて三条殿にはお越しになった。若君達は次ぎ次ぎに可愛ゆらしくて、纏わりついてお遊びになる。女君は帳台の内にお臥みになっていられた。大将もお入りになったが目もお見合せにならない。恨んでいるのであろう、と御覧になると、尤もではあるけれども、気の置けるような風はなさらず、女君の懸けていられるお召物をお引き遣りになられると、「何処だと思って入らしたのですか。私は疾くに死んでしまいました。何時も私のことを鬼だと仰しゃるので、同じ事ならそうなってしまおうと思いまして」と仰しゃる。「お心は鬼よりももっといけないのですが、御様子は憎らしげでもないので、嫌ってしまう訳にはゆきません」と、何でもないようにお云い做しになられるが、女君は心悩ましくて、「結構なお有様で艶いて入らっしゃるお側に、お添い申していられる身ではありませんので、何処へなりとも行って死んでしまおうと思っています。もうそれ程のこともお思い出しなさいますな。つまらなく年頃を過して来ただけでも、残念でございますのに」と云って、起き上られた様は、ひどく愛嬌があって、艶よく赤くなって入らっしゃる泣顔が、ひどく可愛ゆらしい。「そのように見さかいなくお腹立ちなさるせいでしょうか、見馴れて来て、この鬼は今では怖ろしくもなくなってしまいました。怖ろしい所を附けたいものです」と、冗談にお云い做しになられると、「何を仰しゃるのですか。尋常にお死になさいまし。私も死にましょう。見れば憎い。聞けば愛嬌がない。残して死ぬのは気懸りです」と仰しゃると、ひどく可愛らしい様ばかり増して来るので、細やかにお笑いになって、「近くては御覧にならなくても、余所にいても何でお聞きにならないことがありましょうか。一緒にと云われるのは縁の深い所を知らせようとのお心なのですね。直ぐに続いて冥途へ行こうというのは、そのようにお約束をしました」と、ひどく平気に申して、何くれと賺してお慰めすると、ひどく幼げに気立好く、可愛ゆい心のおありにもなる人なので、好い加減なこととお聞きにはなるものの、自然にお心が柔らいで来るのを、男君はひどく哀れにお思いになるものの、心は上の空で、あの宮もひどく我を立てて、強く物々しくなさる御様子にはお見えにならないが、もしも猶お此の事を不本意なことにして、尼になろうという気におなりになったならば、ばかばかしい事になるだろう、とお思いになると、当分は足遠くは出来ない、気ぜわしい気がなされて、日が暮れてゆくままに、今日も御返事さえもないことだとお思いになって、気に懸って、深いお歎をなされる。女君は昨日も今日も全く召上らなかった物を少し食べて入らっしゃる。大将は「昔からあなたの御為に志の深かったことは、大臣が辛くお扱いになられたので、世の中の痴者のような評判を受けましたが、堪え難いことを堪えまして、彼方此方先から進んでお気持をお見せになりましたのを、いつも聞き流しておりました有様は、女でさえそんなではなかろうと、人も非難しました。今思って見ましても、何うしてあんなだったろうと思いまして、自分の心ながら、昔でさえも重々しいことであったと思い知られますのに、今はこのようにお憎みになりましても、お捨てにはなれない子供が、このように家一ぱいに数が添っていますので、お心一つでお離れになるべきではありません。まあまあ永い目で見て入らっしゃいまし。命は定めない世ですが」と仰しゃって、お泣きになることもあった。女君も昔の事をお思出しになられると、哀れにも珍しい御仲で、さすがに縁の深いことであったとお思出しになられる。男君は柔かになっているお召物をお脱ぎになって、特に好いのを取り襲ねて、香を焚きしめて、立派に装い飾ってお出懸けになるのを、女君は火影でお見出しになって、怺え難くて涙が出て来るので、お脱ぎ残しになられた単衣の袖を引寄せて、

なるる身をうらむるよりは松島のあまの衣に裁ちやかへまし▼38

「やはり俗体では過せないことです」と、独言に仰しゃるので、男君は立ち留まって、「何とも辛いお心持ですよ」

松島の海女の濡衣なれぬとて脱ぎかへつてふ名を立ためやは▼39

急いでのお歌なので、ひどくつまらないことであるよ。

彼方では、まだやはり塗籠に籠って入らっしゃるので、女房達は、「このようにしてばかり入らっしゃいましては、子供ぽい変なことだと評判されましょうから、例のようなお有様で、然るべきよう

に御返事をなさいませ」と申上げたので、宮も尤もだとはお思いになりながらも、今から後の外聞の悪さといい、御自分のお心のこれまでの悲しさといい、あの人の察しのない、怨めしかった心から起ったことだとお思いになって、その夜も対面はなさらない。大将は、「御冗談の過ぎる、余りのことです」とお怨み尽しになられる。女房達もお気の毒だとお見上げ申す。女房は、「宮は少しでも人心地のする時がございまして、お忘れになりませんようでしたら、と角の御返事も申上げましょう、この御喪服の間は一筋に、心を乱すことだけでもしなくて過そうと、深くお思いになって仰しゃいますが、このようにまことに生憎にも、お通いのことを知らない人といってはないようになりますのを、一層ひどく辛い仰せでございます」と申上げる。大将は、「お思い申しております心は人とは異っておりまして、御安心の出来るものですのに、案外なお心でした」と歎いて、「例のようにして入らっしゃいましたら、物越しにでも思うことを申上げるだけで、お心に背くことなどはいたしません。何年でも辛抱もいたしましょう」と、限りなく申上げるけれども、宮は、「それにしてもこうした歎きに添えまして、無理なことを仰しゃいますお心はひどく辛いことでございます。外聞悪さの、いろいろと一通りでなかったことの、その辛さは申すまでもなく、殊更に此のようになさいますのは辛いお心構えでございます」と、又云い返してお恨みになりつつ、遠い隔てをつけてのみ入らせられた。大将は、そうかと云って此のようにばかりしていられようか、これでは人が漏れ聞いて笑うのも尤もで、ここの人目も恥ずかしいとお思いになるので、「内々の心構えは仰しゃるのに随って当分はさし控えましょう。まるで情け心のない有様はひどく体裁の悪いことです。又それだからと云って全く参らなかったならば、宮のお評判が何うしてお可哀そうでないことがありましょう。一轍に物をお思いになって、子供のようで入らっしゃるのは、お可哀そうなことです」と、少将をお責めになると、ほんにと思い、又大将をお見上げするのも心苦しく勿体なくも思われるので、女房を出入りおさせになる塗籠の北の口から、大将をお入れ申してしまった。宮は何とも浅ましく辛くお思いになり、お仕えしている女房も、ほんにそうしたのが世間の人ごころなので、これよりも勝(まさ)るひどい目に逢わせることであろうと思い、頼もしい人の全くなくなってしまった御身を返す返す悲しくお思いになる。男は様々に宮の納得なさるべき道理をお聞せ申し、言葉多く哀れにも面白くもお云い尽しになられるが、宮は辛くお気に入らぬことにばかりお思いになった。大将は、「まことに此のように、云おうようもないものにお蔑(さげす)みになられました身は、この上もなく恥かしゅうございまして、あるまじき心の著(つ)き初(そ)めましたことが、不埒な残念なことに思いますが、取返しのつかないと申す中(うち)にも、一旦立ちました御評判は、何(ど)うして綺麗になどなりましょう。仕方がないとお諦めなさいまし。思うに任せない時には身投げをする例(ためし)もございますので、私の一途なこの志を深い淵にお準(なずら)えになりまして、捨てた御身とお思いなさいまし」と申上げられる。宮は単衣(ひとえ)で肌にお引き包みになって、出来ることとてはお泣きになるばかりの様が、お心深くお可哀そうなので、何とも変だ、何ういう訳でこのようにまでお思いになるのであろうか、ひどく堅く構えている人でも、これ程のことになって来れば、自然心の弛(ゆる)んで来る様子も見えるのに、岩木にも勝(まさ)って靡(なび)き難いというのは、縁がなくて憎くばかり思うような事も世間にはあるので、そのようにお思いになるのだろうかと思い寄ると、余りなことなので辛くなって、三条の女君のお思いになる事、昔も何の考(かんがえ)もなく互に思い交していた頃の事、この年頃今は大丈夫と可愛(かわ)ゆくも気を許して打解けて入らせられる様などを思い出すと、我が心柄で、ひどく味気ない仲になったと思い続けられるので、今は達(たつ)て宮をお賺(すか)し申さず、お嘆き明かしになった。このように愚(おろか)しくこの宮に出入りをするのも変なものなので、今日はここに留(とど)まって、心長閑(こころのどか)にして入らっしゃる。これ程までも一途なのを、宮は浅ましいことにお思いになって、いよいよ疎む御様子が勝(まさ)って来るので、大将はばかばかしいお心であると思い、一方では辛いものの哀れにお思いになる。塗籠ではあるが、格別細かい品物は多くは入れてはなく、香を入れた御唐櫃、御厨子(みずし)などばかりなのを、彼方此方(あちらこちら)に片寄せて、居よいようにして入らしたのである。内は暗い気がするが、朝日が出た様子で漏れてさし入って来るので、大将は宮の引被っていられる御衣を取りのけ、ひどくも乱れている御髪を掻きやりなどして、ほのかにお見上げなさる。まことに上品で女らしく、艶いた様子をして入らっしゃる。男の御様は、改まって入らせられる時よりも、打解けて入らっしゃる様は限りなくもお美しい。故君は格別の容貌ではなくてさえも、限りなく己惚れていて、宮の御容貌を申分なくは入らっしゃらないと、何ぞの折には思っていた様子をお思い出しになられると、まして此のようにひどく衰えている有様を、暫くの間でも我慢して御覧になろうか、と思うとひどく極りが悪い。宮はああこうと思いめぐらしつつ、御自分のお心をお賺しになられる。唯周囲に工合が悪く、此処も彼処も、方々でお聞きになっての非難の遁れようもないのに、場合柄さえもひどく悪いので、慰めようもないのであった。今朝はお手水も御粥も、例のお居間の方に差上げた。喪中とてお居間の色の異っている御装飾も縁起が悪いようなので、東面には屛風を立てて、母屋との境には丁子染の御几帳などの仰々しくは見えない物や、沈香の二重の棚などのような物を立てて、その心を持って装飾をしてあった。大和守がしたのであった。女房達も派手でない色の山吹、掻練、紫の濃い衣、青鈍などに著かえさせ、薄色の物、青朽葉などをああこうと紛らして著せて、御食事を差上げる。女主人のお邸とて、万事しどけなくし馴らされている宮の内を、有様に心を留めて、僅かな下部を呼び集めて、この人一人だけが扱いをする。このように不意の貴い客人がいらせられると聞いて、以前は勤めもしなかった家司などが出しぬけに来て、政所などと呼ぶ方に詰めていて事を行った。

　このように強いて通い馴れたような様子をして入らせられる間に、三条の女君は、これ切りの縁であろうとお思いになり、まさかこれ程までにはと一方では頼んでいたのであったが、堅気の人の気の変るのは極端なものだと聞いたのは本当のことであった、ともう見込みのない気がして、何うかして、此の恥を見まいとお思いになったので、大殿へ方違をしようと云ってお越しになってしまった。弘徽殿の女御がお里に入らせられる時なので、対面をなされて、少しお心の晴らし場所にして入らして、例のように急いで三条殿にはお帰りにならない。大将殿はお聞きになられて、「そうだろう、ひどく気短かな御性分だ、あの大臣もまた、老熟した落着いた所は流石になくて、ひどく一方的に陽気な人々なので、呆れたものだ、見まい、聞くまいなど、間違った事も仕出されそうなことだとお驚きになって、三条殿にお越しになられると、君達は半分は留って入らせられるが姫君達やひどく幼い方は連れてお行きになっていた。君達は殿を見つけて悦んで纏わり、或は上をお慕い申して、案じてお泣きになるので、心苦しくお思いになる。消息を度々上げて、迎いをお遣りになるが、御返事さえもない。何という一刻な軽々しい事だろうと、気まずくお思いになられるが、大臣の見聞きなされる所もあるので、日が暮れて御自身お参りになられた。女御の入らせられる寝殿の方に入らせられるとのことで、例のお越しになる時のお居間には、女房達だけが詰めている。若君達は乳母に添って入らせられた。殿は女房に取次がせて、「今更に若々しい御情合いですよ。こうした人達を彼方此方に捨ててお置きになって、何だって寝殿のお交りなどを。似合わしくないお心立てだとは、年頃見知っていますが、そうした御縁でしょうか、昔から心を離れ難くお思い申して、今はこのようにごたごたと、沢山な哀れな者が居ますので、お互に見捨てられようかと、頼みにしていたことです。ちょっとした事一つで、このようなお振舞ということがありましょうか」と、ひどく非難しお恨みになられると、女君は、「何事もこれまでとお飽きになられました身でございまして、今更直るべきでもございませんから、何うにも仕ようがないと存じまして。厄介な人々は、お見捨て下さいませんでしたら、嬉しゅうございましょう」と申させられた。「尋常な御返事ですよ。結局は『誰が名か惜しき▼40』です」と仰しゃって、達てお帰りなされとも仰せられず、その夜は一人でお臥みになられた。変に中途半端な頃であるとお思いになりつつ、君達を前にお臥せになられて、宮では又何んなにか思い乱れて入らっしやろうと、その様をお思い申し、楽ではない御心労なので、何ういう人がこうした事を面白く思うのだろうかと、お懲りになりそうにお思いになる。夜が明けたので、女君に、「人の見聞きする所も若々しいので、これ限りとお云い切りになるのでしたら、そのように計らいましょう。彼方にいます子供達も、可愛ゆらしくお慕い申しているようでしたが、選り残して入らしたのには訳があろうとは思いますものの、思い捨て難いので、何うなりと始末を附けましょう」と、お威し申されると、女君はさっぱりしたお心とて、あの君達までも知らない所へ連れてお出でになろうかと危くお思いになる。殿は、「姫君をさあお渡し下さいまし。お見上げしに此のようにして参るのも恥ずかしいので、常には参りますまい。彼処にいます人々が可愛ゆいので、せめて同じ所に置いてお見上げしましょう」と申させられる。姫君はまだひどく幼くて、お美しく入らっしゃる。殿はひどく哀れだと御覧になられて、「母君の仰しゃることをお聞きなさいますな。ひどく辛く、分別のないのは、まことに悪いことです」と、お云い聞せになられる。

大臣はそうした事をお聞きになられて、人笑われの事のようにお嘆きになる。そして女君に、「当分その儘に見ていることもなさらなくて、大将も自然お考えなられる所もあろうに、女がそのように性急にするのは、却って軽々しく見える事ですのに。ままよ、そのように云い出したことなら、何で馬鹿になって急にお帰りになることはありましょう。自然あの人の様子や御心持は見えもしましょう」と仰しゃって、姫宮の許へ蔵人の少将の君をお使としてお上げになられる。

契あれや君を心に留めおきてあはれと思ひ恨めしと聞く▼41

「やはり思い放すことは出来ません」

とある御文を、少将は持って入らして、遠慮なくお入りになられる。南面の簀子に円座を差出して、女房達は物が申上げにくい。宮はまして御当惑になられる。この君は御兄弟の中でもひどく容貌がよく、見よい様をしていられて、長閑やかに辺りを見廻して、昔を思出している様子である。「参り馴れている心持がいたしまして、恥かしくはございませんのに、そのようには御覧じ許しが願えないのでしょうか」とばかり、かすめて申される。御返事はひどく申上げにくくて、宮は、「私は全く書けそうもありません」と仰しゃると、女房は「お心がひどく若々しいようでございまして。宣旨書きで申上げることが出来ましょうか」と、集まって申上げるので、宮は先ずお泣きになられて、故御息所が入らしたならば、何のようにお気に入らぬ事にお思いになりながらでも、恥をお隠し下さるだろう、とお思出しになられると、涙が筆に先立つ気がして、お書きになれない。

何故か世に数ならぬ身一つを憂しとも思ひ悲しとも聞く▼42

とばかり、お思いになったままを、書き留めもなさらない様で、押包んでお出しになった。少将は女房達とお話をして、「時々参りますのに、このように御簾の前では附穂のない気がいたしますが、これからは頼みある気がして、常に参りましょう。御簾の内外ともお許し下されましたならば、年頃の験が現れるような気がいたしますことです」と、不満げに云い置いてお帰りになった。

姫君の以前にも増してお快からぬ御様子なのに、殿のあくがれてお惑いになられるのを、大殿に入らせられる女君は、日頃の重なるままにお嘆きになることが多い。典侍▼43はそうした事を聞くと、自分を何時までも許せない者に仰しゃって入らっしゃるのに、そのように侮り難い事が起って来たことよ、と思って、文などは時々差上げていたので、申上げた。

数ならば身に知られまし世の憂さを人の為にも濡るる袖かな▼44

少し立ち入り過ぎたものとは御覧になったが、物哀れな頃の徒然に、あの人も平気ではいられなかろうというお気にもなったことである。

人の世の憂きを哀れと見しかども身にかへむとは思はざりしを▼45

とあるのを、お思いになったままをお詠みになったものと、典侍は哀れに思って見る。

あの昔、君と女君と御仲絶えの頃に、この内侍だけを、内々の者としてお思い留めになったのであったが、御一緒になられて後は、ひどく稀れに、情なくなり勝るばかりであるが、流石に君達は多くなって来た。女君の御腹には、太郎君、三郎君、四郎君、六郎君、大君、中の君、四の君、五の君とおありになる。内侍の方には、三の君、六の君、次郎君、五郎君とおありになった。すべて十二人の中に、好くないお子はなく、ひどくお美しくて、それぞれにお育ちになられた。内侍腹の君達(きんだち)の方は、容貌が美しく、心持も賢くて、何方(どなた)も優れて入らした。三の君と次郎君とは、六条院の東の御殿(おとど)が、格別にもお冊(かしず)き申していられる。院もお見馴れになられて、ひどく可愛ゆがって入らせられる。男君と女君お二方との御関係は、云いようもないものであるとのことである。

▼1　柏木の弟。後に紅梅の大臣という。
▼2　修法を行う時、下々の者の著（き）る物。
▼3　叡山の山麓の地名。
▼4　母御息所の姪で、後に出る大和守の妹。
▼5　山里の哀れを添えて立つ夕霧で、出て行くべき空もない気がしまして。姫宮に心が引かれて、帰る気になれないの意を、眼前の夕霧に托して云ったもの。
▼6　山賤の家の籬を籠めて立っている霧も、心が上の空になっている人は留めません。「山賤の籬」は、御自分の山荘。「心空なる人」は、大将を指したもので、「空」を承けて贈歌の心を拒んだもの。
▼7　我だけが、憂い物である夫婦関係を知っている者の例となって、既に柏木で泣かされているのに、更に君に依って泣いて、涙で袖を腐らせるように、我が名を腐らせ、すたれさせるべきであろうか。
▼8　大方は、我が濡衣をお著せ申さずとも、既に朽ちてしまったお袖の評判が、隠れようか隠れはしない。「濡衣」は、あらぬ浮名で、既に評判になっているので、今更何うにもしようがないの意。
▼9　荻原や、ここの軒端から落ちる霧の雫に濡れとおりつつ出懸けて、更に八重に立っている山路の霧を分けて帰って行くべきでしょうか。歎いての訴え。
▼10　「無き名ぞと人には言ひてありぬべし心の問はばいかが答へむ」（後撰集）

のですか。

▼11　分けて行かれる草葉の露に濡れる侘しさをかこつけ事にして、この上にも我に濡衣を懸けようと思うのですか。
▼12　花散里。
▼13　我が魂を、つれない貴方のお袖に留めて来て、我が心柄ながら、魂の無い身の、途方に暮れていることですよ。余りに物に憧れると魂が身から離れて、その身が不安になると信じられて居た。
▼14　「身を棄てて往（い）にやしにけむ思ふより外なる物は心なりけり」。心は我が自由にならぬ物の意。
▼15　堰きとめるので、却って浅く見えましょう。山川のように、流れて伝わっている評判は、包みおおせられないので。お拒みになっても、今は何の甲斐もなく、唯お心の浅さを示すに過ぎないの意で、「山川」を比喩として云ったもの。
▼16　女郎花の萎れている野を、何処の野であるとお思いになって、唯一夜だけの宿とお借りになったのですか。「女郎花」は、姫宮の喩。「いづことて」は、何処とお思いになってで、尊い御身であるのに、それもお思いにならなくてと、強く非難したもの。「一夜ばかりの宿」は、夫婦関係を結ぶと、続いての三夜は、必ず通うべきものとするのが当時の礼で、その礼を破っているのを非難したもの。
▼17　大将の北の方の邸。
▼18　鷹の雄鳥は、常に雌鳥を怖れているもので、それを比喩にして、堅気に妻一人を守っている自身を、我と嘲（あざけ）ったもの。
▼19　万葉集巻十六に、住吉に住む男が、部落の者の集まった所へ行き、人の妻と自分の妻とを比較して、自分の妻の美しさを今更に感じて、「住吉（すみのえ）のをづめに出でて現（うつつ）にも己妻（おのづま）すらを鏡と見つも」と誇ったのを踏んだのか。
▼20　万事を慎しむべき日となっていたので、今日する事は、後が悪かろうと憚る意。
▼21　秋の野の、草の繁みは分けて歩きはしましたが、仮寝の為の草枕を結びなどしましたろうか、しません。「秋の野」は、御息所の歌を承けたもので、姫宮の御座所の比喩。「枕結び」は、姫宮と夫婦関係を結ぶ比喩で、贈歌の意を否定したもの。

▼22　御息所を峰で火葬にした時、立った煙。
▼23　君の感じていられる哀れを、何のようなものと取って慰めましょうか。生きていられる姫宮が恋しいのですか、それとも亡い御息所が悲しいのですか。
▼24　どちらの方をと差別して歎こうか。消えてゆく露も、草葉の上だけとは見ず、我も同じく露のように果敢（はか）ない此の世であるのに。
▼25　人里遠く、野の篠原を分けて来て、我も哀れさに、鳴いている鹿のそれのように、声も惜しまず鳴かれる。「しか」は、「鹿」と、そのようにの意の「しか」とを懸けたもの。
▼26　喪服が涙で露けくなっている秋の山人の私共は、鹿の鳴く声に、泣く声を添えていることでございます。「露けき」は、秋の露けさに、涙の意を絡ませたもの。
▼27　これを眺めた人の影も、映っていきらずになった池の水に、独り宿を守るように映っている秋の夜の月よ。「すみ果てぬ」は、映ってい切れずにで、主人の柏木の逝去した意を云い、「すみ」を澄みの意で池の縁語としたもの。人の命は果敢なく、自然は永久である哀れを云ったもの。
▼28　何時のことですかと、御注意を申上げたいことです。長夜の夢のような、御息所に対してのお嘆きの覚めた時に、云おうと仰せになった、その一言を伺うのは。姫宮の以前のお言葉を承けて云っているもの。「驚かす」は「夢」の縁語。
▼29　「如何（いか）にして如何でよからむ小野山の上より落つる音無しの滝」何うして、何でよかろうか、小野山の上から落ちる音無しの滝のように、音を立てず黙って居ては。で、忍恋（しのぶこい）の心を踏んだもので、下の「いかでよからむ」に続く。
▼30　上の歌の続きで、この心で、「上より落つる」と書かれたのである。心は、黙って居たのでは、何で宜（よろ）しかろうの意。
▼31　朝夕に、悲しんで泣く音を立てているこの小野山は、絶えず流している涙が音無しの滝となっているのです。大将の「上より落つる」と云い添えてあった歌を承けたもので、その恋の歌を哀傷の歌に変えて、拒んで云ったもの。

▼32　「太子休魄経」に、波羅国王の太子休魄が、十三年間無言でいたとあることより云うので、それが無言の行の起りとなっている。
▼33　幕の類。
▼34　立ち昇って行った峰の煙（母御息所を火葬にした煙）に、我もまた立ちまじって後を追って行き、心にもない方面には、靡き従いたくはないことであるよ。「思はぬ方」は、大将、「靡かず」は、心に従わない意で、大将に従いたくない意を、「煙」に托して云ったもの。
▼35　母御息所の恋しさの、慰め難くしている形見であって、我が涙に曇って見える玉手箱であるよ。
▼36　恨み侘びて、胸の晴れ難い冬の夜に、更に鎖を堅く固めている関所の岩角であるよ。「関の岩角」は、関の戸を云いかえたもので、塗籠の戸の比喩。「あき難き」の「あき」は、「関」の縁語。
▼37　紫の上。
▼38　著馴（きな）らして萎（な）えて来た衣の身を怨みるよりは、この衣を、松島に住む海女（あま）の衣に裁ち変えようか。「なるる身」は、夫婦として長く一緒に住んで、古くなって飽かれた我が身を懸け、「あまの衣」は出家して尼となって著る法服を懸けたもので、飽かれて来た我が身は、尼になろうかの意を衣に喩えて云っているもの。
▼39　松島に住む海女の、浪に濡れる衣が萎えたからとて、その厭（いと）わしさに、脱いで著換（きが）えたという評判を立てられるべきであろうか、なさるべき事ではない。「海女の濡衣なれぬとて」は、男君自身の喩としたもので、我を見飽きたからとての意。「脱ぎかへつてふ名」は、その厭わしさに、我を捨てたという評判で、女君と同じ衣の比喩を、逆に用いたもの。
▼40　「いひ出でば誰が名か惜しき信濃なる木曾路の橋のかけし絶えずは」。これが噂に立ったら、何方が悪く云われるでしょう。あなたの方ですの意。
▼41　宿縁があってのことでしょう。あなたを心に留めていて、柏木の死去については哀れだと思い、大将のことについては恨めしいと思って聞きます。
▼42　何ういう訳なのでしょうか。物の数でもないこの身一つを、以前には憂い身だと思い、今は又、悲し

いことを云われる身だと思って聞いています。

▼43　惟光（これみつ）の娘。

▼44　もし私が、相当の身分の者であったならば、自身の不運として思い知るであろうところの夫婦仲の悲しい話を、あなたの上に思いやって、涙に袖を濡らすことでございます。

▼45　他人の夫婦仲の悲しいのを、哀れだとは見て来ましたが、我が身に替えようとまでは思わなかったのに。で、典侍のやさしい心に感じて云ったもの。

御法（みのり）

紫の上は御大病をなされて後は、ひどく御病身になられて、何処（どこ）がということもなくお悩み続けになられることが久しくなった。ひどく重いというではないが、年月（としつき）が重なったので、頼みなげに、一段とか弱い様になられたので、院のお歎きになられることは限りもない。暫（しばら）くの間だけでも後にお残りになることを、甚（はなは）だ悲しくお思いになるのに、上も御自分のお心持としては、この世に不足のことはなく、気懸（きがか）りになる絆（ほだし）さえもない御身なので、達（たっ）て取り留めて置きたいお命とはお思いにならないが、年頃の御縁が遠くなって、院の御歎きになられることだけが、内々お心の中（うち）に哀れにお思いになられることである。後生の為（ため）にと尊い仏事の多くをなされつつ、何（ど）うぞやはり本意（ほい）のように尼に変って、暫くの間でも留（とど）まる命の中（うち）は、勤行を専念にしたいと、たゆみなくお思いになり仰せになるが、院は決してお許し申されない。それは御自分のお心でも、そのようにとお思い初（そ）めになっていられる事なので、このように懇（ねんご）ろにお思いになる序（ついで）を機会に、御自分も同じ道に入ろうかとお思いにはなるが、一たび家をお出になった上は、仮にもこの世は顧みようとはお思いになっていず、後生では一つの蓮の座を分けようとお約束をなさり合って、頼みをお懸けになっている御仲（おんなか）ではあるが、此（こ）の世ながら御勤行をなさる間は、同じ山に籠（こも）るにしても峯を隔（へだ）てて、お逢いしない住処（すみか）にかけ離れていようと予定して入（い）らせられるので、このようにひどく頼もしげないように、熱に悩んで入らせられるので、この心苦しいお有様を、今はと世を離れる際には見捨て難く、そのようにしてからが、却って山水の住処で心が濁ることだろうと躊躇していらせられるので、唯浅はかに思いのままに道心を起す人々には、ひどくお立ちおくれになられるのであろう。上はお許しがなくて、心一つでその事をなさるのも、浅ましい本意ならぬことのようなので、此の事については院をお怨み申上げられたことである。そしてこれも我が身の罪障が軽くない為であろうかと、気懸りにお思いになっていた。

　年頃私の御願としてお書かせになっていられた法華経の千部を、上は急いで御供養なされる。御自分の御殿だとお思いになっていられる二条院でおさせになったことである。七僧▼1の法服など品々を賜わらせる。染色縫目を始めとして、清らかなことは限りもない。大体何事も、まことに厳めしいことをおさせになられた。院には大した事のようにも申上げられなかったので、委しい事は御存じなかったのであるが、女のお差図としては行き届いたもので、仏の道にまでもお通じになって入らせられたお心を、院はまことに限りなく感心なことだとお見上げになられて、大方の御装飾や、何かの事だけをおさせになられた。楽人や舞人などの事は、大将の君が引受けて御用を勤める。内裏、春宮、后の宮達を始めとして、御方々が此処彼処で、御布施捧物などの事をなされるだけでも大変であるのに、ましてこの頃は、その御準備を申上げない所はないので、まことに仰々しいことが多くある。上は何時の間にこのように色々の事を御用意になられたのであろうか。ほんにひどく以前からお心懸けになっていられた御願であろうかと見えることである。花散里と申上げた御方、明石の上などもお越しになられた。上は南東の戸をあけてお出でになる。そこは寝殿の西の塗籠なのであった。北の廂の間に、御方々の御局を、襖だけを隔てにしつつ設けた。

　三月の十日なので、花は盛りに、空の景色も麗らかで面白く、仏のあらせられる処の有様も、これに遠くないものだろうと思いやられて、格別深い心のない人までも、罪障が無くなりそうである。薪を樵るの▼2讃歎の声も、大勢の人の一つになっての響とて仰々しいので、丈夫で心しっかりしている時

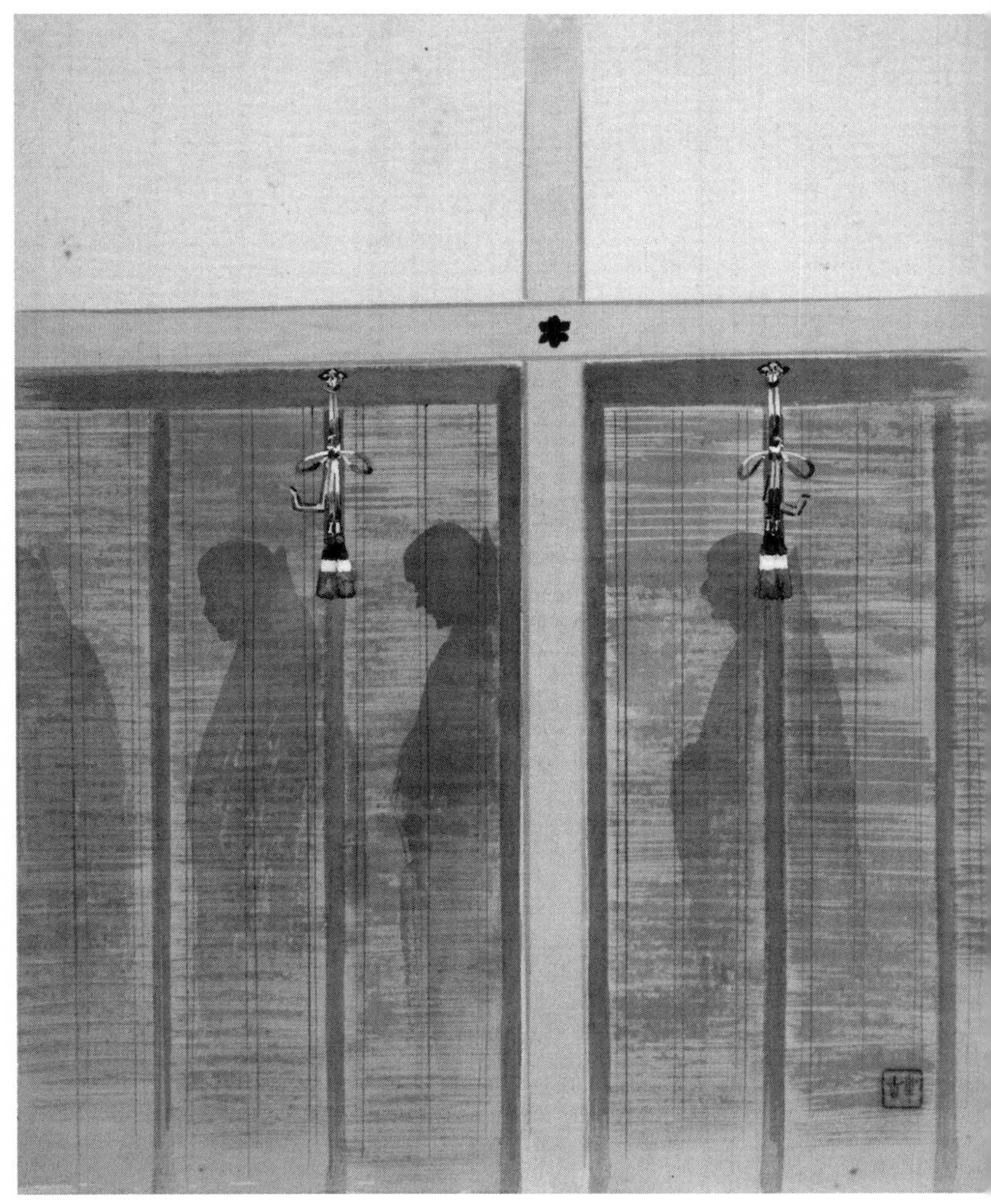

でさえ哀れに思われる程なのに、まして上は此頃になっては、何事につけても心細くばかりお思い知りになられる。明石の御方に、三の宮[3]をお使として申しやられる。

惜しからぬこの身ながらも限りとて薪尽きなむことの悲しさ[4]

御返事は、心細いことを申したのでは、後々の聞えとしても心足りないことに思われようかと、それとない物になされたようである。

薪樵る思ひは今日を初めにてこの世に願ふ法ぞ遥けき[5]

夜どおし、尊い仏事に取合せての鼓の声が絶えなくて面白い。ほのぼのと明けてゆく朝ぼらけに、霞を通して見える花の色々は、やはり上のお好みの春にお心が留りそうに咲き続いていて、百千鳥の囀るのも、笛の音に劣らない気がして、哀れも面白さも極まる時に、蘭陵王を舞って、その急調になって来るその終りの方の楽の音が、花やかに賑わしく聞えると、人々の脱いで賜わる御衣の色々なのも、折柄とて面白くばかり見える。親王達や上達部の中でも、舞の上手な人達は、手を残さずお遊びになられる。上も下も心持好さそうに、面白がる様子を御覧になるにつけても、残り少い身とお思いになるお心の中には、すべての事が哀れにお思われになる。

昨日は例になく起きて入らせられた名残でもあろうか、ひどく苦しくてお臥みになって入らした。年頃こうした折毎に参り集ってお遊びになられる人々の御容貌お有様、それぞれの学力、琴笛の音なども、今日が御覧になる最後であろうとばかりお思いになるので、さして目に留まる所もなさそうな人の顔までも、哀れにお見渡しになられる。まして夏冬の時につけての遊び戯れには、内心競争がましい所は自然まじっても居たろうが、さすがに情を交し合った方々は、誰も久しくは留まっているべき此の世ではなかろうが、先ず自分一人だけが行方知られぬ者になることだろうとお思い続けになられるのも、ひどく哀れである。

事が終って、銘々お帰りになろうとなされるのも、永い別れめいて惜しまれる。花散里の御方に、

絶えぬべきみのりながらも頼まるる世世にと結ぶ中の契を▼6

御返り、

結び置く契は絶えじ大方の残り少きみのりなりとも▼7

やがてこの序に、不断の読経懺法なども怠りなく、尊い事をおさせになられる。御修法の方では、格別の験も見えなくて時が立ったので、普通の事になって、引続き然るべき所々、寺々でおさせになったことである。

夏になってからは、暑気の為にさえ、一段と例のように気絶なさりそうな折が多くある。何処がと云ってたいしてお苦しくはない御気分であるが、唯ひどくお弱くなられたので、おつらく堪らなくお悩みなさることはない。お仕え申す女房達も、何うおなりになられることだろうかと思うと、先ず心が暗くなって、勿体なく悲しいお有様だとお見上げする。このようにばかりして入らせられるので、中宮は此方の院に御退出になられる。東の対に入らせられるようなので、此方の寝殿にお待ち受け申上げる。中宮として儀式などは例と変らないが、皇子方のお有様を見果てられないことだとお思いになるので、いろいろと物哀れである。滝口の名対面▼8をお聞きになるにも、あの人だこの人だと耳を留めてお聞きになられる。上達部がひどく多く御供をなされた。久しく御対面がと絶えていたので、珍しくお思いになって、お話を細々となされる。院がお入りになられて、「今夜は巣離れをした気がして、つまらないことですよ。彼方へ下って休みましょう」と云って、お帰りになられた。上の起きて入らせられるのを、嬉しくお思いになったのも、まことに果敢ない間の御慰めである。上は、「彼方此方と別に入らっしゃいましては、此方へお越しになりますのが、勿体のうございます。参上しますことは無理な様になって居りますので」と仰しゃって、中宮は暫く此方に入らっしゃるので、明石の御方もお越しになられて、心深く静かなお話をお交しになられる。上はお心の中で、お思いめぐらしになる事は多くあるけれども、賢げに、亡くなった後の事などをお云い出しにはならない。唯おしなべての世の無常な有様を、おおまかに言葉少なではあるが、浅はかではなくお云い做しになる御様子が、多く仰しゃるのよりも哀れで、お心細い御気分が明らかにお見えになる。宮達を御覧になられても「方々のお行末をゆかしくお思い申上げましたのは、こうした果敢ないものであった身を惜しむ心がまじっていたせいでございましょうか」と仰しゃって、涙ぐんで入らせられるお顔の色が申そうようなくお美しい。何だって此のようにお心弱くばかりお思いになるのだろうかとお思いになって、中宮はお泣きになられた。事々しくなどは申上げず、お話の序に、「年頃仕え馴れております者の中で、特別な身よりのない可哀そうに思いますあれこれは、私が居りません後では、お心にお置き下さいまして、お尋ね下さいまし」とだけお云いになられたことである。中宮は季の御読経などの時だけ、例の御自分の御居間へお越しになられる。三の宮は大勢の皇子の中で、ひどくお可愛ゆくてお歩きになっていられるので、御気分の快い時前にお据え申して、人の居ない折に、「私が居なくなりましたら、お思出しになりましょうか」と申されると、「ひどく恋しいことでしょう。私は内裏の主上よりも宮よりも、祖母の方を余計にお思いしています。居られなくなったら気分がむずかしくなりましょう」と云って、目を摩って涙を紛らして入らっしゃる様がお可愛ゆいので、上は微笑みながらも涙が落ちた。「大人におなりなさいましたら、此処にお住みになりまして、あの対の前の紅梅と桜とは、花の咲きます時には、心を留めて御覧なさいまし。何うかいう折には、仏にもお上げなさいまし」と申されると、宮はうなずいて、上のお顔をじっと御覧になって、涙が落ちそうになったので、立って彼方へ入らした。取り分けてお育て申上げたので、この宮と姫宮とを、見果て申せないのが、残念にも哀れにもお思いになられた。

秋を待ち得て、世の中が少し涼しくなってからは、御気分も少し快くなるようであったが、やはりともすると、気候がお障りになるようである。それは身に沁む程にお思いになるべき秋風ではないのだが、湿りがちにしてお過しになられる。中宮は内裏へ参ろうとなされるのを、今暫くは御覧下されと申上げたいのであるが、出過ぎたことのようでもあり、内裏からのお使が絶間のないのも面倒なので、そうも申上げ、彼方へはお越しになれないので、中宮の方からお越しになられたことである。上は工合悪るくお思いになるが、ほんにお見上げ申さないのも甲斐のないことだとお思いになって、此方へ御座所を格別にお設けさせられる。上は云いようもなく御痩せ細りになられたが、このようでこそ、上品に艶かしいことの限りなさも立勝って来て、お立派なことであると御覧になり、以前は余りにもお美しさが多くて、水際立って入らしたお盛りは、まことに此の世の花の色にもお擬いになられたのであったが、限りなく可愛ゆく美しい御様になられて、ひどく果敢ないものに世の中をお思いになって入らせられる御様子は、似る物もなくお心苦しくて、中宮はそぞろに悲しくお思いになられる。風が凄く吹き出した夕暮に、前栽を御覧になるとて、上は脇息に倚って入らせられるのを、院はお越しになって御覧になられて、「今日はひどくよく起きて入らっしゃるようなのは、この御前では、この上なくお心が晴れ晴れしく思われるのでしょう」と仰せになる。これ程の快い時のあるのをも、ひどく嬉しくお思いになられる御様子を御覧になると、上は心苦しくて、亡くなったらば何んなにお嘆きになられようかと、哀れなので、上は、

置くと見る程ぞはかなきともすれば風に乱るる荻の上露▼9

ほんに風に吹き折られて、留まるべくもない花の上の露にも思い擬えられるお有様で、場合柄でも哀れさが怺え難いので、院は、

ややもせば消えを争ふ露の世に後れ先立つ程経ずもがな▼10

と仰しゃって、御涙をお払い切れずにいられる。宮、

秋風に暫し留まらぬ露の世を誰か草葉の上とのみ見む▼11

と御申し交しになられる。何方の御容貌も申分なく、見るに甲斐あるお有様であらせられるにつけても、中宮はこうして千年も過したいものであるとお思いになるけれども、思うようにはならない

ことで、命を留める術のないのは悲しいことである。上は、「もうお引取り下さいまし。気分がひどく苦しくなってまいりました。自由の叶わなくなりました時とは申しながら、まことに失礼なことでございます」と仰しゃって、御几帳を引寄せてお臥みになられた様が、何時もよりひどく頼もしげなくお見えになるので、何んな御気分で入らっしゃろうかと、中宮はお手をお捉えになられて、泣く泣くお見上げになると、誠に消えてゆく露のように御最期とお見えになるので、御読経の為のお使など、数も知らぬまでに立ち騒いだ。前々もこのようであって、お生き返りになられることに馴れて、御物怪の為かとお疑いになって一晩中さまざまの事をある限りなされたが、甲斐がなくて、明け切る頃にお亡くなりになってしまった。中宮は、お帰りにならなくて、このようにお見上げ申したことを、限りないことにお思いになる。誰も誰も、世の理として他にも類のあることとはお思いになれず、有るまじき悲しいことにして暁闇の夢のような御気分で惑って入らっしゃるのも、御尤もなことである。分別の附く人は一人も入らっしゃらなかった。御仕え申している女房達も、いる限りの者はすべて丁度のものはない。院はましてお心の鎮めようもないので、大将の君の近く参られたのを御几帳の側にお呼び寄せになられて、「このように今は最期の様のようですから、年頃本意として思っていました事を、こうした際にその思いを叶わせずにしまうのはお可哀そうですから、お加持をしていた大徳達や読経の僧なども、みんな止めて出て行ったようですが、それでも立ち留まっている者もありましょう。此の世では甲斐のなかった気がしますが、仏の御験を、今はあの冥途の御導きの上になりともお頼み申すべきですから、頭髪を下すように云って下さい。然るべき僧は誰が残っていますか」と仰しゃる御様子は、心強くとお思いになって入らっしゃるのであろうが、御顔の色も変って悲しく、怺えかねて、御涙が止まらぬので、御尤ものことと悲しくお見上げ申す。「御物怪が、これもお心を乱そうとして此のようなことをすることもございますようですから、それなのでございましょうか。それですと、とにも角にも御本意の事は結構なことでございます。たとえ一日一夜でも、戒をお受けになりますことは、無駄ではないことでございますが、誠に甲斐なくおなりになられました後（あと）で、御髪（みぐし）ばかりをおやつしになられましても、格別あの世のお為にもなりませんのに、目の前の悲しみが増すようで、如何（いかが）でございましょうか」と申上げられて、御喪にお籠り申そうとして退出しない僧の、かの人この人などを召して、然るべき事をこの君が行わせられる。年頃何（ど）うこうという勿体ない心はなかったのであるが、何うかいう時に、以前お見懸（みか）け申した程でもお見上げ申したい、ほのかなお声さえもお聞きしないことだと、心を離れず思い続けていたので、お声はとうとうお聞かせにならなくなってしまったようであるが、空しい御骸（おんから）でも今一目お見上げ申そうとする志の叶う時は、只今（ただいま）より外（ほか）には何であろうかと思うと、包み切れずに泣かれて、女房の居る限りの者の泣き騒ぐのを、「お騒がしい、暫（しばら）く」とお抑えになる風をして御几帳の帷子（かたびら）を、物を仰しゃる紛れに引き上げて御覧になると、ほのぼのと明けてゆく光で覚束（おぼつか）ないので、御灯台を近くかかげてお見上げなさると飽かずお美しく、愛（め）でたく清らかに見えるお顔の勿体なさで、院もこの君がこのようにお覗きになるのを見る見る、達（たっ）て隠そうとはお思いにならないようである。「このようにまだ何処（どこ）も変っていない様子ですが、限りの様がはっきりしてしまっていますことで」と仰しゃって、お袖を顔に押当てられるので、大将の君も涙にくれて目もお見えにならないが、強いて押開いて御覧になると、却って飽かず悲しいことが類（たぐい）もないので、誠に心も乱れそうである。御髪（みぐし）は唯打ち遣（や）って入らせられるが、房々と清らかで、少しも乱れた様子もなく、艶々（つやつや）と美しい様の限りないことである。灯がひどく明るいので、お顔色はひどく白く光るようで、とやかくと紛わしていらした生きて入らせる時のおもてなしよりも、甲斐なき様で、何心もなく臥（ね）て入らせられる御有様は、足らぬところがないと申すも愚かなことである。大体になどというのではなく、類（たぐい）のないお美しさとお見上げするのに、我が死んでゆく魂が、やがてこの御（おん）骸（から）に留まるように思われるのは、理（ことわり）のないことであるよ。お仕え申し馴れている女房達に正気の者はないので、院は何事も御分別が附かなくお思われになる御気分を、強いて御鎮めになられて、最期の事などをなされる。以前も悲しいとお思いになる事は多く御覧になられた御身であるが、このように親しく手をお下しになることはまだお存知ないことであったのに、すべて後にも先にも類のないお心持がなされる。

すぐにその日、とやかくして御葬送申す。限りのあることなので、骸を御覧になりつつお過しになることも出来ないのは、辛い世の中である。遥々と広い野に、隙間もなく人が立て込んで、限りなく厳めしい儀式ではあるが、まことに果敢ない煙となって、程なく立ち昇ってしまわれたのも、例の事ではあるが飽っけなくて何とも悲しい。院は空を歩むような心持がして、人に凭りかかってお出でになったのを、お見上げ申す人は、あれ程貴い御身ながらもと思い、物の哀れを知らない下衆の者までも泣かない者はないことであった。御送りの女房は、まして夢路に迷っているような心持がして、車から転び落ちそうにするのを、供人がお扱いしていたことである。院は昔大将の君の御母君がお亡くなりになった時の暁をお思出しになると、あの時はまだ物の覚えがあったのであろうが、月の影をはっきりと覚えていたのに、今夜は唯真暗であった。十四日にお亡くなりになられて、今日は十五日の暁なのである。日はひどく花やかに登って来て、野辺の露も隠れた隈もなくて、院は世の中を思い続けになられると、一段と厭わしく悲しいので、後に残ったからとて、何れ程を生きていることであろうか、こうした悲しみの紛れに、昔からの本意も遂げたいものだとお思いになられるが、心弱さからという後の譏りをお思いになるので、このまま当座を過そうとお思いになるにも、胸が塞き上げて堪え難いことである。

大将の君は御忌にお籠りになられて、少しの間も御退出になられず、明暮れ院のお近くに添って、心苦しく悲しい御様子を、御尤ものことと悲しくお見上げ申して、さまざまにお慰め申上げる。風が野分めいて吹く夕暮に、昔の事をお思出しになって、ほのかにお見上げ申したのにと、恋しくお思いになるのに、又御最期の時には夢のような心持がしたなど、人知れずお思出しになると、怺え難く悲しいので、人目にはそうとは見られまいとお包みになって「阿弥陀仏阿弥陀仏」とお繰りになられる数珠の音に紛らして、涙の玉をお隠しになって入らせられる。

いにしへの秋の夕べの恋しきに今はと見えし明暮れの夢▼12

であって、名残までも辛いことであった。尊い僧達をお侍わせになって、儀式となっている念仏はもとよりで、法華経をお誦させになる。彼方も此方もまことに哀れである。

院は臥ても起きても涙の干る間がなく、目もかすんだようにして明かし暮らして入らせられる。昔からの御身の有様をお思い続けになられると、鏡に見えるお顔をはじめとして、人には異っている身ではありながらも、稚い時から、悲しく無常な世であることを思い知るようにと、仏のお勧めになっている身であったのに、心強く過して来て、遂に後にも先にも例のあるまいと思われる悲しさを見たことであるよ、今は此の世に気懸りな事は残らなくなった、一途に勤行の道へ入って行くのに、妨げになるものはなかろうと思うのに、まことに此のように、鎮めようもない心惑いをしていては、願う道にも入り難いことであろうか、と気懸りなので、この歎きを少し程よいものに忘れさせて下されと、阿弥陀仏をお念じになられる。所々よりの御弔問は、内裏を初めとして、例の儀式だけのものではなく、ひどく頻繁におさせになる。御覚悟になっていられるお心には、すべて何事も目にも耳にも留まらず、心にお懸りになる事もなさそうであるが、人に呆け呆けしい様は見せまい、今更に我が生涯の終りに、愚かしく心弱い惑いをして、世の中を背いてしまったと、後に伝わり留まるべき評判をお憚りになって、自分の身を心に任せられない歎きまでお添えになっていられた。

致仕の大臣は、物の哀れさをもその折を逸しないお心とて、あのように世に類なく入らせられた人の果敢なくおなりになった事を、残念にも哀れにもお思いになって、ひどく屢々おたよりをなされる。昔大将の御母上のお亡くなりになられたのも、この頃の事であった、とお思出しになると、ひどく物悲しく、その折にあの御身をお惜しみ申された人は、大方は亡くなってしまわれたことである、後れ先立つのも程のない世であることよなど、しめやかな夕暮にお歎きになられる。空の様子も一通りではないので、御子の蔵人の少将をお使として御文を差上げられる。哀れなことを細々と申上げられて、その端に、

いにしへの秋さへ今の心地して濡れにし袖に露ぞ置き添ふ▼13

院も折柄、いろいろの昔の事をお思出しになられて、何となくその秋の事を恋しく思い集めて、こぼれる涙を払い切れずに入らせられた紛れに、御返事、

露けさは昔今とも思ほえず大方秋のよこそつらけれ▼14

悲しいお心のままをばこう申したならば、お待ち取りになって、心弱いことよと、目を留めて御覧になるべき大臣のお心様なので、見やすい程にしてとお思いになってのもので、「度々お心入りのお見舞の重なることで」と、礼を申上げられる。

『薄墨』と仰せになられた、大将の御母上の時の喪服よりは、今少し色の濃いのをお召しになられた。世の中に幸いのある、結構な人でも、訳もなく大方の世からそねまれ、又善いにつけては思うままに傲って、人には迷惑になる人もあるのに、亡き上は、不思議なまでにそれ程でもない人から贔負され、かりそめになされる事でも、何事につけても世間から褒められて奥ゆかしく思われ、折節につけつつなさる事も器用で、珍しいお心持の人であった。それ程ではなさそうな無関係な人までも、此頃は風の音、虫の声につけつつ、涙を落さない者はない。ましてほのかにでもお見上げ申した人は、思い慰められる時がない。年頃睦ましくお仕え馴れていた女房達は、暫くでも後に残る命を怨めしいことだと歎きつつ、尼になって、此の世の外の山住みを思い立つ者もあったのである。冷泉院の后の宮からも、あわれな御消息が絶えずあって、尽きぬ悲しさを申させられて、

枯れ果つる野べを憂しとや亡き人の秋に心をとどめざりけむ▼15

「今になってその訳が知られたことでございます」

とあったのを、ぼんやりなされたお心にも、繰返して、下にも置かずに御覧になる。張合いになり、面白いことの方の慰めには、この宮だけが入らせられることだと、少しお心が紛れるようにお思い続けになるにつけても涙がこぼれて、お袖で拭うに隙がなくて、御返事もお書けにならない。

昇りにし雲ゐながらもかへり見よ我飽きはてぬ常ならぬ世に▼16

押包んでも、暫くは歎いて入らせられる。

しっかりしたお気分にはなれず、我ながら案外にも呆け呆けしくなったとお思いになる事の多い紛らわしに、院は女の部屋の方に入らせられる。仏の御前には人が多くないようにお計らいになられて、長閑にお勤めをなされる。千年も御一緒にとお思いになったが、限ある命でまことに残念なことであった。今は仏の道も他事に紛れることなく、後世をと、一筋にお思い立ちになって弛みがない。しかし人聞きを憚って入らっしゃるのは味気ないことであった。御法事のことなども、しっかりとはお指図がないので、大将の君がお引受けになってお仕え申された。今日こそは出家をしようかと、御自身お心構えをなさる折が多いのに、とりとめなく日数の積って来たのが、夢のようにばかりお思いになられる。中宮なども、お忘れになられる時の間もなく、お慕い申して入らせられる。

▼1　読師、講師、呪願など、七人の役僧。

▼2　法華八講の五日目の中の日に、薪の行道という式があり、行基菩薩の「法華経を我が得し事は薪樵り菜積み水汲み仕へてぞ得し」という歌を、人々が揃って謡いつつ歩きまわる。

▼3　当代の第三皇子、匂宮。当時三歳。

▼4　惜しくはないこの身ではありながらも、今を命の限りとして、薪の燃え尽きようとしているのは、悲しいことである。「薪尽きなむ」は、法華経の「如二尽レ薪滅レ火」を踏み、眼前の行道に絡ませたもの。

▼5　薪を樵って仏にお仕えする思いは、今日が初めてであって、この世にあってなさろうと願うべき法の道

は、遠いことであるよ。四五句は、法華経に「奉レ事経二於千歳一」とあるを踏んだもので、仏事を勤める為に千年の齢を保ち給えと、紫の上の身を賀した心のもの。

▼6　終ろうとしている御八講ながら、頼みとなることであるよ。今世より後生に懸けて結ぶ、仏と我が身との中のお約束が。「みのり」に、「身」を懸けて、「中」に、花散里と御自分との「中」を持たせて、今や命絶えようとしている身ながら、頼みの懸けられることであるよ。今世はもとより後生でも、仏の御力に依って、生れ変って来て、またもめぐり合える御縁がの意で、この方を主としたもの。

▼7　仏と結ぶお約束は、後生にも絶えないことでしょう。一通りの、後に残るところ少い法会でありましょうとも。まして此の御特志の法会は、功徳限りないことでしょう、の意を言外にしたもので、紫の上の「絶えぬべき」と云われた心には、態（わざ）と触れなくしたもの。

▼8　中宮を警固する為の武臣が、交代をする時に、自分の名のりをすること。中宮の御為のもの。

▼9　置くと思って見ているのは、果敢（はか）ないことであるよ。ともすると風に乱れる荻の葉の上に置いている露で、今にもこぼれて消えるものであるのに。「露」を、自身の脆さに喩え、風に乱れやすい「荻の葉」を、現在の衰えている状態に喩えて、直ぐに死ぬかも知れぬ心を云ったもの。

▼10　ややもすれば、死ぬのを争っているような此の果敢ない世の中に、後れ先立つにしても、その間を久しくしたくないことであるよ。「消え」、「露」は縁語。

▼11　秋風が吹けば、暫（しばら）くも留どまってはいない露のように果敢ない世の中を、誰が、脆い物は草葉の上の露だけだと見よう。我が身も果敢なさは覚悟している、の意で、哀れを交してお慰めしたもの。

▼12　以前、秋の夕べの野分の時に、ほのかにお見懸けしたのが恋しいのに、今は限りとお見えになった時の、あの暁闇（ぎょうあん）の夢のような気のした悲しさよ。

▼13　以前の、大将の御母君が亡くなられた秋までが、現在の秋のような心持がして、濡れた袖に、又涙が添うことであるよ。「露」は、涙の比喩で、「秋」の縁語。

▼14　露ぽいのは、昔、今の差別も思われません。大方の秋の世はつらいことです。「露けさ」は、涙ぽさで、「秋」の縁語。

▼15 草の枯れてしまう野を憂いことと思われて、亡き人は、秋の方に心をお留めにならなかったのでしょうか。眼前の秋に寄せての心。紫の上は春を好み、この中宮は秋の方を好むところから云われたもの。

▼16 煙となって立ち昇って行った空の上ながらも、振返って我を見よ。我は飽き果ててしまった、この無常の世を。「飽き」に、「秋」を絡ませて、贈歌に応じさせている。表面は、紫の上を思ったものであるが、裏面には、「昇りにし雲ゐながらも」に、后位にあられる御身もの心を絡ませて、無常を嘆いている自身を訴えたもの。

幻

院は初日影を御覧になるにつけても、一段とお心が暗くなるようにばかりお思えになれ、お心一つは悲しさが改まるべくもないのに、外には例のように、拝賀の人々が参られるが、御気分のお悩ましい体(てい)になされて、御簾(みす)の内にばかりいらせられる。兵部卿宮(ひょうぶきょうのみや)がお越しになったので、打解けた形で御逢いになろうとして、お消息(たより)を申させられる。

わが宿は花もてはやす人もなし何にか春の尋ね来つらむ[1]

宮は涙ぐんで御覧になられて、

香を尋(と)めて来つるかひなく大方の花の便りといひやなすべき[2]

紅梅の下に歩み出された宮の御様のなつかしいので、この方より外(ほか)にはその花を見はやす人もないことかと御覧になられる。花はほのかに開きかけつつ、なつかしい程の色である。御遊びなどもなく、例年とは変ったことが多い。

女房なども、年頃お仕え申して来た者は、墨染の衣の色濃いのを著(き)つづけ、悲しさも改められず、諦められる時がなく上をお慕い申しているので、院は絶えて御方々の殿へお越しになられず、何時(いつ)もお見上げ申せることを慰めにして、馴(な)れてお仕え申している。年頃、しんからお心を留めてというのではなかったが、時々は見捨てないものにして入らした女房なども、却(かえ)ってこうした淋しい御独寝(おひとりね)になってからは、ひどく疎そかにお扱いになられて、夜の御宿直などにも、それこれ大勢を、御座の辺りから遠ざけてお附き申させられる。徒然のままに、昔のお話などをなされる折々もある。未練なく御道心深くなってゆかれるにつけて、ああした最後までは続くべくもなかった事につけつつ、中頃は怨めしくお思いになっている様子が、時々お見えになったことなどをお見出しになられると、何だって戯れ事の上でも、又本気な心苦しい事の上でも、あのような心をお見せしたことであったろう、何事もよくお解りになられる御性質だったので、此方の心の底はよく御存じになっていたこととて、怨み切ることなどはなさらなかったが、一応は此の先何うなるだろうかとお思いになったので、少しでもお心をお乱しになったことが、可哀そうに残念にお思いになり、その時の様が、胸に余る気がなされる。その折の事情を知っており、今も近くお仕え申している人々は、それとなくその時の事を申上げる者もある。入道の宮の此方へお越しになられた当座、その折には決して表面にはお見せにならなかったが、何ぞの事に触れつつ、味気ないことだとお思いになった様子が哀れであった中にも、雪の降った暁に御自分は格子の外にお佇みになって、身も冷え入るようにお思いになり、空の模様も烈しかったのに、上はひどく懐しく大ようにしているものの、袖をひどく泣き濡らしていらしたのを、引き隠して、強いて紛らして入らした御用意をお思出しになられ、一夜中、たとえ夢にでも、又何時の世に見られようかとお思い続けになる。曙に、その居間に下りる女房なのであろう、「ひどく積った雪ですこと」と云うをお聞きになられると、唯その折のような御心持がなされるので、お側の寂しいのも、云いようもなく悲しい。

うき世にはゆき消えなむと思ひつつ思ひの外に猶ぞ程ふる▼3

例の紛らしには、御手水をおつかいになって勤行をなされる。埋ずめて置いた火を起して、御火桶を差上げる。中納言の君、中将の君などが、御前近くいてお話を申上げる。「独寝がふだんよりも寂しい夜でしたよ。このようにしていても、結構心を澄ましてゆかれる世ですのに、つまらない事に拘ずらって来たことですよ」と仰しゃって、歎いて入らせられる。自分までも捨てたならば、この人達の一段と歎くことだろうが、哀れに可哀そうなことであると、お見渡しになられる。忍びやかに勤行をなされつつ、経をお読みになられる御声は、結構な事につけてでさえも、涙の止まりそうにもないものであるのに、まして袖の柵の堰き切れない程に、絶えず哀れにお見上げしている人々の心持は限りもないことである。「此の世の事につけては、不足に思う事は殆どないような高い身に生れながら、又誰よりも格別に、くやしい宿縁を持っていたことだと思うことが絶えません。世の中の果敢なく辛いものだという事を、仏のお諭しになっていられる身なのでしょう。それを無理にも知らぬ振りをして過して来たので、このように最期の夕べの近い命の果てに、悲しい閉じ目を見ましたので、宿縁の程も自分の心の足りなさも、はっきりと見極めて気安くなりまして、今はもう少しの絆もなくなりましたが、それこれの人の以前から取分けて目馴らしています人達が、これを最期にして別れてゆきますと、又一段と心の乱れることでしょう。まことに果敢ないことです。宜しくない心からの事ですよ」と仰しゃって、お目を拭ってお隠しになられるが、紛れずにすぐにこぼれるお涙をお見上げする人達は、まして堰き留めようもない。お捨てになられる歎きを、銘々申上げたいのであるが、それも出来ずに咽せ返って歇めた。

　このようにばかりお歎き明しになられる曙、お歎き暮しになられる夕暮などの、しめやかな折々には、あの普通の者とはお思いにならなかった人々を、御前近く侍わせて、あのようなお話などなされる。中将といってお仕えしている人は、まだ小さい時からお使い馴れになっていたが、ひどく人目を忍びつつお手がついていたようであった。女はひどく工合の悪いことに思って、お狎れ申さずにいたのであるが、このように上がお亡くなりになられて後は、その方の事からではなく、上が他の者よりは可愛ゆい者にして、心をお留めになったのにとお思出しになるにつけて、亡き方のお形見と思って哀れにお思いになって入らっしゃることである。心だても容貌も見よくて、亡き御方に似た様子があるので、無関係であった者よりは可愛ゆくお思いになられる。院は親しくない人には決してお逢いになられない。上達部などの親しい者、又御兄弟の宮達などは、絶えずお参りになられるが、対面をなされることは殆どない。人に対っている時だけは、ぬかりなく心を鎮め、取乱すまいと思っても、月頃は呆けているらしい有様や、愚かしい変な言葉もまじって、後の世の人に厄介がられ、死後の評判までも悪い者になることであろう。耄碌をして人にも逢わずにいるのだと云われるのも、同じ事ではあるが、それでも噂に聞いて推量する愚かさよりも、見苦しい事を目に見ることの方が、ずっと目立って馬鹿らしい、とお思いになるので、大将の君などにさえも、御簾を隔ててお逢いになられることである。このようにお心が悲しみの為に変ったように、人が云い伝える間だけでも緩りしていてと、我慢してお過しになりつつ、憂世をお背きになれずにいる。御方々に稀れにもお顔をお見せになれば、先ず堰きとめ難い涙の雨が増さるので、ひどく始末が悪く、何方にも無沙汰をしてお過しになられる。

中宮は内裏へお参りになられて、三の宮をお淋しいお慰めに、お置きになられたことである。宮は、「祖母が仰しゃったので」と、対の御前の紅梅を、取り分け気にしてお歩きになるのを、院はひどく哀れにお見上げなさる。二月になると花の木の盛りになるのもまだ早いのも、梢が面白く霞み渡っているのに、そのお形見の紅梅に、鶯が花やかに鳴き出したので、院は立ち出でて御覧になる。

植ゑて見し花のあるじもなき宿に知らず顔にも来ゆる鶯▼4

と口ずさんでお歩きになられる。

春が深くなってゆくにつれて、故上の御前の有様の以前に変らないのを、お愛でになる上ではないが落ちつき心がなく、何事につけても胸が痛く思わせられるので、大方の世間の外のように、鳥の声も聞えない山の奥のなつかしさばかりが、一段と深くおなりになる。山吹などの気持好そうに咲き乱れているのも、ふと見ては露ぽいものにばかりお見做されになる。外の花は一重は散り、八重咲きの桜も盛りが過ぎて、樺桜が咲き、藤が後れて色づいて来るようであるが、上はその遅い疾い花の性質をよくわきまえていて、色々と有る限りをお植えになっていたので、花は時期を忘れず美しく咲き満ちているのを、若宮は、「私の桜は咲きましたよ。何うかして何時までも散らなくしたい。木の廻りに几帳を立てて、帷子を上げなかったら、風も寄っては来られないでしょう」と、好い事を考えついたと思って仰しゃる顔のひどく可愛ゆらしいのにも、院は御微笑なされた。「『掩うばかりの袖』を求められた人よりも、ひどく利口なことをお考えつきになりました」と、この宮だけを玩びとして御覧になられる。「あなたと御一緒にいられますのも、残り少いことですよ。命はまだ少しは保ちましょうとも、対面は出来ますまい」と仰しゃって、例のように涙ぐまれるので、宮はひどく厭やなこととお思いになって、「祖母の仰しゃったことを、厭やな事を仰しゃる」と、伏目になって、お召物の袖をまさぐりつつ、涙を紛らして入らっしゃる。院は隅の間の勾欄に凭りかかって、御前の庭や、御簾の内を見渡してお眺めになる。女房などもあの御喪服の色を変えない者もあり、平常の色合いの者も、綾など花やかな物はない。御自分の御直衣も、色は普通であるが、態と粗末にして、無紋の物を召して入らっしゃる。お居間の装飾なども、ひどく質素に省いてあって、淋しく心細くしめやかなので、

今はとて荒らしや果てむなき人の心留どめし春の垣根を▼5

御自分のなさることながら悲しくお思いになられる。

ひどく徒然なので、入道の宮のお方にお越しになられると、若宮も人に抱かれて入らせられて、此方の若君と走り廻って遊び、花をお惜しみになるお心持も深いものではなく、まことに頑是ない。宮は仏の前で経を読んで入らせられたことである。何程も深くお解りになられての御道心でもなかったが、この世に怨めしくお心を乱す事がおありにならず、長閑なままに紛れるところなくお勤めをなされて、修行一方に世間をお忘れになっていられるのは、まことに羨ましい。このように浅はかに入らっしゃる女のお心にさえも後れたことだと、ひどく残念にお思いになる。閼伽の花に夕日がさして

ひどく面白く見えるので、「春を贔負しました人がいなくなりまして、花の色もつまらなくばかり見えますので、仏の御飾りとして見るべきでございます。対の前の山吹は、それにしても又とないような様をしております。房の大きゅうございますこと。上品になぞとは思わなかった花でございましょうか、陽気に賑やかな方は、ひどく面白いものでした。植えました人の居ない春とも知らない風に、例よりも咲き繁っているのが哀れでございます」と仰しゃる。御返事に、「『谷には春も』▼6」と、何心もなく申上げるのを、仰しゃるべき事もある、心憂いことをとお思いになるにつけても、故上は、この事はそうでない方が善いと、此方の思う心に違う事は終に無かったことであるよと、幼なかった時からの御有様を、さあ何んな事があったろうかとお思出しになると、先ずその折かの折の賢く物わかりよく、嗜みの深かった性分、振舞、言葉ばかりが思い続けられて来るので、例の涙脆さから、ふと零れ出して来るのもひどく苦しい。

夕暮の霞が分けにくく、面白い時刻だったので、そちらから直ぐに明石の上のお住まいへお越しになられた。久しくお顔出しもなされないので、上は思いがけなくて驚かれたが、体裁よく様子ゆかしく振舞われて、やはり他の人には優っていることだと御覧になるにつけても、故上はこのようではなくて、様よくお振舞になられたことであったと、お思い較べになられると、その面影が恋しく、悲しさばかり増して来るので、何うすれば慰められる心であろうかと、我ながらも機嫌が取りにくい。此方は長閑に昔の話をなされる。院は、「人を哀れだと心を留めて置きますのは、ひどく悪い事だと、以前から心附いていましたので、すべて何んな方面でも、此の世に執着しないようにと気を附けていましたので、大方の世の中の事につけましても、この身が徒らに廃ってしまいそうだった頃など、色々と思いめぐらしますと、命を自分から捨て、野山の末に朽ちさせますのも、格別の障りもないことだという気になりましたのに、命の末の、最後に間のない身になりまして、あるまじき多くの絆に関係して、今まで過して来ましたのは、心弱い焦れたい事でして」と、それと一筋の悲しさばかりには仰しゃらないが、お思いになっている所が御尤(ごもっと)もなので、上はお気の毒だとお見上げ申して、「大(おお)凡(よそ)の余所目(よそめ)に見ますと、何れ程(ど)も惜しそうに見えません人でさえ心に持っています絆(ほだし)は、自然多いものでございますので、まして何でお気安くお捨てになれましょうか。そのような浅い心からの事は、却って軽々しいもどかしい事などが起って来まして、生中(なまなか)にと思うこともございますので、お思立(おもいた)ちになり方の遅いようなのが、最後までお住み遂げになられますことが深いのではなかろうかと思いやられることでございます。古い例(ためし)を聞きましても、心を驚かされ、思うに任せぬことがありまして、世を厭(いと)うはずみになりますとやら。それはやはり悪いことでございましょう。猶(な)お暫(しばら)く御緩(ごゆる)りとなされまして、宮達も御成人なされ、まことに動きのないお有様をお見上げ出来ますまでは、このままで入らっしゃいますのが、安心の出来ます嬉しいことでございましょう」と、ひどく老成したさまで申上げる様子が、まことに見よい。院は、「それ程まで緩(ゆっく)りする心深さでは、浅いのにも劣(かく)ることです」と仰しゃって、昔から歎きをしていることなどお話しになられる中に、「故后の宮のお崩れになられました春は、花の色を見ましても、本当に『心あらば』▼7と思いました。それは、大方の世間向きのことにつけまして、ゆかしく入らしたお有様を、幼い時から身に沁みてお見上げ申していまして、ああした御最後の悲しさも、人は格別に思ったからのことです。自分の特別の心持とは、物の哀れは一致しないものです。永年(ながねん)一緒にいました人に後(おく)れて、心の始末の附けようがなく忘れかねていますのも、唯(ただ)そうした仲での悲しさだけではありません。幼い頃から育てて来ました有様が、共々老いて来ました命の末に捨てられまして、我が身もその人の身も一緒に思い続けられて来ます悲しさが怺(こら)えられないのです。すべて物の哀れも、趣(おもむき)のある事も、面白い事も、広く思い及ぼしてゆく色々の面が添って来て、浅くもないものになることです」など、夜更(よふ)けるまで昔今(むかしいま)のお話になって、こうしてお明しになるべき夜だのにとお思いになりながら、お帰りになられるのを、女ももの哀れに思うことであろう。御自分のお心でも、変ってしまったことであるとお思い知りになられる。そして又例(いつ)のお勤めをなされて、夜中になって、昼の御座所にひどくかりそめに物に凭(よ)ってお臥(やす)みになられる。早朝、御文(おんふみ)をお上げになられるのに、

泣く泣くも帰りにしかなかりの世は何処(いづく)も終(つひ)の常世(とこよ)ならぬに▼8

昨夜お帰りは怨めしい気がしたのであったが、このようにまで、以前とは変った様にお歎き耄(ほ)けになっている御様子がお気の毒なので、自身のことは差し措(お)かれて、涙ぐまれる。

雁(かり)がゐし苗代水の絶えしより映りし花の影をだに見ず▼9

相変らずの趣(おもむき)ある書き様を御覧になるにつけても、故上(こうえ)はこの人を何だか気に入らぬ者にお思いになったのに、終りの頃には、互(たがい)に心持を知り合う同士となって、安心の出来るという上では、頼みになる者と思い交していらせられながら、そうかといって丸きりは打解けず、筋を立ててお扱いになられたお心構えは、相手の人はそれ程までには分らなかったことだった、とお思出しになる。何(ど)うにも淋しい時には、かように唯一(ただひと)とおりで、お顔をお出しになる折々があった。以前のお有様は跡方もなくなったのであろう。

夏の御方から、御更衣(おころもがえ)のお装束を差上げられるとて、添えて、

夏衣裁(なつごろもた)ちかへてける今日ばかり深き思ひもすずみやはせぬ▼10

御返し、

羽衣(はごろも)の薄きにかはる今日よりはうつせみの世ぞいとど悲しき▼11

祭の日はひどく徒然(つれづれ)で、「今日は見物をしようと、人々が気持よくしていよう」と仰しゃって御社の有様をお思いやりになられる。「女房は何(ど)んなにか淋しいことだろう。里へそっと出て見物をなさい」とお云いつけになる。中将の君の東面(ひがしおもて)に転寝(うたたね)をしている所へ、歩んで入らして御覧になると、ひどく小さく可愛ゆい様をしていて、起き上った。顔立が賑やかで、赤らんでいる顔を隠して、少しくずれている髪の懸(かか)り様(よう)など、ひどく美しい。紅(くれな)いに黄ばんだ色のまじった袴、萱草花(かんぞうか)の単衣(ひとえ)、ひど

く濃い鈍色の黒く見えるのなどを不揃いに重ねて、裳や唐衣の脱ぎすべらしていたのを、とやかくと引懸けなどしていると、葵を側に置いてあったのを院はお取り上げになられて、「何とかいいましたね。この名を忘れたことです」と仰しゃるので、中将、

さもこそはよるべの水に水草居め今日の挿頭よ名さへ忘るる[12]

と恥じらって申上げる。ほんとに院は可哀そうで、

大方は思ひ捨ててし世なれども葵は猶やつみ犯すべき[13]

など仰せられ、一人ほどはお捨てにならない様子である。

五月雨には、一段とお眺め暮しになられるより外の事はなくて淋しいのに、十日余りの月が花やかに出ている雲の絶間の珍しい時に、大将の君が御前にお添い申される。橘の花が月の光にひどくはっきりと見えていて、薫りも追風になつかしいので、『千代を馴らせる声』[14]がすると好いと待っている中に、俄に出て来た村雲の様は、ひどく生憎で、仰々しく降って来る雨に伴って、さっと吹く風が灯籠の火も吹き乱して、空も闇い気がするので、『窓を打つ声』[15]と、珍しくはない古事をお誦しになられるが、折柄のせいであろうか、『妹が垣根』[16]に訪わせたいようなお声である。「独住は格別変ったこともありませんが、妙に淋しいものです。深い山住をしますには、こうして身を馴らすのは、この上なく心の澄みそうなことです」と仰しゃって、「女房、ここへ菓子をお上げなさい。男共を召すのも仰々しい時刻です」と仰しゃる。お心では唯『空をお眺めになられる』[17]御様子が、限りなく心苦しいので、大将は、このようにお歎きが紛れずにばかり入らしては、御勤行にもお心の澄むことはむずかしかろうか、とお見上げなさる。ほのかに見たお顔だけでも忘れ難くている、まして御尤もなことである、と思って入らした。大将は、「昨日今日のようにお思い申しています中に、御一周忌も次第に近くなったことでございます。何のようになさる思召しでございましょうか」と申されると、「何れ程も普通以上のことなどしましょう。あの方の志していられた極楽の曼陀羅を、今度は施入しまし

ょう。経なども多くありましたが、なにがし僧都が、みんなその心持を委しく聞いて居りますから、又添えてするべき事も、あの僧都の云うのに従ってすべきです」と仰しゃる。大将は「そのような事を、御生前から特にお志しになっていられましたのは、後生のおよろしいことでございますが、此の世ではかりそめの御縁だったと拝しますにつけ、形見といってお残しになりますお人さえ入らっしゃいませんのは、残念なことでございます」と申しますと、院は「それは、かりそめならず命の長い人々にも、そうした事は大体少なかったことです。私自身の残念さです。其方こそ、一門のお拡げになるでしょう」と仰しゃる。何事につけても怺え難いお心弱さが引け目で過ぎ去った事は多くはお云い出しにならないのに、待たれていた杜鵑がほのかに鳴いたのは、『如何に知りてか▼18』と、聞く人の心も一とおりではない。

亡き人を偲ぶる宵の村雨に濡れてや来つる山ほととぎす▼19

とお詠みになって、一段と空をお眺めになられる。大将、

ほととぎす君に伝てなむ故里の花橘は今ぞ盛りと▼20

女房共も多くの歌を詠み集めたが、書くのは止めた。大将の君はそのまま御宿直を申上げる。淋しい御独寝が心苦しい、時々このようにお附き申されるが、故上の御在世の時は、ひどく遠いものであった御座の辺りを、さして離れないにつけても、思出される事が多くあった。

ひどく暑い頃、涼しいお部屋の方で眺めて入らして、池の蓮の盛りに咲いているのを御覧になられ、『いかに多かる▼21』と先ずお思出しになられると、耄れ耄れしいお気がなされ、しみじみとして入らっしゃる中に、日が暮れた。蜩の声が花やかに啼き、御前の撫子に夕映のあたるのを、唯一人で御覧になっているのは、ほんに甲斐のないことである。

つれづれと我が泣き暮らす夏の日をかごとがましき虫の声かな▼22

蛍が多く飛びかわしているのも、『夕殿に蛍飛んで▼23』と、例の古事も、そうしたお歎きの方にばか

り引附けて、お誦し馴れになっていた。

夜を知る蛍を見ても悲しきは時ぞともなき思ひなりけり▼24

七月七日も、例に変ったことが多くて、御遊びなどもなさらず、徒然と眺め暮されて、星合いを見る者もない。まだ暁深いのに、一所だけお起きになって居て、妻戸をお開けになられると、前栽の露のひどく繁く置いているのが、渡殿の戸を見通しに見渡されるので、お出になられて、

棚機の逢瀬は雲のよそに見て別れの庭に露ぞ置き添ふ▼25

秋風の音までが悲しみを加えてゆく頃、御法事の御用意で、朔日頃はお忙しそうである。今まで好くも過して来た月日であるよとお思いになって、呆れて明し暮して入らせられる。御命日には、上下の人々が皆斎戒をして、その曼陀羅を今日は御施入になられる。例の宵の御勤行に、御手水を差上げる中将の扇に、

君恋ふる涙は際もなきものを今日をば何の果てといふらむ▼26

と書きつけてあるのを、院はお手に取って御覧になられて、

人恋ふるわが身も末になり行けど残り多かる涙なりけり▼27

とお書き添えになられる。

九月になると、九日の重陽の日に、綿覆▼28をしてある菊を御覧になって、

もろ共に置きゐし菊の朝露もひとり袂にかかる秋かな▼29

十月は大方時雨れがちな頃で、一段と眺めをなされて、夕暮の空の様子など、云いようもなく心細いので、『降りしかど』▼30と独言に云って入らっしゃる。空を渡る雁の翼を、羨ましくお見守りになられる。

大空を通ふ幻夢にだに見え来ぬ魂の行方尋ねよ▼31

何事につけても、紛れようもなく、月日に添えてお思いになって入らっしゃる。

五節だなぞといって、世間が何となく賑やかな頃、大将殿の君達が殿上童となって、御挨拶にお参りになられた。同じ年頃で、二人とも美しい様である。御叔父の頭中将と蔵人の少将とは小忌の役[33]で、青摺の姿が清げに見よくて、何方も附添となって、世話をしつつ一緒にお参りになられる。思う事もなさそうな様を御覧になられると、以前、変な事のあった日蔭の蔓をする折のことを、さすがにお思出しになられることであろう。

宮人は豊明にいそぐ今日日影も知らで暮しつるかな[34]

今年の年をこのように怺えてお過しになられたので、今はもう世間を離れるべき時が近いとお心設けをなされると、哀れな事が尽きずある。順々に然るべき御準備をお心の中でお思い続けになられて、お仕え申している人々にも、身分に従って物を賜わるなど、仰々しく、今を最後のようにはなさらないが、お側近くお仕えしている人々は、御本意をお遂げになるべき御様子をお見上げしているままに、年の暮れてゆくのが心細く、悲しさが限りもない。後に残っているとみともない御文で、『破れば惜し』[35]とお思いになられたのであろうか、少しずつ残してお置きになったのを、物の序にお見つけになって、破らせなどおさせになる中に、あの須磨の頃、方々からお上げになった物もある中に、故上の御手蹟の物は、特に一束にしてあった。御自身なされた事であるが、久しく時の立ったことだとお思いになると、今書いたような墨の色は、ほんに『千歳の形見』[36]にすべき物であるが、これきり見なくなることとお思いになると、詮がなくて、疎くない二三人の女房に、御前でお破らせになられる。これ程までに情の籠らない物でさえも、亡くなった人の手蹟の跡だと見ることは哀れなのに、ましてこれは一段とお心が昏くなり、それとお見えにならないまでに零れ落ちる御涙が、御手蹟の跡に伝って流れるのを、女房も余りにもお心弱いこととお見上げするのが工合悪く、極りも悪いので、そちらへ押遣られて、

死出の山越えにし人を慕ふとて跡を見つつも猶惑ふかな[37]

お附き申している女房達も、十分には広げないが、それとうすく見えるので、心の乱れは一とおりではない。同じ世の中で、遠くもない御別れであるのに、ひどく悲しくお思いになるままにお書きになられた言葉で、今はほんにその時よりも堰き留められぬ悲しさで、紛らしようとてもない。何ともまずいことだ、これ以上のお心乱れは女々しく人目の悪いことになりそうなので、好くも御覧にならずに、細々とお書きになられた御文の端に、

掻き集めて見るもかひなし藻塩草おなじ雲ゐの烟とをなれ▼38

とお書きになられて、みんなお焼かせになった。

御仏名も▼39、今年だけの事とお思いになるのであろうか、何時もの年とは違って、錫杖の声々も哀れにお思いになられる。導師の、御命の長いようにと請い願うのも、仏のお聞きになるところが工合悪い。雪がひどく降って、消えずに積った。導師の退出するのを御前に召して、御酒なども何時もの儀式よりも鄭重になされて、格別に禄も下される。年頃、久しく参って居り、内裏にもお仕え申上げ、院にも御覧じ馴れている御導師が、頭の禿げが次第に目立つものになって来たのも、哀れにお思いになられる。例の宮達や上達部なども大勢お参りになられた。梅の花が僅かに綻びはじめて、雪の色に引立てられているのが面白いので、御遊びなどもあるべきであるが、やはり今年までは、物の音も咽ぶようなお気持がなされるので、時に相応した朗詠などを誦することだけになされる。それよ、導師に盃を賜わらせる序に、

春までの命も知らず雪の中に色づく梅を今日かざしてむ▼40

御返歌、

千代の春見るべき花と祈り置きて我が身ぞ雪と共にふりぬる▼41

人々が多く詠んであったが省いた。その日には表御座にお出になっていられたことである。御容貌は、以前の御光にも又多く加わって、珍しくも美しくお見えになられるので、この老齢の僧は、訳も

なく涙が留められなかったことである。年が暮れたとお思いになるのも心細いのに、若宮は、「儺やらいをするのに音を高くするに、▼42 何をさせよう」と、走り歩いて入らっしゃるのを御覧になるにも、可愛ゆいお有様を見なくなることだと、何につけても怺え難い。

物思ふと過ぐる月日も知らぬ間に年もわが身も今日や尽きぬる▼43

朔日の儀式は常の時よりも鄭重にするようにと御指図になられる。親王達や大臣の御引出物、禄の品々など、この上なく御用意になられたとか。

▼1　我が宿は、花をもてはやす人も今はない。何の為に春が尋ねて来たのであろうか。「花もてはやす人」は、紫の上。「春」は、季節の春に、新年の賀を絡ませたもの。

▼2　花の香を慕い尋ねて来た甲斐もなく、一とおりの、花の咲いたことを知らせに来た者と、お云い做(な)しになるべきであろうか。「香を尋めて」は、仰せになられる故紫の上の、なつかしい跡を訪うて。「花の便り」は、贈歌の「春」を言い替えたもの。

▼3　世間からは離れて行って、跡を消してしまおうと思いつつも、意外にも時の経て行ったことであるよ。「ゆき消えなむ」は、「行き」に、眼前の「雪」を絡ませたもので、「程ふる」の「ふる」は、「降る」の意で、「雪」の縁語。

▼4　植えて眺めたところの、この花の主人も、今はいない宿に、それとも知らぬように、来て鳴いている鶯であるよ。

▼5　今はこれまでとして見捨てて、荒らしてしまうことであろうか。亡い人が、心を留どめていた春の木を集めたこの垣根の内を。「垣根」は、故紫の上の御殿の庭の意。

▼6　「光なき谷には春も余所(よそ)なれば咲きて疾(と)く散る物思ひもなし」。君のお心は察せず、御自分の怨みを漏らしたもの。

▼7　「深草の野辺の桜し心あらば今年ばかりは墨染に咲け」。深草の帝の御喪に時に、悲しんで詠んだ古歌。

▼8　泣く泣くも昨夜は帰ったことでしたよ。この仮の世は、何処も終いに住むべき永久の世ではないので。「かりの」、折柄の「雁」を絡ませ「常世」に永久の世と、雁の住む国としての常世を絡ませたもの。

▼9　帰る雁が来て休んだ苗代水が、その季節が過ぎて水が無くなってからは、その水に映った花の影さえも見えません。「雁」は、贈歌の「かりの世」の「仮」を言いかえ、又雁は「常世」の国の物とされている関係から、常世の国の者となられた紫の上を喩えて云ったもので、「苗代水」は、明石の上が自身を賤（いや）しい者としての喩。「花」は、君を喩えたもの。紫の上が亡くなられてからは、我が方に、君のお顔を見る折もないと、君の心中をお察ししてのもの。

▼10　夏衣の涼しい物を裁って、お召替えになられた今日だけでも、お歎きが涼しくならないものでしょうか。「思ひ」の「ひ」に「火」を懸けたもの。御気分が変って、少しでもお楽にならせたいの意。

▼11　羽衣のような薄い衣に著替（きが）える今日からは、空蟬（うつせみ）の果敢（はか）ない世が一段と悲しいことです。「羽衣」は蟬の羽根のような衣。「うつせみの」は、「世」の枕詞で、この時代には蟬のぬけ殻のこととし、果敢ない比喩にしていた。「羽衣」と「うつせみ」とを関係させ、贈歌の心を否定したもの。

▼12　さぞ、畏（かしこ）いよるべの水にも水草が生えていることでございましょう。今日の祭の挿頭にする葵の、その名までもお忘れになっていられる事で。「よるべの水」は、「よる」は、憑（よ）るで、神の御霊（みたま）のお憑（つ）きになる意。「へ」は、瓮（べ）で、甕（かめ）。「水」は、その甕に盛ってある水で、賀茂の御社に、神の御霊の憑き給う物として、甕に盛ってある水で、神聖な物で、水草など生えるべくもないもの。賀茂の祭には、諸人、葵を挿頭にする例となっているが、「葵」は「逢う日」で、男女相逢う日の喩えとしていた。一首は、上三句は、尊い院の、歎きに捉われているのを悲（かなし）み、下二句は、我を召すことはお忘れになって入らせられると、極めて婉曲にお恨み申したもの。

▼13　大体は此の世を思い捨ててしまっているが、しかしそのようにしているのは、葵を挿頭（かざ）して祭るべき神に対しては、やはり罪を犯すことで、お咎めを受けることであろうか。世を背くのは神霊にそむ

く事だというのを表面にし、大体世は捨てたが、あなたに逢う日という事は捨てかねて、仏罰を受けることであろうかの意を云われたもの。

▼14 「色変へぬ花橘（はなたちばな）にほととぎす千代を馴らせる声聞（きこ）ゆなり」。橘の花は何時（いつ）の年も色が変らず、来て鳴くほととぎすの声も、同じく一つの声だといい、双方の深い契（ちぎり）をなつかしんだ意。

▼15 長恨歌の「耿々残灯背レ壁影、粛々暗雨打レ窓声」

▼16 「ひとりして聞くは悲しきほととぎす妹が垣根におとなはせばや」（河海抄）ほととぎすの声を源氏にたとえ、亡き紫上に聞かせたい意。

▼17 「大空は恋しき人の形見かは物思ふ毎（ごと）に眺めらるらむ」（古今集）

▼18 「いにしへの事語らへばほととぎす如何に知りてか古声に鳴く」（古今六帖・兼輔集）

▼19 亡い人を思っている夜の村雨に、濡れつつもここに来たのであるか、山ほととぎすよ。「濡れてや来つる」は、同情して、涙に濡れつつの意を持たせたもの。

▼20 常世の国の物であるほととぎすよ、その国に居たまう君に、言伝てをしてもらいたい。故里である此の世には、橘の花が今盛りで、なつかしい時であると云って。

▼21 「悲しさぞまさりにまさる人の身にいかに多かる涙なるらむ」（古今六帖・伊勢集）

▼22 心の遣りばがなく、我が泣いて暮している夏の日に、思いを訴えたいように鳴く虫の声であるよ。蜩の音に紫の上の心を感じた意のもの。

▼23 長恨歌の、「夕殿蛍飛思悄然、孤灯挑尽未レ成レ睡」

▼24 夜だと知って燃える蛍を見ても、悲しいことは、何時（いつ）という差別もない我が歎きではある。「思ひ」の「ひ」に火を懸け、「蛍」に対させたもの。

▼25 棚機の逢う時のことは、雲の彼方の事として見ずにいて、別れをする時の庭に、思いやりの涙の露を置き添えることである。棚機を自身に引きあてての心。

▼26 亡き君を恋うる涙は、限りもないものを、今日の日を、何の果てというのであろうか。

▼27　亡き人を恋うている我が身も、今は終りとなって来たが、しかし残りの多い物は、我が涙なのであるよ。

▼28　著（き）せ綿といって、菊の花を綿で蔽（おお）って、その香をうつらせ、その綿で身を拭って、不老のまじないとした。

▼29　一緒に置いていた菊の上の朝露も、われ一人の袂に懸かる秋であることよ。「もろ共に置きゐし」は、朝露の状態であるが、それに紫の上と共に眺めたという意を絡ませて、「ひとり袂にかかる」に対させたもの。

▼30　「神無月いつも時雨は降りしかどかく袖ひづる折は無かりき」（伊行釈所引）

▼31　大空を自由に歩く幻術士よ、夢にさえも見えて来ない、我が亡き人の魂の行方を尋ねてくれよ。長恨歌にある、導士が楊貴妃の魂を尋ねて、蓬萊宮で逢った故事を思って詠まれたもの。

▼32　十一月、宮中で新嘗祭（にいなめさい）を行われる時、五節の舞と云って、五人のおと女が神事としての舞を奏す。その時は、日蔭のかずらを身に着けるのが例となっていた。

▼33　五節の時の役人として、大忌、小忌が命じられる。小忌はその専務の役人で、山塩で摺った袍を著（き）る例となっていた。それを青摺という。

▼34　大宮人は、宮中の御祝宴に急ぐ今日を、我は日影の移るのも知らずに暮したことであるよ。「豊明」は、宮中の改まっての御祝宴の称。「日影」は、今日の五節の舞姫の、神事を仕える礼装として身に着ける「日かげのかずら」を懸けたもの。

▼35　「破れば惜し破らねば人に見えぬべし泣く泣くも猶（なほ）返す文かな」（後撰集）

▼36　「かひ無しと思ひな侘びそ水茎の跡ぞ千歳の形見なりける」（古今六帖）

▼37　死出の山を越えて行った人を慕うとて、その行った跡を見つつも、まだ心惑いをしていることであるよ。「跡」に、筆蹟の意の「手の跡」の意を懸けたもの。

▼38　搔き集めて、見ても甲斐もない。この文よ、その身と同じに、空に立つ煙となれよ。

▼39　十二月の二十一日から三日間、僧を招いて仏名を唱えさせ、身の無事を祈る儀式。

▼40　春までの命があるか何うかも知られない。冬の雪の中に色づいた梅の花を挿頭にして、今日は酒を飲もう。盃をすすめる意よりのもの。

▼41　千年の春に亘（わた）って見られるべき花の如き御身だと祈って置いて、我が身は降る雪と共に、古（ふ）って来たことである。「ふり」は、「降り」と「古り」とを懸けたもので、院の身の長久を祝ったもの。

▼42　儺やらいは、謂（い）わゆる追儺（ついな）で、この時代は、物を鳴らして高い音を立て、その音に依って鬼を追ったのである。

▼43　歎きをするとて、過ぎてゆく月日も知らずにいる中（うち）に、今年も、我が身も、今日は尽きたことであろうか。

雲隠

此の巻は、巻名があるのみで本文はない。作者が何故にそうした事をしたかは不明であるが、しかし此の巻に描こうとした事の輪廓だけは、前後の巻に依って想像される。此の巻は巻名の暗示する如く、源氏の逝去までを描こうとしたものであり、源氏は予定の如く出家をし、予て自身建立してあった嵯峨の御堂に籠り、そこで四年間勤行生活を送ったことが、後の巻で、その子薫の口を通して、思出として語られているのである。猶お、此の巻の前の「幻」と、これに続く「匂宮」との間には、八年間の飛躍があり、源氏と致仕の大臣との時代は過ぎ、双方の子より孫の時代に推移しているのである。

匂宮

光がお隠れになってしまわれた後は、そのお耀きに立ち続かれるような人は、多くの御末々の中にも得難いことであった。御退位の帝を関係させて申上げるのは恐れ多い。当帝の三の宮と、その同じ御殿で御生長になられた、女三の宮腹の若君との、このお二方がそれぞれお美しいという評判をお取りになっていて、ほんにまことに一とおりならぬお有様のようではあるが、ひどく眩しい程には入らっしゃらないようである。唯普通の人様の、立派に上品に艶かしく入らっしゃるということを基本にして、ああした方のお血筋として、人々の迎えてお見上げ申すお振舞有様も、源氏の君の御幼少で入らした頃の御威光御様子よりはやや重く入らせられる、その気受けが手伝うところから、一面ひどく厳めしく感じられるのであった。紫の上が格別のお心寄せでお育てになられたので、三の宮は二条院にお住まいになって入らせられる。東宮は、そうした無上な者としてお除け申して、帝も后も甚しくお可愛ゆく思召しになられ、大切になされる宮なので、内裏住みをおさせ申していられるが、やはり、気楽な故里を住みよい所として入らせられるのである。御元服をなされてからは兵部卿宮と申上げる。女一の宮は、六条院の南の町の東の対▼1を、紫の上のあらせられた時の装飾を変えずにお住まいになられて、朝夕に恋い偲んで入らせられる。二の宮▼2も、その同じ御殿の寝殿を、時々の御休息所になされて、内裏では梅壺をお居間になされて、右の大殿▼3の中の姫君を我が物としていらせられた。

次ぎの東宮候補であらせられて、世の覚えも格別で、重々しく、お人柄もしっかりして入らせられた。大殿の御娘は、ひどく大勢あらせられる。大姫君は東宮にお参りになられて、他に競争する者もない有様でお仕え申していられる。その御妹も次ぎ次ぎに皆、皇子の御順序に従って差上げられる御事だろうと、世間の人もお思い申上げ、后の宮も仰せになられるが、この兵部卿宮は、そのようにはお思いになられない。御自分のお心から出たことでなくては、面白くなくお思いになっているような御様子である。大臣も、何も一様に、そう決ったことのようにするのでもと、お心を鎮めては入らっしゃるが、諦めるべきではないとお思いになられて、至ってよくお冊き申上げられる。六の君[4]は、此頃少しでも我こそはと思いあがっていらせられる親王や上達部のお心尽しの種になっていられることである。

院がお薨れになられて後は、様々のお集りになっていらせられた御方々は、泣く泣くも最後に入らせられるべき住処に、それぞれお移りになられたが、花散里と申上げた御方は、二条の東の院を御遺産処分で賜わった所としてお移りになられたことである。入道の宮は、三条の宮に入らせられる。中宮は、内裏にお仕え申してばかり入らせられるので、六条院の中は寂しく、人少なになってしまったが、右の大臣は、「他人の上で、古い例を見聞きしますにも、生前、心を留めて造って住んでいました人の家が、すっかり捨てられて、世の習いで常なく見えますのは、ひどく哀れな果敢ないことに見えますので、私が生きている中だけでも、この院は荒らさず、辺りの大路にも、人影の絶えてしまわないようにしましょう」と仰しゃられて、丑寅の町[5]に、あの一条の宮をお移らせになられて、三条殿と、夜毎に十五日ずつ、間違いなく通ってお住みになって入らした。二条院といって造り磨き、六条院の春の御殿といって、世の人の騒いでいた玉の台も、唯お一人の御末の為の物であったと見られて、明石の御方は数多の宮達の御後見をしつつ、お世話申上げられた。大殿は、何方の御事でも、故院の御趣意の通りに、改め変えることなく、行届いた親心でお仕え申すにつけても、対の上がこのようにもし御存命で入らせられたならば、何んなにか心を尽してお仕え申上げ、御覧も願えたことであろう、終に聊かでも取り別けての我がお心寄せを御覧願える事もなくて、お亡くなりになられたことであると、残念にも飽っけなくも悲しくもお思出し申上げる。

天の下の人で、院をお恋い申上げない者はなく、何につけ彼につけても、世の中は全く火の消えたようで、何事も栄えのない歎きをしない折とてはない。まして殿の内の人々、御方々、宮達は申すに及ばず、院の御事は勿論で、又あの紫の上のお有様を心に沁ませつつ、いろいろの事につけて、お思出し申上げない時の間とてもない。春の花の盛りは、ほんに長くないからこそ、覚えの増して来ることである。

二品入道の宮の若君は、院がお頼みになられたままに、冷泉院の帝には、格別にもお思い冊きになられ、后の宮も男皇子達はあらせられず、心細く思召されるままに、嬉しい御後見にして、心より頼りにお思い申した。御元服なども院でおさせになられる。十四歳で、二月には侍従におなりになる。その秋、右近中将になって、院より御賜り▼6の昇位まであって、何が御不安なのであろうか、急いで位を進めて大人びさせられる。院の入らせられる御殿に近い対を、居間として装飾するにも、御自身御覧じ入れられて、附添の女房も、童、下仕えの者まで、勝れた者を選り揃えて、皇女の御扱いよりも増さって、眩ゆいまでにお整えにならせられた。主上附き、中宮附きの女房の中でも、容貌の好く上品にて見よい者は、皆此方へお移しになられつつ、院の内が気に入って、住みよく居よく思うようにとばかり、態とがましいお扱い者にお思いになって入らせられた。故致仕の大殿▼7の女御と申上げた方の御腹に、女宮が唯一方あらせられるのを、限りなくお冊きになって入らせられるお有様にも劣らない。后の宮のこの君への御覚えが、年月に増さりゆく御様子だからのことであろうか、何もあれ程までにと、人の見る程であった。母宮は、今は唯御勤行を静かになされて、月毎の御念仏と年に二度の御八講、臨時の尊い御営みだけをなされて、徒然で入らせられるので、この君の出入りなされるのを、却って親のように、頼もしいお力にと思って入らっしゃるので、ひどく哀れで、冷泉院でも内裏でお召し纏わしになり、東宮も、次ぎ次ぎの宮達も、なつかしいお遊び相手にしてお離しにならないので、暇がなく苦しくて、何うかして身を分けたいものだとお思いになっていた。幼な心にほのかにお聞きになった事が、▼8折々不思議で、分らぬことにお思い通しになっていられるが、尋ねるべき人もない。宮には、此の事を少しでも知っているとお思わせするのは、工合の悪いことなので、絶えず気に懸けていて、「何ういう事なのであろう。何の因縁で、このように苦しい思いの添っている身に生れて来たのであろう。善巧太子▼9の我が身に問って知ったという悟りを得たいものであるよ」と、独言に云われることである。

覚束な誰に問はまし如何にしてはじめも果ても知らぬ我が身ぞ▼10

答えるべき人もない。事に触れては、我が身に病いのある気のするまでに、一とおりならず歎かわしくお思いめぐらしつつ、宮があのように盛りの御容貌をお窶しになられて、何れ程の御道心があって俄にお出家をなされたのであろうか、そのような思い懸けなかった事の乱れがあって、きっと憂いとお思いになる事があったからのことであろう、人も何でうすうすは知らないことがあろうか、やはり秘密にすべき事柄なので、自分には少しも知らせる者がないのであろう、と思う。朝夕にお勤めをなされるようではあるが、とりとめもなく大ような女の御悟りのこととて、蓮の露を明らかに、玉とお磨きになることはむずかしい。女身の五障もあって、一層不安なものなので、自分がそのお心持を助けて、出来るならば後生だけでもお救い申したい、と思う。そのお亡くなりになられた人も、苦しい思いに結ばれての事ではなかったろうか、など推量すると、あの世でなりとも対面したいものだというお心が身に着いて、元服も物憂いことになされたのであったが、そうも仕切れず、自然世間から盛り立てられて、眩しいまでに花やかな御身の飾りも気に入らぬことにばかりお思いになって、心が沈んで入らした。

　内裏でも、母宮と御兄弟で入らせられる上からの御心寄せが深く、ひどく哀れな者に思召されるのに、后の宮もまた、以前同じ御殿で、宮達と一緒にお育ちになり、お遊びになられた頃のお扱いを、殆どお改めになられない。「年寄ってからお生れになられて、心苦しくも、大人らしくなるのも見届けられない事で」と、院の仰せになられたことをお思出しになられつつ、疎からずお思い申された。右大臣も、自分のお子供の君達よりも、この君をば心濃やかに貴くお扱い申しお冊き申される。昔、光る君と申された方は、ああした又とない帝の御寵愛を蒙りながらも、お猜みになる人が添っており、母方の御後見もなかったなどのことから、お心様も物深くて、世間に対して穏やかな態度をお持ちになっていられて並びないお光を眩くはなくお鎮めになられ、とうとうああした、大した世の乱れが起って来そうになったのをも、無事にお過しになられて、後生の為の事も軽くはなされず、すべての事をそれとなくされて、お気長に、ゆっくりとしたお心構えで入らしたことであった、この君は、まだ早い時から世の覚えがひどく身に過ぎて、思いあがった所も甚しくおありになられる。ほんに、然るべき因縁があって、この世の人ではないところの仏が仮に人の身に宿っているのかと見える所が添っていられた。顔容貌も、何処といって、此処がすぐれていて、まあお綺麗な、と見える所はないが、唯ひどく艶かしく気が置けるようで、心の奥深そうな御様子が、人とは異っているのであった。体に持っていられる香の香ばしさは、この世の匂いではなく、不思議なまでに、立ち振舞われる辺り、遠く隔っていての追風も、誠に百歩以外にも▼11薫りそうな気がされた。誰でも、これ程になられた御身分の人で、ひどく身なりを構わず、唯ありのままにしている人などあろうか、様々と、我は人に勝ろうと、繕い立て用意をするであろうが、君はそのように異様なまでに、忍んで立寄る物の蔭も、いちじるしくほのめく薫りが隠れもないまでなので、うるさがって、殆ど薫物はお用いにならないが、数多の御唐櫃に埋もれている香の香も、この君のお用いになる物は、云いようもない匂いが添っており、御前の花の木も、ちょっと袖をお懸けになられる梅の香は、春雨の雫に濡れながらも、身に沁ませる人が多く、秋の野の主のない藤袴も、本来の薫は隠れて、なつかしい追風も格別に、君のお折りになった為に香が勝ることであった。このように、人の不思議がって注意するまでに香に染みていられるのを、兵部卿宮は、他の事よりも競争したくお思いになって、此方は態々様々の勝れた薫りをお焚き沁ませになられ、朝夕の仕事として、香の調合をなされ、御前の前栽でも、春は梅の花園をお眺めになり、秋は世の人の愛でる女郎花や、牡鹿の妻にするという萩の露も、殆どお心に留めず、老を忘れる菊や、衰えてゆく藤袴、ありとも見えない地楡などは、ひどくつまらなくなる霜枯れの頃までもお諦めにならず、目に立つまでに香を愛でるお心を現わして、好ましい物にして入らしたことである。こうした風なので、少し撓やかに柔らか過ぎて、好色の方にお心が引かれて入らっしゃると、世間の人はお思い申した。昔の源氏は、このように偏って、この事をと、風変りに、お打込みになられる事はないことであった。源中将▼12は、この宮には常に参りつつ、遊びをするにも、競争になるべき物の音を吹き立てて、ほんに競争的に、若い同士とてお思い合いになるべき様である。例の蔭口好きの世間の人は、匂う兵部卿、薫る中将と、聞き憎く云い連ねて、その頃よい娘を持って入らっしゃる貴い家々では、胸を躍らせてお噂をする所もあるので、宮は様々の、興味ありそうに思われる辺りには、お言い寄りになって、娘の御様子や有様をお窺いになられる。深くお心を入れてお思いになる女は格別なかった。冷泉院の女一の宮に、このようにしてお逢い申上げたいものだ、甲斐のあることだろう、とお思いになっているのは、母女御もまことに世に重く、奥ゆかしくして入らせられる辺りで、姫君の御様子も、如何にもと珍しく勝れて、余所での評判にもなって入らせられるのに、まして少しお身近くお仕え馴れている女房などが、委しいお有様を、事に触れては伝えることもあるので、一段と怺え難くお思いになられるようである。中将は、世の中を深くし味気ないものだと思い澄ましている心なので、それでは却って心が留まって、世を捨て難い思いが残ろうか、と思うところから、厄介な思いのありそうな辺りに関係するのは慎しむべきだと、お諦めになっている。さし当り心に沁みる事の

ない間の賢立てでもあろうか。面倒なことのありそうな女には、まして心を寄せようともしない。十九になられた年、三位の宰相となり、猶お中将も兼ねて入らっしゃる。帝、后の御待遇で、平人としてはこの上もない結構な御身分であるが、心の中には、御自分の身をお思い知りになる所があって、しみじみとしたお心があるので、気任せに軽率な好色事をするなどは殆どお好みにならず、万事をお鎮めになりつつ、自然老成したお心様であることは、人にも知られて入らした。三の宮が、年と共に深く心を砕いて入らせられるらしい、院の姫君の辺りを見るにも、同じ院の内で、明け暮れお過しになっていられるので、事に触れてその有様をお見上げ申すと、ほんに一とおりではなく、奥ゆかしく鄭重なお扱い振りが限りもないので、同じことならば、ほんにあのような方にお添い申したならば、生涯楽しみの種となろう、と思いながらも、院の帝は、大方の上では隔てる所なくお思いになって入らせられるが、姫宮のお住まいの方の隔ては、この上もなく厳重にして入らせられるのも、御尤もで面倒なので、強いては近寄ろうとはしない。若し心ならぬ心の起ったならば、我が為にも人の為にも好くない事であろう、とお思い知りになって、馴れ寄ることもなくて居た。

その身がそのように、人に愛でられるようにお生れになった有様なので、ちょっとした仮初の言葉をお掛けになられる人は、まるきり受附けないという者はなく、靡きやすくするので、自然気楽な通い所も多くなっているが、相手の為に、目立つような扱いはせず、ひどくよく紛らして何となく情なくはないようにするので、却って焦れたいことになって、思いを寄せた女は、心を引かれつつ、三条の宮に集る者が大勢ある。情ない様を見るのは、苦しいことであろうが、絶えてしまうよりはと、心細さに思い悩んで、そのような奉公はするべくもない身分の人で、かりそめの契に頼みを懸けている人も多くある。それにしても、ひどく懐しく、見る甲斐のあるお有様なので、見る人はみんな自身の心に欺されている様で見送っていられる。君は、「宮の御存命で入らっしゃる間は、せめて朝夕絶えず御覧を願い、お見上げするだけでもと思いまして」と仰しゃるので、右の大臣は、大勢おありになる御娘を、一人はこの方にとお志しになりながら口にはお出しになれずにいる。しかしそれだと、ゆかしげの無い近い間柄でと、お思い直しにもなるがこの君達をさし措いては、外に較べ者になるべき人が探せる世であろうか、と御思案になっている。貴い御腹の御娘よりも、典侍腹の六の女君は、ひどく勝れてお美しく、お心持も云うところなくお育ちになっていられるので、世の覚えの軽かるべき方の方が、そのように立派なのを、大臣は心苦しくお思いになって、一条の宮はそうしたお世話をなさるべき者をお持ちにならなくて、お淋しいので、迎え取ってお差上げになった。態とではない様で、この人達に見せ初めたならば、必ず心をお留めになろう、女の有様の見分けられる人だと、別してそうであろう、などお思いになってひどく厳重にはお扱いにならず、常世風の面白い様の物好みをさせて、人の気を附ける方便を多くお設けになられる。

左の大将を兼られる大臣は、賭弓の還饗[13]を、六条院でひどく鄭重に御準備になられて、親王までもお出になられるようにしようと心づかいをなされた。その日は親王達は、大人でいらせられる方は皆お出になられる。后腹の親王達は、何方ということもなく皆気高く清げて入らせられる中にも、兵部卿の宮は、ほんにひどく勝れて、並ぶ者なくお見えになる。四の皇子で、常陸の宮と申上げる更衣腹の皇子は、思い做しからであろうか、御様子が至って劣って入らした。賭弓は、例に依って左近衛の方が非常に勝った。例年よりは早く事が終って、大将は御退出になった。兵部卿の宮、常陸の宮、后腹の五の宮とを、同じ車にお招き乗せ申して、お帰りになられた。宰相の中将[14]は負けた方で、窃に御退出になったのを、大臣は、「親王達もお越しになられます御送りに参られませんか」と仰しゃって、御子の衛門督、権中納言、右大弁など、そのほかの上達部の数多を、それこれの車に混ぜて乗せ、誘い立てて六条院へ入らせられる。途をやや遠く来ると、雪が少し散って来て、艶な黄昏時である。物の音を面白い程に吹き立てて遊んで入って行かれると、ほんに此処を外にしては、何のような仏の御国でも、これ程に折節の心慰めの場所があろうかと見えた。寝殿の南の廂の間に、例のように南向きに中少将が並んで著座になり、北向きに向い合って、相伴役の親王達上達部の御座がある。御土器の事が始まって、心面白くなって来ると、求子▼15を舞って、翻す袖の打返す風の煽りで、御前近い梅の、すっかりと綻び開いている匂いが、さっと拡がり渡るのに、例の中将の御薫りが一段と引っ立って来て、云いようもなく艶めかしい。僅に覗き見をしている女房共が、「『闇はあやなく』▼16で心許ない時ですが、『香にこそほんに似る物』▼17のないことですね」と、愛で合った。大将も愛でたいと御覧になる。中将は容貌用意も平生よりは勝って、乱れない様に取り澄ましているのを見て、大臣は、「右の次官も声をお添えなさいまし、客人めいていますよ」と仰しゃると、憎くない程度に、『神のます』▼18などとお謡いになられる。

▼1　紫の上のお住まいになった殿。
▼2　明石中宮腹の第二皇子。
▼3　夕霧は右大臣となり、左近衛の大将を兼ねていた。
▼4　惟光（これみつ）の娘の典侍腹の娘。
▼5　以前、花散里の住んでいた殿。
▼6　御賜りは冷泉院より特に賜わる昇位昇任で、加階は、ここは四位に叙せられた意。
▼7　致仕の大臣は、既に故人となられたのである。
▼8　幼い頃、何らかの折に、自分は源氏の子ではなく、衛門督の子であるということを、ほのかに聞いた意。
▼9　善巧太子は、明らかではない。釈尊の子、羅喉羅尊者が、人に教えられずにその父を悟ったという事があるので、それかと云う。
▼10　はっきり分らないことである、誰に尋ねたら分ることであろうか。何ういう訳で、その生れた始めも、

成り行く果ても知られない我が身であろうか。

▼11 渡来の香の百歩香の名を踏んで云っているもので、遠方までの意。

▼12 夕霧の敬称。

▼13 賭弓は、宮中の定めの行事として、正月、左右衛府の舎人（とねり）らが、射術をして、勝負を争い、天皇、弓場殿に出御、御覧になられる事である。夕霧は左近の大将、薫は右近の中将として、その事を勤めたのである。還饗は、事が果てた後、大将の邸でする饗応。

▼14 薫。

▼15 風俗歌「八少女」。舞は、将監以下の者がする定めである。

▼16「春の夜の闇はあやなし梅の花色こそ見えね香やは隠るる」（古今集）

▼17「降る雪に色はまがひぬ梅の花香にこそ似たるものなかりけれ」（伊行釈）

▼18 上の求子の一節で、「八少女は、わが八少女、立つや八少女、神のます高天原に」

紅梅

その頃、按察の大納言と申されているのは、故致仕の大臣の次男である。お亡くなりになられた右衛門督の直ぐの弟である。童の時から巧者で、花やかな気持のあられた人で、御出世になられる年月に連れて、益々世にある甲斐があり、申分なく振舞われて、御覚えもまことに貴く入らせられることであった。[1]北の方が二人おありになったが、以前からの方はお亡くなりになられて、今の御方は、後日の太政大臣の御娘で、真木柱を離れ難くなされた君を、式部卿の宮[2]が、故兵部卿の親王[3]にお娶せになられたのであったが、親王がお亡くなりになられた後、忍びつつ通って入らせられたが、年月が経ったので、さしてはお憚りになれなくなったのであろう。御子は、故北の方の御腹に、女二人おありになっただけなので、淋しいことにして、神仏に祈って、今のお腹に男君を一人お設けになったことである。故宮の御形見として、女君が一方おありになる。隔てを附けず、何方をも同じようにお思いになって入らっしゃるが、それぞれの御方附きの女房共は、穏やかではない心持の者もまじっていて、ねじけがましい事の起って来る時々があるが、北の方は、ひどく心の晴れ晴れした、常世風の所のある人で、悪意のない事に取り做し、御自分の方には苦しい事も、穏やかに聞き做し、思い直して入らせられるので、いやな噂もなく見よくして入らした。

姫君達は同じ位に、次ぎ次ぎに大人びて入らしたので、御裳著をおさせ申す。七間の寝殿を広く大きく造って、南面に大納言殿の大君、西面に中の君、東面には、宮の姫君をお住ませ申した。大凡に思うと宮の姫君は、父宮が入らせられないのでお気の毒のようであるが、御父、御祖父からお譲られの御宝物が多くあって、内々の儀式や有様は、奥ゆかしく気高くなされて、御様子は申分なく入らせられる。例のこのようにお冊きになられる評判があると、お年の順に従いつつ懸想をされる人が多く、内裏東宮からもその御気色があったが、内裏には中宮が入らせられる、何れ程の人であったら、その御様子にお並び申せよう、そうかと云って、及ばぬことに思い、卑下しているのでは、その甲斐がなかろう、東宮には、右の大殿の女御が、並ぶ人もないような風でお仕え申していられるから、競争はしにくいけれども、そうばかり云っていられようか、人に勝らせようと思う娘を、宮仕えを諦めたのでは、何で本意が叶おう、とお思い立ちになって、大君を東宮にお参らせになった。十七八くらいで、可愛ゆくひどく美しい気がなされた。

中の君も、引続いて、上品で艶めかしく、すっきりとした様は勝っていて、美しく入らっしゃるので、尋常人には勿体なく、娶せたくない御様であるから、兵部卿の宮がそうお言い寄りになられたならば、とお思いになっている。宮は此方の若君を、内裏などでお見附けになられる時には、召し纏わられ、遊び相手になされる。若君は気働きがあって、先々の推し量られる目もとや額つきをしている。「あなたに逢うだけでは居られないと、大納言に申しなさいよ」とお云い懸けになるので、これこれだと申上げると、大納言は微笑して、ひどく思っていた甲斐があるとお思いになった。「人に負けるような宮仕をするよりも、ああいう宮にこそ、好い娘はお娶せ申したいことです。思う存分にお冊きしてお見上げ申したら、寿命も延びそうな宮の御様です」と仰せになりながら、先ず東宮の御事のお支度をなされて、春日の神の御神託が▼4、私の代にひょっと現れて来て、故大臣が院の女御の御事を▼5、胸痛くお思いになって止んでしまったそのお慰めになる事もあってくれるようにと、心の中に神を祈って、お参らせ申上げた。ひどく御勢力があらせられると、女房達が申上げる。こうした御交りにお馴れにならない中は、しっかりした御後見がなくては如何であろうと、北の方が添ってお仕え申して、誠に限りもなくお冊きして、後見をなされる。

殿は徒然な気がして、中の君は、大君と御一緒に居馴れたので、ひどく淋しくて歎かしていられる。宮の姫君も、疎々しくは互になされず、何時の夜も一つ所にお寝みになり様々の稽古事も、はかない遊び事までも、宮の姫君を師のようにお思い申して、何方も習いつ遊びつされたことである。姫君は物恥じを並みはずれてなされて、母北の方にさえも、まともには殆どおさし向いになられず、偏屈な程になされるものの、心持や様子は陰気ではなく、愛嬌のおありになることも、他の方よりも勝れて入らした。そのように内裏参りの事や何かの事で、御自分の実子の方ばかりに騒いでいるようなのを、殿は心苦しくお思いになって、母君に、「然るべきようにお心を決めて仰しゃいまし。同じようにお仕え致しましょう」と申されたが、母君は「まるでそのような御縁附きのことなどは、お思い立ちになりそうもない御様子ですから、生中な事をいたしますのは、お気の毒でしょう。御運に任せて、生きております限りはお世話を申しましょう。亡い後は哀れで気懸りでございますが、世に背くようにでもなさいまして、自然笑い物になりますような、心浅いことはなさらなくて、御生涯を送っていただきたいものです」と泣いて、殿のお気持の思う通りなことを申上げられたことである。殿は何方にも差別をつけず親がっては入らっしゃるが、姫君の御容貌を見たものだと、ゆかしくお思いになって、「お隠れになるのは辛いことです」と恨んで、内々、お見えになろうかと覗いてお歩きになられるが、全く横顔さえもお見上げ出来ずにいる。「上が居られません間は、代って参るべきでございますが、疎々しくお隔てなさいます御様子なので心憂く存じまして」と申上げて、御簾の前にお坐りになられるので、御返事をほのかに申上げられる。お声や御様子が上品で懐しくて、様や容貌が思いやられて、哀れに思われるお有様である。御自分の姫君達を人には負けまいと自慢しているが、この君には勝ることが出来なかろう、それだから世の中の広いということは煩いことである、類のない者であろうと思っていると、それより勝る者も自然あるらしいことだ、と一段と訝しく見たくお思い申す。「月頃何ということもなく騒がしくしておりましたので、御琴の音さえも伺わないことが、久しくなりました。西の居間に居ります人は、琵琶に心を入れております。一とおりは覚え込んだように思っているのでございましょうか。半端に弾いたのでは、聞き憎い音柄のものでございます。同じことでしたら、お心を留めてお教え下さいまし。翁は、取り立てて習った物はございませんでしたが、以前盛んだった頃に、遊びをしました力でございましょうか、聞き取ります弁えだけは、何事でも不束ではございませんので、打解けてはお弾きになりませんが、時々伺います御琵琶の音に昔を思出▼6しますことです。故六条院の御伝えは、右の大臣がこの頃では世に残って入らっしゃいます。源中納言と兵部卿の宮とは、何事も昔の人に劣らないようで、まことに格別の御宿縁を持って入らっしゃる方々で、遊びの方は取り分けお心を留めて入らっしゃいますが、お手使いが少し柔らかな撥音で、大臣にはお叶いにならないと思いますのに、あなたの御琴の音は、ひどくよく似て入らっしゃることです。琵琶は、押手▼7の静かなのを好いことにするものですが、柱を押す時、撥音の様が変りまして、艶かしく聞えますところは、女のお弾きになるのが却って面白いものでございます。さあお弾きなさいませ、御琴を差上げなさい」と仰しゃる。女房などはお隠れ申す者が殆どない。ひどく年若い、上臈だつ者で、お目に触れまいと思う者は、心に任せて隠れて居たので、「お仕え申す人までが、そのように振舞うのは宜しくない」と、お腹立ちになられる。若君は内裏に参ろうとして、宿直姿で参られたが、改まった儀式の時の総角よりも、ひどく好く見えて、云いようもなく可愛ゆいとお思いになった。麗景殿▼8にお言づけを申される。「あなたにお任せして、今夜も参れますまいが、悩ましくしておりますと申上げなさい」と仰しゃって、「笛を少しお吹きなさい。ともすると、御前の御遊びに召出されることがありますが、見て居かねることですよ。まだひどく下手な笛なのに」と微笑なされて、双調をお吹かせになる。ひどく上手にお吹きになったので、「変ではなくなって行くのは、此方で、自然他の物に合せているせいでしょう。やはりお弾き合せなさいまし」とお責め申されるので、姫君は困ったと思う御様子ながら、爪弾きでひどくよく合せて、唯少しお鳴らしになられる。殿は口笛を不器用な吹き馴れた声で吹かれて、ここの東の隅の、軒に近い紅梅の、ひどく面白く咲いているのを御覧になって、「御前の花が、見てもらいたいと思っているようです。兵部卿の宮は内裏にいらっしゃいます。一枝折って、差上げなさい。『知る人ぞ知る』▼9です」と仰しゃって、「ああ光源氏が、謂わゆる盛りの大将▼10で入らっしゃいました頃、私は童でそのようにして内裏でお馴れ申上げましたことは、何時まで経っても恋しいことでございます。あの宮達を世間の人は格別な方にお思い申上げ、ほんに人に騒がれようとお生れになったお有様ではありますが、端の端程にも思われませんのは、やはり類ない方だとお思い申上げた心のせいでしょうか。一とおりの関係でお思出し申しましても、胸の開ける時がなく悲しいので、お近い人でお後れ申して生き残っている人は、楽ではない命長さだろうと思われますことです」とお云い出しになられて、物哀れに凄く思いめぐらしになって、萎れて入らせられる。折柄の堪え難さからであろうか、花を折らせて、急いで宮へ参らせられる。「今では何としましょう。昔の恋しい御形見には、この宮が入らせられるだけで。仏のお隠れられた後には、阿難が光を放ったのを、仏が二度世にお出になられたのかと疑う、賢い聖もありましたことで▼11、闇に迷う気晴らし所にして、お聞き許しを願いましょう」と仰しゃって、

心ありて風のにほはす園の梅に先づ鶯の訪はずやあるべき▼12

と、紅の紙に若やいで書いて、その若君の懐紙の中にまぜて押畳んで、内裏にお出しになられると、若君は幼い心からもっとお馴れ申したいと思っているので、急いでお参りになられた。

宮は中宮の上の御局から、御宿直所へお出になられるところであった。殿上人が大勢お送りに参っている中に、若君を御見附けになって、「昨日は何だって、ひどく早く退ったのですか。何時参ったのです」など仰しゃる。「早く退りました口惜しさから、まだ内裏に入らっしゃると人が申しまし

たので、急いで参りました」と、幼げではあるものの、馴れて申上げる。「内裏ではなくて気楽な所へも、時々は遊びに入らっしゃい。若い人達が何ということもなく集る所ですよ」と仰しゃる。この君を召し離して、お話になっていられるので、人々は近くへは参らず、散り退ってしめやかになったので、「東宮では、暇を少し下さるようになったろうね。ひどく繁々とお纏わりになって入らしたようだったが、御寵愛を奪られて、外聞が悪いでしょう」と仰しゃると、「お纏わりになられますので、苦しゅうございました。御前の方でしたら」と申上げさして居るので、「あの方は私をつまらない者だと嫌われたというのですね。尤もです。だが腹の立つことです。古めかしい同じ血筋なので、東と云われている方は、私と思い合って下さるかって、そっとお話して下さいよ」と仰しゃる序に、その花を差上げると、宮はほほ笑んで、「恨みを云って上げた後での物だったらまずかったろうに」と仰しゃって、下にも置かず御覧になる。枝の様も花房も、色も香も普通の物ではない。「園に咲いている紅の色に奪られて、香は白い梅よりは劣っていると云っているようだのに、ひどく立派に両方を並べて咲いていることですよ」と仰しゃって、お心を留めていられる花なので、差上げた甲斐があって、御賞翫になられる。「今夜は宿直なのでしょう。すぐ此方で」と、お召し籠めになったので、東宮へは参れず、花も恥かしく思いそうに香ばしい、お側近くにお臥せになったので、幼い心にはこの上もなく嬉しくなつかしくお思い申上げる。「この花の主は、何だって東宮には参られなかったのですか」。「存じません。よくお分りになる人にって云っているのを聞きました」とお話し申す。大納言のお心持は、自分の実子の方をと思っているらしくお聞合せになっていたが、思う心は他の方に沁みているので、この御返事ははっきりとは仰せにならない。翌朝、この君が退出するのに、なおざりの様で、

花の香に誘はれぬべき身なりせば風のたよりを過さましやは▼[13]

そして、「やはり今は、翁共には口出しをさせなくて、内々でね」と返す返す仰しゃって、若君も同腹の東の姫君を貴く睦ましく思い増していた。却って異腹の姫君は、お顔を見せなどして、普通の

兄弟のようにしているが、幼な心に、東の君のひどく重も重もしく奥ゆかしいお心持がなつかしく、甲斐ある御様をお見上げ申したいと思っているに、東宮の御方がひどく花やかにお振舞になって入らつしゃるにつけても、同じく御姉とは思うが、東の君が物足らず残念なので、せめてこの宮をなりとも身近くお見上げ申そうと思っている上では、うれしい花で、好い機会である。それは昨日の御返事なので、大納言にお見せ申す。「憎らしい仰しゃり方ですね。余りに好色きな方にお進みになるのを、お許し申さないとお聞きになられて、右の大臣や私などがお見上げする時には、ひどく実体に、落ちついた様子をなされるのが可笑しいことです。浮気者と申すに十分な御様子だのに、無理に実体らしくなさるのは、却って見よくないことでしょう」など蔭口を云って、今日若者が参内する時に、又、

　　本つ香の匂へる君が袖触れば花もえならぬ名をや散らさむ▼14

「好色き好色しいことです。あなかしこ」

と本気になって申上げた。本当に中の君を許す心があるのだろうかと、宮も流石にお心がときめいて、

　　花の香を匂はす宿にとめ行かば色に愛づとや人の咎めむ▼15

と、やはり打解けない御返事をなさるのを、大納言は焦れたく思っていらした。

北の方が退出なされて、内裏辺りの事をお話になる序に、「若君が一晩宿直をして、退出なされた時の匂いがひどく好かったので、女房達はやはり御自分ののだと思いましたのに、宮はよくお気が附かれまして、兵部卿の宮にお近づき申したのだ、それだから私を嫌ったのだとお察しになりまして、お怨みになったのは面白いことでした。此方から御消息を上げたのですか。そうも見えませんでしたが」と仰しゃると、殿は「そうですよ。梅の花をお愛でになる方なので、あちらの隅の紅梅のひどく盛りだったのを捨て置けなくて、折って差上げたことでした。移香はほんに格別なものですね。内裏にお仕えしている女などは、あのようには焚きしめられませんね。源中納言は、あのようにまで好ん

でお焚きしめにならないで、人香(ひとが)が世に無いことです。不思議で前世の因縁が何(ど)んなだった報いだろうかと、奥ゆかしいことです。同じ花ですが、梅は生い立った根の哀れなことです。あの宮のお愛でになられるのも、御尤(ごもつと)もです」など、花にかこつけても、先ず宮のことをお云いになる。宮の姫君は、物事がお解りになる程のお年になっていられるので、何事もお見知りになり、お気が附かないのではないが、男に逢い、縁附くような事は、決してしまいとお思い離れになっていた。世間の人も、時の勢いに附く心があるのだろうか、実の御娘の方々には、心を尽して物を申し、はなやかなことが多くあるが、此方(こなた)は何事につけても、ひっそりと引き籠って入らっしゃるのに、兵部卿の宮は似合わしい方だとお聞きになって、深く何(ど)うか我が物にというお心になって来た。若君を何時(いつ)もお引寄せになられつつ、忍んでの御文(おんふみ)があるので、大納言の君は中の君の聟にと深くお心懸けになられて、もしそのように思い立って仰しゃることがあったらと、御機嫌を取り、心構えをしていられるのを見ると、北の方はお気の毒に思って、「門違(かどちが)いに、あのようにその気になりそうもない方に、かりそめのお言葉をお尽しになって入らっしゃる。甲斐のなさそうもない事ですのに」と仰しゃる。ちょっとした御返事さえもないので、宮は負けまいとのお心も添って来て、お諦めになりそうもない。北の方は、何で可(い)けなかろう、立派なお有様だ、何(ど)うかしてそのようにお見上げ申したい、行末(ゆくすえ)も遠く入らっしゃるとお見えになるのに、とお思寄(おもいよ)りになる時々もあるが、宮は至って色めいていらして、お通いになる忍び所も多く、八の宮の姫君にもお心が浅くはなくて、ひどく繁々とお出向きになられる。頼もしくないお心で、浮気で入らせられるのが一段と警戒されるので、実際はお諦めになっているが、忝(かたじけな)さばかりから、内々母君が、たまには差出(さしい)でての御返事を上げられる。

▼1　髭黒の大臣と云われた人で、玉鬘の夫。太政大臣となり、故人となったのである。

▼2　屢々（しばしば）出た。髯黒の以前の北の方、紫の上などの父宮。
▼3　屢々出た。源氏と最も親しかった親王。
▼4　藤原氏の祖神である春日の神の神託として、中宮は藤原氏の出であるべきものと云われており、それを云っているもの。
▼5　六条院の計らいとして、皇族である秋好（あきこのむ）中宮が、冷泉天皇の中宮となられた事。
▼6　薫の事で、中納言に昇進していたのである。
▼7　琵琶の柱を押して弾くこと。
▼8　大納言の大君の、後宮にての御殿の名で、その人の敬称。
▼9　「君ならで誰れにか見せむ梅の花色をも香をも知る人ぞ知る」（古今集）
▼10　将来高位に昇られるべき身分高い人は、若盛りの時は、一様に、近衛大将に任ぜられるので、それを云っているもの。
▼11　釈尊の第一の弟子で、釈尊の滅後、諸弟子が経文を編纂する時、阿難が高座に上ると、その形が釈尊に似ていたので、諸弟子が釈尊の再現かと思ったという事。
▼12　鶯を待つ心があって、その花盛りの香を風に依ってにおわせている園の梅に、先ず鶯が訪わないということがあるべきでしょうか。「梅」を中の娘に「鶯」を宮に喩えたもの。
▼13　花の薫りに誘われて行くことの出来る身であったならば、風のその薫りを伝えて吹いて来るのを徒（いたず）らに過していましょうか。「花」を、中の君に喩え、我はその身ではないと、婉曲にそらしたもの。
▼14　元から好い薫りを持っていられる君の袖が、花に触れたならば、園の花も、云いようもない好い香だという評判が立つことでございましょう。「花」を娘に喩えて、通われることを光栄とする心を云ったもの。
▼15　花の薫りをにおわせて来る宿へ、その薫りを尋ねて行ったならば、色を愛でてのことと、人が咎めるであろうか。「色に愛づ」に好色な、浮気の意を持たせたもので、世間体が憚られて、そうも出来ないと云ったもの。

竹河

ここに云うのは、源氏の御一門とは別であった、後の大殿▼1に仕えていた身分低い老女房の生き残っている者が、問わず語りにしている事で、源氏に縁ある者のするのとは違っているようであるが、その女房共の云った事には、「源氏の御子孫のお話に間違がまじって伝えられていますのは、私共よりも年寄りで、耄碌した者の間違えたのでしょうか」と不思議がっているのであるが、何方が本当なのであろうか。

内侍▼2の御腹に、故殿の御子は、男が三人、女が二人入らしたのを、それぞれに成立たせて行こうとお思い構えになり、年月の過ぎてゆくのももどかしがって入らせられる中に、あっけなくお亡くなりになってしまったので、夢のような気がなされ、待ち遠しくお思いになっていた、姫君の御宮仕の事も怠っていた。世間の人の心持はその時の勢力にばかり寄ってゆくものなので、あれ程勢い厳めしく入らした大臣の御後は、内々のお宝物、御領の土地など、その方面の衰えはないけれども、大方の有様は以前に反対になって、殿の内は陰気になって行く。尚侍の君のお近い身寄りは、大勢世間に拡がっていられるが、却って貴い身分の方の御仲は、本来お親しくはないものなのに故殿は情が少し足りず、むら気が少しお過ぎになる御性分だったので、気まずいこともあったせいであろうか、上は何方にも、懐しくお附合いはお出来にならずにいる。六条院では、総てやはり昔に変らず、御子分にお数えになられて、お亡くなりになられた後の事をお書き置きになった御遺産分けの文の中にも、中宮のお次ぎにお加えになっていらせられたので、右の大殿には、却ってお親しいお心があって、然るべき折々にはお訪ね申上げられる。

男君達は御元服をして、各大人びて来られたので、殿が在らせられなくなった後は、不安な哀れなこともあるが、自然御出世になれそうである。姫君達をば何うお扱い申上げようかと、上はお案じになっている。内裏では必ず宮仕させたい本意の深い由を、大臣がお奏し置きになられたので、大人びられたことであろうと、年齢を御推量になられて、その仰言が絶えずあるが、中宮が益々並びない御勢いになり勝られるのに圧倒されて、何方もつまらなくして入らせられるらしい末に加わって、遠く目に角立てて見られるのも煩わしいことであり、又、人に劣って物数でもない様でいるのを見ることも、気の揉めることであろうとお思いになって躊躇していられる。冷泉院からも、ひどく御懇望になられて、尚侍の君が昔本意を叶えずにお過しになった辛さまでも、立返ってお恨みになられ「今はまして年寄になって面白くもない有様なので、お思い捨てになろうとも、安心の出来る親に準えてお譲りなさいまし」と、ひどく真実に仰せになられるので、何うしたものであろうか、自分のまことに口惜しい宿縁で、案外な怪しからぬ者とお思いになられたことが、極り悪く勿体ないことなので、生涯の末にお見直しを願ったものであろうか、などお心が定めかねていられる。姫君の容貌はひどくよいという評判があって懸想をされる人が多くあった。右の大殿の御子の蔵人の少将と云ったのは、三条殿の御腹で、兄君達を引越して至って大切になされており、人柄もまことに懐しい君であったが、ひどく懇ろな御文をおよこしになる。何方の御関係からも、お親しい間柄なので、この君達の睦んで参られるのはおろそかにはお扱いにならない。君は女房にも親しく馴れ寄りつつ、思うことを話すにも頼りがあって、夜昼側を離れずに取次ぐ耳やかましさを、うるさいものの心苦しいことに、尚侍の君はお思いになっている。母北の方も御文を、屢々お上げになられる。「ひどく身分の軽い時ですが、お許し下さるところもございましょう」と、大臣も申されたことである。この姫君は決して平人に添わせようとはお思いにならず、中の君の方を、今少し世間の聞えが軽くなく、似合わしくなったらば、そうもしようかとお思いになったことである。少将はお許しにならなかったら、盗み出しもしそうに、気味悪るいまでに思っていた。ひどく不似合な事だとはお思いにならないが、女の方で許さない為に、無理な事でもされたのでは、世間の聞えも不行届きになることなので、取次ぐ女房にも、「まあ怖ろしい、間違いをお起しなさいますな」と仰しゃるのに気を挫かれて、面倒がっていることである。

六条院の御齢の末に、朱雀院の宮の御腹にお生れになられた君で、冷泉院が御子のように御大切になされる四位の侍従は、その頃は十四五くらいで、ひどくか弱く幼くていられるべき頃としては、心持が大人大人としていて、見る目よく人に優れている生先が明らかにお見えになるので、尚侍の君は、婿にしてお逢いしたくお思いになっていた。此方の御殿は、あの三条の宮とはひどく近い所なので、然るべき折々の遊び所としては、君達に連れられてお見えになる時々がある。奥ゆかしい娘のいられる所なので、若い男でその心づかいをしない者はなく、立ちまじってさ迷っている中で、容貌の好い者は、あの何時も離れない蔵人の少将と、懐しく気恥しげにして艶めいている点では、この四位の侍従のお有様に似る者もないことであった。六条院の御様子にお近い方と思い做すところから、此方の心持が異ってのことなのであろうか、世間から自然に大切にされている人である。若い女房共は格別にも愛で合っていた。尚侍の君も、「ほんに見よい方ですよ」と仰しゃって、懐しくお話をなされなどする。「院のお心持をお思出し申上げて、慰む時がなく、悲しくばかり思われますのに、そのお形見に何方がお見上げ申せましょうか。右の大臣はたいした御身分で、然るべき折でないと対面も出来ませんので」と仰しゃって、御兄弟並みにお思い申されるので、この君も然るべき所に思ってお参りになられる。世間並みの好色き好色きしさも見えず、至って落ちついて入らせられるので、此所彼所の若い女房どもは、残念なさみしいことに思って、物を云い懸けてはこの君を悩ましていた。

正月の朔日ごろ、尚侍の君の御兄弟の大納言[4]、高砂を謡われた方である、藤中納言、故大殿の御長男で、真木柱と御同腹の方などが、この御殿へお参りになられた。右の大臣も、御子の六人を皆お連れになって入らせられた。大臣は御容貌をはじめとして、申すべきところのないお有様である。君達もそれぞれに皆お美しくて、年に合せては官位も過ぎていて、何の心配があるのだろうと見えるようである。何時の時も、蔵人の少将は大切にされ方が格別ではあるが、萎れていて心配事がありそうである。大臣はお几帳を隔てて主の君に以前に変らずお話を申上げられる。「何かの事がございませんと、度々は伺えずにおります。年が加わりますにつれて、内裏へ参るより外の出歩きは億劫になりまして、昔のお話も申上げたいと思うことのございますのも、大抵はそのままになってしまいますことで。若い男どもは、然るべき御用にはお使い下さいまし。必ずその志を御覧に入れよと、注意いたしております」と申上げられる。主の君は、「今ではこのように、世におります数でもない有様でございますのに、お数まえ下さいますので、昔の御事も一段と忘れ難くお思われ申すことでございます」と申される序に、院より仰せのある事をほのめかしてお話し申される。「はかばかしい後見のない人の立ちまじりますのは、返って見苦しいことだと、かたがた思案が附きかねております」と申されると、殿は、「内裏から仰せ事のあるように承りましたが、何方にお定めになるべき事でしょうか。院はほんに、御位をお去りなさいましたので、盛りが過ぎた気はいたしますが、世にも珍しいお有様は、相変らずで入らっしゃいますようですから、もし人並みに生れましたら女の子がございましたらと思い寄りながらも、極り悪るく思われます御中へまじらせる者のございませんのを、残念に存じていることとです。それはそうと、女一の宮の母女御[5]は、お許しになられますでしょうか。先々の人も、その点に遠慮があって、滞るようでございました」と申されると、主の君は「女御が、徒然な長閑な有様になったので、院と同じ心で後見をして慰めにしたいなどと、あの御方がお勧めになられますので、何んなものだろうかと思う程になったのでございます」と申上げられる。誰れ彼れがここにお集りになって、三条の宮へお参りになられる。朱雀院の旧い御恩を思われる人々、六条院の方の人も、そちこちに就けて、今でもやはり入道の宮を素通りせずお参りになられるようである。この御殿の左近中将、右中弁、侍従の君なども、直ぐに大臣のお供をしてお出になられた。お引連れになっていられる勢いは格別である。

夕方になって、四位の侍従▼6はお参りになられた。大勢の大人らしい若君達の、それぞれ向き向に、何方といって美しくない方であったろうか、皆見よかった中に、後れてこの君のお越しになられたのが、まことに格別にも目に留まる気がして、例の物愛でをする若い女房共は、「やはり格別で入らっしゃることです」と云う。「こなたの殿の姫君のお側には、この方をこそ並べて見たいものです」と聞き憎いことを云う。ほんにまことに若く艶かしい様をしていて、お振舞いになるにつれて立つ匂い香は世の常の物ではない。姫君とは申上げるが、哀れのおありになる人は、ほんに人よりは優って入らっしゃるようだと、お分りになろうと思われることである。尚侍の君は、お念誦堂に入らして、「此方へ」と仰しゃるので、君は東の階段から昇って、戸口の御簾の前に入らせられた。御前に近い若木の梅が僅に蕾んで、鶯の初声もひどく大ようなのにつけて、まことにお好色かせ申したい様をして入らっしゃるので、若い女房共は埒もないことを云うと、君は言葉少く奥ゆかしくしていられるので、口惜しがって、宰相の君という上臈が詠み懸けられる。

折りて見ばいととげ匂ひも増さるやと少し色めけ梅の初花▼7

疾い詠口だと思って、君、

余所にてはもぎ木なりとや定むらむ下に匂へる梅の初花▼8

「何ならば、袖を触れて御覧なさい」と、調子に乗って云うと、「ほんとうは『色よりも』▼9」と口々に云って、縋りつきもしそうに立ちさまよう。尚侍の君は、奥より居ざり出して入らして、「いやな御達ですこと。極りの悪いような堅気者をまで、よくも厚顔しく」と、小声に仰しゃる。君は堅気者と

云われているのだ、ひどく嬉しくない名だと思っていられた。主の侍従は、殿上のお勤めはまだしないので、方々への年賀にも歩かずに、居合わせられた。浅香の折敷二つ程で、菓子と盃だけをお差出しになられた。尚侍の君は、「大臣はお年を召すにつれて、故院にひどくよくお似申して入らっしゃることです。この君はお似になったところは見られないが、御様子のひどくしめやかで、艶かしいお振舞は、あの院のお若い盛りの思いやられることです。あのように入らしたのでしょう」とお思出しになられて、お萎れになられる。お帰りになった後までも残っている芳ばしさを、女房共は愛でかえっている。

侍従の君は、堅気者という名を歎かわしく思ったので、二十日余りの頃、梅の花の盛りな時に匂いの少なそうに我を取做したあの好色者女を懲らしてやろうとお思いになって、藤侍従の御許にお越しになった。中門をお入りになると、同じ直衣姿の人が立っていた。隠れようとするのを引留めて見ると、あの何時も来馴れている少将なのであった。寝殿の西面に、琵琶や箏の琴の声がするのに、心を奪られて立っているのであろう、苦しそうだ、人の許さないことを思いはじめるのは、悩みの多いことであるよ、と思う。琴の声が止んだので、侍従は「さあ、案内して下さい、私は一向様子が分りません」と云って、連れ立って、西の渡殿の前にある紅梅の下に、梅が枝を小声で謡って立寄る様子に、その花の香よりもはっきりと、さっと香が匂ったので、内では妻戸を開けて、人々は和琴をひどくよく、その謡に合せて弾いた。女の琴で、呂の調子の謡には、こうまでは好く合せられないものなので、上手だ、と思って、今一度繰返して謡うと、琵琶も極めて上手に常世風に弾く。趣ある暮し方をしていられる所であると、心が引かれたので、今夜は少し打解けて、冗談なども云う。簾の内から和琴を差出した。互に譲り合って、手も触れないので、御子の侍従の君をして尚侍の君が、「故致仕の大臣のお爪音に、お似になって入らっしゃると久しく聞いておりますので、本当にゆかしいことです。今夜はやはり鶯にお誘れなさいまし」と仰せになられたので、恥じらって指を咬えているべきことではないからと思って殆（ほとん）ど注意もせずお弾き続けになる様子だが、音が豊かに聞える。常にお見上げ申して睦びはしなかった親であるが、世に入らせられずなったと思うと、ひどく心細いので、ちょっとした事の序（ついで）にもお思出し申していられるので、ひどく哀れである。「大体この君は、不思議にも故大納言[11]のお有様に、ひどくよく似て入らせられ、琴の音などは全くそっくりに思われます」とお泣きになるのも、お年を召した為の涙脆（なみだもろ）さからであろうか。少将も声がひどく面白く、さき草（ぐさ）[12]を謡う。分別心（ごころ）の附いた、年をした人がまじって居ないので、自然互に刺戟（しげき）し合ってお遊びになるのに、主（あるじ）の侍従は、故大臣（こおとど）にお似申したのであろうか、こうした方面は不得手で、盃ばかり持っているので、「祝言（しゅうげん）だけでもお謡いなさい」と恥かしめられて、人の竹河（たけかわ）を謡うのに一緒になって、まだ若いけれども面白く謡う。簾の内から盃を差出した。客人（まろうど）の侍従は、「酔い過ぎますと包んでいることも我慢出来ず、つまらぬことを云うものだと聞いております。何（ど）のようにお待遇（もてなし）になろうとするのですか」と云って、直（す）ぐにはお受けにならない。尚侍（かん）の君は、小袿（こうちぎ）の重なっている細長の、人香（ひとが）のなつかしく沁みているのを、有合（ありあわ）せに任せて禄としてお被（かず）けになられる。「これは何（ど）うした物なのですか」と戯れにして云って、侍従は主（あるじ）の侍従に被けて立ち去った。引留めて被けると、「水駅（みずうまや）[13]で夜の更（ふ）けたことです」といって逃げてしまった。少将はあの源侍従がこのように、ちょいちょいとお立寄りになるらしいので何方（どなた）もあの方に心をお寄せになるであろう、自分は一段といけなくなってと、ひどくしょげて気弱くなり、味気なく怨（うら）むことである。少将、

人は皆花に心を移すらむ一人ぞ惑ふ春の夜の闇[14]

歎いて立っていると、簾の内の人の返し、

折からや哀れも知らむ梅の花ただ香ばかりに移りしもせじ[15]

次（つ）ぎの朝、四位の侍従の許から、主（あるじ）の侍従のもとへ、

「昨夜はひどく取乱しましたが、人々は何（ど）のように御覧になられたのでしょうか」

と、尚侍の君も御覧下さいと思うらしく、仮名がちに書いて、その端に、

竹河のはし打出でし一節に深き心の底は知りきや[16]

と書いてあった。寝殿に持って参って、此方彼方で御覧になる。尚侍の君は、「手蹟なぞもひどくお上手で入らっしゃいますこと。何ういうお人で、今からこのようにお整いになって入らっしゃるのでしょう。小さくて院にもお別れ申して、母宮が締りなくお育てになられたのですが、やはり人よりはお勝りになるようですね」と云って、御自分の君達の手蹟の悪いことをお辱しめになられる。侍従の御返事は、ほんにひどく拙い字で、

「昨夜は水駅になされた[17]のを、人々がお怨み申すようでした」

竹河に夜を更かさじと思ひしもいかなる節を思ひおかまし[18]

ほんに、この節を初めにして、侍従の君の部屋にお出でになって、心持をほのめかされる。少将の推量した通りに、すべての人が心を寄せた。侍従の君も若い心持から、近い親類のこととて、明暮れ睦みたいと思っていた。

三月になって、咲く桜もあれば乱れ合って曇るのもあって、大方は盛りである頃に、長閑に過していられる殿では、取紛れることもなくて、姫君方の端近に入らせられるのも咎めがなさそうである。何方もその頃は十八九で入らせられたことであろう、御容貌もお心持もそれぞれに勝れていらせられることである。大姫君はひどく水際立っていて気高く、陽気な様をして入らして、ほんに尋常人としてお見上げ申すのは、似合わしくないようにお見えになられる。桜の細長に山吹などの、季節に合った色合いのお召物の、なつかしい程に重なっている裾までも、愛嬌の零れ落ちるように見える身のおもてなしで、可愛ゆらしく、気の置けるような御様子まで添っていらした。今お一方は、薄紅梅を召して、御髪の色が美しく、お姿は柳の糸のように撓やかに見える。ひどくすらりとして艶かしく、くつきりとしたお恰好で、重々しく心深い御様子は大姫君に勝っていられるが、匂やかな様子はずっと

劣っていると人の思っていることである。碁をお打ちになろうとしてお二人さし向いになっていられる髪の恰好、その垂れ工合など、ひどく見好い。侍従の君は立合いをなさるというので、近く入らせられるのを、兄の君達がお覗きになられて、「侍従の覚えは、素晴しいものになりましたね。御碁の立合いを許されたことですよ」と、いかにも大人らしい様をして坐って入らっしゃるので、御前の女房共も居ずまいを直す。中将は、「宮仕えが忙しくなってまいりましたので、御贔負も人に劣るようになりましたのは、まことに不本意なことですよ」とお歎きになると、左中弁は、「[19]弁官は、まして、私の宮仕えは怠ってしまうべきものなので、大してはお思い棄てにはなりますまい」とお云いになる。姫君方は碁を打ちさして、極り悪るがっていられるらしく、ひどく可愛ゆらしい。中将は、「内裏あたりを歩きましても、故殿がもしいらせられたらと思われますことが多うございまして」と、母君を御覧になられる。二十七八位で入られるので、まことに好く整って、この姫君達を、故殿のお思い遺しになられた通りにしたいものだ、とお思いになっていた。御前の花の木の中でも、色の勝って良い桜の枝を折らせて、姫君達は、「外のには似ないことで」と弄んで入らっしゃると、中将は、「お小さくていらした時、この花は私のだ私のだとお争いになりましたが、故殿は姉君のお花だとお定めになりました。上は、妹君の御木だとお定めになりましたので、私は大して泣き騒ぎもしませんでしたが、不服に思えたことでしたよ」と云って、「この桜の老木になって来たにつけましても、過ぎ去った事を思出しますと、大勢の方にお後れ申したことで、自分としての歎きも止め難いことでございます」と、泣きつ笑いつお云いになられて、何時もよりは長閑にしていらせられる。余所の婿になって、今ではゆっくりとは御覧にもなっていないので、花に心を留めていらせられる。尚侍の君は、このように大人の人の親になっていらせられるお年の程を思うと、ひどく若く美しくて、まだ盛りの御容貌だとお見えになられた。冷泉院の帝は、大体は、このお有様が今でもやはりゆかしく、昔を恋しくお思出しになられるので、何事にかこつけてとお思いめぐらしになって、姫君の御事を達て申されるのであった。姫君の院へお参りになる事については、この君達は、「やはり栄えのないような気のすることです。何事でも時に合った事を世間の人も好く思うものです。ほんに、まことにお見上げ申したいようなお有様は、世に類なく入らっしゃいますが、お盛りではない気のすることです。琴笛の調べや、花鳥の色香でさえも、時に随ったものが人の耳にも留まるのです。東宮は如何でしょうか」[20]と仰しゃられると、尚侍の君は「さあね、初めから貴い人が、外に人も居ないようにして入らっしゃるようですから、生中で立ち交じりますと、ひどく苦しい、体裁の悪いことがあろうかと気が置かれますので。殿がいらっしゃいましたら、先々の御運御運は分りませんが、さし当っては然るべくお扱い下さいましょうに」などお云い出しになられて、何方ももの哀れである。

中将などがお立ちになった後で、姫君達は打ちさしにしている碁をお打ちになる。昔から争って入らっしゃる桜を賭物にして、「三番に二番お勝ちになった方に、花をお渡ししましょう」と、戯れて仰しゃり合う。暗くなったので、端近く出て打ち終られる。御簾を捲き上げて、お附きの女房は皆我が主を勝たせたいとお念じ申す。折柄例の少将は、侍従の君のお部屋に来たのであるが、侍従は兄君達と連れ立って出て行った後なので、大体人少なであるのに、廊の戸の開いているので、そっと寄って行って覗いた。このように嬉しい折を見附けたのは、仏などの顕れ給うた所へ参り合せたような気のするのも、果敢ないことである。夕暮の霞に紛れて、はっきりとは見えないが、じっと見ると、桜色の召物もその人と見分けられた。ほんに『散りなむ後の形見[21]』にも見たいまでに匂い多くお見えになるので、一段と余所の物におなりになることが侘しくなり増さって来る。若い女房共の打解けた姿も、射している夕映に美しく見える。[23]右の中の君がお勝ちになった。「高麗の乱声が遅いことです[22]」と、はしゃいで云う者もあった。「右をお慕い申して、[24]西の御前に寄せております木を左の物になさいましての年頃のお争いは、これだからあったのでございます」と、右の方の女房は気持よさそうに勢いをお附け申す。少将は何事があったのかは分らないが、面白く聞いて、口出しをしたいのであるが、打解けていられる折に、心無いことは出来ない、と思って出て行った。又こうした折もあろうかと、物蔭に添って覗（のぞ）いて歩いたことである。

姫君達は花の争いをしつつ、明し暮していらっしゃると、風が荒く吹いている夕方、乱れて散るのがひどく残念に勿体ないので、負けた方の大姫君は、

桜ゆゑ風に心の騒ぐかな思ひ隈（ぐま）なき花と見る見る[25]

姫君附の宰相の君は、

咲くと見てかつは散りぬる花なればまくるを深き怨みともせず[26]

と、姫君の肩を持って申したので、右の中の姫君は、

風に散ることは世の常枝ながらうつろふ花をただにしも見じ[27]

この御方附の大輔（たいふ）の君は、

心ありて池の汀（みぎは）に落つる花泡となりても我が方に寄れ[28]

勝った方の女童（めわらわ）は、花の木の下を歩いて、散ったのをひどく多く拾って、持って来て差上げた。

大空の風に散れども桜花おのが物とぞ掻集（かきつ）めて見る[29]

左のなれきは、

桜ばな匂ひ数多（あまた）に散らさじと思ふばかりの袖はありやは[30]

「気の狭いように見えることです」と云い貶（おと）す。

このような事を云って、月日を果敢（はか）なく過してゆくのも、行末（ゆくすえ）が不安なので、尚侍（かん）の君はいろいろにお思案になる。院からは御消息（おたより）が日々にある。女御も、「院を疎々（うとうと）しくお隔てなさるのでしょうか。主上は私がお疎（うと）み申しているのであろうと、ひどく憎げに仰せになられますので、お戯れにしても苦しいことです。同じ事ならば、近い中（うち）にお思立ち下さいまし」など、ひどく親身に申させられる。然るべき御宿縁があってのことであろう、まことにこのように生憎（あいにく）に仰しゃって下さるのも忝（かたじけな）い、と

お思いになった。姫君のお道具などは沢山にお作りになってあったので、お附の人々の装束や、何かのちょっとした物の御準備をなされる。この事を聞くと、蔵人の少将は、死にそうに歎いて、母北の方をお責め申すので、お困りになられて、

「まことに工合の悪いことにつきまして、お願いいたしますのも、世にも愚かな子故の闇の迷いからのことでございます。お汲取り下さるところがございましたら、御推量下され、猶おこの心をお慰め下さいまし」

など、お可哀そうなように申されるので、「苦しいことです」とお歎きになられて、

「何のようにいたしましたものかと、心の定めようもございません事を、院から達てもと仰せになられますので、思い乱れておりますことでございます。真実なお心でございましたら、ここ暫くをお落ちつけ下さいまして、お慰め申上げます様を御覧下さいますのが、世の聞えも穏やかでございましょう」

など申されるのは、この御参りを過して、中の姫君をとお思いになるのであろう。同時であってはひどく得意顔になろう、まだ位も低い身でさえあるので、とお思いになるが、少将は全くそのようにお心が移れるべくもなく、ほのかにお見上げした後は、面影に見えて恋しく、何ういう折にかとばかり思っているのに、このように取附く島もなくなったので、お歎きになることが限りない。

甲斐のない恨みでも云おうと思って、少将は例の侍従の部屋へ来ると、源侍従からの文を見ていられる所であった。引き隠すのをそれだろうと見て、奪い取った。訳のあるように見られようかと思って、ひどくも隠そうともしない。文は何という程の事もなくて、唯世の中を怨めしそうにかすめて云ってあった。

つれなくて過ぐる月日を数へつつ物怨めしき春の暮かな▼31

人はこのようにおおように、体裁よく怨んでいるようである、自分がひどく笑い物になるように心

焦れをするので、半面はそれを見馴れて、侮られ初めていることである、と思うと胸苦しいので、格別物も云えなくて、何時も相談相手にしている中将のお許の部屋へ行くにも、例のように甲斐がなかろうと歎きがちである。侍従の君が、「この御返事をしましょう」と云って、上の御前へ参るのを見ると、ひどく腹立たしくいまいましくて、若い心は一途に物が思わせられることである。

少将は浅ましいまでに恨んで歎くので、中将のおもとは、このお取次は余りにも真似もしにくいので、お気の毒に思って、返事もろくろくしない。あの御碁の立合いをした夕暮の事を云い出して、「あれ程の夢だけでも、又見たいものですよ。ああ何を張合いにして生きていましょうか。こんな事をお聞せするのも、後は幾らもなかろうと思いますので、辛さも哀れだというのは本当の事です」と本気になって云う。お気の毒だからとて、今は何とも云いようもない事である、上のお慰めなされようとする御事も、少しも嬉しいと思う様子がないので、ほんにあの夕暮は顕わなことであったろうから、一段とこのように生憎の心が加わったことであろうと、尤もに思って、「上がお聞きになられましたら、一段と何とも怪しからぬお心であったことだと、お疎みになられることでしょう。お気の毒だと伺っていました心もなくなりました。ほんとに油断のならないお心でございました」と非難すると、「さあ、何うでもかまいません。もう最期の身ですから、怖ろしさもなくなりました。それにしても、姫君のお負けになったのは、ひどくお気の毒でした。尋常に私をお召しになりまして、目まぜにお教え申しましたら、素晴しくお勝ちになったでしょうに」と云って、

いでや何ぞ数ならぬ身にはかなはぬは人に負けじの心なりけり▼32

中将は笑って、

わりなしや強きに依らむ勝負を心一つに如何まかする▼33

と返しをするのまでも、少将は怨めしいことであった。

哀れとて手を許せかし生死を君にまかする我身とならば▼34

泣きつ笑いつして一夜を話し明す。

翌日は四月になったので、兄弟の君達はみんな内裏へ参られるのに、少将はひどく沈込んで歎いていられるので、母北の方も涙ぐんでいらせられる。大臣も、「院のお聞きになる所もあることです。何で似合わしいことと聞入れようかと思って、くやしくも、対面した序の時にも云い出さずに居たのです。私が達て頼みましたら、それにしてもお断りにはなれなかったでしょう」と仰しゃる。少将は尚侍の君に、

花を見て春は暮しつ今日よりや繁きなげきの下に惑はむ▼35

と申上げられた。御前でそれこれの上臈だった女房が、この御懸想人のいろいろと可哀そうだったことをお話申す中に、中将のおもとは、「生死などと云いました様は、口だけのことではなくて、心苦しそうでした」とお話申すと、尚侍の君も可哀そうだとお聞きになる。大臣や北の方もお望みになっていられることで、余りにお怨みが深いようではと、代りの人を拵えてまでお思いになっているこの御宮仕えを、妨げる様に思っているということは、呆れた事で。限りない人にしても、平人には決して許すまいと、故殿がお思い遺しになったことで、院にお参りになられるのでさえも、行末が栄え栄えしくないとお思いになっていられる折柄、この御文を取り入れて、哀れがって御覧になる。御返事、

今日ぞ知る空を眺むる気色にて花に心を移しけりとも▼36

「まあお可哀そうに。戯れにばかりお取做しになることですよ」と、代筆する女房は云ったが、尚侍の君は面倒がって書きかえもさせない。

九日にお参りになられたことである。右の大殿は御車や御前駆の人々を多くお遣わしになった。北の方もお怨めしくはお思いになったが、年頃それ程ではなかったのに、この御事の為に繁々御文通をなされ合われたのに、又打絶えてしまうのは変なものなので、禄の物としてよい女の装束を多くお

差上げになられた。御文には、

「怪しく気ぬけしたようになっております人の世話や扱いをしております間、承りますす御用もございませんで、御申附(おもうしつ)けになりませんのを、疎々(うとうと)しいことに存じました」

とあったことである。穏(おだ)やかな形でお怨みをほのめかされたのを、お気の毒にと御覧になる。大臣(おとど)からも御文があった。

「自身参るべきだと存じておりましたのに、慎むべき事がございまして。子どもを雑役にと存じて参らせます。御遠慮なくお使い下さいまし」

と、源少将、兵衛佐(ひょうえのすけ)などをお遣(つかわ)しになられた。「情はおありになられることで」と思って、御礼を申上げられる。大納言殿からも、お附(つき)の女房達のお車をお遣しになられた。北の方は、故大臣(おとど)[37]の御娘で、真木柱の姫君なので、何方(どちら)につけても睦(むつ)ましくなさるべきであるが、それ程ではない。藤中納言[38]は自身お越しになって、御兄の中将、弁の君達と共々に事をお勧めになる。殿があらせられたならばと、何事につけても哀れである。少将の君は例(いつも)の中将のおもとに歎きの詞を尽して、

「今は限りと思っております命も、さすがに悲しゅうございますので、哀れに思うとだけでも、一言姫君から仰(おっ)しゃって下さいましたなら、それに繋ぎ留められまして、暫(しばら)くでもながらえていることでございましょう」

とあるのを、持って参って見ると、姫君お二方でお話しになって、ひどく沈みきって入らした。夜昼御一緒にお住みになられて、中の戸だけを隔(へだ)てにして、西東と分れているのさえも鬱陶(うっとう)しいことになされて、互(たがい)に行き来をして入(い)らっしゃるのに余所余所(よそよそ)におなりになることをお歎きになってであった。大君は格別にお装いし、お化粧をおさせ申した御様は、まことにお美しい。故殿(ことの)の仰せになられた事などをお思出(おもいだ)しになって、物哀れな折柄(おりから)とて、姫君は取って御覧になる。大臣(おとど)北の方があのようにお揃いになって、頼もしげになさる御中(おんなか)にいて、何だってこのような取りとめもない事をいうのだ

ろうか、と不思議であるが、今は限りとあるのを、本当だろうかとお思いになって、すぐその紙の端に、

哀れてふ常ならぬ世の一言も如何なる人に懸くるものぞは[39]

「忌々しい人にばかり云うことだと、ほのかに知っていることでございます」

とお書きになって、「このように云っておやりなさい」と仰しゃるのを、その儘少将に差上げると、限りなく珍しいのに、今の場合にも思い咎めていられるのにさえ、一段と涙が留まらない。折り返し中将に、「『誰が名は立たじ[40]』」など怨みがましく書いて

生ける世の死は心に任せねば聞かでや止まむ君が一言[41]

「塚の上に懸ける[42]というそのお心があるものとお思い申せましたら、一途に死も急がれましょうものを」

とあるので、姫君は、よくない返事をしたことであった、書き代えずに遣ったことであろうよ、と苦しいようにお思いになって、物も仰しゃらなくなった。お附の者は、大人、童の見よい限りをお揃えになられた。大体の儀式は、内裏へお参りになられるのと変ることがなかった。

先ず女御の御方に起こしになられて、尚侍の君はお話など申される。夜更けてに上には参られたことである。后も女御なども皆、年頃をお仕えしておふけになって入らせられるのに、ひどくお可愛ゆらしく、若盛りでお美しい様を御覧になられるので、何で疎かにはなさろう、花やかに御寵愛になられる。帝の平人めいて、窮屈でなくお扱い下さる様は、ほんに申す所なく結構なことであった。尚侍の君を、暫くはお添いになるだろうと、お心を留めてお思いになったが、ひどく疾く、そっと退出ってしまわれたので、残念にも辛くもお思いになった。

院には源侍従の君を、明暮れお召し纏わりになられつつ、ほんに全く昔の光源氏のお生れ出になられたにも劣らない御覚えである。君は院の内の何の御方にも疎くなく、馴れ交ってお歩きになられる。

今度の御方にも、同じような御様子に振舞って、内心では、我を何う思って入らっしゃるかを知りたい心までも持っていらした。夕暮のしめやかな時に、藤侍従▼43を連れて歩くと、かの御方の御前近くに見やられる五葉の松に、藤がひどく面白く咲いて懸っているので、池のほとりの石に、苔を席にして眺めて入らした。あからさまではないが、世の中が怨めしそうにほのめかしてお話しになる。

手に懸くるものにしあらば藤の花松より越ゆる色を見ましや▼44

と云って、花を見上げている様子は、妙に物哀れでお気の毒に思われるので、藤侍従は今度の事も自分の本意ではないことをほのめかして云う。

紫の色は通へど藤の花こころにえこそ懸からざりけれ▼45

実直な君であって、心の中ではお可哀そうにと思った。ひどく心の乱れる程には思い込まなかったのであるが、残念だとは思った。

あの少将の君は、本気に何うしたものだろうかと思って、間違いも仕出来しそうなまでに、心の鎮めようもない気がしていた。懸想をされた方々は、中の君の方に代る者もあった。少将の君のことを母北の方がお怨みになるので、こうもしようかと尚侍の君はお思いになって、中の君のことをほのめかして申上げられたのだが、それきり訪れもしなくなってしまった。院へは、そちらの兄弟の君達は以前から親しく参っていたのであったが、こちらの姫君のお参りになられて後には、少将は殆ど参らず、極めて稀れに殿上の方へ立寄っても、味気なくて、逃げて退出していた。

内裏では、故大臣の姫君の御宮仕えを願っていたことは格別であったのに、このように引き違えての御宮仕をしたのは、何ういう訳だろうかと思召して、御兄の中将を召して仰せられたことであった。中将は尚侍の君に、「主上の御気色は宜しゅうございません。ですから世間の人も心の中も、変に思う事だろうと、予て申上げたのですに、お考えになりますところが異って、このようにお思い立ちになりましたので、とやかくと申せずに居りましたのですが、ああした仰事がございましては、私共の為にも味気ないことでございます」と、ひどく気まずい事だと思って申される。尚侍の君は「さあ、さし当ってこのように急にとは思っていませんでしたが、院から達って、お気の毒な程に仰せになりましたが、後見のない交りは、内裏あたりでは工合いが悪いようですのに、院は今では気安いお有様のようですから、お任せ申上げようと思ったのです。何方も何方も、不都合な事はありのままにお諌めになりませず、今になって立ち戻って、右の大臣も、間違ったことのようにお思いになって仰しゃいますので、苦しいことです。こうなるのも然るべき御宿縁でしょう」と、穏やかに仰しゃって、お心をお騒がせにならない。中将は、「その昔の御宿縁は、目に見えないものですから、あのように仰せになられますのを、これは御宿縁が異っておりますと、何うして奏し直すことが出来ましょう。中宮に御遠慮をなさいましたとて、院の女御の方は何うなさろうとなさるのでしょう。後見や何かの事は、予てはお思い交しになっておられましても、そうばかりも行きますまい。まあまあ見て居りましょう。よく思いますと、内裏は中宮がいらせられると云って、他の人はいらせられないのでしょうか。君にお仕え申しますことは、朋輩との間柄の気楽なことを、昔から面白いことにしております。女御とは、聊かの喰い違いが起りまして、好くお思いにならないような事がございましたら、此方が悪いように、世間の伝え聞く人は思いましょう」など、中将と弁の君とでお申しになられるので、尚侍の君は、ひどく苦しくお思いになった。

　しかし院には、限りない御思いが月日に添えて増さって来る。七月より御懐妊にならせられた。お悩みになっていられる様は、ほんに人が様々に煩く申上げるのも、尤もだと思われる。何でこのような人を、いい加減に見過してしまえようと思われる御様である。明暮れに御遊びなされつつ、侍従も近くお召入れになられるので、御琴の音はお聞きになられる。あの梅が枝に合せたことのあった中将のおもとの和琴も、常に召出してお弾かせになるので、侍従は平気ではいられなかった。

　年が改まって、男踏歌▼46をおさせになられた。殿上の若い人達の中には、物の上手の多くある頃である。その中でも勝れた者をお選びになられて、この四位の侍従は、右の歌頭[47]である。かの蔵人の少将は楽人の中に加えられていた。十四日の月が花やかに曇りなく澄んでいるのに内裏の御前から謡いはじめて、冷泉院へと参る。女御も、この御息所[48]も、殿上に御局を設けて御覧になられる。上達部や親王達が引連れてお参りになられる。右の大殿と致仕の大臣との一族以外には、耀くように清らかな人はない世だと見える。内裏の御前よりも此の院の方をひどく極り悪く、格別なところにお思い申上げて、何方も用意を深くする中にも、蔵人の少将は、姫君が御覧になられることだろうと、落着き心もない。美しくもない見苦しい綿花[49]も、被る人柄次第の物で、その様も声もひどく好いものであった。竹河を謡って、御階の下まで踏み寄ってゆく時、過ぎた夜のかりそめの遊びが思出されるので、少将は間違い事もしそうな気がして涙ぐまれた。后の宮の御方へ参ると、院も其方へお越しになって御覧になられる。月は夜更けるにつれて、昼よりも工合い悪く澄み昇って来て、何のように御覧になられるだろうかとばかり思うので、少将は足もとも危く漂い歩いて、御饗応の盃も、自分一人だけに強いられるようで、面目ないことであった。

源侍従は夜通し所々を歩いて、ひどく悩ましく苦しくなって臥ていると、院よりお召しになったので、「何とも苦しい、少し休まなくては」と、むずかりながらお参りになられた。院は内裏の御前での御事などをお尋ねになられる。「歌頭は、年をした人が前々もしている事なのに、選ばれたというのはゆかしいことでした」と、可愛ゆくお思いになったようである。万春楽をお口ずさみになられつつ、御息所のお居間にお越しになるので、お供に参られる。見物に参っているお里方の人々が多く居て、何時もよりは陽気で賑わしい。君は渡殿の戸口に暫く居て、声を聞き知っている女房に物などを仰しゃる。「昨夜の月の光は、極り悪いものでしたよ。蔵人の少将の月の光で耀いていました様子は、あの光にも恥じるには及ばないもののようでしたが、雲の上近い所では、それ程にも見えませんでした」とお話になられると、女房の中には哀れに聞く者もあった。「『闇はあやなき』でございますが、

あなたの月の光での御様は、何時もよりももっとお立派だと、申合いました」など、この君をなだめて、簾の内から、

竹河のその夜のことは思ひ出づや忍ぶばかりの節はなけれど[50]

と何という程のものでもないのに、侍従は涙ぐまれるのは、ほんにそう浅くは思っていなかったからのことだと、我と思い知られる。

流れての頼め空しき竹河に世は憂きものと思ひ知りにき[51]

物哀れな様子を、女房達は興がる。しかし思い入って、人のようにお悩みになったのではなかったが、人様から、さすがにお気の毒に見えるのである。「口に出し過ぎることがあるかも知れません。気を附けて」と云って立ち離れる所へ、院から「此方へ」とお召出しになるので、工合いの悪い気がなさるがお参りになられる。院は、「故六条院で、踏歌の翌朝、女のお住まいの方で御遊びをなされたが、ひどく面白かったと、右の大殿が話されましたが、何事もあの院の跡継ぎの出来る人は得難い世ですよ。ひどく物の上手な女までが大勢揃っていて、何んなにかちょっとした事でも面白いことだったろう」などお思いやりになって、御琴どもをお調べになられて、箏は御息所に、琵琶は侍従にお命じになられる。和琴は御親らお弾きになられて、この殿の曲を御遊びになられる。御息所の御琴の音は、まだ未熟なところがあったのに、ひどくよくお教え込みになられて、賑やかに爪音がよくて、歌の物も曲の物などもひどく上手にお弾きになられる。何事も立ち後れたところのおありにならない人のようである。容貌などもひどく好く入らせられることであろうと、侍従はやはり心に留まる。このような折が多いので、自然間遠くはなくお見馴れになる。狎れ狎れしくお恨み申すことなどはなさらないが、折々につけては、思っている心の違った歎かわしさをほのめかすことのあるのを、御息所は何うお思いになられたことであろうか、その辺は分らない。

四月に女宮がお生れになられた。格別引き立っての面目とはないようであったが、院の御心持に随

って、右の大殿を初めとして、御産養を申上げる所々が多かった。尚侍の君は、じっと抱きかかえお可愛ゆがりになっていらせられるのに、院から疾く参るようにとばかりあるので、五十日目程にお参りになられた。院には女宮が御一方入らせられるが、ひどく珍しくお美しく入らせられるので、院はひどくお可愛ゆく思召した。一段と此方にばかり入らせられる。女御附の女房達は、何ともこのようにならなくてもよさそうな世であることだと、穏やかならず思い云いしていた。

御本人方のお心持は、特に軽々しくお背きになられるのではないが、お附きの女房の中には意地の悪い仕打ちをする者も出て来たりなどしつつ、かの中将の君が、何といっても大勢の御兄で、仰しゃった事の通りになって来るので、尚侍の君は、一概に云い云いした事の果てが、何うなるのであろうか、人の笑い物になるような、様悪い扱いをされないだろうか、主上のお心持は浅くは入らせられないが、永年お仕え申していられる御方々が、宜しくない者にお見捨てになられたならば、苦しいことであろう、とお思いになるのに、内裏では誠にお気に入らぬ事とお思い続けになられて、度々そのことをお漏らしになられると、人がお告げ申すので、尚侍の君は面倒になって来て、中の君を公務の上で内裏に立ちまじらせようとお思いになって、尚侍をお譲り申す。朝廷ではひどく大切になされるお勤めなので、年頃そのようにお思いになっていられたが、お辞し申すことが出来なかったのであるが、故大臣の忠誠を思召され、久しいものになっている昔の例などを引合いに出して、その事が叶った。中の君のそうなるべき宿縁があって、年頃お願い申したのが叶わなかったのだと見えた。そうなって気安く内裏住みをなさいよとお思いになるにつけ、お気の毒にも、少将の事を母北の方が仰しゃったので、中の君を当てにおしになるように申上げたが、何うお思いになられることだろうかと、お考えになられる。弁の君をお使にして、他意なき様で、大臣に申上げられる。「内裏からこのような仰言がございますが、彼方此方へ達ってお交らいを致そうとする好みだと世間の人が聞きはしないかと存じまして、当惑いたしております」と申されると、「内裏の御気色は、御出仕にならないのをお思い咎めになられますのも、御尤もの事と承っております。公事につけてお宮仕をいたされませんのは、あるまじき事でございます。早速お思立ちになるべきです」と申された。又今度は中宮の御機嫌を伺ってお参りになられる。大臣が世に入らせられたならば、人にお押されになることはなかったろうにと、哀れな事をお思いになった。姉君は容貌が名高く、美しいそうであるとお聞きになられていたので、お取り替えになられたのが少し面白くないようではあるが、この方もひどくお美しく、奥ゆかしく振舞ってお仕え申される。

前の尚侍の君は、尼姿になろうとお思い立ちになると、君達は、「御方々のお世話をなさいますうちは、お勤めもお心静かには出来ますまい。今暫く何方をも落ちついてお世話をなさいまして、お気懸りなく、一途にお勤めなさいまし」と仰せられるので、お見合せになって、内裏にも折々忍んでお参りになられることがある。院へは、おうるさいお心持がまだ絶えないので、然るべき折にも決して参らない。過ぎ去ったことを思うと、さすがに勿体ないと思う御詫びに、人が皆許せない事に思ったのをも、知らぬ顔をして姫君をお参らせ申上げたのに、自分までもが、たとい戯れにもせよ若々しい振舞の世間に聞えたならば、ひどく極り悪く見苦しいことであろう、とお思いになるが、こういう厭やな事があってとは、御息所にも打明けてお話しにならないので、御息所は、私を昔から故大臣は取分けてお愛しになり、尚侍の君は、妹君の方を、桜の争いなどちょっとした折にも、御贔負になられた名残で、今も軽くお思いになるのだと、怨めしくお思い申した。院の上もまた、ましてひどくも辛いことだとお思いになられたことである。「年寄った者の所へ投げ出し放しにして、そなたを軽くお思いになっていられるのも、尤もなことです」とお話しになられて、御息所を哀れにお思いまさりになるばかりである。

年頃を経て、又男皇子をお生みになった。何人かお仕え申していられる御方々に、こうした事がなくて年頃になっているので、浅からぬ御宿縁のあったからのことだと、世間の人は驚く。帝はまして限りなく珍しいことと、この若宮をお思い申された。御退位になられなかった時であったならば、何んなに甲斐のあったことであったろうか。今は何事も栄えのない時でと、ひどく残念に思召されたことである。女一の宮を限りない者にお思い申上げていらせられたのに、このようにそれぞれお美しくて、数がお添いになったので、珍しいことであるとして、まことに格別の御寵愛になられているのを、女御は、余りにあのようにまでなさるのは、疚しいことであるとお心が動くことである。何かの事につけて、穏やかでなく、角立った事が起りなどして、自然御仲も隔たってゆくようである。世間の常として、物数でもない人の間柄でも、以前からの権利のある人の方へ、訳の分らない大凡の人も、贔負をするもののようであるから、院の内の上下の人々は、まことに貴く入らして、久しくもおなりになって入らっしゃる女御にばかり道理を附けて、ちょっとした事につけても、御息所の方を悪くばかり取り做すので、御兄の君達は、「思った通りですよ。間違ったことを申上げたのでしょうか」と、一段と仰しゃられる。尚侍の君が心配で聞き苦しいままに、「あのようではなく、気楽に見やすく世を過している人も多いようです。限りない仕合せがない限り、宮仕えの事は思立つべきではないことです」とお歎きになられる。

懸想を申した人々は、見好くも立身されつつ、聟にして入らせられても不足のない方が大勢あることであるよ。源侍従といって、ひどく年若く危げに見えた人は、今は宰相の中将となって、「匂よ薫よ」と聞きにくく愛で騒がれている。ほんにまことに人柄が重々しく奥ゆかしいので、貴い親王達や大臣が、御娘を娶せようと仰せになるのをも、聞入れずに入らせられるにつけて、尚侍の君は「あの頃は若くて心もとないようだったが、見よくお整いになってゆくことであろう」なぞと云って入らっしゃろう。少将であった人も、三位の中将とか云って、内裏の御寵愛がある。「お容貌までも申分のないことでしたよ」と、少し素直でない女房は小声で云って、「面倒らしい今のお有様よりも」と云う者もあって、お気の毒に見えたことである。この中将は、今でも思い初めた心を棄てず、憂くもつらくも思い続けていて、左大臣の御娘を妻としたけれども、殆どお心を留めず、『道のはてなる常陸帯の▼52』と、手習いの時の極り文句にしているのは、何のように思っているからのことであったろう。御息所は気安くはない御間柄の面倒さから、里にお下りがちになられていた。前の尚侍の君は、思ったようではないお有様を、残念にお思いになる。内裏の妹君の方は、却って賑わしく気安げにお振舞になって、誠に趣のある、奥ゆかしい御寵愛を蒙ってお仕え申していられる。

左大臣がお亡くなりになられて、右大臣は左に、藤大納言が左大将を兼ねての右大臣になられる。次ぎ次ぎの人々も昇任して、この薫中将は中納言に、三位の君は宰相になって、歓びをなされる人々は、この御親族より外には人もない頃なのであった。中納言は御礼参りに、前の尚侍の君に参られた。御前の庭に立って拝をなされる。尚侍の君は対面をなされて、「このようにひどく草深くなってゆきます葎の門を、お通り越しになりませんお心持に対しましても、昔の院の御事が思出されまして」と申されるお声は、上品に愛嬌があって、聞きたくなるお若さである。何時までもお若くて入らせられることであるよ、こんなだから院の上は、お恨みになる御心が絶えないのである、追って終いには、事件をお起しになることであろう、と思う。「歓びの事などは、心の中では大して思ってはおりませんが、先ずお目に懸ろうと存じて参りましたことです。通り越してなどと仰せになられますのは、御無沙汰の御無礼をお咎めになるのでございましょうか」と申される。上は、「今日は、年寄りました者の愚痴などは、申上げるべき折ではないと遠慮されますが、態々お立寄り下さいますことも難いので、対面の時でなくては又、流石に申上げられないくだくだしい事でございます。院にお仕え申しております人が、まことにひどく世を思い煩いまして、中途半端のようにして漂っておりますが、女御をお頼み申上げ、又后の宮の御方でも、それにしてもお許し下さいましょうかとお思い申して居りますのに、何方でも、まことに失礼な許せない者にお思いになって入らせられますようなので、まことに工合いが悪くて、宮達はそのままになされ、ひどくお交わりにくそうな御自分は、こうしてせめて気安くてお歎き過しなさいませと申して、退出させていますが、それにつきましても、世間への外聞悪く、主上にも宜しくないことに仰せになられますことでございます。お序がありましたならば、お執成しお奏し下さいまし。彼方此方と頼もしくお思い申して、お宮仕えに差出しました時は、何方をも心安く、打解けてお頼みいたしましたが、今ではこうした間違いになりましたので心が足りず大ようだった自分の心をもどかしく思っております」と、お歎きになっていられる御様子である。「決してそれ程までに御案じなさるべきことではございません。あのようなお交わりの気安くないことは、昔からきまりとなってしまって居りまして、お位を去って静かに入らせられ、何事も花やかではないお有様になっていますので、何方も打解けて入らせられるようではございますが、めいめい内々では、何で挑ましくお思いにならないことなどございましょう。人には何の咎とも見えない事でも、御自分の身に取っては恨めしいことにして、訳もない事にお心をお動かしになるのは、女御や后のふだんのお癖でございましょう。それ位の面倒もないことにしてお思い立ちになられたのでしょうか。唯穏やかにお振舞になって、御覧じ過しになられるべきことでございます。男の口から奏すべきではない事でございます」と、ひどく率直に申上げられると、「対面の序にお縋り申そうと、お待ち申しておりました甲斐もなく、あっさりしたお諭しで」と笑って入らせられる。親として確りして入らせられるとしては、ひどく若々しく、おっとりしていらせられる気がする。御息所もこのようで入らせられることであろう。宇治の姫君▼53に心の留まる気のするのも、このような御様子のなつかしさからである、と思って入らせられた。尚侍も此頃は御退出になって入らせられた。彼方此方に分れてお住みになっていらせられる御様子がなつかしく、大体落ちついて取紛れることのないお有様で、簾の中が気恥ずかしく思われるので、心遣いがされて、一段と落ちついていて見よいので、上は、近しく逢える関係であったならばとお思いになった。

右の大殿は、直ぐこの殿の東なのである。大饗▼54の接待の役の君達が大勢お集りになられる。兵部卿の宮は、左の大殿の賭弓の饗応、相撲の饗応の折には、お越しになられたことを思って、今日の光と仰ごうと御招待申上げたが、お越しになられない。それは奥ゆかしくお冊きになっていられる姫君達を、お思い入れ格別に、何うかしてこの宮にお娶せ申そうと思ってのことのようであるが、宮は何ういう訳であろうか、お心にお留めになられないことであった。源中納言の、一段と申分がなく、御容貌も整い、何事も足りない所なくいらせられるので、大臣も北の方も目を留めて入らせられた。

隣がこのように騒がしくて、行きかわす車の音や、前駆の声々も、昔の事が思出されて、この殿では物哀れにお眺めになっていられる。▼55「故宮がお亡くなりになられて間もなく、あの大臣がお通いになられた事を、ひどくお心浅いことのように、世間の人は非難したのでしたが、心が変らずに、あのように御一緒になって入らっしゃるのは、さすがにそれはそれとして見よい事です。定められない縁事ですよ。何うしたならよいものでしょうか」など仰しゃる。

左の大殿の宰相の中将は、大饗の翌日、夕方になって此方の殿にお参りになられた。御息所が里に入らせられることと思うので、一段と心ときめきが添って、「朝廷の物数にお入れ下さいます歓びなどは、何とも存じてはおりません。私に思います事の叶わなかった歎きばかりが、年月に添えて、晴らしようもないことで」と、涙をお拭いになられるのも、態とらしい。二十七八くらいで、今を盛りの美しさで、花やかな容貌をしていられる、前の尚侍の君は、「見苦しい君達で、世の中を心の儘になるのに驕って、官位などは何とも思わずに過していられることです。故殿が入らせられたならば、此方の人々も、ああした好色のすさびに心を乱すことであろう」と、お歎きになる。右兵衛督と、左大弁とで、皆非参議でいるのを、上は嘆かわしいことと思った。侍従とか云っていたのは、此頃は頭の中将とか云うようである。年齢に合せては出世が遅いというのではないが、人に立ち後れると云って歎いていた。宰相はとや角と、似合わしく振舞っていられた。

▼1　源氏の後の太政大臣で、髯黒と云われ、玉鬘を妻とした人。

▼2　玉鬘。髯黒の後妻。

▼3　冷泉院が内裏へ召されようとしている中に、髯黒の妻となって、不本意の成行きとなったこと。

▼4　致仕の大臣の次男、故衛門督のすぐの弟。「榊」に出た人。

▼5　冷泉院の女御で、女一の宮の母。致仕の大臣の娘で、尚侍とは姉妹。入内する姉妹には叔母。

▼6　源氏の次男とされている人で、薫。

▼7　折り取って身に近づけたならば、一段と匂いが高かろうとゆかしく思うので、今少し花らしい色を発揮せよ、梅の初花よ。「梅の初花」を、「薫」に喩え、「匂ひ」を、薫の身に持っている香に喩えて、懸想の心を云ったもの。女房の戯れというよりはからかったもの。

▼8　余所目には、枝のない木、すなわち花の咲けない木だと定めているであろうか。しかし、下には花を含んで匂っている梅の初花であるよ。「もぎ木」は、枝のない木で、色情を解さない比喩。「匂へる」は、それを持っている喩。負けずに云い返したもの。

▼9　「色よりも香こそあはれと思ほゆれ誰が袖触れし宿の梅ぞも」（古今集）

▼10　「梅が枝」の曲は、呂の調子のもので、呂は、女にはうまく弾けないもの。

▼11　故柏木衛門督。権大納言を贈られたことが既に出た。薫の秘密の父。

▼12　催馬楽の曲の名。

▼13　水駅は、踏歌の時、ちょっと立ち留まって少憩する所の名。謡っている歌が竹河で、踏歌に用いるものなので、その関係から洒落（しゃれ）て云ったもの。意は、ちょっとと思って立寄って、意外にも長くなってしまったとの意。

▼14　人々は皆、花に心を移すことであろう。我は唯ひとりさ迷っていることであるよ、春の夜の闇の中に。「花」は、薫に喩えたもので、その優遇されているのを羨んだ心。

▼15　その折に触れての哀れは、誰も感じることでしょう。唯の梅の花の香にばかり心が移るのではないで

しょう。「梅の花」を、薫に喩え、少将をなだめる心で云っているもの。
▼16　心の端を口に出しましたその聊（いささ）かな言葉で、深い心の底をお汲み下されたでしょうか。「竹河の」は、その夜謡った催馬楽に依ってのもの。歌は「竹河の橋の詰の、詰なるや花園に、我をば放て。めざし副（たぐ）へて」で、「竹河の」は「橋」と続くところから、それを「端」に転じさせて、枕詞としたもの。
▼17　疾（と）く帰った意で云っているもので、前夜の言葉を承けたもの。
▼18　私方で夜を更かすまいとお思いになりましたのも御尤もで、何事がお心に留まりましょうか。「竹河に」は、「竹」の「節」と続け、それを「夜」に転じさせて枕詞としたもの。すべて贈歌の詞に依って云っている。
▼19　太政官の弁官は、政事上の一切の事務を処理する役で、最も繁忙な職である。
▼20　右大臣夕霧の第一女が、女御としてお仕えしているのを指す。
▼21　「桜色に衣は深く染めて著（き）む花の散りなむ後の形見に」（古今集）
▼22　競馬の時、右が勝つと、高麗楽を奏するので、今の場合に当てて、しゃれて云ったもの。
▼23　「右」は、妹姫君。
▼24　「西」は、妹姫のお住まいを、方角で云ったもの。
▼25　吹く嵐の故に、花が散りはせぬかと心が騒ぐことであるよ。思いやりのない花とは知っていながらも。表面は、花を惜しむことを云い、裏面に、花は奪われても惜しくないという心をほのめかしたもの。戯れよりのもの。
▼26　咲くと見ると、同時に一方では散ってしまう花なので、風に吹き捲くられるのも、深い恨みとは思わない。「まくる」は、「負くる」を懸けて、碁に負けたことを現している。それが主で、同じく負け惜しみである。
▼27　花が風に散るのは、世の常のことであるが、枝ごと、すなわち木全体が、私の所有に移ることは平気ではいられますまい。「枝ながらうつろふ」は強風の為に、枝が折られて、枝ごと散る意で、それに木全体

の所有の移ることを懸けたもので、それが主となっている。木の所有を奪われて、残念でございましょう、とからかったもの。戯れである。

▼28　妹姫を慕う心があって、池の汀に散り落つる花よ。はかない泡の如くになっても、我が西の方へ寄って来よ。

▼29　大空の風に散るのであるけれども、桜花よ、これは我が物だと思って、掻き集めて見ることであるよ。

▼30　桜花の美しい色を、諸方に散らすまいと思って、それを蔽うほど広い袖があろうか、ありはしない。

▼31　惜しむ心を思いやりもなく、過ぎてゆく月日を数えつつ、恨めしい気のする春の終りであるよ。「春」を、姉姫に寄せて、その入内を嘆いた心。

▼32　さあ、何うしてこういう心があるのであろうぞ。物数でもない身に遂げられないのは、人に負けまいとする心のあることなのである。碁に寄せて、姉姫の院に参られるのを歎いての心。

▼33　無理なことであるよ。強さ次第に依る勝ち負けを、心一つで何で自由になろうぞ。

▼34　可哀そうだと思って、勝つ手を教えて下されよ。生きも死にも、君の助け次第になっている我が身だというならば。「手」も、「生死」も、碁の上の詞で、姉姫と自分の事を碁に喩え、「生」即ち姉姫に逢える方法を教えてくれよの意。

▼35　花を見て春は暮した。その花のなくなった今日からは、繁って来る夏木の下で、歎き惑うことであろうか。「花」を、姫君に、「なげき」の「き」に、「木」を懸けて、夏木としたもの。

▼36　今日になって知る事である。君は空を眺める様子をして、花に心を移していたのであったということを。「花」を、姉姫に喩え、姉姫に心を寄せていられたことは、今日まで気附かずにいたことだと態（わざ）とそらとぼけをして云ったもの。

▼37　髯黒の太政大臣。

▼38　尚侍の君のまま子。

▼39　哀れという、この無常な世で亡くなった人にいう一言を、何ういう人に対して云うのですか。

▼40　「恋ひ死なば誰が名は立たじ世の中を常なきものと云ひはなすとも」（古今集）

▼41　生きている身で、死ぬということは心の自由にはならないことなので、聞かずじまいになることでしょうか、死者に対していう哀れというその一言は。
▼42　支那の古事で、呉の季札が、その剣を贈ろうと徐君に約束したが、果さない中に徐君が死んだので、その塚の上に剣を懸けた事で、故人にも信義を失わない意。
▼43　尚侍の君の実子。
▼44　我が手を懸けて引くことの出来ることであったならば、あの藤の花よ、松の木を越えて咲く色を、このようにして見ようか。「藤の花」を、姉姫に喩え、その身には叶わなかった歎きをほのめかしたもの。
▼45　紫のゆかりの色は、藤原氏の我が身に繋がっているけども、あの藤の花よ、我が心の上には咲き懸かってはくれないことであるよ。「紫の色は通へど」は、姫君は我が姉であるけれどもの意。「こころにえこそ懸からざりけれ」は、我が心では何とも出来ないことであった、との意を、婉曲に弁解したもの。
▼46　正月の行事の一つ。身分ある男が、賀の心より歌を謡って、夜、内裏、院とめぐって歩く。左右二組に分れて行う。
▼47　右組の、歌の音頭取で、上手の勤めること。
▼48　尚侍の君の姉姫で、女二の宮をお生み申した故の称。
▼49　踏歌をする男の、礼装として、冠の上に被る綿の称。
▼50　竹河をお謡いになった、殿でのその夜の事をお思出しになられますか。なつかしく思われる程の事は何もございませんでしたが。
▼51　月日が流れて行って、頼みにおさせになった事が空しいものとなったので、世の中は憂いものだと思い知りました。「竹河の」は、「河」では、「流れ」に関係させ、「竹」を「節」と続け、「世」の枕詞とさせたもの。贈歌を承けて、思いの叶わなかった歎きを云ったもの。
▼52　「東路の路の果てなる常陸帯のかごとばかりも逢はむとぞ思ふ」（新古今集）ちょっとだけでも逢いたい意。
▼53　宇治に住んでいられる桐壷の帝の八の宮の姫君で、次ぎの「橋姫」の巻に出る。

▼54　大臣の就任披露の饗応。

▼55　蛍兵部卿の宮。

【訳者略歴】

窪田空穂（くぼた・うつぼ）

1877年長野県生まれ。歌人・国文学者。本名は通治（つうじ）。東京専門学校（現在の早稲田大学）文学科卒業。太田水穂、与謝野鉄幹、高村光太郎、水野葉舟らと親交を持つ。その短歌は、ありのままの日常生活の周辺を歌いながら、自らの心の動きを巧みにとらえ、人生の喜びとともに内面の苦しみと悩みをにじませて、「境涯詠」と呼ばれる。1920年から朝日歌壇の選者、早稲田大学国文科講師を務める。のちに同大教授となり、精力的に古典研究を行なう。1943年、芸術院会員、1958年、文化功労者。1967年逝去。全28巻＋別冊1の全集（角川書店、1965～68）がある。長男は歌人の窪田章一郎。

現代語訳　源氏物語　三

2023年7月25日初版第1刷印刷
2023年7月30日初版第1刷発行

著　者　紫式部
訳　者　窪田空穂

発行者　青木誠也
発行所　株式会社作品社
〒102-0072 東京都千代田区飯田橋2-7-4
TEL.03-3262-9753　FAX.03-3262-9757
https://www.sakuhinsha.com
振替口座00160-3-27183

装画・挿画　梶田半古「源氏物語図屛風」（横浜美術館蔵）
装　幀　小川惟久
本文組版　前田奈々
編集担当　青木誠也
印刷・製本　中央精版印刷株式会社

ISBN978-4-86182-965-9 C0093

【作品社の本】

小説集　黒田官兵衛

菊池寛、鷲尾雨工、坂口安吾、海音寺潮五郎、武者小路実篤、池波正太郎　末國善己編

信長・秀吉の参謀として中国攻めに随身。謀叛した荒木村重の説得にあたり、約一年の幽閉。そして関ヶ原の戦いの中、第三極として九州・豊前から天下取りを画策。稀代の軍師の波瀾の生涯を、超豪華作家陣の傑作歴史小説で描き出す！

ISBN978-4-86182-448-7

小説集　竹中半兵衛

海音寺潮五郎、津本陽、八尋舜右、谷口純、火坂雅志、柴田錬三郎、山田風太郎　末國善己編

わずか十七名の手勢で主君・斎藤龍興より稲葉山城を奪取。羽柴秀吉に迎えられ、その参謀として浅井攻略、中国地方侵出に随身。黒田官兵衛とともに秀吉を支えながら、三十六歳の若さで病に斃れた天才軍師の生涯を、超豪華作家陣の傑作歴史小説で描き出す！

ISBN978-4-86182-474-6

【作品社の本】

小説集　明智光秀

菊池寛、八切止夫、新田次郎、岡本綺堂、滝口康彦、篠田達明、南條範夫、柴田錬三郎、小林恭二、正宗白鳥、山田風太郎、山岡荘八　末國善己解説

謎に満ちた前半生はいかなるものだったのか。なぜ謀叛を起こし、信長を葬り去ったのか。そして本能寺の変後は……。超豪華作家陣の想像力が炸裂する、傑作歴史小説アンソロジー！

ISBN978-4-86182-771-6

小説集　真田幸村

南原幹雄、海音寺潮五郎、山田風太郎、柴田錬三郎、菊池寛、五味康祐、井上靖、池波正太郎　末國善己編

信玄に臣従して真田家の祖となった祖父・幸隆、その智謀を秀吉に讃えられた父・昌幸、そして大坂の陣に“真田丸”を死守して家康の心胆寒からしめた幸村。戦国末期、真田三代と彼らに仕えた異能の者たちの戦いを、超豪華作家陣の傑作歴史小説で描き出す！

ISBN978-4-86182-556-9

【作品社の本】

小説集　徳川家康

鷲尾雨工、岡本綺堂、近松秋江、坂口安吾　三田誠広解説

東の大国・今川の脅威にさらされつつ、西の新興勢力・織田の人質となって成長した少年時代。秀吉の命によって関八州に移封されながら、関ヶ原の戦いを経て征夷大将軍の座に就いた苦労人の天下人。その生涯と権謀術数を、名手たちの作品で明らかにする。

ISBN978-4-86182-931-4

小説集　北条義時

海音寺潮五郎、高橋直樹、岡本綺堂、近松秋江、永井路子　三田誠広解説

承久の乱に勝利し、治天の君と称された後鳥羽院らを流罪とした「逆臣」でありながら、たった一枚の肖像画さえ存在しない「顔のない権力者」。謎に包まれた鎌倉幕府二代執権の姿と彼の生きた動乱の時代を、超豪華作家陣が描き出す。

ISBN978-4-86182-862-1

【作品社の本】

光と陰の紫式部

三田誠広

『源氏物語』に託された宿望！　幼くして安倍晴明の弟子となり卓抜な能力を身に着けた香子＝紫式部。皇后彰子と呼応して親政の回復と荘園整理を目指し、四人の娘を四代の天皇の中宮とし皇子を天皇に据えて権勢を極める藤原道長と繰り広げられる宿縁の確執。書き下ろし長篇小説。

2024年NHK大河ドラマ『光る君へ』関連本！

ISBN978-4-86182-975-8

聖徳太子と蘇我入鹿

海音寺潮五郎

稀代の歴史小説作家の遺作となった全集未収録長篇小説『聖徳太子』に、“悪人列伝”シリーズの劈頭を飾る「蘇我入鹿」を併録。海音寺古代史のオリジナル編集版。聖徳太子千四百年遠忌記念出版！

ISBN978-4-86182-856-0

【作品社の本】

出帆

竹久夢二

「画（か）くよ、画くよ。素晴しいものを」

大正ロマンの旗手が、その恋愛関係を赤裸々に綴った自伝的小説。評伝や研究の基礎資料にもなっている重要作を、夢二自身が手掛けた134枚の挿絵も完全収録して半世紀ぶりに復刻。ファン待望の一冊。解説：末國善己

ISBN978-4-86182-920-8

岬　附・東京災難画信

竹久夢二

「どうぞ心配しないで下さい、私はもう心を決めましたから」

天才と呼ばれた美術学校生と、そのモデルを務めた少女の悲恋。大正ロマンの旗手による長編小説を、表題作の連載中断期に綴った関東大震災の貴重な記録とあわせ、初単行本化。挿絵97枚収録。解説：末國善己

ISBN978-4-86182-933-8

秘薬紫雪／風のように

竹久夢二

「矢崎忠一は、最愛の妻を殺しました」

陸軍中尉はなぜ、親友の幼馴染である美しき妻・雪野を殺したのか。問わず語りに語られる、舞台女優・沢子の流転の半生と異常な愛情。大正ロマンの旗手による、謎に満ちた中編二作品。挿絵106枚収録。解説：末國善己

ISBN978-4-86182-942-0